Le jugement de Jéhovah

AU DIABLE VAUVERT

James Morrow

Le jugement de Jéhovah

Traduit de l'américain par Philippe Rouard

Remerciements

J'ai été guidé durant mon odyssée à travers la théodicée par les écrits de nombreux penseurs. Je voudrais dire ma dette à Marilyn McCord Adams et Robert Merrihew Adams (The Problem of Evil), *à Peter Adam Angeles* (The Problem of God), *C. S. Lewis* (The Problem of Pain), *Edward H. Madden et Peter H. Hare* (Evil and the Concept of God), *H. J. McCloskey* (God and Evil), *Terrence W. Tilley* (The Evils of Theodicy), *et Melville Y. Stewart* (The Greater-Good Defence). *Les quatre volumes que Jeffrey Burton Russell a consacrés à l'histoire de l'incarnation du mal* (The Devil, Satan, Lucifer, Mephistopheles) *constituent, bien qu'ils ne soient pas en soi des ouvrages de théologie, une solide étude de l'énigme que nous pose la souffrance. Les interprétations du livre de Job sont aussi nombreuses que les plaies de son corps. Celles de William Safire* (The First Dissident), *de John T. Wilcox* (The Bitterness of Job) *et de Carl Jung* (Answer to Job) *ont retenu particulièrement mon attention.*

À ma connaissance, toutes les catastrophes recensées par la commission d'enquête se sont réellement produites. Je recom-

mande à tous ceux et toutes celles qui sont curieux d'approfondir le sujet l'ouvrage de Doris et Stuart Flexner : The Pessimist's Guide to History. *Pour mon cas de fibrose cystique, j'ai emprunté à diverses sources, notamment* Alex : The Life of a Child, *de Frank Deford. Certains détails de l'exécution de Robert François Damiens proviennent de* Discipline et Punition *de Michel Foucault.*

Comme En remorquant Jéhovah, Le Jugement de Jéhovah *a bénéficié de l'encouragement moral et intellectuel de mon agent, Merrillee Heifetz, du brillant esprit de mon éditeur, John Radziewicz, et de la bonne volonté de mes amis et collègues qui ont accepté de critiquer un manuscrit en pièces détachées et de discuter avec moi de mes diverses obsessions. Ma reconnaissance va également à Joe Adamson, Linda Barnes, Craig Brownlie, Lynn Crosson, Shira Daemaon, Sean Develin, Daniel Dubner, Margaret Duda, David Edwards, Robert Hatten, Peter Hayes, Michael Kandel, Christa Malone, Glenn Morrow, Jean Morrow, Elisabeth Rose, Joe Schall, Peter Schneeman, Kathryn Ann Smith, James Stevens-Arce, David Stone et Dorothy Vanbinsbergen.*

Les ombres tremblent sous terre,
les eaux et les habitants sont dans l'effroi.
Devant lui, le Shéol est à nu,
Abaddon à découvert.

Le livre de Job, 26, 5-6 (La Bible de Jérusalem)

Le conservateur a peu à redouter de l'homme dont la raison est asservie à ses passions, mais qu'il se garde de celui dont la raison est devenue la plus grande et la plus terrible de ses passions. Ces hommes-là sont les fossoyeurs des empires usés ; ils sont des dévastateurs, des déicides.

J.B.S. Haldane, *Daedalus*

Première partie

Maux nécessaires

1

De tous les vestiges notables arrachés à la glace par le grand tremblement de terre de 1998 dans l'Arctique (notamment un vaisseau viking intact et la carcasse gelée d'un mammouth laineux), le plus controversé fut de loin le gigantesque corps de Dieu, long de trois kilomètres. Curieusement, le débat ne porta pas sur l'identité du Corpus Dei – le cadavre présentait, comme nous le verrons, un pedigree irréprochable – mais plutôt sur son statut métaphysique. Dieu était-Il mort, comme le croyaient les nihilistes et le *New York Times*? Était-il seulement dans le coma comme l'espéraient ardemment le Vatican et le judaïsme orthodoxe ? Ou bien – le consensus protestant – le Tout-Puissant était-Il spirituellement aussi vivant que jamais, après S'être débarrassé de Son enveloppe charnelle tel un éphémère sorti de sa chrysalide ?

Avant que ne surviennent les étranges événements qui font l'objet de mon récit, il semblait que ce mystère fût insondable. Les propriétaires du Corpus Dei, des sudistes dévots de l'Église baptiste, étaient sacrément enclins à punir les équipes de scientifiques qui pataugeaient à l'intérieur de Son cerveau, laissant leurs empreintes boueuses sur Ses dentrites, alors qu'ils s'efforçaient de mesurer jusqu'à quel point Il était encore vivant ou mort. En outre, les gardiens de Dieu et, avec eux, les tenants de la rassurante théorie de l'éphémère, redoutaient que ces incursions ne débouchent sur la découverte d'une activité neuronale, qui viendrait appuyer la thèse bien plus troublante du coma.

Quant à moi, j'étais fortement opposé à ces expéditions dans Son cerveau. Étant le diable, j'ai des opinions bien arrêtées quant à la manière dont doivent se conduire les êtres humains. À la différence des baptistes, toutefois, je suis davantage guidé par la prudence que par la piété. Il est toujours sage, pensé-je, de ficher la paix aux gens. Et quand les dieux dorment, mieux vaut les laisser dormir.

On pouvait lire au-dessus de la porte du tribunal JUSTICE DE PAIX, mais ni la justice ni la paix ne figuraient sérieusement dans les occupations de Martin Candle : elles consistaient pour l'essentiel à réprimander les propriétaires de chiens non tenus en laisse et les piétons imprudents, à sanctionner les menus larcins, à percevoir les amendes impayées pour stationnement interdit et à célébrer les mariages civils.

Martin exerçait sa vocation dans la commune d'Abaddon, Pennsylvanie, loyale enclave républicaine qui s'étendait dans une large vallée à une trentaine de kilomètres au nord de Philadelphie. Petit monde tranquille et prospère, Abaddon possédait de magnifiques espaces verts, des terres arables vallonnées et des quartiers résidentiels portant les noms de Fox Run et Glendale. Mais de l'avis général, le joyau de la commune était sa rivière, la Waupelani, lumineux ruban qui serpentait doucement du nord au sud de la vallée, reliant entre eux ses hameaux tel le fil maintenant les grains d'un rosaire. On y voyait l'ablette et le vairon frétiller dans ses eaux, les couleuvres rayées sillonner ses berges et les hydromètres tricoter sa surface. Elle abritait aussi une espèce rare de poisson, de belles carpes aux écailles jaunes dont les allées et venues collectives par les étincelantes journées d'été tranformaient ce cours d'eau ordinaire en une rivière d'or fondu. La Waupelani, qui longeait le jardin de la maison de son enfance, offrit à Martin bien des heures heureuses à patiner sur la glace en hiver, à pécher l'écrevisse et à faire voguer ses bateaux de guerre construits de bouts de bois trouvés dans la cave. Ce ne fut qu'après avoir grandi, déménagé à Glendale, passé son bac au lycée de Perkinsville et remporté son premier mandat qu'il lui vint à l'esprit que la Waupelani avait été le jouet de son enfance, et le plus beau dont gosse pût rêver, mieux qu'une cabane dans un arbre ou qu'un train électrique.

Le curieux nom d'« Abaddon » remontait à une tiède soirée d'été de 1692, lorsqu'un maître d'école quaker nommé Prester Harkins découvrit le diable en personne dans la zone marécageuse qui drainait les rus et les ruisseaux de la vallée. Le Malin prenait son bain. Harkins vit même la brosse hérissée de barbillons de fer avec laquelle s'étrillait Satan. Le maître d'école avait beau souffrir d'un début de schizophrénie paranoïaque, tous ses voisins accréditèrent son hallucination, et avant peu le marais et ses environs héritèrent de l'une des épithètes les plus évocatrices pour qualifier l'enfer : *Abaddon*, mot hébreu désignant à la fois l'ange démoniaque et le puits sans fond d'où il vient. Le temps passa, l'oubli fit son œuvre et, en ce siècle vingtième, plus personne ne se souvenait de la signification d'*Abaddon*. Pour tous, ce n'était là qu'un nom comme un autre, un que les étrangers prononçaient toujours mal en accentuant la première syllabe. « Il faut mettre l'accent sur *bad*[1] », informait l'indigène – recommandation étrangement augustinienne chez des gens qui n'avaient qu'un sens très relatif du péché. Si de temps à autre l'un des concitoyens de Martin traversait une de ces noires dépressions qui affectent communément les Américains moins privilégiés, l'Abaddonien moyen n'accordait pas la moindre pensée au fait qu'il vivait en enfer.

Comme beaucoup d'individus restés attachés à leur communauté d'origine alors que leurs amis s'aventurent dans le vaste monde, Martin luttait contre la peur d'être – et pour toujours – un raté. Dans de telles circonstances, un homme a naturellement tendance à avoir une vision déformée de son métier, soit qu'il le considère comme une espèce de pénitence (quelque part entre vider des seaux hygiéniques dans un hospice et manier l'aviron dans une galère), soit qu'il le porte aux nues. Martin choisit la seconde. Après avoir gagné la confiance des électeurs par la dignité de son maintien, sa silhouette athlétique, ses yeux noirs et ses cheveux blond sable, il se montra, à force de diligence et de probité, à la hauteur des espoirs qu'il avait suscités, traitant chacune de ses affaires comme si le destin des nations en dépendait. Finalement, même les démocrates en vinrent à voter pour lui. Bien qu'il ne possédât aucun diplôme supérieur – en ce temps-là, quiconque était bachelier et

1. Jeu de mots, *bad* signifiant : mal, mauvais. *(N.d.T.)*

avait une connaissance pratique des arrêtés municipaux pouvait accéder aux fonctions de juge au tribunal d'instance –, il était aussi dévoué à l'idéal de justice que n'importe quel licencié de la faculté de droit Harvard. Ses jugements étaient d'une impartialité inspirée, ses méthodes consciencieuses à l'extrême. Le juge Candle ne se contentait pas de suspendre le permis de conduire d'un alcoolique responsable d'une collision alors qu'il était en état d'ébriété; non, il s'efforçait de diriger le fautif vers une cure de désintoxication. Qu'un adolescent comparût devant lui pour un vol à l'étalage, Martin ne se bornait pas à prononcer la peine requise par la loi mais cherchait ensuite la racine du mal, rendait visite à la famille du jeune délinquant et tentait de les diriger vers un conseiller familial.

Même les mariages donnaient à Martin une occasion de tirer fierté de sa charge. Le plus souvent, quand deux personnes s'en tiennent à un mariage civil, il y a fort à parier qu'il y ait anguille sous roche. Dans ces cas-là, Martin se comportait davantage comme un prêtre ou un thérapeute que comme un magistrat. Dans dix pour cent de ces unions, l'un des membres du couple était un malade en phase terminale. Dans vingt-cinq pour cent, la mariée était enceinte. Dans quarante pour cent, l'union proposée – un juif avec une chrétienne, un protestant avec une catholique, un Blanc avec une Noire – n'avait manifestement pas fait l'unanimité des deux familles. Par trois fois, Martin avait marié deux hommes entre eux et, à deux reprises, une femme avec une femme. Ces unions de même sexe scandalisaient nombre de ses amis républicains, mais Martin accomplissait sa charge d'une âme égale, croyant que le principe du laisser-vivre devait s'appliquer aussi bien dans la chambre à coucher que sur la place publique.

Généralement, le couple en question n'avait pas les moyens de louer un local suffisamment digne où prêter serment et, comme on pouvait s'y attendre, il répugnait à le faire chez lui : une caravane délabrée ou le salon de vos parents n'est pas le bassin idéal où baptiser le vaisseau conjugal. Averti des difficultés des deux tourtereaux, Martin offrait sur-le-champ le petit salon de son appartement de célibataire. C'était meublé avec goût, la moquette était propre et la lumière assez tamisée pour donner aux lambris d'aggloméré les reflets du chêne. Dans leur nervosité, de nombreux couples oubliaient quelque accessoire essentiel, aussi gardait-il en réserve dans son salon tout le nécessaire nuptial. Les mariés ouvraient toujours de grands yeux quand, au bord de la panique, ils voyaient Martin ouvrir tranquillement une commode en contreplaqué et en sortir une alliance imitation or, deux bougies parfumées, un bouquet de fleurs en tissu, une boîte de préservatifs ou une bouteille de mousseux.

Les unions les plus imaginatives ne se tenaient pas chez Martin mais à l'extérieur. Il emportait toujours avec lui son matériel bien rangé dans sa mallette, avant de grimper dans sa Dodge Aries de couleur blanche et de s'en aller apposer l'imprimatur de la communauté de Pennsylvanie sur les respectables besoins de la chair. Une fois, il unit – revêtant pour l'occasion un scaphandre autonome – deux passionnés de plongée sous-marine dans les eaux de la rivière Schuylkill. Une autre fois, ce furent deux fanatiques de la chute libre, en compagnie desquels il fendit le vide au-dessus du country club de Chesnut Grove, le voile de la mariée battant derrière elle telle une cape de superhéroïne. Il n'oublierait jamais l'union de ces deux bohèmes de Perkinsville, engagés dans un coït frénétique sur leur lit à eau pour jouir de cette expérience unique : commencer l'acte en fornicateurs et l'achever en époux légitimes.

Ce fut dans l'exercice de ses fonctions qu'à l'âge de quarante-neuf ans Martin fit la connaissance de la charmante et excentrique Corinne Rosewood. Par un agréable après-midi d'avril, Hugh Steadman, le bravache agent de police de l'agglomération, traîna Corinne dans la petite salle du tribunal, après l'avoir arrêtée pour trouble de l'ordre public. D'après Steadman, cela faisait trois années que la jeune femme avait fait du jardin de son bungalow à Chesnut Grove un champ de *Nepeta cataria*, autrement dit d'herbe à chat. Chaque soir, les camés arrivaient – toutes races et couleurs confondues – pour se rouler en miaulant dans l'herbe envoûtante. Et non seulement les voisins de Corinne devaient endurer la bacchanale féline mais ceux-là mêmes possédant un chat dans la bande voyaient leur bestiole revenir à quatre heures du matin tellement défoncée qu'oubliant sa litière, elle se soulageait gaiement sur le tapis du salon.

Corinne se tenait là devant lui, jolie femme bien en chair aux cheveux couleur de tartine beurrée, en chemise de flanelle à carreaux et jean délavé, chaussée de bottes de cow-boy en vinyle rouge, se balançant sur ses talons et souriant, impénitente, tandis que l'agent Steadman l'accusait de corrompre les chats de la communauté. Elle avait un visage rond tacheté de rousseurs, qui aurait été d'une beauté parfaite sans son nez qui ressemblait à un petit navet. Martin était sous le charme. Son cœur battait comme celui d'un adolescent encupidonné. Son sens de l'esthétique se repaissait des formes pleines et des traits peu orthodoxes de Corinne. Son penchant pour l'audace était comblé par le délit dont elle s'était rendue coupable et il se représentait avec ravissement cent miauleurs extatiques hallucinant à la lueur de la lune, ronronnant aux étoiles et gambadant dans le jardin des délices félines de miss Corinne Rosewood.

Lors de l'audience, dix jours plus tard, elle plaida non coupable. Martin pesa le pour et le contre, la déclara coupable et la condamna à une amende de deux cent cinquante dollars.

— Je crois bien être tombé amoureux de vous, dit-il, ôtant ses lunettes et la regardant bien en face. Voulez-vous m'épouser ?

Certaine que le juge plaisantait, Corinne répondit que oui, à la condition qu'il la dispensât de payer l'amende.

— Je n'en ferai rien mais je la réduirai à deux cents.

— Cent cinquante ?

— Deux cents.

— D'accord.

— Ça vous conviendrait qu'on fixe le mariage en juin ?

L'agent de police Steadman en cligna les yeux d'incrédulité, tandis que l'huissier toussait de stupeur.

— Êtes-vous fou ? dit Corinne en froissant d'un air absent le drapeau de l'État de Pennsylvanie qui, avec la bannière étoilée, flanquait le bureau de Martin. Je ne vous connais même pas.

— Que diriez-vous d'un dîner, à la place ? Un dîner et un spectacle.

— C'est possible.

— Ce soir ?

— Ce soir, je braque une station-service à Glendale. Vendredi soir m'irait mieux.

— Affaire conclue.

Le vendredi soir, Martin et Corinne assistèrent à une reprise de *Témoin à charge* d'Agatha Christie au théâtre des Arts vivants de Philadelphie. Six mois plus tard, ils se mariaient, une union célébrée par Kevin McKendrick, juge de paix de la commune de Cheltenham, juridiction voisine d'Abaddon.

Un drôle de couple, ces deux-là. Martin : éternel protestant monothéiste et républicain centriste, fils unique de Siobhan O'Leary, réceptionniste dans une agence de voyages, et de Walter Candle, barman buveur d'eau qui compensait la sécularité intrinsèque de son métier en enseignant le catéchisme à l'Église presbytérienne. Corinne : mécréante et libre penseuse, ex-militante du Peace Corps[1], rejetonne de la première femme à avoir brigué le siège de gouverneur du Maryland sous l'étiquette socialiste, et d'un auteur dramatique marxiste défroqué qui fit fortune dans la vente d'articles de sport. Et cependant Corinne et Martin étaient heureux... scandaleusement heureux, heureux à un point que n'aurait pu supporter tout autre couple moins irréprochable et probe.

Quatre mois après leur mariage, ils firent un emprunt pour acquérir une ferme comprenant une maison d'habitation délabrée et une grange au 22 Flour Mill Road, dans le hameau de Chesnut Grove. Située à cinq kilomètres au nord du marais d'Abaddon, la propriété s'étendait sur plus de deux hectares et demi, plus qu'assez pour y cultiver discrètement de la *Nepeta cataria*. Cet avril-là, ils semèrent ensemble les graines, ne s'arrêtant que pour faire l'amour dans la pommeraie. En juin,

1. Organisation américaine de coopération pour l'aide aux pays en voie de développement. *(N.d.T.)*

l'herbe était levée, invitant la gent féline des alentours à s'adonner à un sybaritisme qu'aurait jugé excessif le plus épicurien des matous.

L'amour de Corinne pour les bêtes allait bien au-delà de la culture de l'herbe à chat. C'était une fervente végétarienne qui ne craignait pas d'afficher ses opinions : « Manger de la viande, c'est manger du cadavre » et « Plutôt aller à poil que porter du poil », proclamaient les autocollants sur le pare-chocs de sa Ford Ranger. Elle gagnait sa vie en tenant un magasin baptisé Au Bonheur des Bêtes, sis à Perkinsville et spécialisé dans l'alimentation diététique pour les chiens et les chats et aussi – clientèle plus rentable – les chevaux que possédaient les garçons et les filles de la zone résidentielle la plus riche de toute la circonscription d'Abaddon, la snob et sylvestre communauté de Deer Haven. Les goûts de Corinne en matière d'animaux de compagnie étaient pour le moins excentriques. Les créatures avec lesquelles Martin devait partager l'affection de Corinne comptaient non seulement un iguane prénommé Robert mais aussi une tarentule du nom de Hairy Truman[1], sans parler de Shirley, un tatou misanthrope dont l'existence se résumait à manger, dormir et, tous les jours à deux heures de l'après-midi, aller d'un coin du salon à l'autre pour y déposer ses excréments.

Le soir de leur premier anniversaire, Corinne regarda Martin dans les yeux et, levant sa deuxième coupe de champagne, lui dit d'une voix attendrie :

— C'est à cause des langoustes.

— Les langoustes ?

1. *Hairy* : poilu ; jeu de mots avec Harry, prénom du président Truman (1884-1972). (*N.d.T.*)

— De Super Fresh.

L'affaire à laquelle Corinne faisait allusion avait échu à Martin au début de leur fréquentation. Quelques minutes après onze heures du soir, le 19 septembre 1996, une jeune femme nommée Nancy Strossen pénétra par effraction dans l'un des magasins de la chaîne Super Fresh à Fox Run, transféra toutes les langoustes du vivier dans un réservoir et chargea celui-ci dans sa voiture. Puis elle prit la route, traversa le New Jersey, s'arrêta sur une plage déserte de cap May, et relâcha chaque crustacé dans l'Atlantique Nord. Appelé à juger ce rapt singulier, Martin la condamna à deux jours de prison mais s'abstint de la contraindre à dédommager le plaignant. Mieux, il déclara à la direction de Super Fresh que leur commerce était manifestement inhumain et qu'ils feraient bien de cesser de torturer d'innocents crustacés.

— C'est avec les langoustes que tu as gagné mon cœur, reprit Corinne. Tu as laissé cette fille repartir avec une tape sur la main, et je me suis dit : « Cherche pas plus loin, ma vieille. »

— Adorables langoustes ! s'exclama Martin en vidant son troisième verre. Adorables langoustes !

Cela faisait dix-huit mois qu'ils étaient mariés quand Corinne eut l'idée de créer l'équivalent canin de la célèbre fondation Faites un vœu. Elle sollicita des subsides par l'intermédiaire du magazine *Dog Fancy*, loua un petit bureau à Kingsley et nomma sa cousine Franny, fille godiche mais brave, administrateur en chef. En moins de six mois, le Chenil de la Joie était une affaire prospère, soutenue à la fois par les dons caritatifs et le salaire de Corinne. Grâce au chenil, un teckel moribond originaire de Manhattan parvint à courir un lapin du

Wisconsin jusque dans son terrier ; un limier diabétique de Newark participa en compagnie de trois autres chiens au sauvetage d'un enfant égaré dans les montagnes Great Smokies ; un labrador leucémique né et élevé dans la ville poussiéreuse de Tahoka au Texas passa les dernières semaines de sa vie à barboter dans le Rio Grande.

Si Martin n'avait été follement amoureux de Corinne, il n'aurait vu dans ce refuge canin qu'une déplorable perte d'argent, et l'entreprise aurait probablement engendré de bruyantes disputes comme celles qui avaient jalonné les phases terminales de ses précédentes relations amoureuses. Mais l'amour modifie à outrance la raison d'un homme, et c'est pourquoi – contrairement à ce qui se dit – il n'est pas le sentiment le moins apprécié du Diable.

Me revoici. Sincèrement vôtre. Mais qu'on se comprenne bien. Ici, on ne crie pas comme un diable, on ne le tire pas par la queue non plus, on n'habite pas au diable, encore moins au diable vauvert. On ne m'acclimate pas à coups de locutions. Ici, c'est l'esprit du mal, l'ange des ténèbres, l'enfer.

C'est un bébé bulgare de deux mois qu'un soldat turc jette en l'air et embroche sur sa baïonnette sous les yeux d'une mère hystérique. C'est un commandant oustachi qui fend à la hache le cul d'un Serbe, et le Serbe supplie le commandant, il le supplie de lui loger une balle dans la tête, mais l'autre se contente de rire. Une femme de trente ans atteinte de mélanome qui glisse sa tête dans un sac plastique et le ferme hermétiquement autour de son cou avec la cordelette du Yo-Yo de son jeune fils. La crue du Yang-Tseu-Kiang en 1931 qui submerge les terres de Nankin à Hang-Tcheou et noie trois millions cinq cent mille Chinois. Le grand tremblement qui frappe le nord de l'Iran en 1990, rasant une centaine de villes et villages et faisant cinquante mille victimes.

Comprenez, je vous en prie, que je n'ai jamais sollicité ce job. Ce n'était pas mon idée d'être le maudit, l'esprit immonde, que sais-je encore. Je n'ai pas demandé que Dieu ramasse un paquet d'excrément primal dans le plus gros tas de merde de l'enfer et me façonne avec, tout comme il façonnera plus tard Adam avec de l'argile. Je veux bien confesser mes péchés devant tout prêtre qui aurait le temps de m'écouter, mais sachez tout de suite que je ne suis en rien responsable du terrible destin de Martin Candle. Par contre, les typhons, c'est mon invention ; la tuberculose, mon violon d'Ingres ; *nolo contendere*, je suis le maître d'œuvre de la gravitation et de la chute des corps. Mais ce n'est pas parce que notre Créateur sous-traite le mal à travers moi, que nous devons oublier de considérer le sang qu'Il a sur ses mains.

« Dieu insiste sur les détails », a écrit l'architecte Ludwig Mies van der Rohe… et moi aussi. Je m'appelle Jonathan Sarkos, je mesure un mètre quatre-vingt-douze et je pèse cent quarante-deux kilos. Tel le caméléon, la couleur de ma peau varie selon l'environnement, mais de manière inversée. Sur le bitume, je suis blanc. Sur la neige, noir. Vous devez chasser tous les clichés de votre esprit : spectre, barbe en pointe, fourche. J'ai abandonné les pieds fourchus au Moyen Âge. Je n'ai plus porté de cornes depuis la Renaissance.

De mes portraitistes, c'est un peintre du XXe siècle nommé Jerome Witkin qui a le mieux approché la vérité.

Son chef-d'œuvre est une huile de soixante-quinze sur soixante-cinq intitulée *Le Diable en tailleur.* L'artiste a tout saisi. Le clair-obscur de mon échoppe encombrée avec sa machine à coudre Elias Howe, ses cintres auxquels pendent robes et costumes sur mesure. Ma silhouette massive, ma grosse tête ovoïde, mon crâne chauve. Il ne s'est trompé que sur un point : mon âge. Alors que les poètes créent le plus souvent leurs plus belles œuvres autour de la trentaine et que les mathématiciens excellent encore plus tôt, les scélérats ont tendance à s'accomplir sur le tard. Hitler n'envahit la Pologne qu'à l'âge de cinquante ans. Ceaucescu ne prit goût aux atrocités qu'à soixante-quatre piges passées. Moi, j'en ai soixante-douze pour l'éternité.

Mon aiguille à coudre peut se vanter d'une noble lignée, pour avoir été forgée dans le clou même que les soldats romains enfoncèrent dans le poignet gauche du Christ. Ah ! comme elle s'active à la lueur de ma lampe à huile de baleine, ourlant robes et jupes, cousant vestes et manteaux ! Ha ha ! C'est que la demande est grande. Rarement nudiste commet le mal. Même les violeurs gardent leur pantalon. Heure après heure, je stationne à l'intérieur du cerveau pourrissant de Dieu, fasciné par l'éclat de mon aiguille, levant de temps à autre les yeux de mon ouvrage pour regarder la grande artère crânienne appelée la rivière Hiddekel baigner mon quai privé sur son chemin vers la glande pinéale. Je me repose le dimanche. Les uniformes militaires sont ma spécialité. Voiles et soutanes aussi, bien sûr. Drapeaux, naturellement. Capuches blanches et robes assorties. Costumes trois pièces chers aux hommes d'affaires. Durant l'une de mes périodes glorieuses, de 1937 à 1945, j'ai produit 4 328 713 étoiles jaunes frappées du mot « juif ».

Je suis le père des mensonges. Au fil des ans, mes enfants m'ont empli de fierté. Je ne voudrais pas favoriser quiconque, mais je suis particulièrement satisfait de cette grande parole : « Les faibles hériteront de la terre. » De même que je garderai toujours une petite place dans mon cœur pour : « Chaque nuage cache un peu de soleil. » « Le temps guérit toutes les blessures » et « À chaque fois que Dieu ferme une porte, Il ouvre une fenêtre » me réjouissent également.

Mais assez parlé de moi. Quels que soient mes défauts, la vanité n'en fait pas partie. Vous êtes venus pour savoir quels terribles événements s'abattirent sur l'intègre magistrat d'Abaddon. Aussi, en la circonstance, tiendrai-je ma langue.

Étant donné la vision du monde de Corinne, Martin réagit avec stupeur quand, durant une visite au marché aux puces de Chesnut Grove, elle voulut absolument acheter la dépouille mitée d'une panthère. Elle y tenait, expliqua-t-elle, en hommage à l'une de ses idoles, la danseuse étoile italienne Marie Taglioni. D'après Corinne, c'est par une nuit de pleine lune pendant l'hiver 1835 que la voiture de la Taglioni fut arrêtée par un bandit russe qui ordonna à la ballerine de danser pour lui seul sur une peau de panthère qu'il étendit sur le sol enneigé. Dans les années qui suivirent, Marie Taglioni développa la manie de placer des morceaux de glace dans son coffret à bijoux et de les regarder fondre parmi les gemmes étincelantes. Ainsi préservait-elle le souvenir de cette rencontre magique : le bandit de grand chemin, la peau de bête, le ciel étoilé au-dessus de la forêt gelée.

Au début, Martin maintint que quarante dollars était cher payé pour une fourrure pelée. Mais une nuit glaciale de janvier, il se réveilla et découvrit qu'il était seul au lit. Mû par une intuition, il descendit, enfila une parka par-dessus son pyjama et courut au carré d'herbe à chat. Scintillant dans la lumière de la lune, des flocons de neige descendaient avec la lenteur suave et généreuse des cristaux qu'il aimait, enfant, recueillir sur sa langue. Et comme il ouvrait la bouche, il se souvint de sa mère lui disant qu'il n'y en avait pas deux semblables. Cela avait paru au garçon de dix ans qu'il était alors une vérité de la plus extrême importance – une entrée dans l'esprit de Dieu Lui-même – mais il n'était jamais parvenu à en pénétrer toute la portée.

Une voix d'une beauté extravagante atteignit ses tympans, celle d'une des divas préférées de Corinne : Loreena McKennitt chantant le poème de Tennyson, *The Lady of Shalott.*

Elle est venue avec la marée
S'est amarrée à la jetée
Et puis elle est morte
La dame de Shalott.

Et puis il la vit : Corinne, improvisant un ballet sinueux sur la peau de panthère, son body de Lycra blanc lui donnant la plénitude d'une statue de neige sortie des mains de Praxitèle. Cette vision transporta Martin. Il en oublia de respirer.

Par les quais ils sont venus
Le chevalier, sa dame et leurs hôtes
Et sur la proue son nom ils ont lu
Elle s'appelait la dame de Shalott.

Le chant montait, déversé par le magnétophone à piles, et Martin contemplait Corinne. Elle vint vers lui en dansant et fit fondre sous ses baisers les flocons constellant les joues et le front de son amant.

La pasionaria des bêtes qui dansait sur la dépouille d'un félin... la contradiction ravissait Martin. Il pensa inévitablement à la remarque d'un personnage des *Frères Karamazov*, roman qu'il avait lu au collège, au cours de littérature de M. Gianassio : « Si toutes choses sur terre étaient rationnelles, il ne se passerait jamais rien. » Ainsi l'une des expériences les plus intenses de Martin avec la bienveillance cosmique atteignit-elle son acmé avec les baisers de Corinne et le souvenir d'une phrase signée Dostoïevski.

Deux jours plus tard, il ferait connaissance avec la malveillance cosmique pour la première fois, et ce ne serait pas la dernière.

Cela survint dans l'exercice de ses fonctions, alors qu'il célébrait l'union de Demetrius Mitsakos et de Gina Fontecchio, deux étudiants qui avaient abandonné leurs études et avaient à peine les moyens de s'offrir le mariage le moins cher. Martin était dans son petit salon, entouré des invités du jeune couple, quand il fut pris d'une envie pressante d'uriner. Il eut le plus grand mal à tenir jusqu'à la fin de la cérémonie. Se précipitant aux toilettes, il entreprit de vider sa vessie sans même prendre le temps de soulever le siège. Une douleur fulgurante le frappa : l'impression de pisser des lames de rasoir. Il cria. Ses genoux ployèrent. Il tomba par terre, les yeux fixés sur une tache composée de moisissure, de rouille et de pâte dentifrice desséchée.

Lentement, la douleur diminua. Il souffla, remerciant Dieu de cette rémission. Sa vessie le tiraillait encore, mais il n'osait plus uriner. Il sortit d'un pas chancelant de la salle de bains, se traîna jusqu'au petit salon et, souriant courageusement à Demetrius et à Gina, leur souhaita tout le bonheur du monde.

Plus tard cet après-midi-là, tous se retrouvèrent au McDonald's du coin, et Martin songea que ce devait être le premier établissement de la célèbre chaîne à accueillir un repas de noces. Pour Demetrius et Gina, l'endroit dégoulinait de romantisme : c'était ici même que, trois mois plus tôt, ils avaient lié connaissance.

Si sa vessie ne l'avait pas tourmenté, Martin aurait certes apprécié la fête. Magnifique dans son smoking d'occasion, Demetrius allait de table en table de formica, pour assurer ses invités qu'ils pouvaient bâfrer, que ça ne leur coûterait pas un sou.

— Mangez ! Mangez ! disait-il. C'est Gina et moi qui payons. Merde, prends un autre burger, Sid. Un peu plus de frites, Trixie ?

Jamais de sa vie Demetrius n'avait été le bienfaiteur de quiconque, se disait Martin, et il y avait des risques que le jeune homme ne rejoue plus jamais ce rôle.

Le besoin d'uriner le taraudait jusqu'à l'insoutenable. Martin battit en retraite aux toilettes et, s'armant de courage, se soulagea d'une pinte brûlante comme de l'acide. Une sécrétion jaunâtre et nauséabonde suivit.

Pâle, ébranlé, il regagna la salle en claudiquant, fit ses adieux aux nouveaux mariés et déserta les festivités, la peur au ventre.

Vingt-quatre heures plus tard, son médecin généraliste, un jeune homme éthéré nommé Harrison Daltrey, soumit Martin à un toucher rectal et lui fit part de son diagnostic : prostatite aiguë. Le Dr Daltrey lui prescrivit un antibiotique – du NegGram – puis expliqua à Martin que des massages périodiques de la prostate aideraient à expulser les sécrétions urétrales. Le magistrat se sentit mieux avant même d'avaler la première pilule.

L'apaisement fut de courte durée. Le NegGram diminuait à peine la sensation de brûlure, et les pertes jaunes continuaient, maculant ses caleçons au point qu'il les lavait à la main, en cachette de Corinne. Daltrey le fit passer du NegGram au Furadantin. Sans amélioration.

Puis vint le fatal massage prostatique du 4 mai 1999.

— Il y a quelque chose de nouveau, aujourd'hui, dit Daltrey, retirant son index ganté. Je décèle un petit durcissement sur le bord latéral du lobe gauche. Je voudrais m'assurer qu'un spécialiste le sente aussi. Matt Hummel est le meilleur urologue à la ronde. Vous serez dans de bonnes mains.

Les bonnes mains du Dr Hummel décelèrent le même durcissement.

— Jusqu'à ce que nous l'examinions de plus près, je ne peux vous dire si c'est fibreux ou néoplasique, dit l'urologue, homme austère à la figure ronde criblée de taches de rousseur. Si je devais faire un pari, je jouerais ma dernière pièce qu'il n'y a rien de grave.

— Vous en êtes sûr ? Votre dernière pièce ?

— Vous n'avez que cinquante et un ans, répondit Hummel, tendant la main vers le téléphone. Je vais vous faire entrer à l'hôpital cet après-midi, d'accord ? Nous ferons des analyses, et demain je ferai une biopsie de la zone.

Le lendemain, quand Martin se réveilla de l'anesthésie, la première chose qu'il découvrit fut le cathéter qui sortait de son urètre en s'inclinant vers le bas, tel un pénis télescopique de science-fiction. Une odeur d'antiseptique imprégnait la pièce. La climatisation soufflait un vent frisquet sur sa peau. L'infirmière de service, une matrone qui devait avoir une ascendance wisigothe, semblait nerveuse et distante, comme si elle redoutait qu'il n'engage la conversation. Où diable était Hummel ?

— Nous allons vous garder un jour de plus, annonça la virago en se dirigeant vers la porte.

— Pourquoi ?

— Ordre du docteur.

— J'ai horreur de ce cathéter.

— Je peux le comprendre.

Et soudain elle partit, le laissant seul avec sa peur.

Ce fut peu avant trois heures de l'après-midi que le Dr Hummel apparut enfin.

— Comment ça va ? demanda-t-il.

— Vous ne m'aviez pas dit qu'on me poserait un cathéter.

— Nous vous l'enlèverons au moment de dormir.

— Tout ça me rend fou. Avez-vous gagné votre pari ?

— Quel pari ?

— Votre dernière pièce.

— Les analyses du labo sont vagues. Je leur ai demandé d'examiner de nouveau le tissu.

— Vaguement bonnes ou vaguement mauvaises ?

— Vaguement vagues. Mais c'est à moi d'en juger, d'accord ? dit Hummel en reprenant la direction de la porte. Si vous vous montrez bon malade, je vous laisserai regarder la télé, ce soir.

Martin se redressa dans son lit. Il aurait bien voulu courir après Hummel et lui demander ce que celui-ci entendait par « vaguement vague », mais le cathéter l'en dissuada. Il s'adossa de nouveau à ses oreillers, ferma les yeux et rongea son frein.

Vingt minutes plus tard, l'infirmière wisigothe et son

aide masculin aux mains comme des battoirs lui enlevèrent le cathéter, opération qui lui aurait été à peine moins douloureuse si la sonde avait été façonnée en tire-bouchon. Puis ils le transférèrent dans une chambre privée, une avec téléviseur couleurs, température humaine et, comble du luxe, un téléphone. Il s'empressa de composer le numéro d'Au Bonheur des Bêtes.

— Ils ne me laisseront pas sortir avant demain, apprit-il à Corinne.

— Qu'a donné la biopsie ?

— Ils ne veulent rien me dire.

— Dans une semaine, tout ça ne sera plus qu'un mauvais souvenir.

Elle avait une voix chaude, douce, rassurante. Pas étonnant que même les tatous tombent amoureux d'elle.

— Tu trottineras sur un terrain de base-ball, poursuivit-elle, pour marier deux fans de la batte, et tu ne penseras même plus à ta prostate.

Le lendemain matin à neuf heures, Corinne apparut à son chevet avec une bonne nouvelle : Hummel le relâchait. Martin avait mal au dos, des spasmes à la vessie, un urètre en feu, comme s'il abritait une colonie de fourmis rouges. Il se demanda si son pénis torturé pourrait encore accomplir ses diverses fonctions.

Il se glissa avec lenteur hors du lit, ramassa sa montre et son portefeuille sur la table de nuit et s'habilla. Alors qu'il passait avec Corinne devant la réception, une infirmière au teint de papier mâché lui dit :

— Le Dr Hummel veut que vous l'appeliez avant de partir. Voici son numéro. Il y a une cabine près du distributeur de boissons.

La secrétaire de Hummel attendait le coup de fil de Martin.

— Le docteur vous donne rendez-vous ici, ce soir à six heures. Cela vous convient-il ?

— Oui, répondit-il, les mains soudain moites.

— Est-ce que votre femme peut vous accompagner ?

— Je suppose.

— Alors, qu'elle vienne avec vous.

Sur ce, la secrétaire raccrocha.

— Il veut nous voir ce soir, à six heures, dit Martin en contemplant ses chaussures. Tous les deux. C'est mauvais signe, tu ne penses pas ?

— Pas nécessairement, dit Corinne en lui serrant l'avant-bras d'une main ferme. J'avais dix-sept ans quand je me suis fait opérer d'un kyste bénin au sein. Le chirurgien a voulu nous voir toutes les deux, ma mère et moi, pour nous expliquer ce qu'il avait fait et pourquoi. Voilà le programme : quand nous en aurons fini avec Hummel, nous irons dîner chez Chi-Chi.

C'est ainsi que le 12 mai 1999, à 18 h 23, Martin et Corinne se retrouvèrent dans le cabinet faiblement éclairé du Dr Hummel pour entendre un verdict plus punitif qu'aucune des sentences jamais prononcées par le juge de paix Candle. Hummel fit un bref résumé des analyses de la biopsie, puis leur montra le rapport du laboratoire de pathologie, qui se concluait par : « Diagnostic : adénocarcinome de la prostate. »

En d'autres termes, ce fervent presbytérien, serviteur dévoué du bien public, cet amoureux innocent de la justice, était atteint d'un cancer, à l'âge de cinquante et un ans.

Veinards, me revoilà. À ce moment bien infortuné pour notre héros, il serait bon de rappeler les événements qui présidèrent à la création du grand lieu saint vers lequel son cancer propulserait Martin Candle.

Au commencement, personne, bien sûr, ne crut que cette carcasse de quatre-vingts millions de tonnes pouvait abriter Dieu Lui-même. Candle, par exemple, penchait pour un canular : peut-être une statue en polystyrène expansé, œuvre d'un sculpteur aux goûts dispendieux ou bien quelque poupée gonflable construite par des farceurs existentialistes. D'aucuns étaient convaincus que la chose était tombée d'un OVNI. D'autres enfin étaient persuadés qu'il s'agissait d'une maquette créée pour un péplum aquatico-religieux, qui avait dérivé loin du tournage, incident qui avait un précédent célèbre : lors du tournage de *Moby Dick*, le film de John Huston, la baleine mécanique s'était fait la malle dans le grand bleu.

Et puis le pape Innocent XIV – titubant sous le poids de sa conscience plus lourde que la croix sur les épaules de son Sauveur Jésus-Christ – fit la lumière, toute la lumière. Le 30 décembre 1998, le souverain pontife s'avança devant une douzaine de micros, autant de caméras de télévision et une phalange de journalistes venus de tous les coins du globe, et conta au monde une histoire stupéfiante. Comment six ans plus tôt le Vatican avait reçu la visite d'un archange prétendant que le corps sans vie de Dieu flottait à la dérive dans le golfe de Guinée. Comment Gabriel et ses collègues célestes avaient creusé un morceau de banquise coincé contre l'île de Kvitoya. Comment le capitaine Van Horne de la marine marchande américaine, agissant sous les ordres de Rome, avait gagné, à la barre du supertanker *Carpco Valparaiso*, le point de chute du corps au large des côtes du Gabon, arrimé deux chaînes aux oreilles divines et, après une série d'aventures épiques, remorqué son étrange cargaison jusque dans l'Arctique, pour la déposer à l'intérieur de la gigantesque crypte.

En dépit du fait que la mort probable de son Créateur fût une nouvelle déprimante pour la race humaine, la situation n'en contenait pas moins des aspects positifs. Pour la presse à scandale, le Corpus Dei était un don du ciel. La firme General Dynamics fut sauvée de la faillite, quand le Vatican lui commanda de construire une chambre froide destinée à épargner au corps céleste une irrémédiable putréfaction. De même, la Lockheed Corporation échappa-t-elle à la banqueroute, quand elle fut chargée d'installer un réanimateur cardio-pulmonaire dit Génération 7000 qui, au cas où persisterait en Lui une étincelle de vie, pourrait peut-être aider à Sa stabilisation comateuse, voire à Sa réanimation. Et, bien entendu, il y eut des milliers de donneurs O positif – le groupe sanguin du Très-Haut – qui, en contribuant de leur sang à un projet sans précédent, connurent une satisfaction spirituelle comme personne n'en avait jamais éprouvé avant eux.

Le chagrin devint une industrie florissante. Les cartes de condoléances s'échangeaient par nuées entre croyants affligés (j'en ai moi-même envoyé une), un phénomène postal qui ne décupla pas seulement le coût du timbre mais contraignit les postes américaines, notamment, à doubler le nombre de ses avions-courriers. Les grandes compagnies aériennes engagèrent une formidable bataille des prix pour emporter les pèlerins soucieux de se recueillir auprès de la dépouille qui était alors ancrée dans la baie de Naples (un autre remorquage de l'infatigable Van Horne). Là, les endeuillés s'en allaient jeter à l'eau des bouquets de fleurs qu'ils regardaient, les yeux embués de larmes, dériver avec le courant jusqu'aux parois de la divine et colossale chambre froide. Pour la première fois dans l'histoire de l'agriculture, la récolte des orchidées supplanta celle du coton et du tabac, s'inclinant seulement devant le pavot somnifère.

Du 1er janvier 1999 à Pâques, la fracassante révélation du Vatican fit la une de tous les grands quotidiens occidentaux. Décédé ou vivant ? Cadavre ou corps en coma ? Par-dessus tout, se posait la question de la causalité. À supposer que la chose fût une dépouille mortelle, comment et dans quel but Dieu était-Il mort, et pourquoi maintenant ? Avait-Il été assassiné par une force plus grande que la Sienne ? Avait-Il succombé de désespoir pour avoir examiné de trop près l'espèce humaine qu'Il avait créée ?

Et puis, inévitablement, d'autres sujets retinrent l'attention du public – la famine au Mozambique, le succès inattendu des Boston Red Sox – et le Corpus Dei ne fit plus que quelques lignes dans le courrier des lecteurs. Même le *Weekly World News* sentit le vent tourner et, à la fin de l'année, des titres comme DANS SON COMA, DIEU COMMUNIQUE PAR DES CLIGNEMENTS D'YEUX et DES EXTRATERRESTRES ONT FAIT DU CORPS DE DIEU UNE PISTE D'ATTERRISSAGE furent supplantés par ELVIS APERÇU À LOURDES et LES EAUX DE LA MER MORTE GUÉRISSENT LES RHUMATISMES. Si les gens parlaient du cadavre de Naples, c'était pour répéter une de ces histoires supposées drôles – que, personnellement, je trouvais offensantes. (« Alors, un jour, les médecins de Dieu lui placent d'énormes électrodes, et Il se met à tousser. Soudain Il crache le corps de Charles de Gaulle. Le premier docteur se tourne vers le second et lui dit : "Pas étonnant s'Il ne pouvait pas respirer. Il avait une grenouille en travers de la gorge."») Finalement, même les blagues cessèrent.

La tragédie occupa de nouveau un temps le devant de la scène quand le Vatican, désireux de raffermir son emprise missionnaire et de se remettre d'investissements hasardeux en Europe de l'Est, accepta de vendre le Corpus Dei à la Confédération baptiste américaine, à condition que les repreneurs Le maintiennent en chambre froide et relié au Lockheed 7000.

Les négociations durèrent des mois. Les cinq plus gros cabinets d'avocats des deux pays concernés rédigèrent l'acte de vente. Les baptistes finirent par débourser treize milliards de dollars. La somme parut faramineuse à plus d'un observateur (moi inclus), jusqu'à ce qu'il devînt clair que les nouveaux propriétaires du Corpus Dei avaient la ferme intention de récupérer leur investissement en créant un parc à thème appelé la Cité céleste USA dont Dieu serait le centre d'une attraction espérée universelle.

Mais ce qui attirait désormais les foules à la Cité céleste n'était ni le corps lui-même, ni les promenades et jardins, ni les magasins et concerts du complexe, et encore moins l'air humide et vicié d'Orlando ; non, c'était le fait que, de toutes les innombrables victimes d'emphysème, d'artériosclérose, de dépression nerveuse, d'alcoolisme, de diabète, d'hémophilie et de cancer qui visitaient la Cité et contemplaient le Cadavre des Cadavres, une sur cinq s'en retournait chez elle guérie… s'il fallait en croire le dépliant.

— La meilleure solution serait de procéder tout de suite à une prostatectomie, dit le Dr Hummel. Il y a de gros risques que vous en sortiez impuissant, j'en ai peur, mais c'est notre seul espoir d'une rémission.

Une impression de suffocation submergea Martin, la sensation de s'enfoncer dans quelque chose de froid et de putride, comme s'il s'enlisait dans les marécages d'Abaddon. Il croisa spontanément les mains pour en appeler à Dieu. Cela faisait des années qu'il n'avait franchi le seuil d'une église, préférant voir en son Créateur une espèce de tuteur privé, opposé qu'il était au modèle collégial d'une religion organisée, mais sa foi n'en demeurait pas moins intacte. S'il y avait une chose qu'il n'aurait jamais pu comprendre, c'est que tout individu sain de corps et d'esprit puisse se passer d'entretenir une relation avec Dieu. Quand un médecin disait « prostatectomie », comment un athée pouvait-il ne pas devenir fou ?

Bien sûr, Martin devait s'avouer que la foi lui avait toujours été familière. Avant de succomber à une maladie de cœur à l'âge de soixante-dix-huit ans, son père avait été le catéchiste le plus populaire dans l'histoire de l'Église presbytérienne de Perkinsville. Un véritable talent de metteur en scène avait servi Walter Candle dans son éducation des jeunes âmes. Plusieurs fois par an, Walter emmenait ses élèves dans le carré le plus ancien du cimetière de Hillcrest et leur ordonnait de prendre des empreintes de toutes les plaques funéraires qui se détérioraient (« Avant la fin de ce siècle, tous ces noms et ces dates auront disparu, effacés par le vent et la pluie. Il nous appartient de les sauver. Les morts ne méritent pas moins. »). Autre leçon édifiante, Walter installait un arbre de Noël décoré de petits gâteaux et, pour que sa juvénile troupe mesure mieux la tentation à laquelle Ève avait été soumise, il interdisait à quiconque d'y goûter.

— J'aimerais prendre un deuxième avis, dit Martin à Hummel.

— Je ferais de même, à votre place.

En annulant la contravention pour excès de vitesse qu'avait récoltée Ralph Avelthorpe, fils d'un renommé chirurgien de Deer Haven, Martin put obtenir un rendez-vous en urgence avec le Dr Benjamin Blumenberg, chef du service d'urologie du centre de cancérologie du Memorial Sloan-Kettering à New York. Il détestait tirer avantage de ses fonctions, mais il était désespéré.

Que le Dr Blumenberg s'avérât être jeune ou âgé, Martin était disposé à lui prêter toutes les qualités. L'homme fût-il blanchi par les ans, sa grande expérience garantirait l'infaillibilité du pronostic. Fût-il fraîchement émoulu de la faculté de médecine, assurément l'homme serait un génie en herbe, le Bobby Fisher de l'urologie. Mais quand Martin le vit enfin, il découvrit un homme sans âge – peut-être à la fin de la quarantaine, peut-être au début de la cinquantaine. Visage banal, teint terreux, calvitie naissante, lunettes à monture d'écaille. Mais sa voix, elle, était incomparable : un rien fêlée et pourtant forte et contenue à la fois, elle évoquait irrésistiblement celle de Montgomery Clift dans le film *Jugement à Nuremberg*.

Ce grand praticien, urologue des urologues, étudia le dossier de Martin, palpa la glande incriminée, et déclara :

— Je suis heureux que vous n'ayez pas choisi la prostatectomie.

Un intense soulagement envahit Martin.

— Vous voulez dire que ce n'est pas si grave que ça?

— Tout ce que je puis dire, c'est que cette zone durcie sur le lobe gauche est très proche de la capsule prostatique. À vrai dire, je soupçonne qu'elle a déjà débordé sur les vésicules séminales.

Martin eut un hoquet audible et sentit son ventre se nouer.

— Ça… ça s'étend ?

Le spécialiste hocha la tête.

— Une prostatectomie est justifiée quand il n'y a qu'un seul nodule solitaire susceptible d'être enlevé en totalité. Mais ne désespérez pas, monsieur. Il y a des alternatives. Nous pourrions essayer les œstrogènes de synthèse – vous savez, les hormones femelles. Le benzœstrol, le dienœstrol, entre autres.

— Œstrogènes ? gémit Martin.

Blumenberg eut une grimace de compassion.

— Les effets secondaires sont moches, je vous l'accorde. Perte de libido, gynécomastie…

— Gynéco… ?

— Développement anormal des seins. Et puis le traitement hormonal ne suffira pas. Il faudra procéder à une orchidectomie.

— Mes orchidées ?

— Vos testicules.

— Mais je n'ai que cinquante-deux ans…

— Il y a une autre voie, qui n'est pas moins prometteuse : la radiation. Nous pouvons irradier vos testicules. Avec un peu de chance, vos fonctions sexuelles demeureront intactes. Nous commencerons par vous faire passer une lymphographie, pour savoir si votre tumeur a migré au-delà des vésicules. Pourriez-vous entrer à l'hôpital jeudi ?

Lymphographie : un mot qui semblait émaner d'une mastication de caramel mou. Lym-pho-gra-phie. Un jour, je me le ferai broder au dos de ma redingote rouge.

Vous ai-je jamais raconté comment j'ai vendu le cancer à notre Créateur ? Je suis allé le trouver. « J'ai une nouvelle maladie pour Toi », je lui ai dit.

— Je t'écoute.

— Cannibalisme subjectiviste. Le corps se dévore tout seul plus ou moins vite.

— Ça me plaît.

— Je m'y attendais. Je l'ai appelé la *crevette.*

— La crevette ? Pourquoi pas le crabe ? Allons, Sarkos, c'est pas un nom de longue maladie, ça. Trouve-Moi quelque chose de plus chantant à l'oreille.

C'est ainsi que mon chef-d'œuvre se déclina en un chapelet de mots aussi musicaux que les notes d'une marche funèbre. *Cancer, métastases, carcinome, tumeur, oncologie, lymphographie.*

La lymphographie de Martin décela des nodules anormaux au voisinage de la prostate.

— Anormaux ? demanda Martin d'une voix plaintive. Vous voulez dire cancéreux ?

— Nous ne le saurons qu'après la biopsie, répondit Blumenberg. Mais il y a fort à parier que ce soient effectivement des tumeurs malignes.

— Est-ce qu'on peut le combattre, docteur ? Ou bien est-ce que ce cancer va me tuer ?

— Vous savez, depuis que Dieu n'est plus de ce monde, il est difficile de faire des pronostics.

— Je ne crois pas qu'Il ne soit plus de ce monde.

— Vous êtes pour la théorie de l'éphémère ?

— Pas vous ?

Blumenberg haussa les épaules.

— J'ai très peu d'opinions en ce qui concerne Dieu.

Je me contente de rester urologue. Mais pour répondre à votre première question : oui, nous pouvons le combattre.

Le 25 mai, Martin retourna à l'hôpital et, vingt-quatre heures plus tard, Blumenberg lui ouvrit le ventre. Le spécialiste procéda à une biopsie des trois nodules anormaux qui, à l'analyse, se révélèrent infestés de cellules cancéreuses. Il pratiqua alors l'exérèse de ces sales petites bombes et fit un prélèvement des ganglions voisins : eux aussi étaient atteints de carcinome. Mettant à profit l'anesthésie de Martin, Blumenberg décida de commencer tout de suite la thérapie et introduisit dans la glande atteinte plusieurs douzaines de microcapsules d'isotopes radioactifs, chacune d'elles n'étant pas plus grosse qu'un grain de sable.

Quand il revint à lui, Martin ressentit aussitôt la violence ravageuse du scalpel de Blumenberg. La douleur lui pilonnait le ventre. Il avait l'impression qu'un enfant démoniaque lui avait ouvert l'abdomen avec une pelle à sable pour bâtir un château de ses entrailles.

Une infirmière se tenait à son chevet, une seringue emplie de Demerol. Elle lui enfonça l'aiguille dans la cuisse, lui adressa un sourire professionnel et poussa le piston.

Corinne lui serra la main.

— Les nodules, dit-il d'une voix éraillée.

— C'est ce que nous pensions, lui répondit-elle.

— Positifs ?

— Blumenberg les a tous enlevés… (Elle porta la main de Martin à ses lèvres et l'embrassa)… Écoute, chéri, il a placé quarante-six microcapsules radioactives dans ta prostate. Le traitement a déjà débuté, Martin. Dans deux jours, tu éprouveras des nausées, une faiblesse générale, ce genre de choses, mais les isotopes feront leur boulot, ils détruiront la tumeur et ta prostatite finira par disparaître, elle aussi.

Martin n'était pas idiot. Il savait qu'un homme dont les ganglions lymphatiques sont atteints de carcinome ne pouvait guère espérer survivre plus d'un an.

— Il est temps qu'on parte… en vacances, dit-il à sa femme d'une voix que le Demerol commençait à empâter comme un mauvais alcool. Il est temps qu'on aille… qu'on aille…

— Où ça ?

— Orlando.

2

Rien ne me réjouit plus que de gâcher une surprise. C'est Stapleton qui se cache derrière *Le Chien des Baskerville.* Rosebud est le traîneau de Charlie Kane. Jim Young met sa montre au mont-de-piété pour acheter à Della un nécessaire à coiffure, pendant que Della coupe ses longs cheveux et les vend pour offrir à Jim une chaîne de montre. Dieu entra volontairement en catalepsie parce qu'il pensait ainsi rendre meilleures Ses créatures.

Comme l'a écrit le père Thomas Ockham, cosmologue jésuite, dans son célèbre ouvrage *Paraboles pour un âge post-théiste* : « C'était essentiellement une stratégie pour forcer notre espèce à mûrir. Placés par Sa disparition dans l'impossibilité de nous en remettre à Lui, nous ne devions plus compter que sur nous-mêmes. »

Maintenant, vous savez. Le mystère est dévoilé. Affaire classée. Hélas pour Lui et Son grand dessein, Il ne sut prévoir la Cité céleste made in USA. Une fois de plus, il mésestima le formidable penchant humain pour l'aveuglement.

Parmi les inconvénients à être atteint d'une maladie mortelle alors qu'on est encore relativement jeune, il y a le grand nombre de personnes qu'il vous faut avertir. La plupart de vos proches sont encore en vie. La veille de son départ pour Orlando, Martin téléphona à tous ceux qui lui étaient chers.

Il commença par sa démocrate de sœur, Jenny Candle, sachant que le talent qu'elle avait pour transformer les horreurs de l'existence en humour noir lui donnerait le coup de pouce nécessaire.

— Mon Dieu, c'est terrible.

— Dis-moi quelque chose de drôle, Jenny.

— Quelque chose de drôle ? Tu as déjà vu un cancer de la prostate faire rire ?

— Ce n'est pas aussi marrant qu'un cancer des poumons, mais c'est tout de même assez rigolo.

— Tu l'as dit à maman ?

— Pas encore eu le courage.

— Ça lui fera du bien. Après toutes ces années passées à se ronger les sangs, parce qu'elle risque de manquer de friandises pour Halloween ou parce que le gamin qui lui tond la pelouse doit partir en pension, elle va enfin avoir un vrai sujet d'inquiétude.

— Oui, je ne pouvais faire moins que de lui offrir un cancer.

— Frangin, on va foutre la branlée à ce cancer, dit Jenny, imitant Elizabeth Taylor dans *Une chatte sur un toit brûlant.* Et une telle branlée qu'il disparaîtra du dictionnaire médical.

Les deux personnes qu'il appela ensuite étaient ses ex-fiancées. Robin McLaughlin, une mécanicienne dentiste avec qui il avait vécu, alors qu'ils faisaient tous deux leurs études à l'université de Perkinsville, éclata en sanglots. Retransmis par le récepteur du téléphone, ses pleurs évoquaient les ouah ! ouah ! plaintifs d'un client du Chenil de la Joie. Au début, il se refusa à avertir Brittany Rabson, qui prétendait le mépriser mais qui faisait toujours en sorte que leurs vies se croisent pour les motifs les plus futiles (« Marty, est-ce que tu as encore ces photos de nous au parc Fairmount, où on donne à manger aux canards ? »). Puis il se dit qu'il n'aurait pas fini de l'entendre si jamais elle apprenait indirectement la nouvelle. À l'annonce du cancer de Martin, Brittany réagit avec un narcissisme ébouriffant : quand il serait à l'article de la mort, lui dit-elle, sa vie s'écoulant dans le même goutte-à-goutte que sa perfusion de morphine, qui d'autre qu'elle serait présente en ces instants, encore faudrait-il qu'il ait la prévoyance de l'appeler.

Puis ce fut maman, qui habitait Monclair, dans le New Jersey, aimait les roses et, telle Olga Prozorova se languissant de Moscou, avait parfois la nostalgie de son Belfast ancestral. À l'annonce de la nouvelle, Siobhan s'écroula littéralement et ne retrouva un semblant de calme qu'en apprenant le départ de Martin pour la Cité céleste.

— Ton père apprécierait, lui dit-elle.

Il garda son directeur de campagne pour la fin : Vaughn Poffley, extraverti à ses heures qui, quand il ne veillait pas à ce que le siège de juge de paix continue d'échoir à un séant républicain, gagnait sa vie en enseignant le code de la route (de la déroute, disaient ses élèves) au lycée d'Abaddon.

Martin et Vaughn avaient fait connaissance lors du conseil des parents d'élèves du 15 juin 1991, auquel Martin s'était invité afin de protester contre le projet de supprimer le cours d'éducation routière pour des raisons budgétaires. Avec l'autorisation du proviseur, il expliqua que sa charge de magistrat lui avait fait mesurer les terribles dégâts engendrés par l'ignorance du code de la route. Il parla des corps brisés, des espoirs et des vies détruits par les accidents de la circulation. Les familles dignes de ce nom étaient-elles prêtes à confier le volant d'une voiture à leurs enfants sans qu'ils aient appris à déjouer les pièges mortels de la route ?

Martin parla avec une telle éloquence que non seulement Vaughn garda son cours mais que le code de la route devint une matière obligatoire pour l'obtention du baccalauréat.

À la fin de la réunion, Vaughn se présenta à Martin. C'était un petit homme chauve, démonstratif et affecté d'un léger zézaiement.

— Si jamais vous avez besoin d'un service, dit-il en s'emparant de la main de Martin, vous n'aurez qu'à demander.

En temps normal, Martin n'aurait vu dans l'offre de Vaughn qu'un aimable propos rhétorique, mais il venait de se faire larguer par Brittany et se trouvait esseulé. Avant que la jeune femme ne s'entiche de l'ancien mouvement artistique allemand Sturm und Drang, au point que leur relation devienne impraticable, elle avait été une formidable directrice de campagne.

— Eh bien, puisque vous en parlez, j'aurai effectivement besoin d'aide pour ma réélection. Distribuer les tracts, faire du porte-à-porte…

— Je suis votre homme, dit Vaughn. Qui est votre adversaire ?

— Un certain Game. Un avocat de l'Oregon, une vraie tête d'œuf de libéral.

— Sur quel thème vous comptez vous présenter ? Candle, le père de famille ?

— Je ne suis pas marié et je n'aime pas spécialement les enfants.

— Alors, nous jouerons sur l'honnêteté. L'honnêteté et l'expérience.

En dépit du caractère impromptu de son embauche, Vaughn Poffley se révéla aussi efficace que Brittany, créant un slogan qui marqua la campagne : « Votez candle, vous lui devrez une fière chandelle[1] » et l'affichant par centaines à travers la circonscription d'Abaddon. Sans autre arme que les sourires suscités par sa trouvaille, Vaughn aida Martin à l'emporter avec une marge confortable de deux mille quatre cent dix-huit bulletins.

Apprenant que son ami avait le cancer, Vaughn se montra aussitôt pragmatique et demanda à Martin si celui-ci comptait se présenter à la prochaine élection. Comme la réponse était oui, Vaughn le pressa de garder le secret sur sa maladie.

— Je ne dis pas que nous devons tromper les gens, mais novembre sera là avant qu'on s'en aperçoive. Vous seriez surpris de découvrir ce que pensent nos frivoles électeurs du cancer. Ils n'aiment pas ça du tout.

Cette nuit-là, Martin et Corinne firent l'amour. Bien que Blumenberg prétendît que les microcapsules d'isotopes ne pouvaient contaminer son sperme, Martin tint à utiliser un préservatif. Sexe radioactif sans danger. Aux yeux de Corinne, ce coït dut son énergie à son caractère de transgression : elle arrachait son amant aux griffes de la maladie. Pour Martin aussi, la nuit s'avéra être sans précédent par son intensité. Leur lit, lui semblait-il, les avait transportés dans un théâtre d'insoutenable

1. *Candle* signifie chandelle. *(N.d.T.)*

urgence… sur un champ de bataille ou au milieu d'une forêt en feu ou encore une plage des mers du Sud battue par un ouragan.

Le vol 3051 US Air de Philadelphie à Orlando arriva avec neuf minutes d'avance, atterrissant à 18 h 56. En entrant dans l'aéroport, Martin, qui mettait les pieds en Floride pour la première fois, fut accueilli par deux gigantesques posters, l'un de Mickey Mouse exhortant ses fans à visiter Disney World, l'autre de Jésus-Christ invitant ses fidèles à se rendre à la Cité céleste. Aucune de ces deux images ne contribua à lui remonter le moral.

Peu de temps après avoir récupéré leurs bagages, Corinne et lui se retrouvèrent dans une limousine filant sur la route 528, direction le Buena Vista Hilton. Des rangées de palmiers défilaient derrière la vitre teintée, leurs palmes ployant dans le vent comme des touches de piano sous d'invisibles doigts.

Aujourd'hui, certains assurent que la Cité céleste aurait été un formidable succès quel que fût son lieu d'implantation. Le plan originel prévoyait que Dieu et Ses accessoires seraient remorqués par un supertanker depuis la Méditerranée jusque dans le golfe du Mexique, puis échoués sur le rivage oriental maigrement peuplé de la baie de Tampa et laissés là sous le soleil floridien, tandis que le grand parc à thème prévu s'étendrait à ses pieds. Mais les actionnaires des Entreprises Éternité ne voulurent pas en entendre parler : la carcasse, insistèrent-ils, devait être amenée à Orlando et nulle part ailleurs, car, sans l'excédent des foules attirées par Disney World, Epcot Center, Universal Studios, Sea World et le quartier général de Tupperware International, l'attraction proposée risquait de courir à la faillite.

Ainsi commença le plus grand projet de génie civil depuis le creusement du canal de Suez. On construisit spécialement pour l'occasion trente-huit grues d'acier, chacune égalant à la toise le World Trade Center. Elles se révélèrent à la hauteur de la tâche, soulevant la chambre froide des eaux de Cocoa Beach et l'amenant sans encombre à terre. Le conteneur fut ensuite placé sur un support composé de quatre-vingt-quatorze wagons plates-formes et transporté sur quatre-vingts kilomètres le long de huit voies ferrées courant parallèlement à la route 528, pour être enfin déposé sur le site choisi, au nord de Big Sand Lake. Il fallut l'énergie collective de soixante-douze locomotives diesels, dont cinq rendirent l'âme en route, pour acheminer le colis.

Bien que le parc ne fermât ses portes qu'à minuit, le couple décida de rester ce soir-là à l'hôtel ; Martin avait la nausée et Corinne tombait de fatigue. Le lendemain matin, ils montèrent dans la navette, dans laquelle les attendait un spectacle édifiant.

Martin n'était pas le seul à accourir à Orlando par désespoir. Assise derrière le chauffeur du bus, une vieille femme toute desséchée portait au cou un goitre gros comme une noix de coco. À côté d'elle un jeune homme chauve respirait à travers un masque à oxygène. Près d'un tiers des passagers présentaient en vérité un éventail de maladies gravissimes, au point que le véhicule ressemblait à une ambulance évacuant les survivants de quelque étrange et dévastatrice catastrophe.

Moins d'une demi-heure plus tard, la Cité se dressait devant eux, ses flèches et ses tours se découpant dans le ciel comme autant de missiles prêts à fuser. L'appareil photo pendu au cou, les passagers se dirigèrent vers l'entrée principale, pesant et solennel portique plaqué or et incrusté de perles de culture, dont le linteau supportait le logo du parc : un palais aux mille tourelles sur socle de nuages blancs, le tout enrubanné d'un arc-en-ciel. La brise qui soufflait du parc apportait un parfum d'orange aussi naturel qu'une odeur d'essence. Un vol de colombes télécommandées s'élevait à intervalles réguliers au-dessus de la porte céleste dans un battement d'ailes mécaniques à la blancheur immaculée, en même temps qu'un chœur invisible entonnait *a cappella Suivez le guide.*

Les pèlerins se rangèrent sagement en file devant le guichet. Contre cinquante-cinq dollars, chaque visiteur recevait une pochette contenant une carte pliante, une clé du royaume en fer-blanc de près de vingt centimètres de long donnant accès à toutes les principales attractions et un carnet à spirale, *Le Guide du visiteur de la Cité céleste USA*. À quelques mètres de là tournait en rond un groupe de manifestants dont les pancartes et les T-shirts indiquaient leur appartenance au groupe dissident de la Fondation nationale des Sciences : le comité pour l'Exploration totale du Corpus Dei. « Ouvrez-nous son cerveau ! » réclamait un slogan. La curiosité scientifique est un don de Dieu ! » proclamait un autre.

Comme Martin se frayait un chemin à travers la foule, il rencontra sans le vouloir le regard d'un des manifestants, un solide barbu dont le carton disait : « Les Entreprises éternité sont les ennemies de la vérité ».

— Ne vous faites pas complice de cette escroquerie, lui dit le contestataire en retenant Martin par sa chemise hawaïenne.

— Je suis malade. Je suis en train de mourir ! répliqua Martin en se dégageant pour rejoindre le groupe qui passait la porte.

— Ça n'est pas une excuse! lui cria le barbu.

Comme il faisait ses premiers pas à l'intérieur de la Cité céleste, Martin fut immédiatement frappé par la propreté agressive qui y régnait. Où qu'il se tournât, il ne voyait que collines verdoyantes au gazon si bien entretenu qu'on l'aurait dit transplanté du golf privé de William Randolph Hearst. Des fontaines de marbre blanc constellaient le paysage, leurs chérubins joufflus pissant une eau blanche comme du lait.

Le dernier paragraphe du *Guide du visiteur de la Cité céleste USA* était intitulé : « Espoir pour les affligés ». Espoir. Le mot faisait vibrer Martin. Corinne et lui lurent trois fois le passage à l'ombre d'un olivier.

Bien que les énergies curatives de la Cité émanent avant tout de notre Principale Attraction, le parc entier possède des pouvoirs thérapeutiques, et il est vivement conseillé au visiteur de goûter à toute la gamme des lieux sacrés. Cas célèbre entre tous, Orville Hazelton, chauffeur de taxi à La Nouvelle-Orléans, se vit soulagé de son ulcère du duodénum, après avoir gagné une horloge suisse au concours du meilleur enfonceur de clous au Marteau de Yael[1] *(stand situé à la Fête foraine du Millenium, à un jet de pierre de la Lapidation de saint Étienne), bien que la guérison complète ne fût effective qu'après que M. Hazelton eut contemplé le Corps de Dieu. Autre cas notoire, Wilma Alcott, une éleveuse de poulets du Kansas qui souffrait d'une rare maladie de foie, commença de recouvrer la santé après avoir mangé de la langouste au café du Dernier Repas (sur la*

1. La femme qui tua Sisera en lui enfonçant un piquet de tente dans la tête pendant qu'il dormait. Juges 4, 17-22. (*N.d.T.*)

Voie longue et étroite, adjacente au bistrot La Manne providentielle), même s'il lui fallut contempler l'Enveloppe divine pour que sa rémission fût totale.

— Tu crois à ces fumisteries ? demanda Martin. Ça ne fait vraiment pas sérieux, toute cette publicité autour de leurs attractions.

— Maintenant que nous avons fait le voyage jusqu'ici, répondit Corinne en essuyant ses lunettes de soleil sur son chemisier de mousseline, respectons la règle du jeu.

Ainsi débuta une longue et pénible matinée à faire le pied de grue. Vingt-trois minutes d'attente pour la grande roue baptisée le Char d'Ézéchiel, trente et une pour le palais des glaces de la Putain de Babylone, vingt-huit pour le train à vapeur du Chemin de Croix, et dix-sept pour les animaux de la ferme du Jardin d'Éden. De toutes ces attractions, seule la dernière procura quelque plaisir au couple, Corinne établissant immédiatement la communication avec les brebis et les chèvres, Martin prenant un plaisir lascif dans la contemplation d'une Ève de céramique, dont les longs cheveux blonds masquaient à peine les seins. Bizarrement, on ne se bousculait guère au manège des Quatre Cavaliers de l'Apocalypse. Corinne choisit l'étalon des Sept Famines, efflanqué comme trente-six rosses, tandis que Martin enfourchait la monture de la Guerre, au poitrail bardé de fer. Ils refusèrent l'un et l'autre de monter les bêtes portant la Mort (squelette d'équidé sculpté dans du bois de cerisier et peint en blanc) et la Peste (une jument rouanne couverte de bubons). Quand le manège atteignit sa pleine vitesse, l'orgue à vapeur crachota *En avant, soldats du Christ.*

Attendre encore – une bonne demi-heure pour les

montagnes russes du Paradis à l'Enfer, une expérience palpitante de l'aveu général qui vous élevait parmi des grappes d'anges androïdes pour vous plonger ensuite dans des gouffres ardents où les adultères se tordaient en hurlant dans des bassins de soufre en fusion et où les gourmands embrochés rôtissaient à petit feu.

Trente-six minutes de queue valaient bien une petite pause dans l'Arche de Noé où, par les hublots, vous pouviez voir des foules de pécheurs se noyer, tandis que la pluie continuait de tomber et que les eaux en furie chahutaient le vaisseau.

Il était 13 h 45 quand le couple se laissa choir sur un banc, au café de la Multiplication des Pains et de la Pêche miraculeuse. Martin se risqua à goûter la spécialité de la maison, le haddock sur galette de pain azyme. Sa femme commanda une salade Ponce Pilate. Leurs plats arrivèrent promptement. Martin trouva leur présentation grotesque. Mais toutes choses lui paraissaient grotesques depuis peu. La conscience de sa maladie jetait un voile mortuaire sur tout ce que rencontrait son regard. Il baissa les yeux sur la ridicule salière en forme d'angelot, sur sa portion de haddock échouée sur sa calotte sans levain.

— Qu'est-ce que ton père aurait pensé de la Cité céleste ? demanda Corinne.

Martin considéra sa tasse de café ébréchée.

— Je crois qu'il aurait détesté. Père pouvait être assez corniaud pour emmener ses élèves au cimetière y mouler les stèles, mais il n'était jamais vulgaire. Cet endroit sue la vulgarité. Qu'est-ce qu'on est venus foutre ici ?

Corinne souleva ses lunettes noires et les repoussa dans ses cheveux auburn. Une vague de désir amoureux déferla en Martin avec une telle force qu'il imagina Éros prêtant son bras armé aux isotopes embusqués dans sa glande pour bouter le cancer hors de son corps. Comme il avait été sage de retarder le mariage jusqu'à ce qu'il rencontre la femme de sa vie ! Comme il avait bien fait de ne pas se contenter du charmant sens de l'humour de Robin et du talent de Brittany pour la cuisine chinoise et la fellation !

— Nous sommes ici pour que tu guérisses.

— Il y a peu de chances.

Elle mordit dans une carotte crue. Tels des bouts de scènes entrevues par un homme chevauchant l'un des chevaux de bois des Cavaliers de l'Apocalypse, des images revinrent à Martin. Corinne et lui marchant main dans la main sur un pont à chevalets dans les Poconos. Se lisant chacun son tour des pages du Kamasutra. Jouant nus aux échecs.

Mais Lancelot songea un instant,
Et dit : « Elle a un beau visage ;
Dieu dans Sa miséricorde lui a donné la grâce,
À la dame de Shalott. »

— Tu as un beau visage.

— Merci.

— J'ai peur.

— Je t'aime, Martin. Terriblement et à jamais.

— J'ai une trouille du diable.

— C'est naturel.

— Je ne me trouve pas aimable.

Elle leva son verre de jus de tomate, prit une gorgée.

— Juge Candle, vous êtes mon beau chevalier dans son armure étincelante.

Visitant la foire dans l'après-midi, Martin claqua cinq dollars à la Lapidation de saint Étienne. Il rata avec constance le mannequin, tandis que des adolescents gavés au pop-corn faisaient mouche à tous les coups, ensanglantant de fausse hémoglobine la tunique du martyr et se voyant récompensés de leur adresse par des agneaux en peluche et des chérubins rembourrés. Plus heureux avec la tête d'Holopherne, il gagna un ballon Archange Michel en décapitant le pantin en moins de deux. Mais il fut tout simplement brillant au tournoi de fronde David et Goliath, premier de six concurrents à abattre le géant philistin. Il se vit remettre une boîte à musique programmée pour procurer « une ambiance propice à une lecture profitable des Psaumes ».

Les visites de la Principale Attraction partaient toutes les heures. Pour achever dans l'apothéose promise leur voyage à la Cité céleste, Martin et Corinne durent prendre un tapis mécanique long d'un kilomètre puis faire de nouveau la queue devant un guichet qui ressemblait à une ziggourat assyrienne. Au loin, dans la brume, se devinait la chambre froide renfermant le Corpus Dei, vague masse barrant l'horizon, ses facettes renvoyant l'éclat du soleil déclinant tels les boucliers d'or battu de Salomon. Examinant leurs tickets – trente-cinq dollars pièce –, ils virent qu'ils faisaient partie du groupe C, dont le départ était prévu à seize heures. À l'heure dite, leur guide apparut et escorta ses douze visiteurs dans une grande cage de verre et d'acier abritant un ascenseur aux parois couleur rubis qui s'enfonçait dans le sol de Floride.

— Au nom de la Confédération baptiste américaine, je vous souhaite la bienvenue dans la principale attraction de la Cité céleste USA, commença la guide d'une voix douce et mélodieuse.

C'était une grande blonde à la denture chevaline, qui ne devait pas avoir plus de vingt-cinq ans. Elle était vêtue de l'uniforme Cité céleste : chemisier de rayonne jaune citron et pantalon flottant en polyester blanc.

— Je m'appelle Kimberly et je serai heureuse de répondre à vos questions, mais je dois d'abord vous préciser un point important, poursuivit-elle avec un sourire fabriqué. Nous sommes ici pour connaître une profonde expérience spirituelle, et non pour ouvrir un débat. Compris ? Certains d'entre vous ont probablement entendu dire que l'objet que vous allez voir est le corps de Dieu en état de coma. La Confédération baptiste américaine croit tout autre chose. Notre Principale Attraction n'est que l'enveloppe divine, un tas de frusques, pourriez-vous dire, dont Il s'est débarrassé afin de devenir un pur esprit.

Elle monta d'un cran son sourire artificiel.

— Notre Père tout-puissant est toujours aussi vivant, mes amis, et Son fils, Notre Seigneur Jésus-Christ, règne en Son nom… (elle lança soudain son poing en avant, comme si elle allait péter la vitre) et le Saint-Esprit est toujours en nous !

Alors qu'ils commençaient de descendre, Martin observa que l'appareil avait été conçu spécialement pour les besoins de la Cité, car il était assez vaste pour transporter non seulement le pèlerin mais l'appareillage médical dont sa survie pouvait dépendre. Ainsi trois membres du groupe C occupaient-ils un fauteuil roulant : une jeune femme rondelette, un adolescent acnéique, un septuagénaire basané. Deux autres visiteurs, une Chinoise et un Noir aux maigreurs comparables, faisaient le voyage sous dialyse avec un appareil portatif, sans cesser d'échanger les confidences typiques des phases terminales.

L'ascenseur toucha le fond, et sa porte s'ouvrit sur l'arche d'un tunnel qui s'enfonçait sous terre aussi loin que le regard pouvait porter. Le long de la voûte courait un rail auquel était suspendu un wagon dont la forme oblongue faisait penser à une chenille cheminant sur une brindille. Quand tout son petit monde fut à bord, Kimberly décrocha un mégaphone de sa patère derrière la cabine du conducteur. La voiture s'ébranla, glissant dans le tunnel constellé de lumières scintillantes, espèce de planétarium cylindrique.

— Chacune de ces constellations est mentionnée dans la Bible, annonça Kimberly dans son porte-voix. « Peux-tu nouer les liens des Pléiades, desserrer les cordes d'Orion, amener la Couronne en son temps, conduire l'Ourse avec ses petits ? » Job 38, 31.

Un kilomètre et demi plus loin, le tunnel s'ouvrait sur une salle suggérant une immense caverne arctique. Des plaques de givre couvraient les murs carrelés. Des pics de glace pendaient du plafond telles des stalactites.

— Première station : la Centrale de Conservation, dit Kimberly, tandis que la voiture avançait très lentement. Je pourrais dire au conducteur de s'arrêter et de vous laisser sortir faire un tour mais, croyez-moi, vous n'aimeriez pas ça. Cette salle est directement reliée à la chambre de refroidissement et la température avoisine les... (elle mima un grand frisson) brrr, moins sept degrés centigrades ! Vous voyez cette citerne étincelante ? Elle contient près de trois cent vingt mille litres de fréon 114. Le fréon passe dans cet énorme ballon vert, qui a pour fonction de réduire la pression du fluide, puis il pénètre dans ce grand serpentin là-bas où, pfuit ! il absorbe un tas de chaleur et garde ainsi notre Principale Attraction aussi froide qu'un baiser de pingouin. Pendant ce temps, ce gros moteur dans le coin aspire la vapeur de fréon et la compresse si fort qu'elle la change de nouveau en fluide frigorifique, qui va regagner la citerne par cet autre serpentin et boucler ainsi le cycle. Quelqu'un aurait-il une question ?

Personne dans la voiture, se dit Martin, n'avait dû suivre l'exposé de Kimberly. Tous restèrent muets.

La caverne s'étrécissait et ils parcoururent près d'un kilomètre avant d'arriver à la station suivante : une autre salle souterraine, dominée par l'appareillage le plus fantastique que Martin eût jamais vu. Une pompe en acier aussi grande qu'un avion à réaction, entrecroisée d'un labyrinthe de tuyaux transparents en Plexiglas d'un diamètre d'un mètre quatre-vingts, euxmêmes reliés à quatre dômes d'aération coniques surmontés d'un soufflet tellement gigantesque qu'il aurait pu activer un incendie de forêt. Chacun des tuyaux charriait un flot de couleur bleue en entrant dans les dômes et en ressortait rouge. L'air vibrait d'un grondement rythmique, un obsédant *tchunk-tchunk-tchunk* qui ébranlait le wagon sur son rail.

— Deuxième station : Contrôle cardio-vasculaire, expliqua Kimberly au mégaphone en poussant sur ses cordes vocales. Comme vous le savez, tout le monde ne pense pas comme nous que Dieu n'a pas besoin de sang. Mais ici, à la Cité céleste USA, nous respectons tous les points de vue, aussi gardons-nous notre Principale Attraction raccordée au dispositif de réanimation que vous voyez à votre gauche : un cœur-poumon artificiel, le Lockheed 7000. Tous les jours, plus de quatre millions de litres de sang O positif sont pompés dans ces dômes de six cents mètres cubes chacun, à l'intérieur desquels ils sont réchauffés, oxygénés et filtrés avant d'être injectés dans Ses veines. Le plasma lui-même – je suis toujours un peu choquée à cette pensée – vient de tous les pays de la Terre. Protestants, catholiques, juifs, musulmans, tous ont donné de leur sang, même un athée du nom de Jules Wembly. S'il y en a parmi vous qui veulent faire un don avant de quitter la Cité, il vous suffira de vous arrêter à l'un des centres de transfusion sanguine situés à la sortie. Des questions ?

Un jeune homme émacié, au front orné de quatre lésions symptomatiques de la maladie de Kaposi, leva la main.

— Est-ce que je peux descendre du wagon une minute ? cria-t-il par-dessus le vacarme du stimulateur. Je voudrais toucher l'un des tuyaux.

— Ce n'est pas autorisé.

— Je vous en prie.

— C'est interdit.

— Il le faut.

— C'est impossible, monsieur. Dehors, le bruit est tel qu'il peut entraîner une perte totale de l'ouïe.

— Laissez-moi sentir Son sang, et je serai régénéré !

Kimberly fit la grimace et, pour la première fois, Martin se dit que le travail de la jeune femme n'était pas à proprement parler une promenade de santé.

La voiture reprit de la vitesse et s'enfonça derechef dans le tunnel.

— Nous entrons à présent dans le Corridor des Miraculés, reprit Kimberly.

Le groupe C passait maintenant devant des douzaines de niches illuminées, dont chacune était encombrée d'un bric-à-brac communément associé aux estropiés, aux boiteux et aux aveugles.

— Tout ce qui est exposé là a jadis appartenu à certains de nos visiteurs et représente la collection la plus importante, en dehors de celle de Lourdes.

Et béquilles, cannes, déambulatoires et fauteuils roulants de défiler, niche après niche, guérison après guérison. Suivaient des prothèses plus redoutables en cuir et acier, destinées à soutenir les échines brisées ou à remplacer des membres disparus, longue cohorte s'achevant avec les masques à oxygène des insuffisants respiratoires et les appareils à dialyse des insuffisants rénaux.

— Il ne se passe pas de jour sans qu'un miraculé nous envoie l'appareil dont il est libéré, reprit Kimberly. Cette chaise roulante ergonomique est arrivée hier de Kyōto, au Japon. Des questions ?

Je suis une créature aux mille facettes, aux personnalités multiples, aux déguisements infinis. Pendant que notre héros visitait le Corridor des Miraculés, je me confectionnais un nouveau costume : pantalon bouffant rouge, veste rouge, capuche rouge, le tout bordé d'hermine. Oui, mes amis, mon *alter ego* n'est autre que le Père Noël en personne, *alias* Santa Claus. Consultez vos mythologies et notez d'abord le caractère anagrammatique de nos Satan et Santa respectifs. D'après la légende, le bonhomme jovial vêtu de rouge réside au pôle Nord et se déplace dans un traîneau tiré par des rennes. Et dans la nuit du 24 décembre de chaque année, il entre par les cheminées pour déposer les jouets qu'il a fabriqués pour les enfants. Il est de bonne coutume de lui laisser du pain et du vin. On l'appelle encore le Vieux Nick, qui dérive de saint Nicolas, le Papa Noël des pays nordiques.

Est-il besoin de le dire, mon admiration pour le Corridor des Miraculés était sans bornes. En matière d'escroquerie, cela surpassait de loin l'homme de Piltdown, le journal intime de Hitler et l'extraterrestre de Roswell. Ce qui ne veut pas dire que les visiteurs de la Cité céleste ne bénéficiaient jamais de la Principale Attraction. Au contraire. Grâce à l'effet placebo, les affligés des maux de la terre connaissaient régulièrement des rémissions spontanées. Et, bien qu'il fût établi de source sûre que les propriétaires du Corridor se fournissaient auprès des magasins d'articles médicaux, ils n'exerçaient pas la tromperie pour l'amour de la tromperie, non, ils voulaient simplement faire de l'arnaque une variété de guérison qui profitât à tous. Ne sous-estimez jamais la valeur du mensonge, amis. Ne doutez jamais du pouvoir du bobard. Bénis soient les imposteurs, car ils connaîtront la richesse au-delà de leurs rêves les plus fous.

Au cas où vous vous poseriez la question, je ne passe pas toute ma journée dans mon échoppe de tailleur. Même le diable mérite une pause. Quand arrive midi, je pose mon aiguille et, emportant ma gamelle, je m'en vais me balader sous l'intense lumière de Ses neurones. Je me limite d'ordinaire à explorer les environs immédiats, maraudant à travers Son centre olfactif, à quelques kilomètres de la scissure de Rolando, mais parfois ce sont les artères qui m'attirent. Ainsi, pendant que Corinne et Martin déjeunaient à la Multiplication des Pains et la Pêche miraculeuse, mon ami l'évêque Augustin et moi voguions à bord de mon vieux rafiot à vapeur dans l'artère qui irrigue l'hémisphère gauche en mangeant des sandwiches au corned-beef, une ligne de traîne accrochée en poupe. Je serai éternellement reconnaissant à Lockheed d'avoir construit ce cœur-poumon artificiel. Grâce à cela, une faune riche fréquente la rivière Hiddekel. À chacune de nos sorties, nous attrapons au moins un leucocyte et un tas de globules rouges.

Mes jours, je le sais, sont comptés. Tout autour de moi, le paysage se détériore, en dépit des efforts de Ses conservateurs et de leur Lockheed 7000. Les murs de Jésuralem s'effritent, les arbres de l'Éden meurent, l'Euphrate devient un égout, les vers hériteront de Sa chair. Heureusement, notre Créateur a construit la réalité en songeant à Son départ. Il a rempli l'univers de miracles autogénérateurs. Bien après que nous ne serons plus de ce monde, Lui et moi, les grands mouvements tectoniques continueront de produire leur lot de séismes et les aléas de la biologie entraîneront de multiples cancers, tandis que le viol et le meurtre resteront les sports préférés des humains.

La seule personne à laquelle il m'est difficile de mentir est ma pomme et je dois reconnaître en toute candeur que je suis devenu obsolète bien avant de devenir mortel. Oh, comme je regrette l'époque où mon Créateur n'était pas dans le coma et où les gens faisaient appel à mes lumières aussi fréquemment qu'ils consultent aujourd'hui les psychiatres, les parrains de la mafia et autres conseillers en existence ; cet âge d'or qui voyait Mme de Montespan, maîtresse de Louis XIV, m'implorer de rendre la reine stérile, pour qu'elle, la Montespan, eût le farouche monopole des faveurs du roi ; ce temps hélas disparu où les religieuses du couvent des Ursulines à Loudun me pressaient de soulager leurs frustrations sexuelles ! Je ne veux pas de votre sympathie, amis, pas plus que je ne réclame votre compréhension. Je désire seulement que vous croyiez autant en moi que vos enfants au Père Noël.

— Troisième station : la Chambre de Refroidissement, annonça Kimberly, alors qu'ils arrivaient au bout du Corridor des Miraculés. Faites attention à la marche.

La guide entraîna le groupe C dans un vaste hall, décoré d'une copie du *David* de Donatello et d'une reproduction de *La Cène* de Léonard de Vinci, où les attendait un ascenseur si spacieux qu'ils purent tous rentrer, fauteuils roulants compris.

— Soixante-deux mètres de bas en haut, dit Kimberly.

Elle pressa un bouton. La porte se referma dans un chuintement. Vibrant doucement, l'appareil s'éleva vers les cieux. Trois minutes plus tard, il s'arrêtait.

— Tout le monde descend, s'il vous plaît.

Martin sortit de l'ascenseur. Une plaine en résine translucide s'étendait devant lui. Une reproduction plus grande que nature de la *Pietà* de Michel-Ange dominait les pèlerins. Au-delà partait un chemin sinueux bordé de jardinières fleuries de jonquilles et de jacinthes. Tous les deux mètres, une flèche de néon incrustée dans le sol jalonnait de son clignotement rouge le parcours que devait emprunter tout arpenteur de la Principale Attraction.

— Comme il convient à une visite aussi intime, votre rencontre avec Son enveloppe corporelle est à votre entière discrétion, expliqua Kimberly. Comptez quarante minutes pour un circuit complet. Sept chapelles privées, trois salles de repos, et une douzaine de sites où vous êtes autorisés à prendre des photos vous attendent sur votre chemin.

Elle jeta un coup d'œil à sa montre dont les heures étaient au nom des douze disciples.

— Je vous attendrai au pied de la *Pietà* jusqu'à cinq heures et demie au plus tard.

Corinne se glissa derrière Martin et lui prit la main, leurs doigts s'entrelaçant en un nœud de chair.

— Tu ferais mieux d'y aller seul, mon chéri, dit-elle. Une présence païenne risquerait de Le mécontenter.

— Crois-tu ? demanda-t-il, passant doucement sa main libre sur le genou de marbre de la madone.

— Ne prenons pas de risques ; on ne sait jamais.

— Oui, on ne sait jamais.

Il se mit en marche, direction ouest par le sein gauche de la Principale Attraction, puis piqua vers le nord et Son sternum. Il n'y avait pas grand-chose à voir. Il s'arrêta et, baissant la tête, plongea son regard à travers le sol transparent et les trente mètres d'air arctique pour contempler le torse divin, paysage pilo-forestier s'étendant sur près de mille mètres dans toutes les directions. Une vision stupéfiante, mais à la thérapeutique douteuse. Il se remit en route. Atteignant la bouche, il découvrit non sans stupeur que Dieu souriait, comme tout le personnel de la Cité céleste, d'ailleurs. Un sourire étirant deux lèvres charnues sur une longueur de cinquante mètres et révélant des dents blanches comme un savon à la lanoline, chacune de la grandeur d'une porte de frigo.

Le sentier, qui s'incurvait à l'est, l'amena directement au-dessus de l'œil gauche. Le canal lacrymal était aussi grand qu'un ballon de défense antiaérienne. Comme il fixait la céleste et lumineuse pupille, Martin ressentit soudain un picotement dans ses orteils. Émanation divine ou la conséquence logique d'une station prolongée sur une surface de résine glacée ? Authentique manifestation ou autosuggestion ?

— Dieu, aide-moi, murmura-t-il.

Le picotement monta le long de sa jambe jusqu'à ce que ses genoux en tremblent.

— Je t'en prie, Dieu !

Toujours s'élevant, le titillement atteignit l'entrecuisse, le ventre, la poitrine, la tête.

— Je suis à Toi, mon Dieu !

Tout son corps vibrait maintenant de révélation.

— Je suis guéri ! cria-t-il en revenant au pas de course.

Corinne, assise dans la position du lotus au pied de la *Pietà*, entendit les cris de Martin et se leva. Ils se jetèrent dans les bras l'un de l'autre, s'étreignant à l'ombre noire de la madone.

— Je suis guéri !

— Oh, Martin !

— Guéri !

— Oui, Martin, oui, oui !

— Je t'aime !

Ils s'embrassèrent : leur baiser le plus passionné depuis celui qui avait fondu les flocons de neige sur le visage de Martin.

Et puis les autres pèlerins arrivèrent, se rassemblèrent autour de la statue, palpèrent fébrilement les plis de pierre de sa robe, pressèrent leurs visages contre ses pieds de marbre.

— Jésus m'a sauvée ! s'écria la Chinoise dialysée.

— Gloire au Seigneur ! s'exclama son frère noir en douleur.

— Je vais prendre des cours de danse ! annonça la potelée en gigotant dans son fauteuil.

— Et moi, je file à Sitges ! chanta le jeune homme de Kaposi, bien que son front fût toujours marqué d'angiomes.

Le vendredi qui suivit son retour d'Orlando, Martin prit le train de New York pour son check-up bihebdomadaire au centre Sloan-Kettering. À peine Benjamin Blumenberg était-il entré dans la salle d'examen que Martin lui racontait avec passion son pèlerinage.

— Vous avez vu le cadavre ? demanda le praticien. À quoi ça ressemble ?

— Ce n'est pas un cadavre. C'est l'enveloppe charnelle de Dieu. Je me suis posté juste au-dessus de Son œil gauche.

— J'ai bien envie d'aller y faire un tour. Les enfants me l'ont déjà demandé, et Mme Blumenberg aussi. Ils laissent entrer les juifs, n'est-ce pas ?

— Sans problème.

— Et vous croyez vraiment que ce voyage vous a guéri ?

— J'en suis sûr.

— Je vais vous faire une prise de sang et nous allons vérifier le taux de vos phosphatases acides.

À quatre heures, le mardi après-midi, le Dr Blumenberg téléphona au tribunal d'instance d'Abaddon et eut Martin au bout du fil, alors que celui-ci venait juste de recueillir la promesse d'un adolescent de Glendale nommé Todd Weatherwax de cesser de répéter avec son groupe de rock passé dix heures du soir.

Le taux normal des phosphatases acides est de 1 à 5 unités Plummel. Il s'élève en cas de cancer de la prostate. C'est ce qu'expliqua le Dr Blumenberg à Martin, avant de lui annoncer avec regret que les analyses révélaient un taux de 11,6.

De toutes les saloperies et de tous les parasites que le Tout-Puissant m'a accordés au fil du temps, les termites m'ont toujours empli de fierté. Comme vous le verrez, ces insectes feront l'objet de spéculations philosophiques tout au long de ce récit. Pour le moment, toutefois, ce sont des mâchoires de ces bestioles, et non de la théologie termitière, qu'il est question.

Le désespoir agriffait Corinne Rosewood, alors qu'elle rentrait en voiture du travail ce soir-là. Juste avant qu'elle parte, son mari avait téléphoné pour lui annoncer les résultats de la dernière analyse. Les larmes baignaient son visage. Comme si le chagrin ne suffisait pas, de la morve sourdait de ses narines. 11,6. Elle n'avait pas été aussi désespérée depuis la mort de sa petite chienne corgi, nommée Gwyneth, qui avait endeuillé son enfance.

Elle engagea prudemment sa Ford Ranger sur le pont de Henry Avenue, un ouvrage vieillissant de chêne et de fer qui enjambait la rivière Algonquin, à cinq kilomètres en amont de sa rencontre avec la Waupelani dont les eaux étaient aimées de toute la communauté d'Abaddon. Les grosses poutres de chêne qui formaient le parapet du pont étaient minées de vingt-sept mille quatre cent quatre-vingt-neuf trous, œuvre patiente de mes termites.

11,6, se répétait Corinne. Onze, virgule, six. Et dire qu'ils étaient tellement sûrs que leur voyage à la Cité céleste avait guéri Martin, tellement sûrs…

Un setter irlandais, tout aussi égaré et affolé qu'elle, traversa soudain le tablier devant la Ford. Elle fit exactement ce que l'on pouvait attendre de la fondatrice du Chenil de la Joie : elle freina à fond et donna un coup de volant. La Ranger se mit en travers et, du coin droit du pare-chocs, fractura le crâne canin. Corinne perçut nettement le choc du métal chromé contre l'os. La voiture poursuivit son dérapage, le cadavre du chien étendu en travers de la calandre, et heurta le parapet.

La poutre de chêne censée contenir le coup de bélier d'un camion se brisa comme du polystyrène.

Corinne hurla, saisie par la même sensation de chute qu'elle avait ressentie récemment dans la grande roue du Chariot d'Ézéchiel. La Ranger toucha les eaux de l'Algonquin et s'enfonça. Le cadavre du setter flotta un bref instant devant le pare-brise tel un mort sorti de sa tombe. L'eau jaillit par les contours des portières, gicla sur le visage et la poitrine de Corinne. Frénétiquement, elle chercha une issue dans la pénombre, saisit la manivelle d'ouverture des vitres, donna un tour mais le mécanisme, déjà envahi de vase, grippa. L'eau était à ses genoux. Elle essaya la poignée. Coincée elle aussi. Elle poussa, tira, pesa désespérément de tout son poids. En vain, la portière ne cédait pas d'un centimètre. L'eau lui caressait le ventre.

Retenant son souffle, elle se glissa vers la portière côté passager. Agrippa la manivelle. Bloquée. Elle s'arc-bouta, en vain. L'Algonquin s'engouffrait. L'eau atteignit son nez, lui entra dans la gorge, dans les bronches.

La dernière chose que vit Corinne Rosewood fut une magnifique carpe dorée, une créature perdue qui, cherchant à rejoindre son banc, remontait la rivière, s'éloignant de plus en plus de son habitat à chaque reflet de ses écailles brillantes.

3

Avant d'être atteint du cancer de la prostate, le plus grand malheur qu'eût connu Martin fut la perte, à l'âge de quatorze ans, de la maison chère à son enfance. Il s'était imposé de regarder les deux bulldozers abattre les murs de leurs redoutables pelles d'acier et raser les fondations. Son père avait vendu l'ancienne caserne des pompiers pour douze mille dollars à un riche chiropracteur nommé Harold Clevinger et avait acheté un logement plus conventionnel de l'autre côté de la rue.

Le premier geste du chiropracteur fut de démolir l'habitation – seul le séduisait le terrain, bordé par la Waupelani et son rideau de saules pleureurs – et d'ériger sur son emplacement une monstruosité de maison basse et serpentine qui faisait penser à une colonne vertébrale scoliosée que Clevinger aurait échoué à redresser.

La famille de Martin ne pouvait trop faire grief au chiropracteur de la démolition de la bâtisse, construite en 1935 pour abriter la première compagnie des pompiers d'Abaddon et son modeste garage de deux voitures à pompe. Abandonné dix ans plus tard, le bâtiment fut racheté par le père de Martin pour la modique somme de quatre cent cinquante dollars. Avec des tasseaux, des dalles de Placoplâtre et son lot de sueur et d'ampoules, Walter Candle convertit le dortoir des soldats du feu en un confortable appartement de plusieurs pièces. Catéchiste le dimanche, le père de Martin était enchanté de vivre dans une ancienne caserne de pompiers, lui qui se voyait un peu comme le combattant du désir et des tentations charnelles dont il voyait danser les flammes dans les prunelles de ses élèves.

Martin aussi adorait cette maison, et particulièrement sa sirène dont le dôme de protection chevauchait le faîte du toit, tel un casque sur le crâne d'une sentinelle. L'appareil était définitivement hors d'usage, et personne dans la famille n'avait seulement songé à tenter de le réparer, mais Martin n'en espérait pas moins qu'un jour, par Dieu sait quel miracle, l'instrument reprendrait vie et lancerait sa longue plainte sauvage avec une telle force que sa petite sœur en ferait pipi dans sa culotte.

Et ce fut une plainte semblable, long hurlement de désespoir, que Martin entendit quand, l'oreille collée au récepteur du téléphone, il apprit la terrible nouvelle de l'agent de police Steadman.

— Juge, votre femme a été tuée dans un accident de la route.

Martin brailla, sanglota, gémit. Il maudit le moment où il avait été conçu ; l'heure où, fœtus, il avait bougé pour la première fois ; le jour où il était sorti du ventre de sa mère. Le chagrin le métamorphosa. Il devint une espèce de monstre, un être possédé par la rage, arpentant la maison, brisant la vaisselle, arrachant les rideaux, renversant les meubles. Il éprouvait de nouveau cette même sensation d'engloutissement ressentie pour la première fois dans le cabinet du Dr Hummel, sauf que, cette fois, ce n'était plus dans les marécages d'Abaddon qu'il s'enlisait mais dans une boue bien plus froide, plus cruelle... dans les entrailles refroidies du Corpus Dei. Sans la vigilance de Vaughn Poffley, il se serait peut-être jeté dans l'Algonquin, pour y suivre Corinne dans le néant.

— Le cercueil, le caveau, l'avis de décès dans *La Sentinelle*... je me suis occupé de tout, lui annonça Vaughn de la même voix ferme et cadencée comme un métronome qu'il aurait employée pour assurer Martin qu'ils pouvaient battre le candidat démocrate aux prochaines élections. La pierre tombale portera l'inscription : ELLE AIMAIT TOUTES LES CRÉATURES, PETITES ET GRANDES. Ça te va ?

Assis à la table de la cuisine, Martin ne répondit pas. Il dévissa le bouchon de la salière et en versa le contenu sur la table devant lui. Il regarda les grains de sel, qui lui rappelèrent les isotopes qu'on lui avait fourrés en vain dans la glande. Pour la première fois il voyait dans la mort une délivrance et son meilleur espoir d'échapper à ce monde et à ses bulldozers sans conscience, à ses phosphatases acides trop élevées, à ses ponts rongés par les termites et à ses épouses noyées.

— Sais-tu que Samuel Johnson n'a pas assisté aux obsèques de sa femme ? dit-il enfin à Vaughn. Trop dur pour lui.

— Tu dois venir, Martin. Sinon, tu le regretteras.

— La reine Victoria n'a pas pu non plus suivre l'enterrement du prince Albert.

De son index, il traça une spirale dans le sel.

— Il te suffira d'être présent. Je sais que Corinne n'avait pas de religion, mais je me suis arrangé avec mon pasteur pour qu'il dise quelques mots sur la tombe, des paroles luthériennes – ça ira, non ? – et puis nous recevrons chez moi. Marge fera du café, du cake et des petits sandwiches au pain de mie.

— Putain de setter irlandais, dit Martin, écrasant de son poing le tas de sel.

— Montre-toi là-bas, c'est tout. Cimetière de Hillcrest, samedi matin à dix heures. Ta sœur passera te prendre en voiture. La tombe est près de la remise aux tondeuses à gazon. Après-demain. Là où ils rangent les tondeuses. Contente-toi de venir.

Quand la nuit tomba, Martin erra dans le carré de *Nepeta cataria*, finit par s'asseoir au milieu des plantes, et attendit. À minuit, les hédonistes apparurent – les blancs, les noirs, les tricolores, les gouttières et les siamois – mais au lieu de se rouler dans l'herbe et de se défoncer, ils s'assirent bien droit et le regardèrent, les pupilles dilatées par l'obscurité, un mélange de curiosité et de reproche dans les yeux.

Où est Corinne ? semblaient-ils demander.

— Elle est morte, dit-il à voix haute. Vous ne la reverrez plus jamais.

Qui fera pousser l'herbe ?

— Je ne sais pas.

Le feras-tu ?

— Je l'ignore.

Tu le dois.

— Pensez à autre chose qu'à vous-mêmes. Pensez à Corinne.

Nous sommes des chats.

Ils passèrent le reste de la nuit ensemble : un juge affligé et treize félidés circonspects.

S'éveillant à l'aube, son chandail trempé de rosée, Martin se leva et se fraya un chemin parmi les feuilles en forme de cœur et les minous endormis. De retour dans la maison, il ouvrit une boîte de céréales, versa quelques flocons dans un bol, ouvrit le frigo, mais il n'y avait plus de lait. Il saupoudra son avoine de Nestlé en poudre, ajouta de l'eau du robinet et touilla. Il goûta. C'était infect.

Plus tard dans la matinée, sa sœur apparut, un sac de provisions dans les bras.

— J'ai fait l'inventaire de ta cuisine, hier, dit-elle en posant ses courses sur la table. Tu manquais de tout, alors je suis passée à Super Fresh. Comment te sens-tu ?

— Ça me fait mal quand je pisse, la prostatite doit être revenue. Ma hanche gauche m'élance. Tu veux me rendre un service ?

— Oui, dis-moi.

— Les animaux de Corinne, le tatou, la tarentule, il y a aussi un iguane... tu ne pourrais pas leur trouver une maison ?

— Je vais mettre une annonce dans *La Sentinelle.*

— Je ne veux pas d'argent, mais des personnes responsables. Pas question que ces bêtes soient les jouets de gosses sadiques ou les passades d'individus frivoles.

— D'accord.

— Je veux de bons foyers pour elles, Jenny.

— Ne t'inquiète pas, j'y veillerai.

Elle sortit du sac une grande bouteille de lait, deux pamplemousses, un melon.

— Je suis désolée que tu aies mal. Je suis désolée... pour tout.

— Tu veux me rendre un autre service ? J'aimerais que tu me conduises à la gare de Perkinsville. J'ai un rendez-vous à trois heures, cet après-midi, avec le Dr Blumenberg, à Sloan-Kettering. Il voudrait que j'essaie un nouveau médicament.

— Oh, Marty, tout ça est tellement *injuste.*

— Injuste est le mot.

— Sais-tu que maman vient à l'enterrement ?

— C'est trop loin, elle ne pourra pas.

— J'irai la chercher.

— Elle ne peut pas faire toute cette route.

— Tu ne m'écoutes pas, c'est moi qui la conduirai. Et je passerai te prendre aussi. À neuf heures et demie, d'accord ?

— Je veux y aller seul.

— Je ne comprends pas.

— C'est mieux ainsi.

— Seul ?

— Seul.

Il prit le train Perkinsville-New York à 11 h 45.

Exactement comme il l'avait craint, le nouveau médicament que le Dr Blumenberg voulait lui faire essayer n'était pas nouveau du tout. C'était la Feminone, une hormone synthétique qui menaçait de le féminiser.

— Je n'en prendrai pas, déclara-t-il à l'urologue.

— C'est notre meilleur espoir d'une rémission, dit Blumenberg en procédant à un toucher rectal de la glande enflammée de Martin.

— Je ne veux plus guérir.

— Allons, ne dites pas de sottises.

— Ça me fait mal quand j'urine. Et les sécrétions ont recommencé.

— Je vais vous remettre au Bactrim. Des douleurs au pelvis ?

— Un peu.

— Où, exactement ?

— À la hanche gauche.

— Je vais vous placer en permanence sous Roxanol, le

premier cousin de la morphine. Ça vous soulagera. Et puis nous allons vous faire une prise de sang, je voudrais savoir où en sont vos phosphatases acides.

Le soir tombait quand Martin sortit de l'hôpital. Il pleuvait. Des gouttes de pluie s'écrasèrent sur ses joues et ses lunettes à double foyer. Dans le bruit de la circulation et la puanteur d'oxyde de carbone de la Première Avenue, il sortit l'ordonnance de Feminone de sa poche et la froissa lentement. Pendant un instant, il regarda le papier en boule dans sa main s'imprégner d'humidité puis le jeta dans la première poubelle venue. Si je dois mourir, se dit-il, autant le faire dans le sexe auquel j'appartiens.

Au matin des obsèques de Corinne, le ciel au-dessus d'Abaddon était clair et serein, annonçant une journée plus faite pour tailler les rosiers ou jouer au badminton qu'enterrer sa femme. « Soyez là, c'est tout », avait dit Vaughn. Martin monta donc dans sa voiture à 9 h 45 et, tel un homme se rendant à sa propre exécution, prit la direction du cimetière de Hillcrest.

Il n'était pas venu là depuis des années, en vérité depuis qu'il avait relevé les patronymes des défunts du vieux carré en compagnie d'une douzaine d'autres gosses de la classe de catéchisme. Et, tandis qu'il roulait dans les allées étroites, il s'attendait presque à tomber sur le fantôme de Walter Candle s'en allant, papier et fusain à la main, récolter de tombe en tombe les noms et épitaphes des disparus.

Il fit trois fois le tour du cimetière sans trouver la remise aux tondeuses que lui avait indiquée Vaughn. Il avait mal à la hanche, ce qui n'avait rien d'étonnant à la lecture de sa dernière analyse : son taux de phosphatases acides était monté à 12. Il glissa une pilule de vingt milligrammes de Roxanol dans sa bouche et mâcha. Goût de chaux aigre. Une minute plus tard, il repéra une construction de brique recouverte de lierre et, à quelques dizaines de mètres de là, un groupe de personnes en habits de deuil rassemblées autour d'une tombe ouverte dont la dalle de granit était décorée de lis et de gardénias.

Sa douleur pelvienne se dissipait rapidement, remplacée par une légère euphorie opiacée. Il se gara, mit pied à terre et se dirigea en boitillant vers l'enterrement. Le gazon autour de la tombe était mal tondu et envahi de mauvaises herbes, une honte certaine selon les normes de la Cité céleste. Personne ne l'accueillit, et il ne reconnut personne. Quand Corinne avait-elle fait la connaissance de ces gens ? Avait-elle gardé des parents en réserve ?

Il regarda dans le trou. Le cercueil lui parut deux fois trop petit. Il se demanda si l'un des animaux familiers de Corinne n'était pas décédé sans qu'il le sache et si les proches de la fondatrice du Chenil de la Joie n'avaient pas décidé de commencer la cérémonie par la mise en terre du petit corps, après quoi un corbillard arriverait avec la dépouille de Corinne, et elle serait alors ensevelie. À moins que le contraire ne se fût produit et qu'elle ne reposât déjà au-dessous de la petite bière, et lui, taré indélébile, avait tout raté.

Il porta son regard sur la pierre tombale. BRANDON APPLEYARD 1992-1999. TU ME MANQUES TELLEMENT… TOUT MON AMOUR, MAMAN.

— Excusez-moi, dit-il, frôlant la manche d'une corpulente femme en robe imprimée, qui semblait plus ennuyée qu'affectée. Je suis l'épouse de Corinne… je veux dire, son mari… enfin, j'étais… Martin Candle.

L'air absent, la femme repoussa du bout d'un escarpin torturé par le poids le bouquet de fleurs posé à ses pieds.

— L'épouse de qui ?

Il désigna la petite construction de brique.

— Ils m'ont dit… la remise des tondeuses. J'enterre ma femme aujourd'hui.

— Non, là, c'est pour la pelle mécanique. Vous savez, pour creuser les tombes.

— Ils ne font pas ça à la pioche ?

— Non, on est au XXe siècle.

La femme eut un geste en direction de l'est. Le gras de son bras en trembla comme le jabot d'une dinde.

— La remise des tondeuses, c'est là-bas, à quatre cents mètres.

— C'est terrible pour le petit, dit-il avec un signe de tête vers la tombe.

— Spina-bifida. Je suis sa grand-tante. Nous attendons sa mère. Le père a mis les voiles il y a deux ans. Il ne pouvait supporter d'avoir un enfant handicapé.

— Quelle irresponsabilité ! dit sans le vouloir Martin en se demandant comment il jugerait pareille friponnerie au tribunal.

— Je n'ai jamais rencontré ce con, dit-elle. Ce ne serait pas vous, par hasard ?

— Non, pas du tout.

— Si vous voulez le savoir, Brandon est mieux là-haut avec le Seigneur. Spina-bifida, hein ? Le gosse ne pouvait pas marcher, il souffrait d'hydrocéphalie, sans parler des douleurs permanentes. Faites demi-tour. Ce n'est pas très loin.

— Merci.

Martin fit face au soleil et se mit en route entre les rangées de stèles de granit. Il observa qu'une nécropole avait, comme toute autre communauté, ses quartiers. À sa droite, s'étendait l'enclave des nantis – des républicains, se dit-il – dont les sépultures étaient de véritables maisons. À sa gauche, c'était la zone ouvrière, les cols bleus. Devant lui, un ghetto coréen aux pierres gravées d'incompréhensibles signes.

Une femme à la silhouette élancée, portant des chaussures noires et un sobre tailleur gris, venait vers lui d'un pas rapide, son voile noir de deuil relevé sur sa tête et révélant un beau visage ovale strié de larmes. Elle avait de grands yeux rougis, semblables à ceux d'un lapin de dessin animé.

— Vous êtes la mère ? demanda Martin, essoufflé, en s'appuyant de la main au tronc d'un peuplier.

La femme s'arrêta et cligna des paupières.

— Quoi ?

— La mère de Brandon, c'est vous, n'est-ce pas ?

— Mon analyste m'a dit qu'il valait mieux que je vienne seule, mais je me suis trompée d'enterrement, répondit-elle avec un hochement de tête. Quelqu'un qui s'appelait Corinne.

— C'est moi, Corinne. Je voulais dire, Martin. Son mari. Candle. Savez-vous où se trouve ma tombe, madame Appleyard ?

— S'il vous plaît, ne m'appelez pas comme ça. C'est le nom du père, pas le mien. Un enfant retardé, atteint de spina-bifida, cinq opérations orthopédiques, et ce salaud qui se tire et divorce, je parle de mon mari, bien sûr.

— Comment devrais-je vous appeler ?

— Patricia Zabor.

Elle avait des cheveux de jais, lisses et si longs qu'ils tombaient dans son dos comme la capuche noire d'une nonne.

— Votre enterrement se trouve près de la remise des tondeuses, juste après le carré coréen, ajouta-t-elle, tendant un index ganté de noir. On le verrait d'ici, sans cette haie de sapins.

— Le vôtre est juste derrière moi, mademoiselle Zabor. Continuez tout droit, vous ne pouvez le manquer.

Ils se séparèrent, s'en allant courageusement dans des directions opposées.

Ce fut miracle s'il passa la matinée. Il survécut à la stupéfiante élégie du pasteur de Vaughn Poffley, homme à la tête de fouine qui parlait comme s'il avait la bouche pleine de beurre de cacahuète. Il endura le cercueil étincelant au fond du trou, les fleurs grotesques, l'implacable pierre gravée de son épitaphe SPA : ELLE AIMAIT TOUTES LES CRÉATURES, PETITES ET GRANDES. Il tint encore le coup à la réception chez les Vaughn, où les rideaux tranchaient horriblement avec les housses des sièges et où la moquette venait d'être shampouinée. Il supporta le silence dont l'accablèrent les parents de Corinne, socialistes de toujours et bohèmes invétérés, qui n'avaient jamais compris pourquoi leur fille avait épousé un conservateur républicain. Il ne connut qu'un seul moment de répit durant ces heures pénibles, quand Jenny lui annonça qu'elle avait trouvé le foyer idéal pour les animaux de Corinne. Une douairière excentrique de Main Line nommée Meribel Folcroft s'était engagée à les recueillir dans son zoo privé.

Les deux semaines suivantes passèrent dans une vision floue de victimes courroucées, de coupables satisfaits et de justice bafouée. Quand un voleur à la tire plaida non coupable, alors qu'il avait été pris la main dans le sac, Martin le relaxa sans même une admonestation. Dans une autre affaire, la preuve fut apportée au juge que Dustin Grant, un adolescent de Deer Haven, avait mutilé les arbres de ses voisins avec la tronçonneuse de son père, ainsi qu'en témoignait une vidéo filmée par l'un des plaignants et montrant Dustin en pleine action. Martin se borna à réprimander le vandale : pas d'amende, pas d'obligation de consulter un conseiller familial. Puis vint la plainte déposée par Alfred Lafferty, un résidant de Chesnut Grove, dont la propriété jouxtait le terrain de golf. Il semblait que, quelques semaines plus tôt, Susan Curtis, de Glendale, fût en état d'ébriété quand, arrivée au sixième trou, elle avait placé sa balle sur le tee et expédié celle-ci dans le jardin du plaignant, tuant net Leopold, son chat bien-aimé. En temps ordinaire, Martin aurait non seulement condamné la coupable à remplacer l'animal défunt mais à payer des dédommagements pour destruction de propriété. Au lieu de cela, il prononça un non-lieu. Il regrettait que le swing de Susan Curtis n'eût pas plutôt frappé le setter irlandais, empêchant ainsi l'animal de se jeter sous les roues de Corinne. Si Dieu pouvait écarter les eaux de la mer Rouge et faire tourner la planète, pourquoi ne pouvait-Il détourner de sa trajectoire une foutue balle de golf?

Quand Martin se réveilla au dernier matin d'août, l'alarme de son réveil vrillant ses tympans, il prit sans hésiter une décision : il n'irait pas au tribunal, ce jour-là. Il s'accorderait une détente et renouerait avec son passe-temps préféré, qu'il appelait «spéléologie urbaine», l'un des hobbies qu'il partageait avec Vaughn Poffley, les autres étant les matches de football à la télé, le lundi, et les parties de poker du vendredi soir.

Les deux hommes prenaient un plaisir extrême à parcourir en voiture les quartiers les plus miteux de Philadelphie et à visiter ses usines moribondes. Tels des archéologues en quête d'une civilisation perdue, ils reconstituaient ensemble le passé de la ville, éprouvant une joie particulière à la découverte que telle bâtisse éventrée de la rue Cadwallader avait jadis abrité une boucherie industrielle ou que le temple de la Vie éternelle, au coin de Tioga et de la 9e Rue, était une ancienne filature. C'était la mélancolie de ces endroits qui touchait Martin, l'exquise solitude des fenêtres brisées et des tapis convoyeurs déchirés, le sublime chagrin d'un wagon rouillé sur une voie de garage.

Il téléphona à sa secrétaire pour qu'elle contacte les différentes parties des trois affaires du jour – une publicité mensongère d'un magasin d'articles ménagers de South Hills, une querelle entre un syndic et un locataire indélicat, un couple mixte (elle bouddhiste, lui catholique romain) qui voulait s'unir en dépit des oppositions parentales – et les informe que le juge était malade. À 1 h 20 de l'après-midi, il prit le train pour Philadelphie.

Sur le siège voisin, gisait le *Philadelphia Inquirer.* Par la force de l'habitude, il se reporta à la page Justice. Une femme de Prescott, Arizona, cherchait à reprendre son fils à la famille qui l'avait adopté. Un médecin de Little Falls, Minnesota, avait été inculpé pour euthanasie sur la personne d'un de ses patients, un homme de quatre-vingts ans, atteint de la maladie d'Alzheimer. Alors que le train s'arrêtait à Wayne Junction, Martin lut que les

Nations unies, cherchant à briser un réseau de traite des Blanches sévissant à Singapour, avaient après de longs débats amendé les statuts de la Cour internationale de justice et inclus la prostitution organisée parmi les crimes contre l'humanité.

Martin descendit du train et commença son exploration. Jetant un coup d'œil dans une brasserie abandonnée de la rue Clarissa, caverne aux murs noircis puant le moisi et le guano de pigeon, Martin pensa inévitablement aux chauffards ivres qui passaient à son tribunal. Ses tentatives pour orienter les délinquants vers les Alcooliques anonymes et la sobriété lui avaient fait comprendre que seul celui qui avait bu pouvait tendre une main salvatrice à celui qui buvait. En allait-il de même du chagrin ? Était-il possible que seul un endeuillé pût aider son frère en douleur ? Une chose était certaine : il n'avait rien à faire en ce moment dans une brasserie défunte, et la seule bière qui lui importait gisait six pieds sous terre dans le cimetière de Hillcrest. Il appartenait désormais à la compagnie des affligés.

Il y avait une cabine téléphonique délabrée au coin de Clarissa et Juniata. Il souleva le combiné et, miracle, perçut une tonalité. Pour vingt-cinq *cents*, il obtint le numéro de P. Zabor, à Deer Haven. Une crampe d'estomac due à la faim faisait depuis peu écho à sa douleur à la hanche. Il glissa sa carte de crédit dans la fente et appela la mère de Brandon Appleyard.

— Allô ?

Deux syllabes seulement, mais il reconnut la voix.

— Patricia Zabor ?

— Vous désirez ? demanda-t-elle d'un ton un rien méfiant.

— Nous nous sommes rencontrés il y a deux semaines. Au cimetière. Martin Candle.

— Ah oui… j'ai pensé à vous.

— Vraiment ?

— Oui, j'aurais dû vous présenter mes condoléances.

— C'est pour cela que je vous appelle.

— Pour mes condoléances ?

— Pour vous présenter les miennes. Je n'ai jamais été papa, mais je peux imaginer… qu'importe, je suis infiniment désolé, voilà.

— J'ai parlé à votre mère.

— Ma mère ?

— À l'enterrement de votre femme. Elle m'a dit que je devrais prendre du calcium, pour éviter de contracter l'ostéoporose.

— Patricia, je me demandais si l'on ne pourrait pas dîner ensemble. Il y a un restaurant grec près de chez vous, l'Athenian Corner.

— Je n'ai pas envie de sortir, ce soir.

— Vous n'avez pas d'appétit ?

— Vous plaisantez ? J'ai mangé comme un cochon toute la journée, et j'ai encore faim. Le chagrin est apéritif, vous n'avez pas remarqué ? Non, je ne suis pas en état, voilà tout. Vous comprenez ?

— Bien sûr.

— Je suis une épave.

— Oui.

— Une autre fois, peut-être.

— D'accord.

— Si vous avez envie de passer, je pourrais vous faire des spaghettis.

— Non, ne vous donnez pas cette peine. J'apporterai une pizza. Vous aimez la pizza ?

— Oui. Ma sœur jumelle est ici et elle aussi aime la pizza. 65, Mapleshade Lane, à quinze cents mètres de la crèche de la Vallée des Enfants.

— Le bâtiment avec un grand clown en bois sur le devant ?

— Oui, ma sœur dirige le centre. Je l'ai dessiné pour elle.

— Vous êtes architecte ?

— Non, hélas. Illustratrice commerciale. Des vignettes, surtout, comme celles que les gosses achètent à l'épicerie.

— Et vous avez dessiné le clown aussi ?

— C'est l'œuvre d'un sculpteur, qui est un client d'Angela.

— Un sculpteur âgé de quatre ans ?

— Le père. Il s'est donné tant de mal pour le faire qu'Angela n'a pas eu le cœur de refuser. Mais les enfants ont l'air de l'aimer.

Le clown qui gardait la Vallée des Enfants était encore plus grotesque qu'il ne s'en souvenait, sa grêle et sinueuse silhouette dominant de ses quatre mètres Mapleshade Lane, telle l'enseigne d'un fast-food pour anorexiques. Ralentissant, il mit son clignotant et tourna dans l'allée du numéro 65 pour s'arrêter devant une imposante maison de style victorien avec grande serre dans le jardin et belvédère sur la pelouse. L'ex de Patricia devait être riche.

Martin descendit de voiture et boitilla jusqu'à la porte, une pizza dans chaque main, les paumes imprégnées de la chaude humidité de la pâte qui filtrait à travers le carton.

Angela Zabor, jumelle de Patricia, ressemblait à sa sœur comme une symphonie jouée au piano ressemble à sa facture par l'orchestre au grand complet. Le thème était le même, mais l'ampleur et la profondeur faisaient défaut. Martin la trouva tout de suite ennuyeuse et regretta sa présence. Assis tous les trois au comptoir de chêne dominant la cuisine de Patricia, ils engloutirent rapidement la première des deux pizzas.

— La maison est à vous ? demanda-t-il.

— Butin du divorce, répondit Patricia en ouvrant le carton de la seconde pizza, qui avait laissé une tache en forme de fœtus sur le couvercle. J'ai obtenu la maison, quelques dollars et Brandon. Paul a eu ce qu'il voulait : se tirer.

— Il est riche ?

— Spirituellement pauvre, dit Angela.

— Professeur titulaire à Villanova, dit Patricia. Ma sœur touche neuf mille dollars par an pour s'occuper d'enfants, à l'âge où ils ont la tête tendre et malléable. Paul en empoche soixante-dix mille pour leur enseigner la philosophie, quand ils ont le crâne dur. Angela leur apprend à lire, et Paul, lui, leur parle d'Aristote. Vous aimiez votre femme ?

— Énormément.

— C'est bien, dit Patricia en soulevant une part de la pizza numéro deux, étirant dans l'opération un long cordon ombilical de fromage fondu qu'elle rompit de sa fourchette. Brandon ne devrait pas être mort.

— Bien sûr que non, dit Martin.

— Je veux dire qu'il n'a pas eu de chance. On devait lui remplacer la valve qui dérive le liquide céphalo-rachidien dans le système veineux – une opération de routine chez les hydrocéphales – mais il n'a pas échappé à une infection résistante à la pénicilline et tout le reste.

— C'est terrible.

— Il n'y a pas de justice, dit Angela.

Martin remua sur son haut tabouret et mordit dans un bout de croûte au bord de son assiette, alors qu'une vive douleur dans la hanche lui arrachait une grimace.

— Parfois, dans ma petite salle de tribunal d'instance… pas toujours, mais parfois… il y a de la justice.

— J'y suis passée, une fois, dit Angela.

— À… à mon tribunal ?

— Oui, il y a deux ans. Vous m'aviez convoquée. J'avais vu un type brûler un stop avec sa voiture et rentrer dans deux bonnes femmes qui poussaient un piano dans la rue. Personne n'a eu de mal, hormis le piano, qui était complètement démoli.

— Je me souviens de l'affaire.

— Vous avez condamné le chauffard à remplacer ce qu'il avait cassé. Un bon jugement.

Elle descendit de son siège et se tourna vers Patricia.

— Si tu as besoin de moi, Pat, je serai dans la buanderie.

Patricia détacha une autre tranche de pizza.

— J'aimerais savoir comment… si cela ne vous gêne pas…

— Accident de la route.

Martin sortit le Roxanol de sa poche et caressa de son pouce le plastique ambré et souple du flacon.

— Elle est sortie du pont Henry. Excusez-moi si je prends une pilule.

— Antidépresseur ?

— Analgésique, répondit-il avec un sourire sardonique. J'ai un début de… comment ils appellent ça ? … cancer de la prostate.

— Oh, mon pauvre…

— Cette saleté se balade maintenant dans mon pelvis, et ma hanche gauche me fait tout le temps mal.

Il propulsa un comprimé dans sa bouche, le broya entre ses molaires et l'avala avec une gorgée de Pepsi Light.

— Cette drogue est ma meilleure amie. Elle s'appelle Roxanol.

— Brandon en a pris pendant quelque temps. Normalement, on n'en donne pas aux enfants, mais c'était la seule chose qui marchait.

— Ils m'ont fait une biopsie-exérèse, m'ont irradié la glande et, maintenant, ils voudraient me mettre aux œstrogènes. Il y a un mois, Corinne et moi nous sommes allés à la Cité céleste.

Patricia eut un hochement de tête entendu.

— Nous avons essayé ça aussi. Mais je dois dire que Disney World lui a fait plus de bien. Il était devenu très copain avec deux types habillés comme Chip & Dale.

— Au prochain cancer, j'irai à Disney World à la place.

— Je n'arrive pas à croire que nous soyons assis là, dans cette cuisine, en train de bavarder de ces… ces choses. On devrait…

— Oui ?

— Hurler.

— S'arracher les cheveux.

— Vous êtes croyant, Martin ?

Dieu bénisse le Roxanol, l'effet commençait.

— Mon père enseignait le catéchisme. J'ai quelque part dans une malle à la cave toutes les petites médailles que m'a valu mon assiduité aux cours. Je les accrochais au revers de ma veste. Je ressemblais à un général.

— Laissez-moi deviner. Luthérien ?

— Je dois mon prénom à Martin Luther, mais j'ai grandi dans la religion presbytérienne.

— Mon ex est un méthodiste.

— Et vous ?

— Moi ? Je savais que Dieu était mort avant que Son cadavre nous tombe du ciel.

Elle cueillit un champignon sur sa tranche de pizza et le porta à sa bouche.

— Ce doit être formidable d'avoir la foi.

— Oui, ça l'est, dit-il platement.

Quand ils eurent réglé le sort de la seconde pizza, elle l'entraîna dans une grande pièce qu'elle appelait son studio, bien que l'endroit fût de toute évidence le lieu préféré du petit Brandon. Il y avait sur la grande table à dessin autant de livres et de crayons de couleur pour enfants que de fusains, de brosses et de dessins minutieux et précis d'extraterrestres aux yeux globuleux en route pour conquérir la Terre. D'autres croquis – de même inspiration – décoraient les murs. Des collections de dinosaures en peluche, de poupées, de cubes à construire et de figurines de la *Saga des Sargasses* envahissaient les étagères de la bibliothèque.

— L'une de vos vignettes ? demanda-t-il, désignant un dessin représentant un extraterrestre projetant un rayon laser sur le petit chien d'un enfant en larmes.

— Une grosse commande que j'ai eue : *Les Envahisseurs venus de Vesta*, « la terrifiante guerre que menèrent les Terriens contre les sanguinaires habitants de l'astéroïde le plus brillant de notre système », en cinquante-quatre planches.

— Et vous gagnez votre vie avec ça ?

— La compagnie Apex Novelty me paie trois cents dollars chaque dessin. Aujourd'hui, les gosses ont leurs jeux vidéo, leur réalité virtuelle, leurs bavardages sur Internet, mais ils reviennent toujours aux vignettes qu'ils peuvent échanger entre eux. Il n'y a pas de plus grand pied pour eux que de posséder la série complète des *Attaques martiennes* ou des *Envahisseurs venus de Vesta.*

S'approchant des rayonnages, Martin prit une figurine de la Saga des Sargasses, Stanhope l'Homme-Vapeur. Comme il retournait dans sa main le robot miniature, il réalisa combien le monde des enfants lui était étranger et aussi mystérieux que celui des chats. Dans un coin, il y avait un village miniature fabriqué par Fisher-Price, complet avec son école, une grange, une grande maison XVIIIe, et ses citoyens en plastique hauts de deux centimètres.

À côté de la table à dessin, il vit un fauteuil roulant, dont le siège était occupé par un redoutable Godzilla en matière caoutchouteuse. Martin imagina Brandon bourrant de coups de poing le pantin, frappant la terrible lésion qui lui rongeait la moelle. *Vlan, vlan et vlan.*

— Ses préférés, c'étaient les dinosaures, dit Patricia, cueillant un tricératops sur son étagère.

Elle repoussa Godzilla et, sa bestiole préhistorique à la main, se laissa choir dans le siège orthopédique.

— Il était assis dans son fauteuil, avec sa tête qui brinquebalait, poursuivit-elle, et je lui mimais des scènes de l'ère du crétacé. Il lui arrivait toujours des malheurs, à ce pauvre tricératops. Le stégosaure adorait la crème glacée. Et Brandon aussi. Au moins, il ne souffre plus. Il y avait des jours où je ne demandais qu'une seule chose : Mon Dieu, je Vous en prie, faites qu'il n'ait plus mal.

— Dieu s'est fait la belle, dit Martin, examinant un dessin qui semblait lui donner raison : un vaisseau Vestan pulvérisant au laser le pont de Brooklyn à l'heure de pointe. Il a quitté le lieu de (il sourit à la pensée de ce qu'il allait dire)… Ses crimes.

Serrant contre sa poitrine le tricératops, Patricia se leva.

— Jouez avec moi.

— Pardon ?

— Asseyez-vous par terre et jouez avec moi. On n'a jamais joué correctement avec ces jouets. Brandon… ne le pouvait pas.

— Moi non plus.

— Essayez. Je vous en prie.

Ils enlevèrent leurs chaussures et, à quatre pattes sur la moquette, firent joujou. Avec les cubes de construction, ils élevèrent une tour si haute qu'elle dominait la table à dessin. Ils pétrirent les pâtes à modeler du petit disparu, Patricia façonnant un éléphant bleu, Martin une girafe jaune. Ils repeuplèrent le petit village de Fisher-Price, remplissant la maison XVIIIe d'adultes florissants, la grange de beaux animaux, l'école d'enfants robustes – une utopie, décidèrent-ils, un monde qui n'avait pas de mots pour le cancer de la prostate ou le spina-bifida.

— Je l'aimais tant, dit Patricia. Pas parce qu'il était malade et qu'il avait besoin d'affection plus qu'un autre. Non, je l'aimais, c'est tout.

Elle ôta l'un des cylindres à la base de leur tour. L'édifice s'écroula de façon spectaculaire, les blocs tombant les uns sur les autres, et puis elle finit par hurler, un long cri rouge sang jailli de sa bouche qui souffla comme une tornade sur la saine petite communauté de Fisher-Price.

Martin avait les mains moites. Son cœur battait fort. Instinctivement il se pencha vers elle, et pendant cinq bonnes minutes ils s'étreignirent, silencieux et tremblants. Tels les survivants d'un naufrage, pensa-t-il, dérivant accrochés à une glace flottant sur l'infini marin.

Croyez-moi, je déteste autant que vous ces interruptions, mais je me disais que vous seriez curieux d'apprendre que cette image de naufrage venue à l'esprit de notre héros présage son obsession prochaine pour les catastrophes de toute nature. Ainsi, lors de sa visite du musée des Calamités naturelles et des Désastres technologiques, sera-t-il particulièrement attiré par l'un des objets exposés : le gouvernail du vapeur *Larchmont*.

Vous connaissez peut-être l'histoire. À onze heures du soir, le 11 février 1907, le *Larchmont* fut éperonné par le schooner *Harry Knowlton* près de Block Island. La plupart des passagers du *Larchmont* périrent noyés dans leurs cabines. Vêtus de leur seul pyjama, ceux qui parvinrent à sauter dans des canots de sauvetage furent accueillis par des vents glacés et une mer démontée. Le froid eut tôt fait de leur geler les mains et les pieds. Pour mettre fin à ses souffrances, l'un des survivants se trancha la gorge. Trois cent trente-deux personnes moururent cette nuit-là.

Mais, par la barbe du Prophète, le plus marrant dans cette tragédie, c'est le nom de la compagnie qui possédait le bateau. *The Joy Line.* La compagnie Joie ! Ça ne s'invente pas. Quoi que vous pensiez de notre Créateur, vous ne pourrez Lui reprocher de manquer d'humour.

Martin passa le week-end au lit. Tremblant de chagrin, torturé par la maladie, il roulait sur sa couche, s'entortillait dans les draps comme pour étouffer le mal lui rongeant le pelvis. Sa pelouse, à l'abandon depuis juillet, avait disparu sous une savane d'herbes folles. La glace obstruait son congélateur. La pagaille présidait à sa campagne électorale. Il avait à juger en début de semaine l'affaire de loyers impayés de Glendale, et il n'avait pas encore examiné le dossier. Mais, au lieu d'agir, il gisait alité, emprisonné dans le bourdonnement de son crâne.

Grâce au miséricordieux Roxanol, il dormit une grande partie de la nuit de dimanche, se réveillant le lendemain matin avec la peau sèche, les sinus congestionnés, et un sens étonnamment lucide de son proche avenir. Il allait se soûler à mort. Oui, cet après-midi, il s'en irait à Philadelphie et, faisant des bars son chemin de croix, jetterait à la fin son corps anesthésié par l'alcool dans les eaux noires de la Delaware. C'était une manière intéressante et pas désagréable d'en finir, et puis il n'avait rien à perdre, hormis la vie.

Il appela sa secrétaire, lui donna pour unique consigne de reporter les affaires au lendemain, et entreprit de remplir son estomac de crainte que la bringue projetée ne l'assomme avant qu'il n'atteigne son but. Le réfrigérateur contenait un reste de macaronis et il y avait dans la réserve quatre boîtes de thon et une de haricots blancs. Le dernier repas du condamné, songea-t-il, jetant le tout dans une casserole.

À midi, son estomac avait largement fait le plein. Il se munit de son flacon de Roxanol, monta dans sa Dodge Aries et démarra.

Moins d'une heure plus tard, il buvait à la paille un black russian tout en mastiquant une pilule opiacée à l'Omar's Arabian Oasis, au coin de la Septième et de Lombard. Au fil des ans, le box dans lequel il s'était glissé avait fait l'objet d'un si grand nombre de couches de laque vert olive que les murs ressemblaient à une carte en relief. Deux hommes assis au comptoir, leurs fesses adipeuses débordant des tabourets, sirotaient de la bière à la lueur d'un match de foot télévisé. Il faisait sombre dans l'Oasis, l'air était lourd et sentait le mauvais whisky.

Ses misères n'avaient pas disparu, mais elles avaient miraculeusement émigré de son corps. Il avait toujours le cancer de la prostate, Corinne était bien morte, mais ces deux malheurs avaient été exilés dans le coin le plus éloigné du bar et flottaient là-bas dans la pénombre, incapables de regagner leur port d'attache. Une pulpeuse pin-up Budweiser en plastique avec une pendule incrustée dans le ventre était suspendue au-dessus du comptoir. La petite aiguille serait dans moins d'une minute sur le chiffre 2. Il commanda un gin tonic. À deux heures et demie, ce fut un cuba libre.

À trois heures, il sortit, le cerveau très occupé à coordonner les divers effets produits par le mélange d'alcool fort et de Roxanol. Au pied d'un parcmètre luisait une large pisse de chien séchant au soleil de l'après-midi. Il avala une autre gélule et prit Rodman Street, s'imaginant qu'il était à la Cité céleste et qu'au lieu du macadam crasseux il foulait l'impeccable verrière recouvrant la Principale Attraction. Cette fois, il ne se contenta pas de contempler l'œil droit de Dieu, il lui cracha dessus.

Il entra en titubant au Royal Pub, au 605 de Rodman Street, s'assit au comptoir et commanda la spécialité de la maison : « les véritables fish & chips anglais ». Ils arrivèrent froids. Il ne se contenta pas de faire passer la fritaille avec de la bière, il la noya sous des seaux de Samuel Adams à la pression. Il allait pisser toutes les dix minutes, une expérience bien agréable, et un grand merci à la synergie alcool-Roxanol, qui lui épargnait le supplice du feu de sa prostatite récidiviste.

Ce fut au retour de son cinquième voyage aux toilettes que son voisin de comptoir se tourna vers lui et demanda :

— Vous venez souvent ici ?

— Seulement quand je perds une épouse.

L'homme était un géant grisonnant portant un bandeau de cuir à l'œil droit, un accessoire qui donnait à leur environnement un côté repaire de pirates.

— Divorce ?

— Non, la pesanteur.

— Quoi ?

— La pesanteur au sens propre. L'une des techniques favorites de Dieu.

— Si c'est une plaisanterie sur le bon Dieu, dit le borgne, vous allez vous prendre un pain dans la gueule.

— Ce n'est pas une plaisanterie.

— C'est déjà assez moche qu'Il soit dans le coma, sans que des rigolos viennent se foutre de Lui.

Une fois de plus, Martin décida de changer de rade. Il quitta le Royal Pub pour prendre South Street et son croisement avec Front Street et mit le cap sur la grande enseigne au néon de Mike's Tavern, qui clignotait telle une balise à travers la mer urbaine, guidant vers le havre les bateaux ivres.

Mais il n'arriva jamais à la taverne. Devant lui, le fronton illuminé du théâtre des Arts vivants, où il avait vu avec Corinne *Témoin à charge* lors de leur première sortie commune, le fit s'arrêter net. Il n'y avait que quelques douzaines d'amateurs pour faire la queue, petite assemblée à l'air grave et sinistre comparée à la foule qu'attiraient les reprises d'Agatha Christie.

Ce soir à huit heures
la troupe d'Au Jour le Jour
présente
LE PROCÈS DE DIEU
d'Elie WIESEL

Une pluie fine tombait. Sa hanche le faisait souffrir. Il regarda l'heure à sa montre. Il était 19 h 39. Il entra, traînant la patte, acheta un billet à une jeune guichetière au visage maigre et acnéique. Il suivit un placeur à l'air renfrogné jusqu'à son fauteuil d'orchestre, acheta un programme et s'efforça de lire la présentation de la pièce. Ce ne fut qu'à la sixième tentative qu'il parvint à percer le brouillard de bière et à comprendre de quoi il retournait.

Le Procès de Dieu promettait d'être aux antipodes des affaires qu'il avait lui-même à juger. D'après l'auteur, la pièce lui avait été inspirée par un événement étrange dont il avait été témoin quand il était prisonnier à Auschwitz. « Trois rabbins, hommes pieux et érudits, racontait Elie Wiesel, décidèrent une nuit d'hiver de poursuivre Dieu en jugement. »

L'action se déroulait dans le village russe de Shamgorod en 1649, pendant la fête de Pourim. Fixant son regard embrumé sur la scène, Martin vit une troupe itinérante de ménestrels arriver à l'auberge du village dans l'intention de divertir de leur spectacle la petite communauté. Mais à leur grande stupeur, ils découvraient que Shamgorod venait de connaître un pogrome. Seuls deux juifs avaient survécu au massacre : l'aubergiste, Berish, et sa fille en état de choc, violée de multiples fois, Hanna. Poussés par Berish, les comédiens acceptaient, à la place d'une gentille pantomime, de mettre en scène le procès de Dieu, accusé de laisser massacrer Ses enfants.

Quand arriva le premier entracte, Martin resta assis sans bouger, roulant et déroulant sans cesse son programme. Puis il se leva. Dans les méandres de son cerveau venait de s'esquisser un grand et terrible projet. Il gagna le bar du foyer, tendit un dollar au serveur et commanda un café. Le barman lui rendit la monnaie – une pièce de dix *cents*, que Martin glissa dans la poche de son pantalon, où ses doigts rencontrèrent le talon de son billet de théâtre. Curieux, il sortit le carré de papier cartonné rouge sur lequel était imprimé le numéro de sa place : F-106. Lentement, inexorablement, le talon entra dans une autre dimension, devenant ce même billet autour duquel Ivan Fiodorovich avait construit sa fameuse diatribe dans *Les Frères Karamazov*, le roman préféré de Martin en classe de lettres.

« Aussi vais-je lui rendre mon billet d'entrée et, si je suis un honnête homme, je vais le faire dès que possible », annonce Ivan, qui en est arrivé à la conclusion qu'il ne désirait plus être admis dans un univers où souffraient les enfants et les innocents. « Ce n'est pas Dieu que je n'accepte pas, Alyosha, je ne fais que lui rendre respectueusement mon billet. » Ce à quoi son dévot de frère répondait : « C'est de la rébellion. »

Martin ne resta pas pour le deuxième acte. Il avala son café, sortit en toute hâte du théâtre, regagna sa voiture et fonça cap au nord à travers la nuit bruineuse.

— Je vais Te rendre mon billet, marmonnait-il. Je vais Te rendre Ton billet…

À minuit, il tambourinait à la porte de Patricia Zabor.

— Qui est là ? demanda une voix.

Levant la tête, il recula en chancelant. Patricia se penchait à la fenêtre du premier, ses pupilles dilatées comme celles d'une chatte siamoise sous valériane.

— Patricia, il s'est passé une chose fantastique !

— Martin ?

— Je vais Lui rendre mon billet !

— Je descends vous ouvrir.

Une minute plus tard, elle l'accueillait avec un sourire niais. Sa robe de chambre en satin argent scintillait dans la lumière orange du perron.

— Que se passe-t-il ? demanda-t-elle en le faisant entrer.

— Nous allons Le faire asseoir sur le banc des accusés !

— Martin, vous êtes...

— Soûl ? Après tout ce que j'ai bu, il y a des chances.

— Je prendrais bien un verre moi-même, dit-elle en l'entraînant dans la cuisine. Il me reste du bourbon, vous en voulez ?

— Bien sûr.

Elle lui versa deux doigts de Jack Daniel's sur des glaçons, qui craquèrent sous le flot ambré de l'alcool.

— Je vais Le traduire en justice, tout comme l'ont fait ces rabbins.

— De quoi parlez-vous ? demanda-t-elle en se servant un verre. Et qui donc voulez-vous traduire en justice ?

— La Principale Attraction. Faites-moi plaisir, Patricia. Mentez-moi. Dites-moi que vous trouvez mon idée formidable.

— Je pense que c'est une idée formidable.

— Non, ce n'est pas vrai. Vous pensez au contraire que c'est absurde, et c'est aussi mon avis. Je ferais peut-être mieux de prendre ces foutus œstrogènes que me recommande Blumenberg et de m'offrir quelques mois de plus à vivre. Je perdrais ma virilité, la grande affaire. Je ne veux pas parler d'hormones mais d'harmonie.

Elle but cul sec son whisky, s'en servit un deuxième.

— Jouez avec moi.

— Quoi ?

— Vous savez… jouez avec moi.

Les glaçons tintinnabulant dans leurs verres, ils s'en furent dans le studio.

— Il y a une semaine, je n'aurais jamais songé à pareil projet.

Il vida son bourbon, sortit de sa poche le programme du *Procès de Dieu* et le tendit à Patricia.

— Mais les Nations unies, poursuivit-il, viennent d'amender les statuts de leur juridiction. Désormais, un individu peut être poursuivi par la Cour internationale de justice de La Haye.

— *Le Procès de Dieu*, lut Patricia à voix haute en enlevant ses mules de satin. Martin, tout cela est bien juvénile.

— C'est ce qu'il veut que nous pensions.

— Mais n'êtes-vous pas presbytérien ?

Tandis que l'alcool imprégnait son cerveau, Martin eut l'impression de voir la pièce tourner sur elle-même, une sensation qui lui rappela sa chevauchée du destrier de la Guerre au manège de la Cité céleste. S'appuyant au fauteuil roulant, il enleva ses chaussures.

— J'aime le Dieu de mon enfance, le Dieu des cours de catéchisme de papa. Mais il existe un autre Dieu ici-bas, et c'est celui-là que je vais me payer.

— Pensez-vous vraiment qu'Il soit responsable de tous nos malheurs ?

— Et qui d'autre le serait ?

— Je ne sais pas. Satan.

— Un simple mandataire.

Ils s'agenouillèrent par terre et entreprirent d'élever une nouvelle tour avec les blocs de construction de Brandon. Quand l'édifice atteignit une hauteur d'un mètre, Patricia se pencha en avant et colla sur les lèvres de Martin un baiser sensuel et mouillé.

— Ça vous a plu ? demanda-t-elle en glissant sa main dans l'une des marionnettes de son défunt enfant – ours ou marmotte, Martin n'aurait su le dire – puis elle pressa, faussement timide, la peluche sur sa joue.

— Je ne suis pas venu ici pour vous embrasser, Patricia. Mes motifs sont plus purs que cela.

— Plus purs ?

— Oui.

— Comme c'est ennuyeux !

Elle se gratta le nez avec la patte de la marionnette.

— Je ferais peut-être mieux de rentrer chez moi, dit Martin.

— Non, vous allez passer la nuit ici. On ne prend pas le volant quand on est dans votre état.

— Je ne suis pas aussi soûl qu'il y paraît.

— Vous l'êtes assez pour ne pas apprécier mon baiser.

— Si je me fais arrêter pour conduite en état d'ivresse, je devrai me juger moi-même, dit-il en riant. J'ai apprécié votre baiser.

— C'est vrai ?

— Oui.

— Parfait. Alors, si vous vous apprêtez à sacrifier votre virilité pour souffrir un peu plus longtemps, Martin Candle, autant en profiter quand il est encore temps.

Sur ce, la marionnette pinça de sa petite patte la ceinture de la robe de chambre et tira. Les deux pans de satin s'ouvrirent, découvrant le corps d'une femme aussi désirable que l'Ève de céramique qui ornait le Jardin d'Éden à la Cité céleste.

— Il vaut mieux que je m'en aille, dit-il.

— Pensez-vous qu'elle vous en voudrait ?

— Oui. Non. Je n'en sais rien. Ce n'est pas Corinne, le problème. C'est moi.

— Jouez avec moi.

— Pardon ?

— Jouez avec moi.

La prenant doucement par les tresses, Martin l'attira contre lui et ferma les yeux.

— C'est vrai ce que vous disiez, vendredi ?

— Quoi ?

— Que le chagrin excite l'appétit.

— Exact. Jouez avec moi. Je prends la pilule.

— Œstrogènes ? demanda-t-il, défaisant sa ceinture.

— Œstrogènes.

— J'ai des grains radioactifs implantés dans ma prostate, mais Blumenberg dit que ça n'affecte pas le sperme.

Il enleva ses chaussettes, son pantalon, son caleçon.

— Nous pouvons utiliser un préservatif, si vous voulez.

— Irradiez-moi, juge Candle.

Plus tard, elle le prit dans ses bras et, après une série de manœuvres qui évoquaient la danse moderne et la farce bouffonne, l'entraîna dans le couloir et jusque dans la chambre d'amis, où elle l'étendit sur le lit. Comme elle s'allongeait à côté de lui, laissant peser son bras nu sur lui, il réalisa qu'il se détestait lui-même, sentiment qui, étrangement, ne lui était pas désagréable. Il était perversement satisfaisant de savoir qu'en dépit de la confusion régnant dans son esprit, du chaos qui faisait rage dans son corps depuis cette foutue glande prostatique, ses capacités de culpabilité restaient intactes. Seul un homme doté d'une conscience morale en pleine activité avait le droit d'intenter un procès à Dieu.

— Je le poursuivrai par-delà le cap de Bonne-Espérance, marmonna-t-il dans l'obscurité, citant le capitaine Achab, le lutteur cosmique de *Moby Dick*, deuxième roman préféré de sa classe de lettres.

— Espérance ?

— Espérance, répéta-t-il d'une voix brouillée par l'alcool. Et par-delà le cap Horn, et le maelström de Norvège et les flammes de reddition…

— De reddition ?

— Euh… de perdition. Et par-delà l'oasis d'Omar's Arabian et de Shamgorod et de la Cité céleste et du tribunal de La Haye… avant que… avant que je…

— Avant que tu fasses quoi ?

— Avant que j'en aie fini avec Lui.

4

Sitôt que Jenny Candle eut connaissance de la folle ambition de son frère, elle en conclut qu'il avait perdu l'esprit et lui donna aussitôt le nom et le numéro de téléphone de son psychothérapeute. Vaughn Poffley se déclara d'emblée hostile au procès du Tout-Puissant, persuadé qu'une pareille entreprise coûterait à Martin sa réélection. Martin savait ce que sa mère lui dirait : « Ton père ne serait pas fier », aussi s'abstint-il de l'appeler.

À sa grande déception, la première personne dont il attendait un soutien sans équivoque n'avait que faire d'un tel projet.

— Franchement, à quoi ça te servira, Martin ? lui demanda Patricia, alors qu'ils buvaient un café dans un coffee-shop de Glendale, le Café Olé.

— Nous le devons à Brandon.

— Brandon est mort.

— Nous le devons à Corinne.

— En supposant que tu obtiennes une condamnation, et qu'ils Le débranchent du Lockheed 7000, tu appellerais ça « justice » ?

— Patricia, j'ai mal. Pourquoi ne crois-tu pas en moi ?

— Je crois en toi, mais pas en la vengeance. Il enfourna une pilule de Feminone. De forme phallique, celle-ci semblait avoir été moulée pour tourmenter le patient : « Non seulement t'as le cancer de la prostate, l'ami, mais ta femme a plus de chances de trouver le plaisir avec cette gélule qu'avec ton machin en berne. »

— Il ne s'agit pas de vengeance, dit-il.

— Il y a des gens qui, à la mort d'un être cher, consultent un psy. D'autres font bâtir une sépulture grandiose. Mais toi… toi, tu veux faire le procès de Dieu. C'est dingue.

— Non, Patricia, c'est de bonne guerre.

Il avala ses œstrogènes avec une gorgée de cappuccino.

De tous les proches de Martin, seule son ex-fiancée Robin McLaughlin souscrivit à l'idée. Pour avoir lu *La Peste* d'Albert Camus du temps où elle était étudiante, Robin en était venue à détester cordialement Dieu, une animosité qui avait perduré tout au long de ses années de campus, de sa relation avec Martin et de son mariage malheureux avec un proctologue de Fox Run nommé Derrick Smedley.

— Tu comptes traîner ce vieux salaud en justice ? dit Robin, alors qu'elle et son rejeton de six ans prenaient le petit déjeuner avec Martin dans un McDonald's. Ça me plaît bien…

— Je m'en doutais.

— Mais ça ne te ressemble pas.

— J'ai changé.

Elle ouvrit de son ongle un sachet de lait écrémé et le versa dans son café.

— Tu sais, n'est-ce pas, que ça a déjà été fait ?

— Oui, la pièce d'Elie Wiesel, dit-il en ouvrant l'enveloppe de son bacon & egg burger.

— Avant ça.

— Jérémie dénonçant l'injustice divine ?

— Non, bien avant. Par Job, sur son tas d'immondices.

— Job ?

— Le livre de Job, précisa Robin avant de mordre dans son Egg McMuffin. C'est vraiment une espèce de drame judiciaire. Comment vas-tu ?

— Comment je vais ? Très mal.

— Tu ne méritais pas ça, j'espère que tu le sais.

Elle entreprit de découper les pancakes de son marmot avec un couteau et une fourchette en plastique blanc.

— C'est vrai que tu prends des œstrogènes ?

— Comment tu le sais ?

— Ton autre ex-fiancée. Brittany l'a appris de Vaughn, qui l'a su par ta sœur.

— Ah, ça ! vous tenez un bulletin d'information ou quoi ?

— Internet fonctionne bien. Tu es un grand sujet de discussion, Marty.

— Oui, je prends des œstrogènes et, si je continue, je me féminiserai.

— Je ne te le conseille pas.

— Je n'ai pas le choix.

— Si jamais tu as besoin de moi, souviens-toi… je suis là.

Cette nuit-là, Martin lut le livre de Job pour la première fois de sa vie et découvrit non sans étonnement qu'il s'agissait bien d'une espèce de drame judiciaire, comme l'avait dit Robin, où – perversité oblige – l'accusé était également le juge et le jury. Martin fut aussi troublé par le fait que Yahvé, en défendant Sa cause, ignorait divinement le grand souci de justice qui animait Job et accablait le malheureux de la majesté de Sa Création : les lions, les baleines, les chevaux, la grêle, les étoiles et, enfin, les créatures monstrueuses, Béhémoth et le Léviathan.

Un procès truqué, oui, mais, de l'avis de Martin, palpitant. Il était ému par la puissante amertume de Job et par les dimensions de son blasphème.

S'Il détruit, nul ne peut rebâtir
S'Il emprisonne quelqu'un, nul n'ouvrira
S'Il retient les eaux, c'est la sécheresse
S'Il les relâche, elles bouleversent la terre.

Et plus loin :

De la ville, on entend gémir les mourants,
Les blessés, dans un souffle, crient à l'aide.
Et Dieu reste sourd à la prière[1] *!*

Oui, que Job du pays d'Uz fût une authentique figure historique ou le produit de l'imagination angoissée d'un poète, cet homme du désert, intègre et droit, était un personnage admirable.

Après avoir longuement réfléchi et beaucoup cherché, Martin conclut qu'il avait besoin de trente-cinq mille dollars, le prix d'une pleine page dans le *New York Times Book Review*. Il allait solliciter un prêt de sa banque quand l'argent de l'assurance sur la vie souscrite par Corinne arriva : soixante-dix mille dollars. Divisant la somme en deux, il en affecta une moitié au Chenil de la Joie, et l'autre à l'effondrement de Dieu.

1. Toutes les citations de la Bible sont empruntées à la Bible de Jérusalem, Éditions Desclée de Brouwer. (*N.d.T.*)

Lettre ouverte aux innocentes victimes de ce monde

Chers compagnons de souffrance,

Cinq cents ans avant Jésus-Christ, un homme intègre et droit nommé Job somma son Créateur de S'expliquer et exigea de connaître les raisons de ses innombrables malheurs. Il y a soixante ans, trois rabbins emprisonnés à Auschwitz firent le procès du Tout-Puissant, l'accusant de crimes contre Ses propres enfants. De nouveau, le temps est venu pour l'humanité de poser une question légitime : pourquoi, tout au long de l'histoire humaine, Dieu a-t-il permis que souffrent les innocents ?

Une organisation a été formée

Notre nom : la Société de Job. Notre plainte : En créant un monde où prospèrent les virus mortels, où prolifèrent les gènes défectueux, où les tremblements de terre tuent, où les sécheresses affament et où les guerres sèment la mort et la destruction, la Principale Attraction de la Cité Céleste s'est comportée d'une manière parfaitement criminelle. Notre mission : porter cette affaire devant la Cour internationale de justice de La Haye.

La première réunion de la Société de Job est prévue le samedi 25 septembre 1999, à 20 heures, à la crèche de la Vallée des Enfants, 61 Mapleshade Lane, Deer Haven, Pennsylvanie 19001. L'inscription est gratuite. Si vous désirez participer à la réunion, remplissez le coupon détachable et retournez-le.

Sincèrement vôtre,

Martin CANDLE

Juge de paix

Communauté d'Abaddon, Pennsylvanie.

Il n'oublierait jamais le moment où il acheta le *New York Times* du dimanche 29 août 1999, en consulta le supplément et vit son cri lancé au monde en caractères guerriers geneva. En dépit de cent relectures de la version composée sur son ordinateur, il n'était pas préparé au choc d'une pleine page. Où qu'il se rendît ce matin-là – toilettes, cuisine, carré d'herbe à chat – il emporta le *Times* avec lui, ne se lassant jamais de lire et de relire son Appel du 29 août. Il s'en voulait cruellement de ne pas avoir repéré la faute de typo sur « Auschwitz » (« Auchwitz », lisait-on), quand le directeur de la publication lui avait faxé les épreuves depuis Manhattan. Il regrettait aussi de ne pas avoir écrit que Job avait fait comparaître Dieu au banc des accusés, au lieu de « somma Son Créateur de S'expliquer » ; enfin il se dit qu'une version en caractères helvetica aurait fait plus sérieux qu'en geneva. Mais somme toute, Martin n'était pas mécontent de son coup.

Le téléphone se mit à sonner juste après le déjeuner.

— Je n'arrive pas à le croire.

C'était Vaughn. Furieux.

— Moi non plus, répliqua Martin.

— Ne comptez pas sur moi pour rester à vos côtés, pendant que vous abandonnerez votre poste à cette idéologue hystérique.

Vaughn faisait allusion à Barbara Meredith, l'adversaire démocrate de Martin, une écologiste forcenée.

— C'est un suicide politique, ajouta Vaughn. Et il y a une faute d'orthographe à Auschwitz.

— Je sais.

Il n'avait pas plus tôt raccroché que sa mère appelait, partageant avec son prédécesseur en ligne le même ton dépité.

— Tu n'as rien trouvé de mieux à faire pour dépenser ton argent ?

— Je peux me le permettre, maman.

— Ton père ne serait pas fier. Il y a une faute à Auschwitz. J'ai peur qu'ils ne s'en prennent à toi.

— Pour une erreur de typo ?

— Une annonce pareille… il y a de quoi rendre les gens fous.

Patricia fut la suivante.

— Ma foi, ça ne manque pas de grandeur. Content ?

— Content, excité, paniqué.

— Mon ex m'a téléphoné pour me demander, je le cite : « Putain, comment la Vallée des Enfants a pu marcher dans cette merde ? »

— Il aimerait peut-être faire un don.

— Non, je ne pense pas. Il est plutôt du genre pieux.

— Moi aussi. Tu viendras à la réunion ?

— C'est ton combat, Martin. Pas le mien. Il y a une faute à…

— Auschwitz.

Il passa l'après-midi à rédiger le genre de demande que toute partie plaignante doit soumettre pour que son affaire soit examinée par la Cour internationale de justice. Longue de trois pages serrées, l'exposé ne faisait que développer le texte paru dans le supplément du *New York Times*, avec un post-scriptum fournissant des exemples d'agressions injustifiables de la part de la Principale Attraction – le vibrion du choléra, l'éruption du Vésuve – et un post-post-scriptum faisant observer que les compétences de la Cour récemment étendues aux individus devaient logiquement inclure les divinités.

Deux jours plus tard, les réponses commencèrent d'arriver du monde extérieur. Elles se divisaient en trois catégories – bulletins d'inscription soigneusement remplis, expressions de soutien cordial, et lettres de haine. La majorité des manifestations amicales incluait des dons ; le plus petit était le billet de cinq dollars d'un adolescent précoce de Des Moines, proclamant que son héros était Friedrich Nietzsche, tandis que le plus gros – un chèque de deux mille dollars – émanait du chef d'une secte satanique, sévissant à Bangor, Maine. (« Notre Père, qui chie dans le lait de la Vierge, trouve ton idée formidable, mon frère. ») Représentative de la haine intellectuelle, la missive d'un professeur de théologie à l'université de Memphis disait en substance :

Cher Juge Candle,

La « légitime question » que vous soulevez a fait depuis des siècles l'objet de réflexions de la part d'esprits infiniment plus subtils que le vôtre.

Avez-vous jamais lu La Cité de Dieu, *de saint Augustin ? La* Summa theologiæ, *de saint Thomas d'Aquin ? Le* Contre Celse, *d'Origène ? Le* De casu Diaboli, *de saint Anselme ? Les* Discours théologiques, *de Grégoire de Nazianze ? La* Confession d'Augsbourg, *de Melanchthon ?*

Jusqu'à ce que vous acquériez quelques notions en théodicée, je vous suggère de demeurer parmi la piétaille et de laisser la question du mal aux grandes personnes.

Sincèrement vôtre,

Philip H. STRAND.

La mention de tant d'ouvrages de référence donna à réfléchir à Martin. Un océan de savoir semblait s'étendre devant lui.

— Je parie que tu n'as lu aucun de ces bouquins, pas vrai ? lui dit Patricia.

— Je dois tout de même mon prénom à Luther, répliqua-t-il faiblement.

— C'est quoi, la théodicée ?

— La justification de la bonté de Dieu par la réfutation des arguments tirés de l'existence du mal.

— Où as-tu appris ça ?

— C'est la définition qu'en donne la dernière édition du Webster.

— Ah oui ? Eh bien, il te faudra plus qu'un dictionnaire pour démolir ton Dieu. Mon ex n'a pas tort, tu es en train de te foutre dans la merde, et tu ferais bien de t'arracher, avant qu'elle t'engloutisse.

« Ceux qui ne peuvent se souvenir du passé sont condamnés à le répéter », avait coutume de dire George Santayana, l'un de mes philosophes préférés. J'ajouterai que ceux qui n'ont pas oublié ledit passé sont également exposés à repasser le plat, mais c'est une autre histoire. Le point que je veux soulever ici, c'est que le projet de Martin Candle ne représentait pas une première en Abaddon : l'aimable communauté avait déjà réchauffé un rebelle en son sein.

Reportons-nous, si vous le voulez bien, au 11 février 1962. Ce jour-là, Randall Selkirk, élève de première au lycée d'Abaddon, arrive en classe, la tête résonnant encore de l'émission radiophonique quotidienne concoctée par l'établissement et diffusée par haut-parleurs dans tous les couloirs. Aujourd'hui, Selkirk y a prêté malgré lui attention, et il n'est pas content de ce qu'il a entendu. Comme d'habitude, il y a eu le serment d'allégeance, le fait du jour («Le mont Everest culmine à 8 882 mètres»), une série d'annonces imbéciles («Le club d'échecs se réunira après les cours dans la salle 217») et l'insupportable et prétentieux slogan du lycée («Abbadon : premier dans l'alphabet, premier en accomplissement et premier en aptitude»). Mais ce qui tape surtout sur les nerfs du jeune Randall, c'est que l'émission, comme toutes les autres avant elle, a commencé par une lecture de la Bible et une invitation à la prière du Seigneur. C'est la goutte d'eau bénite qui fait déborder le calice. Cette fois, Selkirk en a plein le vase. Lui et ses parents sont de l'Église unitarienne de Fox Run. Ce sont d'obstinés panthéistes pour qui Dieu est une unité, pas une trinité, et alors qu'ils apprécient la Bible pour ses qualités littéraires, ses idées morales et sa verve en général, ils ne croient pas une seconde qu'elle ait été divinement inspirée.

Dans l'après-midi, Selkirk va trouver le principal, M. Trevose, et lui fait part de son désaccord avec la partie religieuse du programme matinal. Insensible aux arguments du jeune homme, Trevose lui suggère cavalièrement de porter l'affaire devant la Cour suprême.

Et c'est exactement ce que fait l'élève. Le parcours s'avère sinueux. Selkirk commence par obtenir satisfaction auprès de la cour statuant pour le district oriental de Pennsylvanie, mais la communauté fait appel du jugement, et c'est ainsi que le ministre de la Justice, Earl Warren, et ses juges de la Cour suprême acceptent d'entendre les deux parties : les pour et les contre la prière à l'école. Le professeur de sciences politiques de Selkirk, William Rorty, octroie à son élève deux unités de valeur supplémentaires pour sa rédaction du rapport détaillé que l'avocat du plaignant, Henry Sawyer, défendra devant la Cour. Rorty déclare en riant que changer le cours de l'histoire américaine vaut bien une dissertation littéraire.

Et, de nouveau, Selkirk l'emporte. Mais il paiera cher sa victoire car, sitôt que les élèves d'Abaddon découvrent qu'un hérétique se cache parmi eux, ils entrent en persécution comme d'autres en rébellion. Le Club des Affaires courantes peint SALAUD DE COCO sur le vestiaire de Selkirk. La Société de Mathématiques lui vole sa règle à calcul. L'équipe de football urine de concert sur sa sœur. Finalement, la famille Selkirk préfère déménager et s'installer dans le Delaware, et qui pourrait le leur reprocher ?

Randall Selkirk n'a jamais été l'un de mes héros. Grâce à son intervention, des millions de jeunes n'entendront jamais le fameux discours que Moïse adresse à ses commandants après la reddition des Madianites (chapitre 31 des Nombres) : « Tuez donc tous les enfants mâles. Tuez aussi toutes les femmes qui ont connu un homme en partageant sa couche. Ne laissez la vie qu'aux petites filles qui n'ont pas partagé la couche d'un homme, et qu'elles soient à vous. »

Ils n'entendront jamais l'édifiante attitude envers les familles qu'exprime Jésus dans le chapitre 14 de l'Évangile selon saint Luc : « Si quelqu'un vient à moi sans haïr son père, sa mère, sa femme, ses enfants, ses frères, ses sœurs, et jusqu'à sa propre vie, il ne peut être mon disciple. »

Ils n'entendront jamais la tragique parole – verset 25, chapitre 27 de l'Évangile selon saint Matthieu – qui contribua à faire de l'antisémitisme un trait indélébile de la civilisation occidentale : « *Et tout le peuple répondit : Que son sang soit sur nous et sur nos enfants !* »

Si l'un d'entre vous connaît une organisation s'étant juré de restaurer la lecture de la Bible dans les écoles publiques américaines, que ses responsables me contactent sur-le-champ. Je leur adresserai un don substantiel.

Alors que Martin pensait que la première victime innocente à frapper à la porte de la Vallée des Enfants serait un étranger, il eut la surprise de voir un homme qui prétendait être son ancien camarade de classe.

— Randall Selkirk.

— Vous me rappelez quelqu'un, en effet.

Martin prit une profonde inspiration, et tout lui revint : lycée d'Abaddon vs Randall Catlin Selkirk, le procès de la Cour suprême qui, en 1963, avait – contre les espoirs de la quasi-totalité des citoyens des États-Unis d'Amérique à l'époque – conduit à la suppression de la prière et de la lecture de la Bible dans les établissements d'enseignement public. Martin se souvenait des pleurs de son père, quand la décision de la Cour était parue dans le *Philadelphia Bulletin*.

— Abaddon contre Selkirk, hein ? dit Martin en tendant la main à Randall. Tu as maigri.

Drôlement décollé, si sa mémoire était bonne. Randall semblait tellement décharné que sa chemise de soie noire pendait sur lui comme sur un cintre. Son trait le plus frappant, toutefois, n'était pas son air de cachectique mais son attitude. Martin avait déjà vu ce genre d'individu : l'athée agressif, l'incroyant véritable aux mains agitées d'énergie nihiliste, aux yeux clignant de vigilance agnostique, leurs iris ultrasensibles à la lumière, conséquence de trop longues heures passées à contempler les noirs abîmes nietzschéens.

— Je cours chaque année le marathon de Boston, expliqua Randall. Ça me maintient en forme.

Il poursuivit pour apprendre à Martin qu'il travaillait comme vidéographe à WGBH, pour qui il avait réalisé récemment *Le Fusible éternel*, un film vidéo sur le cœur-poumon artificiel Lockheed 7000 et le système de réfrigération de la General Dynamics, qui avaient épargné jusqu'ici les ravages de la décomposition au Corpus Dei. Deux ans plus tôt, en été, ajouta-t-il du même ton détaché, son petit garçon de six ans s'était noyé. emporté par le courant de South Beach, à Martha Vineyard's, pendant que la baby-sitter flirtait avec le surveillant de la baignade.

— Je suppose que ça m'autorise à entrer dans ton club.

— Oh, Randall, je suis vraiment désolé d'apprendre ça.

— C'est demain, l'anniversaire de Larry. Il aurait huit ans. Dès que j'ai lu ton annonce, j'ai dit à mon ex-épouse : « Voilà ce que j'attendais. Les ennemis de Dieu doivent se regrouper. »

Martin fit un pas sur le tapis de l'entrée et respira l'air frais de septembre.

— Je ne suis pas l'ennemi de Dieu.

La pleine lune de l'équinoxe était basse dans le ciel et sa lueur nimbait la Vallée des Enfants d'un glacis de mercure, vitrifiant le parking et vernissant le clown de bois.

— À ma façon, je L'aime encore, ajouta Martin.

D'autres jobiens avaient commencé d'arriver, la plupart d'entre eux venus de Pennsylvanie et des États limitrophes, mais certains avaient fait la route depuis la Virginie, le Kentucky, le Connecticut, et même le Québec. Une douzaine d'affligés en provenance de l'Indiana, de l'Illinois et de plus loin encore dans l'Ouest avaient pris l'avion, atterri à l'aéroport de Philadelphie et loué une voiture.

— Diable, Martin, j'espère qu'on sait dans quoi on se lance, dit Randall en posant une main amicale sur l'épaule de son ancien copain de lycée. Ce projet va nous attirer des ennemis.

— Je n'ai jamais pensé le contraire.

— Ils m'ont traité comme un monstre, en 63. Le Club des Futurs Castors m'a bombardé de merde de chien. L'équipe de football ne s'est pas seulement illustrée avec ma sœur, elle m'a aussi photographié à poil sous la douche et a fait circuler la photo chez les majorettes. Juste avant qu'on déménage, quelqu'un a cloué une poupée vaudou à mon nom sur la porte de notre garage. Cette communauté méritait bien son nom, cette année-là. Abaddon… l'enfer. Tu L'aimes encore, disais-tu ?

— À ma façon.

— Et pourtant tu es…

— Exact.

— Je ne comprends pas, dit Randall en entrant dans la crèche.

— Si toutes choses sur terre étaient rationnelles, il ne se passerait jamais rien, dit Martin, empruntant à Dostoïevski.

Il accueillit personnellement chaque nouvel arrivant. Après avoir invité la personne à déposer son manteau dans le dortoir numéro deux, Martin l'escortait dans l'espace récréatif numéro trois et, selon la préférence du jobien, offrait soit un pliant, une chaise longue ou un coussin par terre sur le tapis imprimé de figures disneyennes.

— Servez-vous du café, disait-il, indiquant deux distributeurs Thermos dont l'un était étiqueté « décaf ».

À 20 h 20, la Société de Job était au grand complet : soixante-sept lecteurs du supplément du *New York Times*, dont l'intelligence et la prospérité s'étaient avérées impuissantes à les protéger du malheur.

— Bonjour, je m'appelle Martin, et je suis une innocente victime, commença-t-il, son allusion aux Alcooliques anonymes provoquant des rires gênés. Avant que nous n'en venions à ce qui nous réunit ce soir, j'ai pensé que nous pourrions nous présenter les uns les autres. Dites votre nom, d'où vous venez, et expliquez ce qui vous amène ici, si vous voulez bien. Dans mon cas, c'est le cancer de la prostate associé à (sa gorge se serra)... au décès prématuré de ma femme.

Il avala une gorgée de café et poursuivit :

— Je voudrais ajouter que j'ai entrepris ce projet avec beaucoup de réticence. J'appartiens à l'Église presbytérienne. Mon père enseignait le catéchisme. Parfois, il me semblait que Dieu habitait dans notre grenier. Nombre d'entre vous, je suppose, viennent également de milieux religieux. (Il jeta un regard à l'assemblée et vit plusieurs têtes opiner de concert.) Et cependant, nous voilà réunis, n'est-ce pas ? Pour diverses raisons, chacun d'entre nous s'est manifesté.

À mesure que la réunion avançait, il devenait évident qu'avoir choisi pour lieu de rencontre la crèche de la Vallée des Enfants – ce monde de couches-culottes, de cubes de construction, de crayons de couleur et d'animaux en peluche – ne manquait pas d'une cruelle ironie, car les enfants étaient au cœur de la plupart des malheurs ayant frappé les jobiens. Enfants autistes, enfants malades, enfants estropiés pour la vie, enfants morts. Mais ces gens semblaient s'être habitués aux plaisanteries morbides de la vie. Ils avaient tout vu, alors ils persistaient et signaient. « Bonjour, je m'appelle Stanley, et je suis une innocente victime. » Ils partageaient leur chagrin, ouvraient leur cœur, se racontaient ces terribles combats contre la maladie de Schilder et la maladie de Duchenne, les venues au monde de bébés anormaux et tous ceux fauchés au seuil de la vie.

Particulièrement troublante était l'épreuve d'Esther Clute, une directrice d'école primaire de Trenton, dont la petite fille de trois ans, Heidi, avait attrapé ce ver nématode commun appelé *Ascaris lumbricoides* en jouant dans son bac à sable. D'ordinaire, la larve élit domicile dans les intestins, où elle dépose ses œufs que l'on retrouve dans les selles. L'ascaridiose est généralement bien supportée et se traite facilement. Mais dans le cas d'Heidi, un ver poursuivit sa migration, emportant avec lui des bactéries fécales. Le parasite acheva sa pérégrination dans le cerveau, où les germes provoquèrent un abcès et une dégénérescence rapide des tissus. En moins d'un an, Heidi était morte.

— Les médecins disent que rien ne pouvait plus la sauver, quand les symptômes sont apparus, expliqua Esther, une femme solide et vigoureuse qui ressemblait à une athlète de l'ex-Allemagne de l'Est. Je me demande encore si c'est une bonne ou une mauvaise chose.

Martin s'était préparé à entendre parler de toutes sortes de malheurs et de maladies. Paralysies, folies, toxicomanies, deuils, tout cela était prévisible. Il y avait une variété de douleur, toutefois, à laquelle il ne s'attendait pas ; plus il considérait ces histoires – l'oncle dont la nièce avait eu le bras arraché parce qu'il avait omis de vérifier si elle avait bouclé sa ceinture de sécurité ; le père qui avait appris trop tard que les menaces de suicide de son fils n'étaient pas seulement une demande d'attention ; le jeune homme qui avait négligé de traiter sérieusement sa blennorragie, jusqu'à ce que sa petite amie devienne stérile –, plus il comprenait que la culpabilité constituait une catégorie de souffrance aussi réelle que le cancer.

Après deux heures de témoignages qui auraient persuadé le plus prolixe auteur de soap operas qu'il n'était qu'un amateur, la dernière des innocentes victimes prit la parole : Allison Lowry, une décoratrice d'intérieur, habitant Denver, dont le fils unique, Jason, avait passé les neuf dernières années au lit, la moelle épinière et le cerveau gravement endommagés à la suite d'un accident de la circulation survenu quand il avait sept ans. Le garçon ne pouvait plus bouger, ne pouvait plus parler, ne pouvait plus voir. Avaler était un exploit. À chaque anniversaire de Jason, Allison lui préparait son gâteau préféré : un quatre-quarts au chocolat. Elle en passait une tranche au mixer pour pouvoir la lui donner à la cuiller. Elle supposait que le goût était la seule fonction qui restât à Jason, mais elle n'avait jamais eu le courage d'interroger le médecin à ce sujet.

Tandis qu'Allison séchait ses pleurs, un lourd silence s'abattit sur l'espace de jeux. Les affligés se regardèrent, leurs yeux brillant d'une sainte colère et de compréhension mutuelle. Qui pouvait douter après ça du bien-fondé de leurs accusations ?

— Ce que nous envisageons ici, expliqua Martin en

faisant passer dans les rangs le brouillon de sa pétition, c'est un recours collectif en justice. Avec votre permission, vos noms en tant que coplaignants seront mentionnés à la dernière page.

Compte tenu des multiples complexités philosophiques qu'une plainte jobienne impliquait, l'acte d'accusation en soi n'entraîna qu'un bref débat. Randall fit observer que la plainte des particuliers devrait inclure les Plaies d'Égypte, Jephté sacrifiant sa fille pour tenir son engagement devant Yahvé, et Yahvé envoyant deux ours dévorer les enfants qui se sont moqués de Son prophète Elie. Mais Julia Shroeder, une dialysée de Hartford, persuada le groupe que de telles histoires étaient comparables à des hommes de paille, annexes au sujet. Peter Henshaw, de Pittsburgh, atteint du sida et qui gagnait sa vie en enseignant l'art de la céramique, fit valoir la nécessité de se concentrer sur toutes les catastrophes dont la Principale Attraction était en quelque sorte le témoin : tremblements de terre, enfants mort-nés, maladies infectieuses. Ce serait affaiblir leur cause de compter – comme le faisait Martin dans sa pétition – des horreurs témoignant des erreurs humaines (accidents d'avions, incendies d'habitations) ou de la cruauté des hommes (viols, tortures, guerres). L'avis de Peter parut faire l'unanimité jusqu'à ce que Randall fît remarquer que ni Job ni les rabbins d'Auschwitz n'avaient hésité à reprocher à Dieu les perversions de Ses fils. Et s'il y avait un Dieu qu'il fallait accuser et condamner, c'était bien Celui qui dormait pendant la peste noire nazie et pendant qu'Hiroshima était atomisée.

Charles Braithwaite, un journaliste de Manhattan dont le fils n'avait plus qu'un seul rein, malade qui plus est, souleva la délicate question du statut métaphysique de l'Accusé. S'Il était mort – complètement mort, cellulairement mort – y aurait-il une quelconque satisfaction à Le condamner ? (Un consensus se fit rapidement : oui.) Inversement, s'Il était vivant de quelque manière, oseraient-ils demander aux juges non seulement de Le déclarer coupable mais de rendre effectif le verdict en débranchant le Lockheed 7 000 ?

— Pour ma part, répondit Esther, j'en serais partisane. Ça n'est pas facile à dire pour moi, qui ai été élevée dans la religion baptiste, voyez-vous – Jésus comptait énormément dans ma vie –, mais oui, je serais partisane du débranchement, ajouta-t-elle en fermant les yeux.

— Est-ce cela que voudrait votre fille ? demanda Peter d'une voix où perçait une note de réprobation.

— Je ne sais pas.

— Le débrancher ne la ramènerait pas à la vie.

— Elle, non, mais moi, peut-être.

— Bien envoyé, dit Ira Klein, un démarcheur en assurances de Long Island, dont les yeux saillaient de son crâne sous la pression de tumeurs inopérables. Elle a raison, il faut aller jusqu'au bout.

Vers minuit, la réunion avait perdu de sa dynamique, se désintégrant dans d'erratiques échanges d'informations sur les thérapies par les vitamines et les guérisseurs, et Martin, renouant avec le juge qui sommeillait en lui, déclara la séance suspendue. Les jobiens convinrent de se retrouver dix semaines plus tard, date à laquelle ils examineraient la réponse – s'il y en avait une – que leur aurait faite la Cour internationale de La Haye.

Une satisfaction indicible envahissait Martin, apaisant ses chairs tourmentées, rafraîchissant son pelvis enflammé. Comme ces gens étaient différents des souffreteux qu'il avait croisés à la Cité céleste ! Tous avaient recours aux mêmes aides – fauteuils roulants, bouteilles d'oxygène, perfusions –, mais alors que les victimes d'Orlando n'étaient que résignation, les jobiens vibraient de militantisme. Il promena fièrement son regard sur ses troupes : Esther versant de la crème dans son déca, Randall disposant des biscuits secs sur un plateau, Peter ouvrant un paquet de serviettes en papier, Allison sortant sur le perron pour fumer une cigarette, un bel homme, de Dallas, atteint du mal de Bright conversant avec une ravissante aquarelliste de San Diego qui avait perdu la vue trois semaines après avoir reçu le prix Norcroft.

Suçotant le sel d'un bretzel, le journaliste de Manhattan vint à Martin et lui remit sa carte.

CHARLES BRAITHWAITE
Time Magazine
Time & Life Building
Rockefeller Center
New York, New York 10020

— Je dois vous dire la vérité.

Charles Braithwaite passa une main nerveuse sur sa coupe en brosse. Il avait une expression hantée et un air de loup solitaire, une âme perdue en vérité, même aux yeux d'un jobien.

— Je ne vous ai pas menti, mon fils est très malade, poursuivit-il, mais ce n'est pas pour cette raison que je suis ici. Cela fait maintenant, voyons, six ans que je couvre l'événement et, on peut le dire, l'avènement du Corpus Dei. Ça ne vous ennuie pas que je vous pose quelques questions ?

Martin, méfiant, regarda l'homme de la tête aux pieds.

— Vous pouvez.

Braithwaite sortit de son sac à dos un appareil reflex de trente-cinq millimètres surmonté d'un flash.

— J'aimerais aussi, avec votre permission, dit-il en portant le viseur à son œil, rendre célèbres ce menton volontaire et ce noble front.

Le dernier jour de septembre, Martin glissa la requête peaufinée dans une enveloppe en papier kraft adressée au greffier de la Cour internationale de justice à La Haye, et l'expédia du bureau de poste de Chestnut Grove. Il en coûta onze dollars quatre-vingt-quinze à la Société de Job.

Sans son portrait en couverture du *Time* et l'article de fond signé de Braithwaite, Martin aurait probablement connu un automne relativement paisible. Le Roxanol continuait de tenir la douleur au loin, le Bactrim avait eu finalement raison de sa prostatite, et les effets secondaires de la Feminone (seins naissant et libido en chute libre) étaient troublants mais attendus. L'HOMME QUI VOUDRAIT TUER DIEU, disait le titre au-dessous de la photo. La semaine n'était pas écoulée que Martin savait que sa vie ne serait plus jamais la même.

Le matin de la parution du *Time*, le 5 octobre, une brique fracassa la fenêtre de la cuisine et pulvérisa la théière en faïence que Vaughn avait offerte à Corinne et à Martin en cadeau de mariage. Le projectile arriva enveloppé dans une serviette en papier sur laquelle était scotchée la photo de Martin parue dans *Time* : un nœud coulant dessiné au stylo à bille bleu pendait, menaçant, au-dessus de sa tête.

Deux jours plus tard, alors qu'il regagnait sa voiture

sur le parking du palais de justice d'Abaddon, il eut la stupeur de découvrir ses quatre pneus crevés. Une main vengeresse avait tracé à la peinture rouge sur la portière : LAISSE DIEU EN PAIX, SALAUD. Abandonnant son véhicule, il prit le bus pour rentrer chez lui à Chestnut Grove, où un carton fermé par une ficelle l'attendait devant sa porte. Le colis dégageait une horrible puanteur. Martin l'entrouvrit avec précaution et tomba sur la charogne rongée par les vers d'un rat musqué.

Ces agressions, si traumatisantes fussent-elles, restaient cependant moins irritantes que l'indiscrétion de la presse. Les journalistes faisaient preuve d'autant d'énergie qu'ils se montraient odieux. Ils lui téléphonaient à toute heure, engorgeaient son fax de demandes intempestives et rôdaient autour de sa maison comme des chiens assiégeant une chienne en chaleur. Tous les périodiques, de la *Sentinelle d'Abaddon* à *Playboy*, voulaient une interview. Mais il avait beau opposer refus sur refus, ils écrivaient quand même leurs articles. Tandis que *Psychology Today* inclinait à penser que Martin Candle était « un homme qui, n'ayant pas résolu son complexe d'Œdipe, voulait tuer le Père tout-puissant », *National Review* le traitait de « nouveau Frankenstein, enclin à détruire son propre Créateur ». Le talk-show animé par Geraldo offrit à Martin quarante-sept mille dollars pour un entretien en exclusivité. Oprah Winfrey et sa bande montèrent les enchères à cinquante mille. Martin déclina les deux invitations, d'une part parce qu'il pensait qu'un marivaudage médiatique entacherait la pureté de sa cause, et d'autre part parce qu'il n'était pas pressé de se faire connaître de tous les fous de Dieu qui n'avaient pas encore entendu parler de l'« homme qui voudrait tuer Dieu ».

Comme octobre avançait, raccourcissant les journées et jonchant Abaddon de feuilles aux couleurs tellement psychédéliques qu'elles rivalisaient avec les carpes de la Waupelani, Martin était de jour en jour plus préoccupé par sa boîte aux lettres. Il rentrait chez lui en voiture pour déjeuner, dans le seul but de voir si la Cour internationale de justice lui avait répondu, mais la seule correspondance personnelle qu'il reçut de tout le mois consista en quatre lettres poignantes de compagnons jobiens, trois menaces de mort de la part d'un groupuscule qui s'était baptisé Glaive de Jéhovah, et une carte d'Halloween signée Patricia.

Quand il ne se lamentait pas à propos du silence du tribunal de La Haye, il se préoccupait du Chenil de la Joie. Tous les mardis et jeudis après-midi, il appelait Franny, la bécasse mais consciencieuse cousine de Corinne. Les nouvelles étaient toujours bonnes. Le capital provenant de la police d'assurance-vie de Corinne restait intact, et les dons privés arrivaient toujours avec la même constance. Parmi les bénéficiaires récents, il y avait Nanook, un husky sibérien affligé d'une tumeur au cerveau, que le chenil avait expédié jusqu'à Nome, en Alaska, où la bête avait pu participer à la célèbre course d'Iditarod. Il y avait aussi Boris, un saint-bernard aux reins fichus qui avait participé au sauvetage d'une victime d'avalanche dans les Adirondacks. (Une avalanche complètement truquée, mais Boris n'y avait vu que du feu, et il était mort heureux.)

Le jour des élections vit les citoyens d'Abaddon courir en masse aux urnes, impatients de dire à Martin Candle ce qu'ils pensaient de son projet. Le décompte des voix fut éloquent : 11 784 pour Barbara Meredith et 322 pour son adversaire. De toute l'histoire de la communauté, jamais candidat au poste de juge du tribunal d'instance n'avait connu pareille déroute. Quand il téléphona à Meredith pour la féliciter, elle s'excusa d'avoir tiré aussi magistralement les marrons du feu.

— Il faut dire que la tâche était facile, reconnut-elle. Quand on a pour adversaire le blasphémateur le plus détesté du pays, on n'a qu'à se baisser pour ramasser les voix.

Patricia le pressa de prendre avec philosophie sa défaite : si la réponse de La Haye arrivait maintenant, il serait bien content d'avoir le temps et la liberté de se consacrer à son projet. Cet argument laissa Martin de marbre. La magistrature avait été toute sa vie, sa raison d'être, et maintenant il l'avait perdue. Et puis la prosaïque question des revenus le hantait. Ses économies lui permettraient de tenir six ou sept mois de plus, mais après cela ?

Deux jours après les élections, Benjamin Blumenberg fit passer à Martin un scanner du bassin et lui téléphona le lendemain après-midi pour lui donner les premiers résultats.

— Ce n'est pas tout à fait ce que nous aurions aimé voir, annonça l'urologue. L'affection s'est étendue dans votre hanche gauche et a atteint le fémur.

— Je n'en suis pas surpris.

— Moi non plus.

— Alors, que faisons-nous ?

— Nous augmentons la Feminone et croisons les doigts.

En raccrochant, Martin réalisa qu'il avait commencé de personnifier sa maladie. *Cancer*, « crabe » en latin. Un crustacé pervers et méchant avait envahi sa prostate, étendant ses pinces, les enfonçant dans ses ganglions lymphatiques et son pelvis. Des pinces puissantes et acérées. Des dents comme des aiguilles blanchies au feu.

La dernière nuit de novembre, Martin gisait sur son lit de souffrance, torturé par son crabe, défoncé au Roxanol, et se demandant ce qu'il pouvait lui arriver de pire. En face de lui, sur sa console, son magnétoscope diffusait la scène capitale du *Jugement de Nuremberg*, quand Burt Lancaster, incarnant un nazi apparemment doté d'une conscience, fait l'aveu improbable de sa culpabilité.

Martin pinça soudain les narines, alerté par une odeur de roussi. Il appuya sur la touche Arrêt sur image : un gros plan de l'avocat de la défense, Maximilian Schell, déclarant au tribunal que son client n'avait pas voulu faire le mal. Le cœur battant, Martin se précipita au rez-de-chaussée, traversa en boitant le salon et ouvrit la porte. Le porche fermé sur le devant était en feu. À travers un épais nuage de fumée, les flammes dévoraient en grondant les rideaux, le tapis, la balancelle et ses coussins. Un souffle brûlant lui cingla les joues, telles de vengeresses gifles. Ses yeux pleuraient. Les poumons lui brûlaient. Une toux violente le plia en deux.

— Meurs, Judas ! cria une voix d'homme amplifiée par un porte-voix. Meurs, Judas !

Martin pivota en direction des cris. Une douzaine de silhouettes sombres plantées sur la pelouse brandissaient le poing.

— Meurs, Judas !

Il battit en retraite dans la cuisine. Se saisissant du précieux flacon de Roxanol, il l'ouvrit, avala deux pilules, et sortit par la porte de derrière. Pleurant, toussant, il s'en fut vers le carré d'herbe à chat au milieu duquel il chut de tout son long.

— Meurs, Judas !

Allongé sur la terre fraîche, il songea sérieusement à appeler les pompiers, une démarche somme toute raisonnable. Mais il resta où il était, roulant dans la *Nepeta cataria* comme un minou drogué.

La plainte d'une sirène déchira la nuit, perçant ses tympans et ébranlant sa trompe d'Eustache. Il se moquait que l'incendie ravageât ou non sa maison. En vérité, il désirait que tout fût consumé. Mille remords hantaient le 22, Flour Mill Road. Il ne se passait pas un jour sans qu'il tombât sur une épingle à cheveux de Corinne, un bijou lui ayant appartenu, la photo d'un heureux pensionnaire du Chenil de la Joie. Que tous ces souvenirs brûlent. Et la baraque avec.

Il se releva enfin, titubant de Roxanol, et se dirigea vers le feu qui faisait toujours rage. Les flammes avaient transformé le froid de novembre en une douce chaleur estivale à cent mètres à la ronde. Les résidents de Chestnut Grove s'étaient rassemblés par dizaines sur la pelouse, pressant des mouchoirs sur leurs fronts perlés de sueur. De noirs tuyaux d'incendie serpentaient parmi les herbes folles et les feuilles mortes. Des hommes en épaisses vareuses jaunes et casques en fibre de verre s'activaient sur le front rougeoyant, leurs visages dissimulés sous des masques à oxygène, ressemblant davantage à des extraterrestres sortis des dessins de Patricia qu'à des pompiers.

Camouflé par la pénombre, Martin héla un policier en uniforme, en qui il reconnut l'un des sous-fifres de l'agent Steadman.

— Chef, qui habite ici ?

— Le juge de paix qu'on a viré, Martin Candle.

— Il est mort ?

— Sais pas. Mais mort ou vif, le salopard a tout perdu.

— Candle, hein ? C'est pas le type qui veut intenter un procès au bon Dieu ?

— Lui-même en personne. J'vais vous dire… si on le découvre calciné dans les décombres, c'est pas moi qui verserai une larme.

Il passa la nuit chez sa sœur, et le lendemain il se rendit au volant de sa Dodge noire de suie au 65, Mapleshade Lane. Tandis que Patricia était à sa table à dessin, striant de veines les énormes globes oculaires d'un Vestan, il lui conta sa dernière infortune.

— Ils ont brûlé ta maison ? s'écria-t-elle. Jésus Marie ! Et comment vas-tu ?

— Bonne question.

Elle tendit des doigts noircis d'encre et lui serra tendrement le poignet.

— Bienvenue dans ma chambre d'amis, juge.

— Je te remercie, mais…

— Tu as peur qu'ils ne mettent le feu chez moi ?

— Une inquiétude fondée, tu ne penses pas ?

— Oui, on peut dire ça, mais tu sais quoi ? Je suis tellement déprimée depuis quelque temps que les inquiétudes fondées ou pas me passent complètement au-dessus du cigare. Autrement dit, j'en ai rien à foutre. Ma maison est ta maison.

Il grimaça et se pinça les narines. Ses vêtements empestaient le bois, la peinture et le lino brûlés.

— Quel que soit ton prix, ça te coûtera moins cher qu'un garde du corps.

— C'est gratuit.

— Tu as un cœur d'or, Patricia. Je te promets de garder profil bas.

— Ça va être marrant de t'avoir ici.

— Je ne suis pas très drôle en ce moment.

— Nous donnerons une fête.

Son installation dans la chambre d'amis de Patricia s'avéra être le déménagement le plus succinct que Martin eût jamais fait. Ce qui avait survécu au feu – quelques outils de menuisier, deux ou trois poêles et casseroles et la boîte à musique qu'il avait gagnée à la Cité céleste – rentra aisément dans quatre cartons. Il eut largement le temps dans ce même après-midi de migration de passer à la poste pour signaler son changement de domicile.

Noël approchait et c'était maintenant la boîte aux lettres de Patricia qui faisait l'objet d'une surveillance obsessionnelle et maniaque de la part de Martin. Il y retournait dix fois par jour, telle une mère s'en allant sur la pointe des pieds vérifier que son nouveau-né respire toujours. Toutefois, quand il apprit quelle était la réponse de la Cour internationale de justice, ce ne fut pas par courrier mais par un nouvel article de Charles Braithwaite dans le *Time* sur la Société de Job.

« Le procès du millenium ajourné », annonçait le titre, et la clé de l'information tenait dans les deux derniers paragraphes :

Bien que la CIJ n'ait fait aucune déclaration formelle, il y a de fortes chances que le procès désiré par la Société de Job ne voie guère le jour avant des années pour des raisons financières. « Le budget d'une telle procédure coûterait plusieurs fois notre dotation annuelle, quelque chose de l'ordre de quatre-vingts millions de dollars, a déclaré au Time *le vice-président Giuseppe Sanfilippo.*

Le coût en question, avons-nous pu apprendre, inclut la mise en œuvre de moyens considérables (notamment une flotte de supertankers) pour procéder à l'extradition du

Corps, le paiement des cabinets d'avocats appelés à constituer les dossiers des deux parties en conflit, l'hébergement d'une multitude de témoins, et l'engagement de Casques bleus capables d'affronter les factions qui tenteraient de s'opposer par la force à la tenue du procès.

Une lettre finit tout de même par atterrir dans la boîte aux lettres de Patricia, mais elle n'apprit à Martin rien qu'il ne sût déjà.

« Bien que les juges soient disposés à entendre le recours collectif que votre organisation voudrait porter devant la CIJ, écrivait le greffier Pierre Ferrand, ils ne voient aucun moyen de financer une entreprise aussi complexe. »

— Eh bien, ce n'est pas plus mal, commenta Patricia.

— Tu crois ça ?

— Ôte-toi ce procès de la tête, Martin. Il serait temps que tu recommences à vivre.

— Je n'ai plus de vie à recommencer.

— Mais bien sûr que tu en as une !

— « Je suis devenu le frère des chacals et le compagnon des autruches, dit Martin, citant Job. Ma peau sur moi s'est noircie, mes os sont brûlés par la fièvre. Ma harpe s'est accordée au chant du deuil, ma flûte à la voix des pleureurs. »

— Sais-tu ce que je pense ? Quelque part au fond de toi, tu crois que si tu reconstitues cette vieille histoire de jobard, si tu arrives à poursuivre Dieu en justice et à écouter patiemment Sa défense, Il te rendra tout ce que tu as perdu, tout comme Il l'a fait pour Job. Une nouvelle maison, une nouvelle carrière, une nouvelle Corinne, une nouvelle prostate. Eh bien, ça ne marche pas comme ça.

— Il ne s'agit pas de ma prostate, Patricia.

— Alors de quoi s'agit-il ?

Il glissa un regard dans le décolleté de la jeune femme. La Feminone réglait maintenant la circulation de sa libido de telle façon qu'il aurait pu aussi bien contempler un panneau de stationnement interdit.

Et de nouveau il cita Job :

« Je tiens à ma justice et ne lâche pas, ma conscience ne me reproche aucun de mes jours. Que mon ennemi ait le sort du méchant, mon adversaire celui de l'injuste ! »

Le 17 décembre, la Société de Job se réunit une fois de plus à la Vallée des Enfants. Tandis que les innocentes victimes entraient dans l'espace jeu numéro trois, Randall rejoignit Martin et lui montra une photographie punaisée sur le tableau d'affichage : Patricia et Angela en bikini citron vert tenaient ensemble le tuyau d'arrosage du jardin et aspergeaient joyeusement une bande de marmots en maillot de bain.

— Tu les connais ? demanda Randall.

— Celle de gauche est Angela Zabor ; c'est elle qui tient cette maison. L'autre est sa sœur jumelle, Patricia.

— Jolies femmes.

— J'occupe la chambre d'ami, chez Patricia.

— C'est ton… amie ?

— Au sens strict. Son enfant est mort des suites d'un spina-bifida.

— Spina-bifida ? Mais pourquoi n'est-elle pas parmi nous ?

— Elle ne croit pas en notre combat.

Randall grimaça d'indignation.

— Personne ne devrait laisser les autres se battre à sa place, surtout quand l'ennemi s'appelle Dieu.

La réunion n'était pas commencée depuis longtemps que Martin fit une étrange observation : les jobiens étaient plus impatients d'en savoir davantage sur ses derniers malheurs que de discuter du rejet de leur affaire par la cour de La Haye. Depuis leur dernière rencontre, Martin était devenu une célébrité, et ses compagnons de souffrance voulaient savoir à quoi ressemblait la renommée.

— Votre vie doit être un enfer, dit Esther.

— Nous sommes tous logés à la même enseigne, répliqua Martin.

Il jeta un regard à la ronde mais ne vit nulle part Charles Braithwaite. Le pisse-copie n'avait pas eu le cran de reparaître, une fois son forfait accompli.

— Mais c'est vrai, ajouta-t-il, ils m'en ont fait voir.

— J'ai appris qu'ils avaient incendié votre maison, dit Allison.

Tout se passait comme si, après une apparition fracassante lors d'un grand talk-show, il devait réitérer sa performance ici et là. Ce ne fut qu'au bout d'une bonne heure de questions touchant à sa vie privée que les jobiens, satisfaits, mobilisèrent leur attention sur les sujets sérieux.

— Quatre-vingts millions de dollars, dit Esther, tambourinant des doigts sur le *Time* du 14 décembre.

— Alors, qu'allons-nous faire ? demanda Randall. Jouer à la loterie en nous cotisant pour multiplier nos chances ?

— Pourquoi pas devenir représentants chez Tupperware ? ricana Julia.

— Job n'a jamais abandonné, dit Martin. Il est resté sur son tas d'immondices jusqu'à ce que la voix de Dieu s'élève du sein de la tempête.

— J'ai une idée, dit Allison. Nous sommes un mouvement populaire, n'est-ce pas ? Je veux dire que nous sommes des petits, des sans-grade, des gens ordinaires à qui il est arrivé des malheurs extraordinaires. Aussi, au lieu d'un procès international, pourquoi ne pas en faire un local ? Ma belle-sœur est juge au tribunal de grande instance de Macon, en Géorgie. Elle consentira peut-être à entendre notre affaire.

— Commencer dans l'infiniment petit quand on veut s'attaquer à l'infiniment grand... grommela Martin d'un ton dépité.

— Tout dépendra de la publicité qui sera faite autour du procès, dit Peter. Après tout, mieux vaut tenir que courir.

— Non, ça ne me dit rien qui vaille, avoua Martin.

À l'approche de minuit, le rythme de la discussion s'accéléra. Finalement, il fut convenu qu'à son retour chez elle Allison verrait si sa belle-sœur pouvait ouvrir sa jurisprudence au procès du millenium, perspective que Martin trouvait désespérément déprimante. Aller en justice à Macon au lieu de La Haye, c'était comme recevoir en cadeau de Noël un chien en peluche, alors que vous en attendiez un en chair et en os.

À minuit cinq, il déclara la réunion close.

Un spasme crucifia son pelvis. Il avala trois Roxanol et regarda autour de lui. Soixante-cinq jobiens se dirigeaient vers la porte, procession morbide armée de cannes, de béquilles, de déambulateurs, de perfusions, de masques à oxygène, la cavalerie en tête sur des fauteuils roulants. Il se souvenait de leur précédente rencontre. Comme il s'était senti vivant, alors ; dans son sang coulait l'esprit d'une juste révolte. Cette nuit, il se voyait tel qu'il était : veuf, impuissant sexuel, sans domicile fixe, canard boiteux dans l'ordre des juges de paix, échoué parmi un petit peuple républicain et transi, mourant lentement d'un cancer de la prostate.

5

Le cancer est mon chef-dœuvre, la source de toutes mes joies, mais j'ai une faiblesse pour les intempéries. Vous ne pouvez pas être un prince des ténèbres crédible sans un talent pour les ouragans, un savoir-faire pour la sécheresse et une parfaite connaissance de la neige.

Le 14 décembre 1999, un furieux blizzard engloutit la ville de Cambridge, Massachusetts, une communauté se prévalant du plus haut quotient intellectuel par habitant de toutes les agglomérations à l'est du Mississippi. Pendant dix-huit heures d'affilée, il neigea. Ployant sous les conglomérats de cristaux, les lignes téléphoniques et de haute tension se rompirent net comme la colonne vertébrale du petit Jason Lowry, faisant de Cambridge une cité sourde, muette et aveugle. Les rues devinrent de blancs canaux gelés qu'on ne pouvait pratiquer qu'en raquettes, autoneige ou skis de randonnée. D'entreprenants adolescents se firent des fortunes dans le déblaiement des trottoirs et la livraison à domicile de provisions. À l'approche de Noël, le nombre de morts se montait à vingt-cinq, dont quatre citoyens emportés par des crises cardiaques en plein effort de pelletage, un vieux professeur de piano saigné à blanc après s'être fait écharper le pied par son chasse-neige à soufflerie, et une vieille antiquaire octogénaire qui, ne pouvant avoir son insuline, était passée du coma diabétique à la *rigor mortis*.

De toute la ville, une seule personne demeura inconsciente du désastre. Gregory Francis Lovett, un professeur de littérature médiévale en semi-retraite, quittait rarement sa maison, lisait son courrier quand l'envie lui en prenait, n'était abonné à aucun périodique, hormis le trimestriel *Augustinian*, ne possédait ni radio ni télévision, et avait banni le téléphone de sa demeure depuis 1962. Pour savoir ce qui se passait à l'extérieur, G. F. Lovett s'en remettait entièrement à l'homme avec lequel il partageait sa maison de Mount Auburn Street, son jeune frère alcoolique, Darcy. Que la Bourse s'effondre, qu'une guerre éclate ou que Jésus apparaisse dans le campus de Harvard, accompagné d'une ribambelle d'anges, Lovett n'en aurait rien su, à moins que Darcy ne fût là pour l'en informer.

Quand l'état d'urgence fut officiellement terminé – le matin du 19 décembre –, Lovett était dans sa bibliothèque, savourant une tasse de thé irlandais, son ample séant bien calé dans une bergère à l'assise en peau de vache. Des bûches de cèdre brûlaient dans l'âtre. Trois mille volumes reliés de cuir occupaient les rayonnages en acajou, leurs titres dorés à la feuille luisant à la lueur du feu. Dans un coin, une antique comtoise montait la garde, tiquetant comme le cœur mécanique de Stanhope l'Homme-Vapeur, le robot décrit dans l'un des innombrables et précieux livres pour enfants que Lovett avait engrangés au fil des ans.

De tous les divers envois postaux gisant en tas sur ses

genoux, le seul à retenir l'attention de Lovett fut un courrier assez volumineux expédié par Vernice, sa bonne à rien de sœur, qui en était à son troisième mariage, et qu'il payait soixante-dix mille dollars par an pour qu'elle lui adresse toutes les coupures de presse qu'elle jugerait de nature théologiquement provocatrice ou iconoclaste. Il s'empressa d'ouvrir l'épaisse enveloppe de papier kraft et découvrit une sélection d'articles sur une organisation baptisée la Société de Job. Leur lecture le submergea d'un sentiment d'excitation tel qu'il n'en avait pas connu depuis 1971, lorsqu'il avait croisé le fer avec la philosophe Emily Arboghast sous les auspices du Club socratique de Harvard, le sujet de leur débat étant « La plausibilité de l'impossible ». Le combat avait été homérique mais le tandem Dieu-G. F. Lovett avait fini par triompher, quand Lovett eut démontré que rejeter le surnaturel comme le faisait Arboghast revenait à nier le processus mental lui-même.

Il appela son frère.

— Darcy ! Darcy, il se passe quelque chose d'extraordinaire !

Je devrais noter qu'avant d'entrer de Lui-même dans le coma, notre Créateur avait été très content de Lovett et l'avait doté d'un esprit aigu et d'un corps robuste. En dépit d'habitudes que d'aucuns jugeraient néfastes – le vin, la pipe (en écume de mer), et une vie sédentaire –, Lovett s'apprêtait à souffler allègrement ses soixante-quatorze bougies. Certains prétendaient que sa bonne santé n'était pas étrangère à son compte en banque, qui avait grossi dans des proportions peu ordinaires depuis que l'empire Disney avait fait de *La Saga des Sargasses*, dernier roman à succès de Lovett, une série de dessins animés. À la différence de ses collègues professeurs de Harvard,

Lovett comprenait parfaitement le monde de l'enfance. Il aimait à dire qu'il n'avait jamais cessé d'être un enfant lui-même. La première des adaptations de sa fameuse saga, *La Servante dans le Maelström*, lui avait rapporté à elle seule dix-sept millions quatre cent trente-neuf mille huit cent soixante dollars en royalties provenant de la vente des jouets et des vidéocassettes, soit dix fois plus que ce qu'il avait touché pour sa série de conférences télévisées sur la foi et pour toutes les apologétiques qu'il avait publiées.

Ce qui ne veut pas dire que *La Saga des Sargasses* flattait bassement le marché ou insultait l'intelligence du public. Pour la majorité des lecteurs, l'idée centrale du cycle – un vaste atoll flottant qui voguait éternellement sur des mers inconnues, piloté par le doux dingue capitaine Alexis Renardo et poussé par des alizés soufflant sur les immenses feuilles des « arbres à vent » spécifiques de l'île – avait la grandeur d'un mythe grec. S'il y a une justice dans ce monde, quand on écrira l'histoire de la littérature fantastique, les *Sargasses* seront à l'honneur aux côtés d'*Alice*, d'*Oz* et de *Gulliver*.

— Darcy !

Le frère de Lovett apparut enfin, sa moustache de phoque mouillée de porto, le pied de son verre pincé entre le pouce et l'index.

— Écoute ça, dit Lovett en brandissant le deuxième article de Charles Braithwaite dans le *Time*. Voilà qu'un magistrat de Pennsylvanie se prend pour Job !

Depuis que Darcy l'avait informé six ans plus tôt de l'énigmatique condition du Tout-Puissant, Lovett avait beaucoup médité sur le Corpus Dei. Et, tout en reconnaissant que le sujet était éminemment troublant, il en avait conclu que la Principale Attraction de la Cité céleste des États-Unis d'Amérique ferait finalement plus de bien que de mal à l'Église épiscopale et au reste de la chrétienté. En procurant au monde un indice palpable de Son infinie grandeur, Dieu disait, en essence : « Après les montagnes et les arcs-en-ciel, les séquoias et les baleines, voici que je vous montre mon enveloppe charnelle et, cependant, ces merveilles ne sont rien, RIEN, comparé à ce qui vous attend quand vous entrerez dans Mon royaume éternel. » Ce qui signifiait, bien sûr, que cette prétendue Société de Job se trompait cruellement en percevant le Corpus Dei comme un hors-la-loi à traîner en justice. Le corps était un avatar à vénérer ou il n'était rien du tout.

— Un type nommé Martin Candle, c'est ça ? dit Darcy.

Lovett sirota une gorgée de thé et approuva du chef.

— C'est presque trop beau, tu ne trouves pas ? Il y a tellement longtemps que j'attends une bagarre digne de ce nom.

Darcy s'envoya une rasade de porto.

— Ouais, mais la bagarre est finie avant d'avoir commencé. La cour de La Haye n'a pas le blé.

— De combien ils ont besoin ?

— Quatre-vingts millions de dollars.

Un sourire espiègle à la Alexis Renardo éclaira le visage de Lovett.

— Écoute bien, dit-il en levant la main. Je veux que, dans les meilleurs délais, tu procèdes au virement de quatre-vingts millions de dollars de Sargasses & Co sur le compte bancaire de la Cour internationale de justice.

— Si je puis me permettre, mon frère, c'est la plus extravagante, la plus démente, la plus…

Le fou rire empêcha Darcy de poursuivre. Il vida son verre, marqua un temps et soupira.

— J'appellerai Crawford lundi matin, à la première heure.

Lovett se frotta les mains comme s'il se les savonnait.

— Ça fait si longtemps que je ne me suis pas amusé, Darcy, et cette histoire promet d'être vraiment drôle. La Dernière Guerre, hein ?

La Dernière Guerre était le titre du dixième volume du cycle des *Sargasses.*

— J'en serai toujours reconnaissant envers ce juge Martin Candle. Même quand je l'aurai étripé, que j'aurai réduit en poussière ses arguments… ce n'est pas très chrétien ce que je dis là, n'est-ce pas ?

— Pas très, en effet.

— Même quand j'aurai détruit cet homme, je resterai pour toujours son débiteur.

Alors que Martin quittait la bruyante animation de Park Avenue et pénétrait dans la vulgarité feutrée de Trump Tower, il ne put s'empêcher de penser à un autre gratte-ciel, fort ancien celui-là mais également outrageant : la tour de Babel au pays de Shinéar. Il se souvenait encore de la leçon de catéchisme que son père avait donnée à cette occasion. Après avoir demandé à ses élèves d'écrire sur leur cahier leurs psaumes préférés mais en sautant un mot sur deux, Walter Candle les avait ensuite priés de les lire à haute voix. Le brouhaha qui s'ensuivit, quinze adolescents récitant à tue-tête d'inintelligibles phrases, ne pouvait mieux figurer la confusion qui avait régné à Shinéar, après que Dieu eut confondu le langage des hommes pour qu'ils ne puissent plus se comprendre les uns les autres.

Le cancer agriffé à son pelvis, une pilule de Roxanol se dissolvant dans son estomac, il traversa l'atrium, espace où bronze et comblanchien faisaient assaut de prétention. Mais il avait l'âme ballonnée d'espoir. Juste au moment où ses chances étaient au plus bas, il avait reçu un appel de Gretchen Wilde, la secrétaire particulière de Stuart Torvald, le président de la Cour internationale de justice. Pour le moment, la Cour ne siégeait pas, lui avait expliqué Wilde, pour permettre aux juges de passer les fêtes de Noël en famille. Martin pouvait-il rencontrer M. Torvald le 27 décembre, afin de discuter avec lui d'un fait nouveau dans l'affaire qui l'occupait ?

Il prit l'escalier roulant et s'éleva à travers les différents étages de la galerie mercantilo-polyglotte : l'Espagne et les boutiques Loewe, la France et Vuitton, l'Allemagne et Beck, l'Italie et Pineider. Son image se reflétait dans les panneaux de cuivre poli, silhouette voûtée et visage pincé par la douleur. Il arriva au niveau E et prit l'ascenseur pour le quarante-deuxième étage, les tympans vibrant sous la force ascensionnelle.

Une minute plus tard, il frappait à la porte du penthouse. L'homme qui vint lui ouvrir était si mince et semblait si élastique qu'il aurait pu sortir d'une peinture du Greco. Un air de piano dérivait dans le couloir. Martin reconnut les notes d'*Un Américain à Paris*, l'une des compositions de Gershwin que préférait Corinne.

— Juge Torvald ?

— Lui-même, répondit le président de la CIJ d'un ton aristocratique. Juge Candle ?

— À votre service.

Et, tandis que les deux hommes échangeaient une poignée de main, Martin songea que les extrémités du spectre judiciaire – le plus petit et le plus grand des tribunaux de la planète – étaient présentement réunies dans ce hall d'entrée.

Torvald l'invita à entrer dans un somptueux salon, dont la façade vitrée offrait une vue panoramique époustouflante de Manhattan. Dans un coin, un sapin d'Écosse élevait jusqu'au plafond ses branches chargées d'ornements et de guirlandes argentées, tandis qu'au pied de l'arbre s'étalaient des cadeaux assortis à l'environnement : un rang de perles sorti de son écrin entrouvert, un chandail en cachemire, une paire de bottes de cheval d'un cuir fauve. Seule note discordante, une vieille mallette abîmée gisait au milieu des présents.

— Permettez-moi de vous présenter un ami cher, dit Torvald, guidant Martin vers un piano demi-queue auquel était assis un homme rondelet aux cheveux poivre et sel et à la barbe si courte qu'elle semblait avoir été peinte sur son visage. Trois photographies dans des cadres dorés étaient posées sur l'instrument, celles de trois jeunes femmes radieuses, sans doute les filles du juge.

— Irving Saperstein, professeur émérite à Princeton et président du comité pour l'Exploration du Corpus Dei. Irving a raté le prix Nobel de neurophysiologie plus de fois que Richard Burton a été privé de l'oscar.

— Bon Dieu, Stu, je n'avais encore jamais entendu cette comparaison-là, s'exclama Saperstein en riant.

Levant ses doigts épais du clavier, il se leva, s'inclina légèrement et serra la main de Martin.

— Nous nous sommes déjà vus, dit Martin. Orlando, ajouta-t-il, pour répondre au haussement de sourcils de Saperstein. Vous avez essayé de m'empêcher d'entrer dans la Cité céleste.

— Ai-je réussi ?

— Non.

— Vous avez vu la Principale Attraction, mais vous n'avez pas été pour autant guéri de votre mal, n'est-ce pas ?

— C'est exact.

— Et c'est ainsi que nous avons obtenu la procédure numéro… dis-lui, Stu.

Torvald traversa souplement la pièce pour aller cueillir parmi les présents assiégeant le sapin un petit maillet en or.

— Un cadeau de Noël de mon épouse, dit-il. Le lundi 5 juin de l'an 2000, à dix heures du matin, je donnerai un coup de ce marteau de quatorze carats sur mon pupitre, au palais de justice de la paix, et déclarerai l'ouverture de la Procédure 227 : la Société de Job, plaignante, versus Corpus Dei, accusé.

Martin en hoqueta si profondément que ses oreilles encore sous le coup de la montée en ascenseur se débouchèrent soudain.

— Mais je croyais que vous n'aviez pas les fonds.

— Un sponsor s'est manifesté – un ange, comme on dit à Broadway, expliqua Torvald. Le nom de G.F. Lovett vous dit-il quelque chose ?

— Non.

— Vous avez peut-être entendu parler de ses livres pour enfants qui ont fait l'objet de plusieurs films : *La Servante dans le maelström*… *Le Basilic de la Barbade*…

— Ah oui, *La Saga des Sargasses.* Le petit garçon de ma logeuse faisait la collection des figurines, dit Martin dont le cœur battait fort.

Avait-il bien entendu ? Procédure 227 : la Société de Job, plaignante, versus Corpus Dei, accusé ? Vraiment ?

— Une triste histoire, ajouta-t-il. L'enfant est mort.

— On m'a dit que *La Saga des Sargasses* est en fait une espèce d'allégorie chrétienne, mais que c'est très amusant, dit Torvald.

— J'en suis resté au *Magicien d'Oz*, dit Saperstein.

— Moi aussi, renchérit Martin. Mais il faudra que je lise Lovett.

— D'ici le milieu de l'année qui vient, nous aurons tous lu Lovett, dit Torvald. Mais pas les *Sargasses* ni ses critiques littéraires. Non, je parle des apologétiques. *Dieu pour les débutants... Sermons de Satan... L'Énigme de la souffrance...*

Torvald passa les cinq minutes suivantes à conter ce qu'il appelait une « anecdote caractéristique » au sujet de Lovett. Ce dernier avait essayé d'initier le pape Jean XXIII au plaisir de la pipe. (« Notre Seigneur a chéri les choses de cette terre, sinon pourquoi aurait-Il chanté les graines de moutarde et les figuiers ? ») mais Martin ne percevait que des bribes. Un ange était arrivé ! Avec quatre-vingts millions de dollars !

— Je tiendrai demain une conférence de presse aux Nations unies pour annoncer la donation philanthropique de Lovett, dit Torvald. J'annoncerai aussi que la procédure 227 ne sera entamée qu'après qu'une équipe mandatée par la Cour et chargée d'établir un certain nombre de preuves se sera aventurée dans le cerveau de la Principale Attraction.

Il posa sur Martin un regard à faire rougir un basilic de la Barbade.

— Laissez-moi poser cartes sur table, reprit-il. Je sais qu'il vous tarde à vous comme à Lovett que ce procès commence. Pas à moi. Il n'a jamais été dans mes ambitions de diriger la poursuite du Tout-Puissant par une bande d'intellectuels cafardeux abonnés au supplément du *New York Times.* Je n'ai nul désir de devenir le nouvel Hérode Antipas. Vous me suivez, monsieur ? Je ne saurais approuver votre projet. Je le trouve impudent à l'extrême.

Il posa une main sur l'épaule de Saperstein.

— Ce que j'approuve, en revanche, c'est le comité pour une Totale Exploration. Quand Lovett est venu à moi avec son offre, j'ai saisi immédiatement l'avantage que l'on pouvait en tirer : nous allions pouvoir confier le corps à des chercheurs qui en auraient un usage autrement plus profitable que n'en aura jamais la Confédération baptiste américaine.

— Ce sera la plus grande expédition scientifique de tous les temps, intervint Saperstein en allant à l'arbre de Noël. La recherche de la source du Nil reproduite à l'échelle cosmique. Un voyage dans l'ultime terra incognita.

— Beaucoup de gens pensent qu'Il est mort, protesta Martin. Mort cérébralement.

— Voilà ce qui a été convenu, dit Saperstein en ôtant d'un air distrait un petit bonhomme de neige en velours d'une des branches du sapin. Les baptistes ont toujours considéré leur Principale Attraction non pas comme un corps dans le coma mais comme une enveloppe dont Dieu Se serait dépouillé pour devenir un pur esprit. Bien que l'Esprit-Saint visite périodiquement cette enveloppe – d'où ses prétendus pouvoirs de guérison –, Il n'est pas du tout synonyme du Tout-Puissant. Donc, quand Stu leur a dit que le procès ne serait possible qu'à la condition que le Corpus Dei soit vivant, ils ont accepté que nous pratiquions une biopsie neurologique limitée, car ils étaient sûrs, voyez-vous, que le tissu prélevé se révélerait inerte.

— Ils vous ont laissé entrer dans Son crâne ? demanda Martin, stupéfait.

— Nous n'avons pas eu besoin d'aller si loin. Une sonde dans Son globe oculaire s'est avérée suffisante. Jeudi dernier, nous avons foré dans la cornée gauche et excisé une cellule de Son nerf optique. À l'examen au laboratoire, la chose a prouvé qu'elle était tout sauf morte.

— Irving présentera son échantillon lors de la conférence de presse qui aura lieu demain, dit Torvald.

— On dirait que les baptistes se sont eux-mêmes mis des bâtons dans les roues, ajouta Martin.

— En réalité, ils comptaient tirer profit de la biopsie menée par Irving. Persuadés que les analyses confirmeraient leurs suppositions, ils auraient argué de la stérilité du neurone pour accuser la procédure 227 d'être un procès médiatique et indigne d'être pris au sérieux.

— Mais vous allez le prendre au sérieux, n'est-ce pas ? s'écria Martin. Vous engagerez les meilleurs avocats, les philosophes les plus pointus, vous extraderez l'accusé et nous enverrez les jobiens et moi à La Haye. Je veux que la Cour apprenne ce qui est arrivé à ma femme, comment un setter irlandais…

— Oh, n'ayez crainte, vous nous raconterez votre histoire. En fait, vous nous en direz bien plus que ça.

— Plus ?

Torvald appuya en souriant son marteau sur son menton.

— La donation de Lovett comporte trois conditions formelles. *Primo* : c'est lui qui orchestrera la défense.

— Cela va de soi.

— *Secundo* : Martin Candle comparaîtra à la barre en tant que témoin cité par la défense.

— Moi, témoin de Lovett ?

— Exact.

— Il aura un témoin terriblement hostile.

— Je ne doute pas qu'il le sache. *Tertio* : l'accusation devra être conçue et exécutée par vous et vous seul, monsieur.

Martin éprouva un tiraillement au niveau des pectoraux que la Feminone féminisait sans relâche. Le temps n'était pas loin où il devrait s'acheter des soutiens-gorge.

— Mener seul l'accusation ? Vraiment ?

— Oui, vraiment, dit Torvald en posant son maillet sur le tabouret du piano. Le budget qui vous sera alloué vous permettra d'engager tous les experts extérieurs que vous souhaiterez, mais l'exposition des faits, l'examen des témoins, le réquisitoire, tout cela vous incombera. Il est évident que vous avez profondément offensé Lovett. L'homme veut votre tête sur un plateau.

Martin prit le maillet et en tapota sa paume moite. Bon gré, mal gré, il était moralement obligé d'accepter cette mission impossible. Il devait bien cela aux jobiens.

— Très bien, très bien, répéta-t-il, reposant le marteau sur le piano. Mais dites-moi, les baptistes vous laisseront-ils perquisitionner Son cerveau ?

— Après ma conférence de presse aux Nations unies, ils n'auront pas le choix… à moins qu'ils ne veuillent courir le risque d'être eux-mêmes poursuivis pour entrave à la justice.

— Je ferais peut-être bien d'assister à cette conférence, dit Martin, histoire de voir ce neurone optique en action et de mieux connaître mon adversaire, n'est-ce pas ?

— Ce n'est pas Dieu, votre adversaire, monsieur Candle, mais G. F. Lovett.

— À votre place, je préférerais me battre contre le Tout-Puissant, dit Saperstein.

Il remit le bonhomme de neige sur sa branche, se baissa pour ramasser la vieille mallette au pied du sapin et alla la poser sur le piano.

— Quant à notre neurone, reprit-il à l'adresse de Martin, vous pouvez attendre la conférence de presse si vous le désirez, mais (il fit sauter de ses pouces les deux fermoirs de laiton)… nous pouvons satisfaire votre curiosité sur ce point dès maintenant.

Une lumière surnaturelle envahit soudain le salon, s'élevant de l'attaché-case en un tourbillon d'un bleu scintillant qui enveloppa l'arbre de Noël et métamorphosa ses ornements en astéroïdes flamboyants et les guirlandes en filaments de feu.

— Que se passe-t-il ? s'étonna Martin.

— À Chaque fois qu'on le libère, il accomplit un nouveau prodige, répondit Torvald.

Avant même que le juge ne termine sa phrase, le neurone errant glissa telle une amibe hors de la mallette. Un cri de stupeur échappa à Martin. Aveuglante de lumière, redoutable de symétrie, la cellule évoquait une espèce de frisbee immanent ou encore une pizza radioactive.

— Naturellement, ce n'en est qu'un parmi des billions, dit Saperstein, tandis que, frissonnant comme une eau lustrée sous le souffle d'un elfe, le neurone étendait une dendrite vers le clavier et appuyait sur le *do*. Imaginez les merveilles qui nous attendent quand nous serons entrés dans Son cerveau.

La créature se mit à jouer *Body and Soul*. Stupéfié par la performance du neurone, Martin restait songeur, l'esprit ailleurs… vers la prodigieuse quantité de travail qui l'attendait, son odyssée personnelle dans la théodicée. Pouvait-il réellement tenir sa partie contre saint Augustin, Thomas d'Aquin, Origène, et tous ces théologiens que Philip H. Strand avait mentionnés dans sa lettre méprisante ?

— Le 5 juin… ça n'est jamais que dans cinq mois, fit-il observer.

— J'aurais préféré attendre jusqu'à l'automne, dit Torvald, mais Lovett n'a rien voulu savoir. J'espère que vous n'avez pas la frousse.

— Pas même de la mort, répliqua Martin.

— La science compte sur vous, dit Saperstein.

Le cancer planta ses pinces dans le fémur de Martin. Il grimaça de douleur, se mordit la joue et dit :

— Savez-vous où je suis attendu ensuite, messieurs ? En haut de la ville, au Centre anticancéreux de Sloan-Kettering.

Il sortit son Roxanol et croqua deux comprimés.

— Je Le poursuivrai au-delà du cap de Bonne-Espérance, au-delà du Horn, jusqu'au maelström de Norvège, jusqu'aux flammes de l'enfer, avant que j'en finisse avec Lui.

— Alors nous vous verrons à La Haye ? demanda Torvald.

— À La Haye, Monsieur le Président.

La visite de Martin à Sloan-Kettering atteignit son point culminant quand Blumenberg examina les résultats du dernier scanner, poussa son patient dans son cabinet et lui déclara :

— La Feminone fait merveille.

— Oui, elle m'a déjà donné une belle paire de nichons, ce qui est en soi une espèce de miracle. Sait-on jamais, je pourrais peut-être me placer comme nourrice.

— L'étendue de la tumeur a été stoppée. Et maintenant nous allons la faire battre en retraite.

Blumenberg croisa ses mains derrière la tête et se renversa sur sa chaise pivotante.

— On va vous maintenir sous hormones, mais je veux

les accompagner d'un truc appelé Odradex-11 – expérimental, top secret, des résultats plus qu'encourageants sur le cancer de la prostate. Bonne nouvelle, vous pouvez vous l'administrer vous-même. Moins bonne nouvelle, vous devrez vous faire une intraveineuse, deux centimètres cubes par jour, pendant les trois mois à venir.

— Quoi, vous voulez dire que je devrai me piquer moi-même ?

— Non, vous ne jouerez pas à l'Homme au bras d'or. Nous vous poserons un cathéter dans la poitrine – une petite chirurgie de rien du tout – et nous vous fournirons une seringue. Vous pourrez vous faire vos injections aussi facilement que vous arrosez vos plantes. Pouvez-vous entrer à l'hôpital vendredi ?

— Je suppose.

— Comment va la hanche ?

— Sans le Roxanol, ce serait l'enfer. Est-ce que cet Odradex a des effets secondaires ?

— Quelques-uns.

— La Feminone me métamorphose en femme. En quoi votre Odradex me changera-t-il ?

Blumenberg se pencha en avant, les coudes appuyés à son bureau, la mâchoire en appui sur ses mains.

— En rien du tout. Vous éprouverez une certaine somnolence, c'est tout, et vous aurez probablement quelque difficulté à vous concentrer.

— Alors, oubliez l'Odradex, docteur.

Le regard de Martin se fixa sur le presse-papiers de Blumenberg, une mappemonde en bronze de la taille d'une balle de base-ball, un souvenir de la Foire internationale de 1964.

— Pendant les sept prochains mois, mon esprit devra

être plus acéré que jamais. C'est la seule façon pour moi d'être à la hauteur de l'épreuve qui m'attend.

— Ce n'est pas une maladie psychosomatique que vous avez. L'esprit n'y fera rien, l'Odradex oui.

— Je parlais de mon procès à La Haye.

— Je croyais qu'ils vous avaient répondu par la négative.

— Ils ont trouvé un investisseur. Le *hic,* c'est que je dois mener seul le combat. Alors, pas question pour moi de somnoler une seule minute.

— Personne ne se rebelle contre Dieu et l'emporte, Martin. Prométhée s'est planté. Job n'a rien pu faire. Achab y a laissé sa peau. Prenez ce médicament, d'accord ?

La pose du cathéter se passa sans la moindre anicroche, même si la chose laissa à Martin un sentiment désagréable d'invasion, comme si l'un des Vestans de Patricia lui avait implanté dans le corps quelque minuscule capteur d'ondes. Il lui était facile d'oublier les isotopes enfouis dans sa prostate, mais ce fin embout de plastique sortant de sa peau au-dessus du sein droit lui chatouillait désagréablement le mamelon. Il le détestait mais pas autant qu'il apprenait à haïr cet Odradex de malheur.

Moins d'une heure après sa première injection de cette saleté agressive, il eut la sensation qu'un éléphant lui marchait sur la tête. Sa vision devint trouble. Des grelots tintinnabulèrent dans ses oreilles. Il se laissa tomber sur son lit et ne bougea plus.

Comme il continuait de prendre le médicament, son subconscient commença de le tourmenter. À l'approche de chaque aube, il faisait régulièrement ces cauchemars de compensation propres aux malades du cancer. Il rêvait qu'il était dans sa petite salle de tribunal, assis en face des gens qu'il aimait – Vaughn, Jenny, Patricia, Corinne – et qu'il leur annonçait que le Dr Blumenberg venait de le déclarer guéri.

Durant ses rares et précieux moments de lucidité, Martin se mettait au travail. Profitant de son siècle, cet âge miraculeux où le fax et les réseaux informatiques abolissaient les distances, il put coordonner l'action des jobiens sans quitter son lit. Il envoya le corps expéditionnaire numéro un, commandé par Randall, démarcher des sociologues et des historiens disposés à témoigner qu'un Dieu digne de ce nom aurait dû veiller plus scrupuleusement sur les destins de Ses créatures. Le commando numéro deux, mené par Esther, avait pour mission d'enrôler toute une section d'usagers du malheur en colère.

— Je veux au moins vingt-cinq histoires à fendre le cœur, lui dit-il. Trente, si tu le peux.

Il passa janvier en invalide de l'Odradex, partageant son temps à grappiller *L'Énigme de la souffrance*, de Lovett, et à zapper sur la télé de Patricia, une Mitsubishi de quarante-huit centimètres installée au pied du lit telle une stèle ombrageant une tombe. Il regardait Court TV[1], le canal Science-Fiction, et le réseau Comedy, mais surtout CNN, qui suivait minute par minute le siège de la Cité céleste.

L'épreuve de force était née de la décision de la CIJ de mener une véritable procédure criminelle en vertu de laquelle l'accusé devait être extradé et incarcéré en atten-

1. Chaîne câblée, spécialisée dans les informations judiciaires et la couverture des procès à scandale. (*N.d.T.*)

dant la décision de justice. Malheureusement, Éternité & Co n'était pas prête à abandonner sa mine d'or sans combattre. Jusqu'à ce que la cour de La Haye annonce son intention de remorquer la Principale Attraction jusqu'aux Pays-Bas, chaque actionnaire avait vu sa mise initiale quintupler, et il n'y avait pas de raison que ça s'arrête, vu le nombre toujours croissant des malades en quête d'un miracle. Après la preuve des talents du divin neurone que Saperstein avait apportée devant les caméras de télévision – preuve qu'une entité vivante habitait le cranium Dei –, un bon nombre de savants, de philosophes et de théologiens libéraux s'étaient prononcés en faveur de la procédure 227, mais cela ne désarma pas les actionnaires. Le boursicoteur moyen qui avait misé sur Éternité & Co se fichait pas mal que Son crâne contînt cinq neurones vivants ou cinq billions : Dieu était la propriété de l'entreprise. À l'annonce que des forces des Nations unies se dirigeaient vers Orlando avec mission d'exécuter l'ordre d'extradition, les spéculateurs troquèrent leur costume d'homme d'affaires contre un treillis, prirent leurs armes de poing et de chasse et s'en furent défendre la Cité céleste contre le coup de main onusien.

C'était CNN qui couvrait le plus abondamment l'événement. La chaîne avait beau prétendre à l'impartialité, ses sympathies allaient manifestement aux actionnaires : six cents individus photogéniques de race blanche, tous prêts à mourir au nom de la dignité de Dieu et du profit. La stratégie des soldats de la paix était un chef-d'œuvre d'agression non violente, dont l'arme fatale était le Sopor-B, un gaz somnifère qui faisait merveille. À chaque fois qu'un nouveau secteur du parc céleste tombait sous le contrôle d'Éternité & Co, les Casques bleus lâchaient leurs grenades au Sopor. Les caméras de CNN montraient des tas de capitalistes ronflant en chœur autour de la grande roue du Chariot d'Ézéchiel, des montagnes russes de l'Enfer au Paradis et du manège des Quatre Cavaliers de l'Apocalypse : des scènes qui rappelaient à Martin le royaume comateux de *La Belle au bois dormant* à Disney World, qu'il avait été l'un des premiers à visiter avec sa sœur Jenny en 1959.

L'*Énigme de la souffrance*, découvrit Martin, partait du concept de désobéissance ancestrale. Aux yeux de G. F. Lovett, l'histoire de l'insubordination d'Adam dans le jardin d'Éden pouvait s'expliquer d'un point de vue anthropologique. Nos ancêtres hominidés avaient certes tout ignoré de la science, mais ils avaient été de grands spiritualistes, entretenant avec leur Créateur une relation spontanée. Puis, conséquence même de cette conscience qui les avait rapprochés de Dieu, ces pécheurs originels s'étaient intéressés à eux-mêmes pour finir par se détourner du divin et poursuivre leurs propres ambitions. En vérité ils étaient devenus nous : une espèce pervertie, malade du péché comme on l'est du cancer, pétrie d'orgueil.

« Faut-il donc s'étonner que Dieu ait accordé à semblable vermine de souffrir ? demandait rhétoriquement Lovett dans le chapitre trois. Bien sûr que non. Le mystère est qu'Il le fasse dans le seul but que nous redevenions dignes de Son amour. Le véritable amour, l'amour divin – opposé à la simple tendresse paternaliste –, est cinglant comme le fouet, dur comme l'acier. Il repose sur le mérite et la droiture, et non sur la dépravation et la corruption. Les tribulations de ce monde sont comme les incisions que pratique le chirurgien quand il excise une tumeur maligne du corps d'un patient. Se réveillant de son anesthésie, l'opéré souffre à hurler. Au début, la douleur lui paraît gratuite et cruelle, et puis il se rappelle qu'il vient d'échapper à la mort. »

Dieu en chirurgien cosmique. Martin devait admettre que tout cela était sensé. En vérité, à l'époque où il considérait son Créateur avec sympathie, l'image qu'il se faisait de Dieu n'était guère différente de celle du Dr Lloyd Zimmerman, l'impétueux cardiologue qui avait réalisé un triple pontage sur Candle père. Sans doute, cette théodicée avait-elle ses points faibles, mais Martin était bien incapable de les relever, tant il était assommé d'Odradex. Plus il prenait de cette drogue miracle, plus ses paupières se faisaient lourdes, son pas incertain et sa mémoire poreuse. Il avait le sentiment de mener deux combats de front : l'un contre le cancer, l'autre contre son traitement.

Le 2 février, appelé jour de la Marmotte, car c'est la date à laquelle on croit pouvoir prédire si les grands froids sont terminés, Martin Candle prit une importante décision.

— J'arrête la came, dit-il à Patricia. Cette saloperie d'Odradex est en train de me bouffer les neurones.

— Ne dis pas de sottises. Cette saloperie, comme tu dis, te maintient en vie.

— En vie pour quoi faire ? Pour que je perde une nouvelle élection ? Que je meure d'une horrible mort ? Le cancer a infiltré mes cellules, Patricia. Il est dans mes os. Ne me dis pas que l'Odradex va me sauver.

— Je t'en prie, Martin. Je t'aime.

— Tu m'aimes ?

— Oui.

— Ce n'est pas une très bonne idée.

— Continue l'Odradex. S'il te plaît.

— Non, je ne peux pas. Je suis désolé, mais c'est non.

Quarante-huit heures après sa dernière prise d'Odradex, l'esprit de Martin se clarifia comme par miracle. Son cerveau, se dit-il, était comme les mares à grenouilles d'Abaddon : la vase avait disparu, laissant apparaître une eau limpide et cristalline.

Février battit tous les records d'enneigement et de froid, tandis que Martin fournissait de vaillants efforts pour sonder les théologiens cités en notes par Lovett et taper les commentaires que ces derniers lui inspiraient sur son Powerbook Apple 630, acheté grâce aux subsides s'élevant à vingt-six millions cinq cent quatre-vingt mille dollars obligeamment virés par le professeur sur le compte de la Société de Job.

Alors que le blizzard faisait rage sur Abaddon, Martin luttait avec les *Confessions* de saint Augustin, faisant de son mieux pour comprendre ce saint pour qui la douleur était un outil que Dieu nous envoyait afin de nous permettre d'apprendre la retenue.

« Mais qu'apprennent les élèves que nous sommes ? nota Martin sur son portable. La retenue ou bien le visage de la souffrance ? »

Il s'attaqua à certains passages des *Moralia* de Grégoire le Grand, s'éreintant à pénétrer l'idée du pape selon laquelle les âmes sont semblables aux athlètes : pour réaliser leur potentiel, elles doivent se soumettre à un douloureux entraînement.

« Mais il y a sûrement une différence, releva Martin, entre la torture et l'effort physique. »

Puis ce fut au tour du *Discours* de Grégoire de Nazianze, selon lequel les catastrophes naturelles n'étaient que l'expression du mécontentement céleste.

« Je demande à voir », écrivit Martin.

Et de plonger dans les *Révélations* de Julian de Norwich, mystique qui, après une maladie, eut des visions du Christ et de la Vierge. Et de crapahuter dans le *Livret de la consolation divine* de Maître Johann Eckhart, avant de s'imposer deux cents pages de la *Confession d'Augsbourg* de Melanchthon. « Ces trois-là, releva-t-il, s'appuient sur le même argument : si la vie ne contenait aucune épreuve, la vertu disparaîtrait par manque d'exercice. »

Il accorda un regard à l'écran du Mitsubishi. La centaine d'actionnaires d'Éternité & Co, qui n'avaient pas encore été faits prisonniers, avaient pris héroïquement position sur le toit de la chambre froide. Épaule contre épaule sur le revêtement de verre – une image qui rappelait les multiples versions hollywoodiennes de la chute de Fort Alamo –, les défenseurs de Dieu et du portefeuille attendaient d'un pied pas très ferme l'assaut des soldats de la paix.

Plus Martin s'aventurait parmi les augustinades, eckhartades et autres lutheries, plus elles lui semblaient contenir entre les lignes une seconde théorie de la souffrance, qu'il intitula : « À quelque chose malheur est bon. » En gros, si Notre Père accablait de mille maux l'espèce humaine, c'était finalement pour le bien de ladite espèce.

« Un extraterrestre trouverait probablement bien vaines les douleurs d'une parturiente terrestre, alors qu'elle-même sait qu'il en résultera un plus grand bien, écrivit Martin, paraphrasant les apologistes. Pour un chat, un bain antiparasite peut paraître sadique, même si c'est pour lui la meilleure prévention contre la maladie. »

Le siège de la Cité céleste dura quinze jours, deux de

plus que celui d'Alamo, après quoi, réalisant le caractère désespéré de leur situation, les actionnaires d'Éternité & Co rendirent les armes, quittèrent le Corpus Dei et commencèrent de se presser aux tables rondes et interviews télévisées. C'étaient les nouveaux héros de la nation, plus populaires que les astronautes des années soixante, plus sympathiques que les otages de l'Iran de la décennie suivante.

— Si Jésus l'avait voulu, nous aurions combattu jusqu'au dernier d'entre nous, dirent-ils en chœur à Oprah.

— Nous n'avons pas pris les armes d'un cœur léger, expliquèrent-ils à Geraldo, mais vient un temps où notre devoir envers Dieu commande à tous les autres.

— Dieu merci, ils n'ont tué personne, dit Martin à Patricia.

— Des tas de gens vont craquer avant que ton satané procès soit fini, Martin – et pas seulement ces fantoches d'Éternité & Co, mais toute une multitude. Il n'est pas trop tard pour tout annuler.

La dernière nuit de février, alors que minuit approchait, Martin, allongé sur son lit, se demandait si, après l'Odradex, il n'allait pas balancer la Feminone à la poubelle. Sa poitrine exigeait maintenant le port d'un soutien-gorge, sa libido était tellement laminée que le plus érotique des pornos jamais filmés n'aurait pu susciter le début de l'ombre du commencement d'un émoi. La honte chevillée au corps, il se leva et, vêtu de son seul caleçon, se traîna jusqu'au grand miroir du couloir. Dans la faible lumière dégagée par l'ampoule de quarante watts, l'embout de son cathéter ressemblait à un petit ver blanc précurseur d'une décomposition à venir.

— Beaux nichons, murmura-t-il à son reflet, au bord des larmes.

Patricia apparut sur le seuil, son bloc à dessin sous le bras, sur la page duquel un Vestan aux commandes d'une soucoupe volante sectionnait d'un coup d'aile de son engin la colonne Washington comme un couteau tranchant un salami.

— Beaux nichons, répéta-t-elle en écho, posant une main compatissante contre la joue de Martin.

— Ce n'est pas juste.

Adolescent, Martin avait souvent rêvé d'avoir la faculté de se transformer en fille pour pouvoir ainsi se lorgner dans le miroir. Il lui arrivait parfois de se plisser le torse en un simulacre de seins. À présent, son fantasme de jeunesse se réalisait.

— D'abord ma santé, ensuite Corinne, mon métier, ma maison…

— Lis un roman policier, Martin, quelque chose où la justice triomphe. Regarde la télé. Les grands classiques du cinéma.

— Et maintenant, voilà que je change de sexe.

— Tu as besoin d'un petit coup de fouet. Une bonne petite comédie musicale avec Fred Astaire et Ginger Rogers.

Il regagna sa chambre et prit à contrecœur une gélule de Feminone qu'il avala avec du jus d'orange. Après tout, le traitement aux œstrogènes s'avérait bénéfique à long terme. Il y avait même de fortes chances pour qu'il le maintienne en vie plus longtemps que prévu. Et puis, s'il avait déformé son corps et réformé son pénis, il n'avait pas réduit sa colère d'un iota. Comme beaucoup de républicains, Martin avait un avis partagé sur le prétendu mouvement des femmes – il ne pouvait définir précisément la frontière entre la juste revendication et la récrimination pleurnicharde – mais il reconnaissait volontiers que la présence d'hormones femelles dans votre corps ne faisait pas de vous un hybride au cœur trop sensible, à la volonté défaillante et à la pusillanimité excessive. De fait, il était plus déterminé que jamais à poursuivre la Principale Attraction au-delà des mers et jusque dans les flammes de l'enfer. L'œstrogène n'était pas le bout du monde.

Pêchant la télécommande de sous les couvertures, il se lança à la recherche de Ginger et Fred et tomba sur *Larry King Live.* Irving Saperstein présentait joyeusement le céleste neurone optique à son hôte éberlué. Le doigt de Martin se figea sur la touche. Il cessa de zapper. Encouragé par son montreur, le neurone calculait la valeur de *pi* jusqu'à la trente-sixième décimale. Martin bâilla. Son esprit dériva. Le temps qu'il s'endorme, la cellule prodige avait peint un faux à confondre cent experts des *Tournesols* de Van Gogh, démontré la théorie des quatre couleurs primaires et composé un poème d'amour si beau et si émouvant que le régisseur de plateau était en larmes.

Trois heures plus tard, un spasme douloureux réveilla Martin en sursaut. Chaussant ses lunettes à double foyer, il jeta un coup d'œil à sa montre digitale : 3 h 55, une heure lugubre, pensa-t-il. Il n'aurait pas été surpris d'apprendre qu'énormément de gens mouraient brutalement et solitairement à trois heures cinquante-cinq du matin.

Il avala un Roxanol. La télé était toujours allumée. Fait étrange, le neurone occupait toujours l'écran : gros plan d'un disque scintillant de lumière argentée. Martin saisit la télécommande, visa et pressa la touche d'arrêt. L'image ne broncha pas. Il voulut changer de chaîne, mais il eut beau enfoncer la touche de zapping, rien ne se passa.

— Inutile de chercher ailleurs, dit une voix aiguë d'une telle netteté que chaque syllabe envahissait la pièce avec une qualité de son haute-fidélité. J'occupe tous les réseaux en ce moment même.

La stupeur de Martin était telle qu'il ne put détacher les yeux de l'écran, même quand son crabe resserra une deuxième fois ses pinces sur une terminaison nerveuse. Il prit un autre Roxanol et demanda d'une voix tendue :

— C'est à moi que vous parlez ?

— À vous et à vous seul, Martin Candle. Pendant cinq minutes encore le réseau câblé est ma chose : la méthode la plus simple que j'aie pu trouver pour communiquer directement avec vous.

— Je ne pensais pas que vous étiez si capable.

— Pour l'amour du ciel, je suis une parcelle de Dieu, pas une grosse mouche attrapée par le chat. Écoutez, Candle, si vous tenez toujours à ce procès, faites-le correctement, telle est notre volonté.

— Notre ?

— Oui, mon géniteur et moi.

— Votre géniteur ?

— Alias le Corpus Dei.

Martin eut un hoquet.

— Je pensais que votre… euh… géniteur était contre la procédure 227.

— Il a l'esprit beaucoup plus large que vous ne pourriez le supposer. À sa façon, il tient à ce que justice soit rendue.

— Vous me voyez perplexe. Dieu espérerait me voir gagner ?

— Disons qu'il espère que le procès sera satisfaisant

d'un point de vue éthique aussi bien qu'esthétique. Le problème est que vous aurez fort à faire ou, disons plutôt, affaire à forte partie. Pour triompher à La Haye, il ne vous suffira pas d'avoir arrêté l'Odradex, continué la Feminone, lu saint Augustin, mémorisé *L'Énigme de la souffrance*, et fait défiler vos jobiens à la barre des témoins, bien que tout cela soit également nécessaire.

— Que me recommandez-vous ?

— La maîtrise des grandes théodicées du monde exige que vous pénétriez dans la tête de mon Géniteur.

— Serais-je en train de rêver ou quoi ?

— Vous ne rêvez ni n'hallucinez. Je suis en train de vous offrir le meilleur conseil que vous ayez jamais reçu. C'est à prendre ou à laisser.

— Me joindre à l'expédition de Saperstein ? Je ne suis pas du genre marcheur.

— Je sais. Il y a des psychologues en pantoufles, des politiciens en robe de chambre, mais vous, Candle, vous êtes un homme valide en fauteuil roulant. Bon sang, vous avez vécu toute votre vie à Abaddon. D'accord, vous aviez vos raisons : l'inertie, le manque d'argent, vos petites amies névrosées, plus le désir inconscient de protéger votre père de votre mère, mais il est temps que vous élargissiez votre horizon.

— Dieu du Ciel, y a-t-il quelque chose que vous ignoriez à mon sujet ?

— Oui, je ne sais pas si vous méritez de gagner.

Le neurone se mit à briller d'un rouge vif et disparut soudain, pfuit ! évanoui et remplacé par l'annonce par CNN de la découverte d'une nouvelle thérapie pour le sida.

Martin éteignit la télé et se laissa tomber à la renverse sur le lit. Ses mains tremblaient. Son cœur pompait si fort qu'il en faisait vibrer l'embout du cathéter. Pour se calmer les nerfs, il entreprit de faire mentalement la liste de ce qu'il lui faudrait emporter pour son voyage à l'intérieur du Corpus Dei. Le Roxanol, bien sûr. Sa Feminone. Des soutiens-gorge. À quoi pouvait bien ressembler l'ultime terre inconnue, de toute façon ? Un pays de miel et de lait, d'une bienfaisance dépassant l'entendement ? Ou bien l'état de coma avait-il transformé les terres d'abondance en désert ? Il emporterait de bonnes chaussures de marche. Des sachets de thé. Du fil dentaire. Des Kleenex. Et une lampe électrique.

— Je crois que je deviens fou, dit-il à la Mitsubishi.

Quand le Dr Gregory Francis Lovett envoya à Martin une lettre recommandée l'invitant à prendre un billet d'avion pour Cambridge, Massachusetts, en vue d'une rencontre informelle avant le procès, tous frais payés, la première réaction de l'ex-juge de paix fut de décliner l'offre. Ce serait bien imprudent de sa part, pensait-il, d'accepter une première confrontation avec l'adversaire sur un terrain choisi par ce dernier. Mais il finit par réaliser qu'il aurait plus à gagner qu'à perdre en acceptant l'invitation. Mieux valait jauger les forces de l'ennemi maintenant, plutôt que dans la confusion du champ de bataille judiciaire.

Après avoir atterri à l'aéroport de Logan par ce matin glacé du 11 mars, il héla un taxi, donna l'adresse de Lovett au chauffeur et s'installa pour un petit somme roxanolien.

À midi, il franchissait le portail de fer du 87, rue Mount Auburn. Alors qu'il approchait de la porte d'entrée, sa mallette à la main, une vision peu commune l'accueillit : un petit bonhomme corpulent, allongé sur le dos dans la neige, faisait des mouvements de ses bras tendus comme s'il nageait dans une piscine.

— Vous avez fait vite, monsieur Candle.

L'homme se releva comme un soldat de plomb sortant de son moule. Il épousseta les flocons de sa parka et, désignant la forme de son corps imprimée dans le sol, il ajouta :

— En attendant le jugement dernier, je n'ai pas trouvé mieux pour avoir l'impression de voler comme un ange.

— Docteur Lovett, je présume ? demanda Martin, échangeant une poignée de main gantée de laine avec son hôte. Vous faites ça tous les hivers ? Je veux dire... l'ange.

— Je n'avais pas fait l'ange de neige depuis mon enfance. Une expérience très jouissive. L'enfance aussi, d'ailleurs. Voulez-vous essayer ?

— Non merci, Je préférerais une tasse de thé bien chaud.

À en juger par *L'Énigme de la souffrance*, Martin s'était attendu à rencontrer un homme plutôt suffisant, un rien pompeux, et vaguement misanthrope. Il dut rapidement réviser son hypothèse. Lovett était effroyablement suffisant, profondément pompeux, et intensément misanthrope. Il était aussi parfaitement charmant. D'aspect, il ressemblait à Alfred Hitchcock mais, alors que le metteur en scène affectait des airs de dandy lugubre, Lovett aimait parler comme on tire à la mitraillette, en agitant ses bras replets tel un pingouin essayant de s'envoler.

— Dans deux mois, nous engagerons tous les deux la plus fantastique partie d'échecs jamais jouée, dit Lovett, après avoir offert à son invité une tasse de thé Irish Breakfast et un sandwich au thon.

Une canne de rotin à la main, le professeur entraîna Martin dans la bibliothèque où, comme pour illustrer son annonce, un échiquier de jade vert et blanc reposait sur la table de lecture. Il cueillit le roi blanc et le tint fixement sous les yeux de Martin, tel un hypnotiseur de foire.

— Dieu : le Grand Architecte, le Tout-Puissant, l'Omniscient, l'Omniprésent, l'Omnibienveillant. En un mot, digne d'adoration. Et pourtant le mal est là. Et pourtant la douleur est là. Vous posez la bonne question, monsieur Candle, c'est certain.

Lovett reposa la figurine sur sa case.

— Je suis parfaitement nul à ce jeu, ajouta-t-il. Je ne sais toujours pas comment on déplace les pièces.

— Quand votre adversaire avance de deux cases un pion, vous pouvez lui prendre ce dernier si vous disposez d'un pion sur l'une des cases qu'il a passées.

— Voulez-vous jouer ? Je vous promets de perdre avec élégance.

— Les échecs réveillent en moi de douloureux souvenirs, répondit Martin, tandis que la cheminée de marbre rococo de la bibliothèque l'attirait vers ses flammes dansantes. Avant sa mort, ma femme et moi jouions tous les dimanches.

— Je compatis sincèrement à votre malheur.

— Nus. Nous jouions complètement nus. Le sensuel et le cérébral à la fois. Avez-vous jamais fait cela ?

— Non. Il y a là un côté… mœurs françaises.

Lovett appuya sa canne contre la table de lecture, s'assit devant l'échiquier, et posa le pion du roi vert sur la case quatre.

— Vous vous demandez pourquoi je vous ai invité…

Continuant son jeu solitaire, il installa le fou de la reine blanche sur l'aile.

— Au cours de mon séjour prolongé sur cette planète, monsieur Candle, j'en suis venu à apprécier trois choses en particulier : les bons livres, le bon vin, et les bons adversaires. Êtes-vous un bon adversaire ?

— Je le serai… d'ici le 5 juin.

— Je veux que mon investissement soit payé de retour. Je veux une vraie et rude bagarre, comprenez-vous ? Pas de KO au premier round, mais une longue, âpre et difficile bataille.

— Vous ne m'accordez aucune chance, n'est-ce pas ? Vous pensez : « S'ils ont laissé O. J. Simpson ressortir libre comme l'air, ils en feront autant pour Dieu. »

— Qui est O. J. Simpson ?

— Vous blaguez ?

— Non, mais je comprends tout de même ce que vous voulez dire. Alors, me ferez-vous l'honneur d'un combat digne de ce nom ?

— J'ai lu et relu votre *Énigme de la souffrance* et j'ai commencé à consulter les théologiens que vous citez dans vos notes… Augustin, Luther, Eckhart.

— Bravo ! Et avez-vous saisi l'essence de ma théorie ?

— Je le pense.

— Et comment la définiriez-vous ?

— Qui aime bien châtie bien.

Un grand sourire illumina le visage rubicond de Lovett.

— Qui aime bien châtie bien, voilà qui est parfaitement résumé, monsieur. Et pensez-vous que les faits vérifient mon propos ?

— Pas entièrement.

— Auriez-vous trouvé une faille ?

— Oui.

— Excellent.

La canne à la main, Lovett gagna le mur du fond. Avec l'insouciance d'une danseuse de cancan soulevant sa jupe, il écarta une tenture pour appuyer de son index sur un bouton en plastique rouge encastré dans le mur.

— D'un point de vue augustinien, bien sûr, nous sommes déjà une espèce trop aimée et pas assez châtiée.

Sous l'action du mécanisme, une partie de la bibliothèque pivota sur elle-même, révélant sur son revers un grand tableau d'ardoise grise.

— D'ordinaire, ce tableau est couvert de vieil anglais et de vers de poésie médiévale. Chaque jeudi soir, mes élèves les plus prometteurs viennent ici pour manger, boire et converser – le club Beer & Beowulf[1], c'est ainsi que nous nous sommes baptisés, bien que nous préférions le vin à la bière et que nous n'ayons pas encore examiné une seule strophe de *Beowulf*.

Sortant un bout de craie de la poche de son gilet, il écrivit au tableau « DISCIPLINE » en capitales avec pleins et déliés.

— Si je devais interpréter mon propre livre, je dirais qu'il est essentiellement une défense de l'argument disciplinaire. Comme vous le savez, cette solution face au problème du mal a une longue et vénérable histoire.

— En effet, dit Martin, désireux de marquer un point dès le début. J'ai relevé que Grégoire de Nazianze comparait l'âme à un athlète qui s'entraîne, se forgeant chaque jour un peu plus au feu des épreuves de la vie.

— Vous confondez, il me semble, Grégoire de Naziance

1. *Beowulf*, en vieil anglais *bee* (abeille) et *wulf* (loup), mot composé désignant l'ours (*bear*) Héros d'un poème épique médiéval anglais composé durant la première moitié du VIIIe siècle. Jeu de mots avec *beer* (bière). *(N.d.T.)*

avec Grégoire Ier dit Grégoire le Grand, répliqua Lovett avec un petit clin d'œil.

— Oui, bien sûr, Grégoire le Grand, s'empressa de rectifier Martin en rougissant. C'est lui que je voulais parler.

— « Dont ».

— Pardon ?

— « Dont » je voulais parler. Ou encore : « de lui… que ». Complément indirect. Ça s'appelle la syntaxe. Alors, quelle est cette faille que vous avez découverte dans l'argument disciplinaire ?

— Vous le saurez dans deux mois, dit Martin.

J'aurai le temps d'ici le 5 juin, décida Martin, de réviser tous mes Grégoire.

— Très bien, dit Lovett, et d'écrire sur le tableau : HARMONIE CACHÉE. Complémentaire du précédent, voici l'argument de l'« harmonie cachée ».

— Je l'ai sous-titré : « À quelque chose malheur est bon », dit Martin du ton le plus sarcastique possible.

— À quelque chose malheur est bon, c'est tout le bon sens du peuple qui parle ici, dit Lovett. Je dois dire que la théorie de l'harmonie cachée s'impose à nous dès que l'on y pénètre. Maître Eckhart, qui s'est plongé dans le cœur du sujet, a dit qu'on ne pouvait parler de Dieu avec nos pauvres mots. Vous connaissez, n'est-ce pas, sa célèbre remarque : « Dire que Dieu est bon… »

— « Autant dire que le soleil est sombre. »

— « Noir ». Il a dit « noir ». Julian de Norwich nous a légué une image également très vive en expliquant que nous percevons la réalité à travers un cristal laiteux.

Lovett pressa le bâtonnet de craie contre ses lèvres, ce qui lui donna l'air d'un homme réduit au silence par l'index d'un squelette.

— Si nous pouvions voir différemment, la peste et la

tempête nous apparaîtraient comme des maux nécessaires à bien des points de vue. Mais sans doute avez-vous une critique à faire à Julian.

— Je n'ai pas trouvé le bonhomme très profond.

— La bonne femme.

— Une femme ?

— Oui, dame Julian, née à Norwich en 1342, morte à Carrow en 1416.

J'ai peut-être perdu cette escarmouche, pensa Martin en jetant un coup d'œil à la bibliothèque, mais je gagnerai la guerre. En dehors des éditions originales et des reliures de cuir, les objets les plus remarquables occupant les rayonnages étaient dix figurines en plastique inspirées des adaptations hollywoodiennes des œuvres de Lovett. Le capitaine Alexis Renardo était de vigie devant *Les Contes de Canterbury.* Basil le Basilic gardait *Sir Gawain*[1] *et le Chevalier vert.* Amberson le Lion protégeait *Le Mabinogion.* Stanhope l'Homme-Vapeur surveillait *La Mort d'Arthur.*

— D'autres théodicées ? demanda Martin d'un ton qu'il espérait plus provocant qu'inquiet.

Lovett écrivit au tableau : ESCHATOLOGIQUE, puis ONTOLOGIQUE, enfin LIBERUM ARBITRIUM.

L'angoisse saisit Martin ; c'était une sensation moins cruelle que celle d'un spasme cancéreux mais tout aussi désorientante. Il n'avait qu'une idée très brumeuse du sens d'« eschatologique », il ne pouvait imaginer ce que pouvait recouvrir une théorie « ontologique », quant à *liberum arbitrium,* la seule traduction qui lui vînt à l'esprit était : « livre arbitre ».

1. Gawain (Gauvain en français) : neveu du roi Arthur, chevalier de la Table ronde, dans *La Légende du roi Arthur. (N.d.T.)*

— Vous n'avez pas l'air content, dit Lovett.

Martin sortit son portable de sa mallette, l'alluma et nota les mots inscrits au tableau.

— Je maîtriserai les cinq arguments, dit-il.

— Je l'espère. Mais quel est cet appareil ?

— Un ordinateur portable.

— Fascinant. Je vous suggère de commencer par une bonne traduction de l'*Opus imperfectum contra Julianum*, de saint Augustin, à moins que vous ne lisiez le latin.

— Un peu, dit Martin d'un ton glacé en tapant *Opus imperfectum contra Julianum*. J'achèterai une traduction demain. Et il y a autre chose que je compte faire, professeur : participer à l'expédition de Saperstein.

— Et pourquoi voulez-vous entreprendre ce voyage ? demanda Lovett avec un sourire espiègle. Y aurait-il davantage de choses à voir dans le cerveau de Dieu que n'en a rapporté saint Augustin dans ses écrits ?

— Il y a dix jours, cet étrange neurone que Saperstein a prélevé lors de sa première biopsie est entré en communication avec moi par l'intermédiaire du téléviseur de ma logeuse. Peut-être était-ce une hallucination de ma part, mais le message était on ne peut plus clair : je ferais bien de pénétrer l'esprit divin. Je ne pense pas que vous ayez été vous-même contacté par cette...

— Je n'ai pas de télévision.

La poitrine irritée par le cathéter, Martin ne put résister au besoin de se gratter à travers son chandail.

— Mais vous pourriez m'accompagner. Il me déplairait d'avoir un quelconque avantage sur vous.

— Ça vous plairait bien, au contraire.

Martin partit à rire.

— C'est vrai.

Abandonnant le tableau, Lovett gagna un guéridon sur

lequel étaient posés deux verres et une carafe de cristal remplie de vin rouge.

— Il y a dix-huit ans, mon frère a publié un livre dont le sujet était la vie en France sous le règne de Louis XIV. L'ouvrage s'est vendu à des dizaines de milliers d'exemplaires. Darcy y a déployé un talent tel qu'il a réussi à rendre le Versailles de Saint-Simon aussi vivant que la cuisine de votre grand-mère.

Il ôta le bouchon de la carafe.

— Or mon cher frère ne s'est jamais rendu en France. Quand il partira pour La Haye en tant que mon aide de camp, le mois prochain, ce sera la première fois qu'il mettra les pieds en Europe. Je n'ai pas besoin de faire de la randonnée à travers le cerveau de Dieu, monsieur Candle, pour savoir à quoi il ressemble. Un peu de vin ?

— Volontiers.

Lovett remplit les deux verres, en tendit un à Martin et, levant le sien, porta un toast.

— À notre grand débat théologique.

— À notre grand débat théologique, répéta Martin. Ils trinquèrent.

— Et que le meilleur gagne.

— Que le meilleur gagne.

Ils burent.

Deuxième partie

Spéléo-trekking dans l'infini

6

Quand le neurone optique de mon Créateur eut fait simultanément les couvertures de *Time* et de *Newsweek*, étincelant sur les présentoirs des kiosques dans sa splendeur tridimensionnelle, il ne se passa pas un jour sans que le prodigieux hologramme apparût sur des milliers de murs, de tableaux d'affichage, de lunettes arrière de voitures et de portes de réfrigérateurs à travers la vaste chrétienté. Personnellement, je ne ressentis guère le besoin d'en décorer mon échoppe. Il aurait été aussi absurde pour un habitant du Corpus Dei d'exhiber un neurone divin que pour un Touareg de meubler sa tente de seaux de sable.

Plus les gens contemplaient leurs hologrammes, plus ils étaient forcés d'admettre une vérité inquiétante : le corps de Dieu n'était pas une enveloppe sans vie mais bien Dieu Lui-même en coma profond. Pour une multitude de citoyens du monde occidental, la situation se révélait, comme vous pouvez l'imaginer, troublante – particulièrement aux États-Unis, où la réalité n'avait jamais joui d'un grand prestige.

La Confédération baptiste américaine dut ainsi

entreprendre d'apaiser les esprits des Américains protestants. Le temps sacré, expliqua-t-elle, différait du temps profane. De même que Jésus resta dans sa tombe pendant trois jours avant d'être ressuscité, de même le Corpus Dei demeurerait dans le coma pendant le même laps de temps, soixante-douze heures, mesurées toutefois non pas par une vulgaire montre à quartz mais par la grande horloge de l'Univers. Armez-vous de patience, conseillèrent à leurs troupeaux les baptistes. Dieu se réveillera bientôt.

Après avoir abandonné la théorie de la chrysalide pour une théologie plus conforme aux faits, les baptistes n'étaient pas en position de s'opposer à ce qui se passa ensuite. Tout fiérots de leur victoire au siège de la Cité céleste, les soldats de la paix débranchèrent l'évaporateur, le compresseur et le condensateur du Corpus Dei, et vendirent le gigantesque système de refroidissement à une usine de conditionnement de viande à Chicago pour huit millions cinq cent mille dollars, qu'ils reversèrent à titre de dédommagement à Éternité & Co.

Quant à la chambre froide qui contenait le corps lui-même, il n'y fut point touché sur décision de l'ONU. Bien que désormais sans objet (le Corpus Dei étant d'une certaine manière toujours vivant), le grand caisson de verre pouvait toujours servir de conteneur. Il n'y eut qu'une seule personne pour regretter le maintien de cet enfermement : Hugo Ott, un journaliste indépendant qui fit observer dans le *Village Voice* que « Dieu, comme Adolf Eichmann avant Lui, passerait en jugement dans une cage de verre ». Le jour où parut son article, Ott reçut chez lui la visite de trois militants masqués du Glaive de Jéhovah, qui lui tranchèrent le pouce droit au couteau à écailler et l'avertirent qu'il perdrait le gauche s'il s'amusait encore à comparer Dieu à un criminel de guerre.

Bien entendu, on ne toucha pas non plus au Lockheed 7000, qui continuait de nourrir les cellules survivantes de la Principale Attraction d'innombrables litres de sang pur et oxygéné, que Son cœur arrêté, Ses poumons figés et Ses reins racornis ne pouvaient plus produire. Ainsi la rivière Hiddekel poursuivit-elle son cours, passant devant mon échoppe de tailleur à une vitesse constante de quarante kilomètres à l'heure et serpentant parmi les forêts mourantes et les cités en ruine de Son hémisphère occidental.

La déportation de Dieu consista simplement à refaire le chemin par lequel Il était venu à Orlando. Avec l'aide des mêmes grues qui avaient soulevé la chambre froide des eaux de l'Atlantique, les brigades de la paix chargèrent ensuite le conteneur sur le même dispositif de wagons plates-formes que précédemment et l'expédièrent via le rail vers la côte est de Floride.

Le 23 avril, le Corpus Dei arriva sans encombre à Cocoa Beach, où les troupes des Nations unies embarquèrent le caisson de verre sur un radeau gullivérien, amarré à une triade de supertankers, le *Carpco New Orleans*, l'*Arco Fairbanks*, et l'*Exxon Galveston*. Le cœur-poumon artificiel compléta la flottille, embarqué sur sa propre barge, tirée par son propre navire, le *Chevron Caracas*.

Le matin du 2 mai, juste au moment où j'achevais l'une de ces entreprises qui me vont droit au cœur – le drapeau du gouvernement rwandais en exil, une bande de tueurs hutus qui, avant d'être chassés du pays, avaient eu le temps de massacrer près d'un million de Tutsis –, les quatre supertankers levèrent l'ancre sous le commandement du capitaine Anthony Van Horne, halant le Corpus Dei et son stimulateur cardio-vasculaire en direction du nord, destination Philadelphie.

Comme tous les êtres sensibles de cette planète, j'assistai au départ du convoi à la télévision. Me rejoignirent devant mon petit Zénith noir et blanc mon brillant voisin saint Augustin et mon malicieux disciple Herr Schonspigel – le démon qui conçut le prototype dont tous les grands pétroliers sont issus. La valeur et la fiabilité du modèle imaginé par Schonspigel ne sont plus à démontrer depuis que le *Torrey Canyon* a provoqué la plus grande marée noire de l'histoire des îles anglo-normandes et que le *Carpco Valparaiso* a enseveli sous le mazout la baie de Matagorda.

Si les Nations unies n'avaient pas fourni à Martin une voiture blindée avec chauffeur et deux gardes du corps, il aurait fort bien pu mourir assassiné en rejoignant la grande flottille. Alors qu'il traversait Philadelphie ce matin-là, le Glaive de Jéhovah se déploya en plusieurs points stratégiques dans la ville, bombardant le véhicule de pierres, de briques, de bouteilles et de tuyaux de plomb. De son sanctuaire sur la banquette arrière, Martin feuilletait une traduction de l'*Opus imperfectum contra Julianum* d'Augustin publiée chez Penguin Classics tout en méditant sur la réaction des agités du Glaive. Ce qui mettait les jéhoviens en rage, se dit-il alors qu'un bocal en verre éclatait contre le pare-brise, c'était la décision même de Dieu de se placer en coma profond. Mais faute de pouvoir s'en prendre à Lui, ils dirigeaient leur fureur contre la procédure 227.

À ce trajet pour le moins mouvementé et pénible s'ajoutait le souvenir douloureux de sa conversation de la veille avec Patricia.

— Tu dis que tu m'aimes, mais tu ne le penses pas vraiment.

— Je t'aime, dit-il en agrafant son soutien-gorge. Tu es une amie très, très chère.

— Tu m'aimes peut-être, mais tu ne m'aimeras jamais autant que tu l'as aimée, elle.

— Je t'en prie, Patricia, je t'en prie. Je n'ai plus le temps de penser à ça. J'ai les os rongés par le cancer, mes seins sont plus gros que les tiens, et je dispose de moins d'un mois pour être plus fort que seize des plus grands pères de l'Église.

— Randall Selkirk a téléphoné hier… il a vu ma photo à la Vallée des Enfants. Il vient la semaine prochaine à Philadelphie pour faire des photos au zoo, et il m'a invitée à dîner.

— Il ne manquait plus que Randall fasse le joli cœur au lieu de se consacrer à notre cause !

— Oh, je vois, dit-elle du ton qu'elle utilisait d'ordinaire pour parler de son ex-mari. Pas de problème s'il me saute, tant qu'il continue de lire saint Augustin…

— Ne me fais pas dire ce que je n'ai pas dit.

— Reste, Martin. Tu es chez toi, ici.

Il la regarda. Elle avait les yeux tristes et mouillés.

— « Ce n'est pas Dieu que je n'accepte pas, Alyosha, je ne fais que lui rendre respectueusement mon billet. »

— Va te faire foutre, Martin. Va te faire foutre jusqu'en Hollande.

Quand il arriva sur le quai, il fourra l'*Opus imperfectum contra Julianum* dans sa poche, empoigna ses deux valises disparates et, tandis que les gardes du corps dispersaient la foule à coups de grenades lacrymogènes, monta à bord d'une vedette décrépite de l'ONU appelée l'*Hailé Sélassié.*

Quelques minutes plus tard, l'*Hailé* fendait les eaux de l'estuaire de la Delaware sous une pluie de poissons pourris que les jéhoviens leur lançaient depuis leurs hors-bord. Les douleurs osseuses assiégeaient maintenant son os iliaque droit aussi bien que le gauche, ce qui n'était pas vraiment une surprise : le dernier scanner avait révélé que la tumeur s'était répandue dans tout le bassin. Il prit trois Roxanol.

Empestant le maquereau et le flétan défraîchi, la vedette onusienne tailla à travers la baie de Wilmington, où mouillaient le *Carpco New Orleans* et ses sisterships. Les hélicoptères des principales chaînes télévisées tournoyaient au-dessus d'eux tels des rapaces armés de zooms. À contempler cette scène étrange et épique, Martin mesura combien sa vie avait changé. Dire que tout juste un an plus tôt, il se demandait si une nuit en prison ferait plus de mal que de bien à Margo Spencer, une jeune kleptomane ! Aujourd'hui, il se trouvait confronté à une réalité panoramique composée de quatre pétroliers géants, d'un gigantesque stimulateur cœur-poumon et du corps comateux du Très-Haut, tous parés pour la plus extraordinaire des traversées de l'Atlantique.

Il fit ses adieux à ses anges gardiens et, ses valises à la main, remonta l'échelle de coupée et posa le pied sur le pont du *Carpco New Orleans*, où le capitaine Anthony Van Horne l'accueillit d'une vigoureuse poignée de main.

Le visage buriné, les joues creuses, le nez cassé, les cheveux gris, le capitaine portait fièrement ses cinquante-huit ans et le costume bleu des marins. Tout en guidant Martin vers la passerelle, il lui expliqua qu'ils seraient le lendemain à Bayonne, dans le New Jersey, où ils feraient le plein, embarqueraient des vivres ainsi que les deux savants que Saperstein avait choisis pour l'accompagner dans son expédition dans le cerveau du Comateux.

— C'est bon de reprendre la mer, dit Van Horne, inhalant une saine bouffée d'air iodé. Et c'est bon d'avoir de nouveau un commandement. J'espère que vous vous êtes préparé à un long voyage. Je parle d'expérience. Remorquer le Vieux prend du temps.

— Vous êtes déjà allé en Hollande ?

— Avec un nom flamand comme le mien, on pourrait penser que oui, mais c'est en vérité la première fois que j'y vais.

— Vous devez être impatient de revoir votre pays d'origine.

— Mon pays, c'est la mer, monsieur Candle. Les tulipes et les moulins à vent ne m'intéressent pas du tout.

Alors que les jéhoviens voyaient en Martin la vermine la plus infecte qui eût jamais foulé le sol de la planète Terre, le Comité pour une Totale Exploration le considérait comme un héros, l'homme dont la clairvoyance et l'obstination leur avaient concrètement ouvert la voie du Corpus Dei.

La cabine dans laquelle Van Horne fit entrer Martin offrait un luxe proche de la décadence. L'astronome Dwayne Kitchen, le fringant président du comité, avait voulu pour ce cher M. Candle un confort digne d'un palace : une suite de quatre pièces, avec Jacuzzi, bar, téléviseur haute définition, chaîne stéréo et réfrigérateur rempli de champagne et de caviar.

— J'ai appris vos ennuis, dit le capitaine. Votre maladie, et puis votre femme. Vraiment dur. À votre place, moi aussi j'essaierais de rendre œil pour œil.

Martin posa la plus petite de ses valises sur une table, fit sauter les fermoirs et releva le couvercle. Il frissonna. Une seringue et cinquante doses de 2 cc d'Odradex gisaient sur ses pyjamas en flanelle, juste à côté des *Confessions* de saint Augustin. Un coup de Patricia, pas de doute… ce n'était pas lui qui aurait embarqué cette saleté.

— Je dois quand même vous dire une chose, dit Van Horne. Je suis un grand supporter de votre adversaire.

— Dieu ?

— Non, G. F. Lovett. Ne vous fiez pas à ce qu'il a écrit, ce type est malin comme un marlin. Tout ce que je peux vous dire, c'est que vous avez du pain sur la planche.

Martin considérait les petites fioles d'Odradex et leurs fausses promesses. S'il n'en prenait pas, il risquait peut-être de mourir avant même l'ouverture du procès. S'il en prenait, il perdrait la vivacité d'esprit sans laquelle il n'avait pas une seule chance de vaincre.

— Je me demande parfois si je ne suis pas le seul au monde à ne pas avoir lu *La Servante dans le maelström*, dit-il.

— Vous devriez essayer. Tous les soirs, au coucher, mon petit garçon et moi on louvoie ensemble à travers la *Saga des Sargasses.* Grâce à G. F. Lovett, Stevie n'est pas mécontent d'avoir un skipper comme papa. Il m'appelle maintenant capitaine Renardo.

Martin mit à profit le trajet jusqu'au port de Bayonne pour tenter de sonder une fois de plus l'*Opus imperfectum contra Julianum*, ne s'interrompant que pour manger du caviar, prendre du Roxanol et de la Feminone, et aller aux toilettes. Avec l'aide de son encyclopédie de poche, il avait appris que *liberum arbitrium* devait se traduire non pas par « livre » mais par « libre » arbitre, que l'eschatologie étudiait les fins dernières de l'homme et traitait ainsi de la fin du monde, de la résurrection et du jugement dernier, enfin que l'ontologie était une partie de la métaphysique s'appliquant à l'être en tant qu'être, indépendamment de ses déterminations particulières.

Il avait espéré qu'Augustin lui fournirait des explications cohérentes de ces théologies et lui permettrait ainsi de commencer à bâtir son accusation. Hélas, plus il s'aventurait dans l'*Opus imperfectum*, plus la perplexité le gagnait. *Diable, volonté, âme, corps*... ces mots familiers revenaient sans cesse, mais leur contexte naviguait entre l'obscur et l'opaque. La phrase charnière du livre un, chapitre vingt-deux, disait, par exemple : « Voici la vision catholique, la vision d'un Dieu juste, ouvrier de tant de souffrances, de tant d'agonies de petits enfants. » Incompréhensible. Peut-être qu'en latin cela avait un sens.

Au matin du 11 mai, dans le carré lambrissé de chêne du supertanker, il y eut un petit déjeuner-réunion, qui donna lieu à des débats d'une étrangeté et d'une extravagance telles que toute oreille indiscrète y aurait deviné une thérapie de groupe pour schizophrènes.

En bout de table présidait le célèbre neurophysiologiste Irving Saperstein. À sa gauche était assise Jocelyn Beauchamp, professeur de mathématiques à Vassar, connue pour ses travaux sur l'intelligence artificielle, qu'elle décrivit à l'intention de Martin comme « [s]on espoir de créer un robot sensible dont le cœur serait en conflit avec lui-même ». À la droite de Saperstein, le père Thomas Ockham de l'université Fordham, le cosmologiste qui avait été l'agent de liaison du Vatican à l'occasion du premier remorquage du Corpus Dei, une aventure que le jésuite conta dans le best-seller *Paraboles pour une ère post-théiste.* Martin occupait le siège restant, à côté d'un hublot cerclé de cuivre, par lequel il pouvait voir les eaux agitées d'un océan battu par les vents.

Saperstein commença par annoncer que, dans moins de quarante-huit heures, ils seraient enfin hors de portée des hélicoptères des chaînes télévisées.

— Et c'est une bonne chose, expliqua-t-il entre deux gorgées de café. Nous ignorons ce que nous trouverons dans Son cerveau, mais nous savons au moins une chose : ce ne sera pas de la tarte. Dieu est un professionnel. Quand nous remonterons à la surface, nous n'avons pas envie de tomber sur un sale petit fouinard de CNN qui nous demandera nos « premières impressions ».

— Nous serons des étrangers en terre étrangère, n'est-ce pas ? dit Beauchamp.

Noire comme l'ébène, une voix puissante de chanteuse de gospel, c'était une femme imposante, Junon au rouge à lèvres éclatant, dont les dreadlocks teintes cascadaient de son crâne en serpentins d'or roux.

Saperstein eut un grognement d'approbation.

— Ni le Guide du routard ni le manuel Berlitz de conversation pour le pays de l'Infini n'ont encore été écrits.

— Vous supposez, n'est-ce pas, que nous pourrons communiquer avec Lui ? demanda Ockham.

— Cette cellule que nous avons prélevée sur Son nerf optique nous dit tout ce qu'elle pense. Voyez la Torah, Thomas. La Genèse, l'Exode, le Lévitique : c'est Dieu qui nous parle. Il aime formuler des lois. Vous ne devrez pas avoir peur de Lui demander d'éclaircir certains mystères qui hantent nos intellects depuis si longtemps, par exemple : quelle est la valeur exacte de la constante de Hubble ? Pourquoi le proton dans un atome d'hydrogène est-il mille huit cent trente-six fois plus lourd que l'électron ?

— On pense bien sûr au vieux Werner Heisenberg qui, sur son lit de mort, a déclaré qu'il aurait deux questions à poser à Dieu, dit Beauchamp.

— Lesquelles ? demanda Martin.

— Pourquoi la relativité, et pourquoi la turbulence ? répondit Beauchamp.

Elle sourit, mordit dans un petit pain à la cannelle et reprit :

— Heisenberg a ajouté : « Je crois vraiment qu'Il aura peut-être une réponse à la première question. »

— Fort bien, mais j'aimerais aller plus loin que ça, intervint Ockham.

C'était un homme sec et noueux, presque décharné et apparemment agité d'un mouvement perpétuel – le regard en alerte permanente, les doigts tricotant un éternel point de croix, le buste tantôt se penchant, tantôt se renversant ; il donnait l'impression d'avoir toujours un rendez-vous urgent ailleurs.

— Oui, j'aimerais aller au cœur des choses, poursuivit-il, et Lui demander pourquoi Il s'est donné la peine de créer un cosmos, pour commencer. Je pars du principe, bien entendu, que notre Corpus Dei est en réalité l'Être suprême et non un dieu platonicien, architecte de l'Univers ou bien encore quelque artifice gnostique.

— Artifice ? Démiurge ? répéta Martin, reposant son verre de jus d'orange.

— C'est là un des plus vieux problèmes de la théologie, dit Ockham. L'Univers a-t-il été créé par Dieu Lui-même ou par l'un de ses apprentis ? La vanité humaine favorise la première hypothèse, mais la seconde paraît tout de même plus sensée.

Le jus d'orange parut soudain aigrir dans l'estomac de Martin. Merde, pensa-t-il, avec la chance que j'ai, le Corpus Dei va passer aux yeux de tous pour une copie, un double. C'était la peau de Dieu le Père qu'il voulait, pas la défroque d'un pantin.

— Même si notre cargaison est réellement un démiurge, il en sait probablement plus que nous tous réunis sur l'Univers, dit Saperstein. Nous devons donc préparer nos questions.

— Et si Dieu n'existait pas ? demanda Beauchamp. Si notre démiurge avait été créé par un autre démiurge, lui-même engendré par un troisième, fils d'un quatrième, etc. ?

— Partant du postulat qu'un univers a bel et bien été créé et qu'il ne s'est pas inventé tout seul, il faut bien admettre le principe d'un Créateur initial et autosuffisant, dit Ockham. Et c'est ici que réside l'énigme. Pourquoi un Être autosuffisant se serait-il donné la peine de créer un univers matériel ?

— Peut-être qu'Il s'ennuyait, avança Martin.

— Si c'était le cas, il ne se suffirait plus à Lui-même, non ?

— Par solitude ?

— Même chose, un Dieu qui souffre d'un sentiment de solitude est un Dieu aliéné, dépendant.

Ockham entreprit de décalotter la coquille de son œuf à la coque du tranchant de sa cuiller.

— On peut répondre à la question en imaginant que l'Être suprême avait deux pôles : l'un autosuffisant, qui existait au-delà de l'espace et du temps, et l'autre contingent, qui créa l'Univers. C'est cela, la première énigme que nous devrions lui soumettre : Dieu, êtes-Vous bipolaire?

Martin regarda par le hublot. Il ne savait trop quoi faire de ses compagnons de voyage embarqués à bord du *Carpco New Orleans*. En théorie, leur curiosité était admirable et, cependant, elle lui semblait teintée d'un certain opportunisme. Il s'imagina les trois savants en vautours, leurs becs acérés chaussés de bésicles, tournoyant longuement autour de la chambre froide avant de s'abattre sur elle pour festoyer de la chair corrompue du Corpus Dei.

— J'imagine que vous allez Lui soumettre un ou deux problèmes de mathématiques, dit Saperstein à Beauchamp. Par exemple, si l'on peut démontrer le grand théorème de Fermat...

— L'équation « Xn + Yn = Zn », où n est un nombre entier supérieur à 2, n'a pas de solution dans les nombres rationnels, dit Martin.

Il avait eu le bon sens de suivre le cours de mathématiques de Mme Rosenzweig, au lieu de celui de littérature romantique, au lycée d'Abaddon. Il se souvenait de la note que Fermat avait gribouillée dans la marge d'un livre de lecture, note exhumée après sa mort et extrêmement frustrante car elle esquissait la démonstration de sa théorie mais, hélas, n'allait pas jusqu'au bout, faute de place dans ladite marge.

— Vous voulez dire que personne n'a encore résolu le problème? demanda-t-il.

— Voici quelques années, mon collègue Andrew Wiles a prétendu qu'il avait réussi, dit Beauchamp en se servant une part substantielle d'œufs brouillés. Mais sa solution n'a pas vraiment convaincu. Ce que nous voulons, c'est la démonstration par Fermat du grand théorème de Fermat.

Un sourire fendit la barbe broussailleuse de Saperstein.

— Jusqu'ici, nous avons énoncé des questions abstraites et de haute volée. Je préférerais que l'on commence par le bas, avec une simple cellule, d'accord ? Le zygote humain. Immédiatement après son entrée en scène, il se divise en deux cellules, puis en quatre, huit, seize, etc. Puis, à un certain moment, l'une de ces cellules se met en devoir de devenir l'embryon du cerveau du bébé. Stupéfiant. Un miracle. Comment cette cellule particulière est-elle capable d'initialiser le processus de la pensée, de la sensation, de l'espoir, du rêve ? Qu'est-ce qui l'empêche de devenir autre chose... un rein ou la rate, par exemple ?

Le neurophysiologiste dévora un pancake gorgé de sirop d'érable avant de reprendre :

— À présent, descendons encore plus bas... jusqu'au protozoaire *Myxotricha paradoxa*, un parasite qui vit dans le tube digestif du termite australien, où il se nourrit de fragments de bois finement mastiqués.

En entendant le mot termite, Martin grimaça. Des termites avaient rongé le parapet de bois du pont Henry, disait le rapport de police de l'accident qui avait coûté la vie à Corinne, transformant les grosses poutres de chêne en aggloméré de poussière de bois.

— Examinez un *Myxotricha* au microscope et vous verrez qu'il se déplace à l'aide de spirochètes fixés tout autour de son corps. Question : comment les spirochètes qui, je vous le rappelle, sont des micro-organismes mobiles, tiennent-ils en place ? Électricité statique ? Glu organique ?

— Des spirochètes sur une bactérie ? dit Martin.

À l'intérieur d'un termite ? Et vous vous intéressez à des choses pareilles ?

— Et comment ! s'écria Beauchamp.

— En permanence, ajouta Ockham.

Le visage rougeaud de Saperstein se fronça quelque peu. Il soupira, termina son café et, paraphrasant la fameuse observation de Franz Kafka à propos de la foi religieuse, il dit :

— Pour le savant, aucune explication n'est nécessaire... et pour l'ignorant, aucune explication n'est possible.

Tandis que le soleil matinal réchauffait le convoi, ses rayons plongeant dans la mer tels d'impalpables arcs-boutants soutenant les remparts éthérés du ciel, les neuronautes se préparèrent à pénétrer dans le crâne de l'Accusé. Ils enfilèrent leurs scaphandres autonomes et, leurs sacs étanches au dos, montèrent à bord d'une chaloupe du *New Orleans*, pilotée par le solide et flegmatique bosco du capitaine Van Horne. Louvoyant entre les câbles de remorque, le maître de manœuvre ne mit pas plus de vingt minutes pour atteindre le radeau.

Il était midi quand l'équipe se mit en devoir de grimper l'échelle de cinq cents marches qui zigzaguait de bas en haut de la façade sud du gigantesque caisson. Sans son Roxanol, Martin n'aurait jamais dépassé le premier échelon. Les embruns charriés par une bonne brise cinglaient sa combinaison, mais la douce brume opiacée dans laquelle il baignait magnifiait la beauté du ballet des pétrels glissant au-dessus du Corpus Dei.

Quand il atteignit le sommet et fit quelques pas sur le couvercle transparent, il vit combien la chambre avait changé depuis sa visite à la Cité céleste USA. Envolés les parterres de fleurs et les flèches de néon. Une immense cavité circulaire béait maintenant à l'endroit même d'où il avait contemplé le sourire du Créateur. Des passerelles et des échelles saillaient des parois, pour s'enfoncer sur une profondeur de près de trois cents mètres jusqu'à la surface spongieuse du canal lacrymal de Son œil droit.

Martin porta son regard vers le Lockheed 7000. Au-delà s'étendait l'Atlantique Nord, ondulant entre les continents comme une vaste toile froissée sur laquelle Dieu aurait eu l'intention de peindre son chef-d'œuvre.

— Vous ne nous aimez pas beaucoup, n'est-ce pas ? demanda Saperstein en rejoignant Martin.

Le neurophysiologiste ajusta ses lunettes de plongée sur son visage puis posa une main gantée sur l'épaule de Martin.

— Vous pensez que nous avons la tête dans les nuages.

— Oui, on peut dire ça.

— Un jour, je vous raconterai au sujet de mon épouse. Jamais vu une femme mourir d'un cancer des ovaires ?

Martin déglutit son sixième Roxanol de la matinée.

— Non.

— J'espère que vous n'en aurez jamais l'occasion, dit Saperstein, avant d'enfourner son détendeur.

Ils allaient donc plonger dans l'œil. L'œil qui avait cligné pour la première fois. L'œil qui avait vu, dix billions d'années plus tôt, le big-bang ! Saperstein ouvrit la marche, la main serrée sur la poignée-revolver de sa torche halogène, reprenant le chemin emprunté l'hiver précédent. Les explorateurs traversèrent le canal lacrymal et descendirent dans une fistule artificielle qui s'étendait de la face extérieure de la cornée à son envers vitreux. Ils pataugèrent dans la limpide humeur aqueuse, prirent un deuxième caniveau et, franchissant le puissant cristallin (une lentille aussi grande que celle du télescope de Hawking), ils parvinrent jusqu'aux rives de l'humeur vitrée. Là, ils vérifièrent une dernière fois leurs scaphandres et s'immergèrent.

Depuis qu'il avait célébré une union au fond de la rivière Schuylkill, Martin était familiarisé avec la plongée. Mais celle-ci était différente : il s'enfonçait lentement dans un fluide si épais et si gélatineux qu'il avait l'impression d'être une mouche prise dans du miel liquide. Alors qu'il approchait de sa destination, des éclats de lumière montaient à intervalles irréguliers du fond de la cavité : c'étaient les cônes sacrés et les saints bâtonnets qui clignotaient comme des ampoules sur le point de griller, tandis que le coma étendait son emprise jusqu'aux plus extrêmes marges de l'empire nerveux du C.D.

Les neuronautes se rassemblèrent sur le seuil du nerf optique – un tunnel noir de trois mètres de diamètre, aussi noir que la vase du marais d'Abaddon – et ôtèrent les mélangeurs de leurs bouches. C'était le point aveugle de Dieu, expliqua Saperstein, la seule zone de toute Sa rétine à être insensible à la lumière. Libérés enfin des humeurs divines, ils se débarrassèrent des scaphandres et empilèrent bouteilles, masques, gants, palmes et ceintures de plomb sous un photorécepteur hors d'usage. Les cellules environnantes continuaient de se convulser, s'éclairant et s'éteignant par à-coups, tels des sémaphores actionnés par des lunatiques.

Saperstein alluma sa torche et, dirigeant le faisceau devant lui, se remit en route, suivi de Beauchamp et d'Ockham, Martin fermant la marche. Moins d'une minute plus tard, ils crapahutaient à travers le conduit humide et gluant du nerf optique, véritable corridor psychédélique dont la voûte lustrée et les parois irisées frissonnaient d'une pulsation op'art. Le nerf allait s'élargissant, jusqu'à prendre bientôt les dimensions du tunnel Lincoln. Cent mètres plus loin, ils arrivèrent à l'entrecroisement fibreux du chiasma optique. Beauchamp prit une douzaine de clichés avec son Nikkon waterproof. Ockham fit une longue prise sur son Caméscope digital.

À présent, ils avaient le choix entre les deux bandelettes optiques : la gauche ou la droite. Saperstein résolut la question à pile ou face avec une pièce de un *cent* qu'il trouva dans son K-way. Face. À gauche. Ils resteraient sur le même sentier, destination Son hémisphère occidental.

Ils n'avaient pas fait soixante-dix mètres au-delà du chiasma qu'ils commencèrent à rencontrer de la matière cérébrale. D'épais assemblages de neurones couraient le long du conduit, leurs dendrites s'entremêlant en réseaux arachnéens, leurs synapses faisant feu d'un million d'explosions dorées par seconde. Tandis que les explorateurs s'aventuraient plus loin, le nerf grossit encore, ses parois s'élevant à une centaine de mètres pour se fondre en une vaste voûte.

Saperstein éteignit sa lampe, devenue inutile dans cette débauche de lumières fulgurantes. Pour Martin, cet espace était à la fois apaisant et incompréhensible ; il avait le sentiment de traverser la nef d'une cathédrale abritant une religion d'une beauté si sauvage que seuls les anges et les enfants avaient la permission d'y croire.

De grands et brillants objets dérivaient dans l'air : arbre, lion, chaise, charrue, épée… des formes qui, en dépit de leur luminosité quasi stellaire, semblaient plus réelles que leurs équivalents terrestres. L'arborescence irradiait de l'arbre. Le lion exsudait la lionnerie. La chaise était la matrice de toutes les chaises, la charrue son concept même, l'épée une quintessence de l'acier.

— Dieu du ciel, c'est un platonicien ! s'écria Ockham, capturant le lion dans l'objectif de son Caméscope. Ah ! je le savais ! Je le savais !

— Que voulez-vous dire ? demanda Martin.

— À moins que je ne me trompe, nous nous trouvons dans un univers de formes parfaites. Nous sommes dans le laboratoire de Dieu. C'est ici qu'Il développe Ses idées.

— Je dois admettre que je m'attendais à une conscience plus judaïque, dit Saperstein. Je n'aurais jamais pensé qu'Il pût être grec à ce point.

Si étranges que fussent les archétypes flottant à travers cette cathédrale optique, leurs rapports avec la métaphysique paraissaient bien lointains à Martin, et il avait du mal à manifester une révérence adéquate. N'avait-il pas été bien bête de croire ce neurone médiatique qui prétendait que la victoire à La Haye dépendait de ce trekking en terra incognita ? N'aurait-il pas mieux fait de demeurer chez lui à Abaddon, à lire tranquillement les pères de l'Église ?

Les neuronautes décidèrent de s'arrêter pour déjeuner et apaiser les plaintes de leurs estomacs de boulettes de viande, de feuilles de vigne farcies et de fruits frais. Les notes puissantes d'un orgue emplirent soudain l'espace, composant un air que Martin reconnut tout de suite : la *Toccata et fugue* de Jean-Sébastien Bach, la pièce préférée de son père. Naturellement, se dit-il, qui d'autre que le grand Bach aurait reçu mission de Dieu pour composer musique aussi divine ?

Avant que le *Carpco New Orleans* ne parte de Philadelphie, Martin et ses coaccusateurs avaient calculé qu'au cours de sa traversée de l'Atlantique, la flottille serait à portée du satellite de communication Mahatma Gandhi. À cet effet et profitant de leur pause, il sortit de son sac son Powerbook Apple en même temps qu'un modem et un téléphone portable. Il brancha les divers appareils et entreprit de savoir si l'ordinateur des Nations unies à New York City avait reçu un e-mail de Randall ou d'Esther.

From : selkirk2@aol.org
To : marcand@prodigy.edu
Date : Dim. 14 mai, 11 : 32 AM

Martin, as-tu jamais entendu parler du département d'études des Catastrophes, à l'université de Bowling Green State, créé il y a deux ans par un « cataclysméticien » professionnel nommé Donald Carbone ? Le bonhomme est un peu cinglé, mais il connaît sur le bout des doigts les tremblements de terre, les tornades, les pestes, les accidents d'avion, les grands incendies. Il possède une documentation considérable sur la question. (Sais-tu, par exemple, que 550 000 Américains sont morts durant l'épidémie de grippe espagnole en 1918-1919, soit plus de dix fois nos pertes au cours de la Première Guerre mondiale ?) Problème : Carbone doit tenir un séminaire d'université d'été sur la grande peste. Autre problème : il demande cent vingt-cinq mille dollars pour dix jours de témoignage à la barre.

Je suis en ce moment à Philadelphie, où je filme les gorilles du zoo pour un épisode de Nova sur le comportement des primates. J'ai dîné hier soir en compagnie de ta logeuse. Nous avons passé une excellente soirée. Moi, en tout cas. Comme tu dois le savoir, elle est amoureuse de toi.

Tremblements de terre, tornades, pestes, accidents d'avion, grands incendies… c'était bon, ça, très bon, se dit Martin. Si Job avait détenu toutes ces informations, il aurait sûrement gagné son procès.

From : marcand@prodigy.edu
To : selkirk2@aol.org
Date : Mardi 16 mai, 01 : 38 PM

Le cerveau de l'Accusé est vraiment étrange. Des idées traversent les airs comme des anges. Crois-le ou pas, Il est platonicien.
Randall, nous devons à tout prix faire témoigner ton expert ès cataclysmes. Dis à Carbone que non seulement nous lui paierons ses cent vingt-cinq mille dollars, mais qu'on en rajoutera quinze mille s'il trouve quelqu'un d'autre pour faire son cours d'été sur la peste noire. Je suis ravi que Patricia et toi vous vous entendiez si bien, mais je t'en prie, ne dissipe pas ton énergie. Le 5 juin sera là avant même qu'on s'en aperçoive. Il est temps de consulter les pièces du dossier de la défense. Contacte Pierre Ferrand à La Haye et demande-lui la liste des témoins proposés par Lovett.

Esther aussi avait envoyé un message.

From : esthclute@aol.org
To : Marcand@prodigy.edu
Date : Lundi 15 mai, 06 : 15 PM

Nous avançons lentement mais sûrement. Allison Lowry est prête à faire une déposition concernant les lésions cérébrales de son fils, mais elle n'ira pas en Hollande. (Jason a besoin d'elle, dit-elle, et je suis d'avis de respecter sa déci-

sion.) J'ai enrôlé sept cancéreux dans un état pitoyable, six parents éperdus de chagrin, et Stanley Palomar. Tu te souviens de lui ? Ce lieutenant des marines qui a perdu les deux jambes au Vietnam ? Je te parie qu'il fera pleurer les chaumières de tous les Pays-Bas.

Si justifié fût-il, le refus d'Allison de venir à La Haye mit Martin de méchante humeur. Elle ne pouvait donc pas laisser son gosse une petite semaine sans elle ?

From : marcand@prodigy.edu
To : esthclute@aol.org
Date : Mardi 16 mai, 02 : 03 PM

Esther, il faut absolument qu'Allison témoigne. Il n'y avait pas un seul œil de sec le jour où elle nous a raconté qu'à l'anniversaire de Jason elle lui avait donné à la cuiller du gâteau au chocolat réduit en purée. Oui, Stanley le cul-de-jatte nous vaudra quelques votes de culpabilité, mais l'histoire d'Allison est tellement émouvante. Dis-lui que nous lui paierons une équipe d'infirmières diplômées pour surveiller Jason pendant tout le temps où elle sera en Hollande, et qu'elle peut nous demander jusqu'à dix mille dollars pour son témoignage.

Comme il relisait sa lettre à Esther, Martin éprouva soudain une vive perplexité. Quelle espèce de monde étaient-ils en train de construire ? Quelle était donc cette société où la blessure de guerre de Stanley Palomar devenait un atout et la paralysie de Jason Lowry une carte maîtresse ? Ici même, sous les yeux de Martin, la procédure 227 se métamorphosait en une entité aussi extravagante que le cerveau de Dieu. Il frissonna à l'idée de ce qui l'attendait plus loin.

— Eh bien, mes amis, dit Saperstein en glissant un neurone divin dans une poche hermétique, il est temps de se remettre en route.

Plus les neuronautes avançaient, plus se révélait à eux l'esprit de Dieu. Certains archétypes étaient étonnamment concrets (le trombone), d'autres hautement abstraits (la liberté), mais dans chaque cas Martin n'avait aucun mal à identifier la chose. Ils croisèrent le concept de la photosynthèse, suivi de la notion de la plume. La pollinisation. L'homéostasie. La fission et la fusion. La roue et la cale. Le vide et le plein. L'intelligence autocurative des blessures. Le plaisir de se gratter quand ça démange. Mais il n'y avait pas que de bonnes idées dans le laboratoire divin. Les puces étaient là, et l'avidité, et l'autocratie. Toutefois, en dépit de quelques créations regrettables, c'était là l'atelier d'un génie.

Passé la cathédrale, le cerveau changeait radicalement, les conglomérats de neurones cédant la place à un terrain plus conventionnel : une plaine inondée puant l'ammoniac coiffée d'un ciel chatoyant. C'était un monde de boue, de fougères et de flaques, qui s'étendait vers l'horizon comme une nappe de pétrole surnaturelle. Les explorateurs pressèrent le pas, ne s'arrêtant que pour prendre des photos et ramasser quelques échantillons du paysage tourmenté : de la vase, des feuilles, de l'eau bénite.

Ils avaient parcouru trois kilomètres à peine quand leur apparut un petit pavillon de jardin en bois chantourné, élégant en dépit des ravages de la pluie et des cloportes. Non moins exquis étaient ses occupants : deux petits dinosaures hauts de trois mètres, à la silhouette d'autruche, assis à une table de pique-nique et plongés, contre toute attente, dans le vénérable jeu de Scrabble.

— Quelle espèce ? demanda tout bas Ockham en avançant prudemment dans la boue.

— *Gallimimus*, il me semble, dit Saperstein. Ne les effrayez pas.

Une vague de tristesse submergea Martin à la pensée du pauvre petit Brandon Appleyard, qui aimait tant les dinosaures.

La femelle *gallimima* leva les yeux de sa grille de Scrabble et eut un geste gracieux de son membre antérieur gauche.

— Venez, très chers ! Nous vous attendions !

Les neuronautes approchèrent dans un clapotement de bottes.

— Mais vous parlez ! s'exclama Beauchamp.

— Tout ce que vous avez appris sur les dinosaures est faux, dit le mâle qui s'exprimait d'une voix nasillarde mais avec un indéniable accent new-yorkais. Nous avons le sang chaud, nous sommes agiles, très bons au lit, et bavards à l'excès.

Martin grimpa les quelques marches du pavillon et jeta un coup d'œil au jeu de Scrabble. Les mots choisis par les deux bestioles témoignaient d'un état d'esprit morbide. MALÉDICTION. DÉSESPOIR. PESTE. DAMNATION. NÉANT.

— *Gallimimus*, exact ? demanda Saperstein.

— Exact, répondit la femelle.

Elle semblait plus cultivée que son compagnon, articulant chaque syllabe à la manière d'une dame de la bonne société bostonienne.

— Appelez-moi Vivien.

— Moi, c'est Lawrence, dit le mâle, formant intelligemment un mot à trois syllabes en ajoutant ISME à GANGSTER.

— Nous ne sommes pas n'importe quels dinosaures, reprit Vivien. Nous sommes l'Idée des dinosaures, les archétypes, si vous préférez.

— Nous venons de Son laboratoire, dit Ockham en opinant sagement du bonnet. Un endroit stupéfiant.

— Tout cet hémisphère était stupéfiant, le génie jaillissait de chaque neurone, dit Lawrence. Et puis le coma est arrivé. Vous êtes le père Ockham, n'est-ce pas ?

— Oui, c'est moi.

— J'ai lu votre livre, dit Vivien. Globalement, vous avez raison : le coma de Dieu était Son idée. Sa façon de contraindre l'humanité à mûrir. Vous êtes un bon écrivain. Essayez d'utiliser moins d'adjectifs, la prochaine fois.

— J'apprécie votre franchise, dit Ockham. Maintenant, j'aimerais que vous répondiez à une question que je me pose. Ne serait-ce pas peine perdue de venir ici ?

— Cela dépend... Que voulez-vous savoir ? demanda Vivien, utilisant le second G de GANGSTER pour faire GARGOUILLE.

— Eh bien, par exemple, dit Ockham en se raclant la gorge, quelle est la valeur exacte de la constante de Hubble ?

— Je vous demande pardon ? dit Vivien.

— Bonne question, dit Lawrence, exploitant le A de GARGOUILLE pour composer CHAROGNE.

— Prenons la turbulence des fluides, reprit Ockham. À quoi obéit-elle ?

— Pas à moi, en tout cas, dit Lawrence.

Beauchamp donna de sa belle voix :

— Est-ce que Fermat a vraiment fait la démonstration de son grand théorème ?

— Comment les spirochètes adhèrent-ils à la *Myxotricha paradoxa* ? s'enquit Saperstein.

— Savez-vous ce que vous devriez faire ? dit Vivien. Vous devriez consulter Sarkos.

— Qui ?

— Jonathan Sarkos, le tailleur. C'est le garçon le plus brillant de tout cet hémisphère. Prenez la direction sud. Au bout d'une heure de marche, vous atteindrez la rivière Hiddekel. Tournez à gauche, suivez la digue pendant cinq kilomètres, et vous tomberez sur son échoppe. Vous ne pouvez pas la manquer. Il y a un disque satellite sur le toit. On dirait une poêle géante.

— Cinq kilomètres ! s'étonna Saperstein. Mais c'est plus long que le Corpus Dei !

— En effet, mais comme le dit Dostoïevski : « Si toutes choses sur terre étaient rationnelles…

— « … il ne se passerait jamais rien », acheva pour elle Martin.

— Exactement, approuva Vivien.

— Pourrais-je vous prendre en photo ? demanda Beauchamp.

— Mais bien sûr, dit Vivien dans un battement de paupières squamées.

— Allez-y, ajouta Lawrence avec un grand sourire.

Beauchamp cadra le couple dans le viseur de son Nikkon et prit un cliché.

— Il y a une seule question à laquelle nous pouvons répondre, dit Vivien, passant une langue rouge sur sa lèvre supérieure.

— Je vois laquelle, dit Saperstein avec un sourire rusé. J'hésitais à la poser. J'imagine que ce doit être un sujet douloureux pour vous.

— Très douloureux, intervint Lawrence en jetant à sa compagne un regard de reproche. Nous n'avons pas envie d'en parler.

— Toi, tu n'en as pas envie, dit Vivien d'un ton sec en

se levant de sa chaise. Je pense au contraire que nous devrions en discuter. Sinon, comment en ferons-nous jamais le deuil ?

Prenant appui de sa queue sur le plancher du pavillon, elle pivota vers Saperstein.

— Commençons par dire que l'explication la plus admise ne tient pas une seconde.

— Vous voulez parler de la théorie de la catastrophe cosmique ? demanda Saperstein.

— Oui. Il est indéniable qu'un météorite a frappé la Terre au crétacé supérieur, ainsi qu'en témoigne la présence d'iridium un peu partout dans le sol. Et certes, l'explosion a projeté un nuage de poussière qui a obstrué le soleil, étouffé des millions d'hectares de végétation, mais ce n'est pas cela qui a provoqué notre extinction. Si le désastre avait été tel qu'il nous aurait exterminés, nous les dinosaures, alors il en aurait été de même pour les grenouilles et les tortues, or les deux espèces sont toujours là.

— Alors, quelle est la réponse ?

— Devinez.

— Euh... comme vous devez le savoir, dit Saperstein, gêné, certains ont avancé que vous n'étiez pas assez... intelligents pour vous adapter à de nouvelles conditions climatiques.

— Va te faire voir, hé, tordu, lâcha Lawrence. Les dinosaures ont duré plus de cent millions d'années. Vous aurez de la chance si vous dépassez les cinq. Alors, langue au chat ?

— D'aucuns prétendent que votre colonne vertébrale trop longue présentait des faiblesses et vous exposait à des hernies discales fréquentes.

— Une colonne vertébrale trop faible, non qu'est-ce qu'il ne faut pas entendre ! s'exclama Lawrence. Non, mais regarde-toi, homme blanc, toi et tes maux de dos chroniques !

— Des carnivores auraient dévoré vos œufs ? hasarda Beauchamp.

— Je vous en prie, madame, soyons sérieux.

— La température a chuté, risqua Saperstein, et malgré votre sang chaud, vous vous êtes refroidis jusqu'à l'hypothermie.

— Non, dit Vivien.

— Épidémie virale ?

— Impossible.

— Éruptions volcaniques ayant répandu des gaz toxiques qui…

— Sûrement pas.

— Très bien, dit Saperstein. J'abandonne.

— Vraiment ?

— Oui.

— La constipation.

— Quoi ?

— La constipation.

— Que voulez-vous dire ?

— Vous voulez que je vous fasse un dessin ? La constipation. Nous sommes morts les intestins bloqués pour avoir brouté une nouvelle génération de plantes indigestes. Une fois les herbivores disparus, les carnivores ont suivi par manque de proies.

Vivien ramassa les sept lettres de sa règle mais, au lieu de les placer sur la grille, elle les serra dans sa patte et s'approcha de Martin. Il trouvait qu'elle avait des yeux magnifiques, chaque pupille noire de jais contrastant avec un iris d'or qui faisait songer à une éclipse de soleil.

— Juge Candle ?

— Ex-juge. J'ai perdu les élections en novembre dernier.

— Le procès dont vous avez fait votre projet ne peut avoir de fin heureuse, dit-elle. J'espère que vous le savez.

Ouvrant sa patte, Vivien commença d'arranger les lettres sur sa paume.

— Il est bien regrettable qu'ils vous aient exclu de la magistrature, reprit-elle. Vos jugements étaient toujours frappés au coin du bon sens. Nous avons particulièrement apprécié votre décision dans l'affaire de Pronto Prints.

Pronto Prints était une usine de Fox Run, qui fabriquait de la pellicule photographique et avait subrepticement déversé trois mille gallons de produits chimiques dans la Waupelani. Martin avait condamné la firme à une forte amende, accompagnée d'une mise en demeure de construire sur-le-champ un épurateur des eaux de rejet.

— Vous avez l'intention d'aller jusqu'au bout de votre entreprise ?

— Oui.

— Alors nous avons une requête à vous soumettre.

Quand vous prononcerez votre acte d'accusation, n'oubliez pas de nous citer, Lawrence et moi et tous les autres dinosaures.

— Une extinction de cette dimension n'est pas rien, surenchérit Lawrence.

— Une authentique catastrophe.

Vivien disposa ses sept lettres sur la grille. Le A de CHOLÉRA lui permit d'aligner THANATOS.

— C'est vrai, convint Martin, tout en se demandant s'il serait bien utile de faire mention de la disparition des grands reptiles du crétacé.

— Tu ne peux utiliser ce mot, dit Lawrence à sa compagne.

— Si, je peux.

— C'est un nom propre… celui d'un dieu grec.

— Oui, mais il est aussi synonyme de mort.

— Non.

— Si !

— C'est ce qu'on va voir ! Où est ce foutu dictionnaire ?

— Nous voulons que vous parliez pour nous, juge, dit Vivien en se tournant vers Martin.

— Oui, juge, confirma Lawrence en tirant de sous la table un épais dictionnaire.

— Je verrai ce que je peux faire, dit Martin.

Les neuronautes prirent congé peu de temps après avoir appris que Thanatos, fils de la Nuit et frère d'Hypnos, ne s'écrivait pas toujours avec une majuscule.

7

Quand Martin Candle et ses acolytes arrivèrent dans mon jardin, crottés de boue et le front brillant de sueur, je mesurai soudain combien j'étais en manque d'une vive et stimulante relation sociale. À l'exception de l'évêque Augustin, mes chalands forment un morne lot, et mes disciples ont autant d'intérêt pour les choses de l'esprit qu'un cobra pour un lapin en peluche. Belphégor ne s'intéresse qu'aux films d'horreur et au base-ball. Schonspigel n'aura jamais qu'un sujet de conversation ; le sac de Rome. L'idée de passer un après-midi oisif avec ces gens dont les capacités intellectuelles pouvaient rivaliser avec les miennes faillit tout bonnement me plonger dans l'extase.

Apprenant que je n'étais pas seulement un tailleur mais aussi le prince des ténèbres, mes quatre neuronautes se prirent d'inquiétude, et il me fallut déployer tout mon charme pour chasser leurs craintes. Le coma, leur expliquai-je, avait fait de moi un handicapé métaphysique. Je ne pourrais pas plus leur voler leur âme qu'un canard en plastique ne saurait pondre un œuf.

Ici, sur la rivière Hiddekel, nous sommes tous carnivores et fiers de l'être. On ne mange que ce qui saigne. Mon chef personnel, Funkeldune, s'est épris d'absolu en la matière et refuse désormais de rôtir quoi que ce soit qu'il n'ait chassé et tué lui-même. Heureusement, aucun de mes invités ne pratiquait le végétarisme, et ils ont ouvert de grands yeux gourmands à la vue du dîner protéique que Funkeldune nous avait concocté, un ragoût dont la viande avait été prélevée sur l'archétype jéhovique d'Ernest Hemingway.

Je dis mes grâces habituelles – « Cher Seigneur, nous savons que Tu as de bonnes raisons de permettre à des millions d'enfants à travers le monde sous-développé de crever de faim, et nous Te remercions de pourvoir notre table d'une criminelle surabondance, amen » – et nous piochâmes dans le plat. Bien entendu, je dissimulai à mes hôtes la véritable nature de la viande. Ils furent persuadés de manger du sanglier, animal qui n'était pas sans rappeler le défunt romancier.

— Voyez-vous, monsieur Sarkos, je me demande si vous êtes le vrai diable ou bien seulement son Idée, dit le jésuite cosmologiste Thomas Ockham en attaquant à belles dents un morceau de jarret.

— L'idée du diable *est* le diable, répondis-je fermement. Le diable incarné, Satan le jobien qui maraudait à travers la terre, n'a jamais été qu'un simulacre, une doublure.

Je fus tenté d'ajouter : « Tout comme Ernest Hemingway qui connut une gloire terrestre et littéraire n'était que le double de l'Ernest dont la chair nous régale, ce soir. » Mais je m'abstins.

Durant tout le repas, mes visiteurs m'assaillirent de ces questions qui font l'objet de tant de débats télévisés.

Pour vous dire la vérité, je déteste la télévision publique. Je préfère la « pubique », comme la surnomme Belphégor, grand amateur de films X. Quelle est la valeur exacte de la constante de Hubble ? Pourquoi le proton, dans l'atome d'hydrogène, est-il trente-six fois plus lourd que l'électron ? Je savais expliquer ces choses-là, avant que l'Autre ne plonge dans le coma, je connaissais sûrement les réponses, mais aujourd'hui c'est tout juste si je me rappelle comment on fait de la tapisserie sur canevas.

— Quels arguments peut-on opposer au *liberum arbitrium*, la solution augustinienne du libre arbitre au problème du mal ? me demanda Candle.

— Je ne m'en souviens plus.

— Et que pensez-vous de l'argument ontologique ?

— C'est à un docteur en théologie qu'il faut vous adresser et non au Père de tous les Mensonges. Quoique la différence entre eux et moi soit des plus minces.

— G. F. Lovett m'a fait lire *Opus imperfectum contra Julianum* de saint Augustin, mais ça ne m'a pas beaucoup aidé.

— L'un de mes ouvrages préférés, mais pourquoi plancher sur son dernier bouquin alors que vous pouvez avoir Augustin en personne ? Vous voyez ce costume trois-pièces en tweed ?

De mon index crochu, je lui indiquai un portant auquel étaient suspendues sur leurs cintres mes commandes terminées, prêtes à être livrées.

— Quand il passera prendre son bien, demain, je lui dirai que je lui en fais cadeau, à condition qu'il vous emmène en amont, jusqu'à la source de sa théodicée. J'entends par là, bien sûr, ce lieu paradisiaque où naissent l'Euphrate, le Pishon, le Gihon et la Hiddekel.

— Une balade dans le jardin d'Éden nous fera certainement le plus grand bien, j'en suis sûr, dit Ockham, la bouche pleine, et M. Candle pourrait y trouver le type d'informations qu'il cherche, mais nous autres, savants, seules les connaissances scientifiques nous intéressent.

— Si vous, monsieur Sarkos, ne pouvez répondre à nos questions, qui le pourra ? demanda Beauchamp.

— Arrêtez de parler comme si vous n'alliez pas visiter la glande pinéale, leur dis-je. Il ne me viendrait même pas à l'esprit de vous laisser quitter Son cerveau sans que vous ayez poussé jusqu'à la glande pinéale.

Sur ces paroles, je me tournai de nouveau vers Candle en pointant sur lui mon aiguille à coudre.

— Prenez garde à saint Augustin, ami. Il est le plus intelligent de nous tous. Baissez votre garde et il fera de votre esprit un chapelet de nœuds. Certaines personnes n'ont pas de tête, lui en a trop.

— La glande pinéale ? dit Ockham.

— La glande pinéale, répétai-je.

— Voulez-vous dire que Descartes…

— … avait raison tout du long. L'âme de chaque individu, y compris celle de notre Créateur, est synonyme de sa glande pinéale. Si vos questions doivent avoir des réponses, mon père, c'est en Son épiphyse que vous les trouverez.

Au cours de sa carrière, Martin avait rencontré plus d'un être humain méritant pour le moins le qualificatif de diabolique. Il n'oublierait jamais l'affaire de Jared Galitzen, un garçon de neuf ans qui avait copieusement arrosé d'essence neuf chats de Glendale et les avait brûlés vifs. Il se souvenait aussi du cas de Gladys Wurtz dans le jardin de laquelle on avait découvert dans une poubelle – à la suite d'une plainte des voisins incommodés par l'odeur qui s'en dégageait – le cadavre de son petit garçon de dix mois qu'elle avait étranglé.

Et voilà qu'une fois de plus Martin se retrouvait en présence d'une perversion incurable. Même si le coma avait quelque peu atrophié les pouvoirs du tailleur, celui-ci n'en restait pas moins le genre d'individu qui – si cela devait servir son dessein – vous ligoterait aux quatre pieds d'une table pour vous exciser le foie à la scie égoïne. Aussi Martin se serait-il excusé auprès de ses compagnons et aurait-il regagné le *Carpco New Orleans*, s'il n'avait reçu du neurone optique l'assurance de trouver dans le crâne divin les arguments nécessaires à sa cause.

— Je regrette de ne pouvoir vous loger sous mon toit, dit Jonathan Sarkos, alors que l'Idée de la Nuit obscurcissait son échoppe, mais il y a parmi les vertus de mon caboteur six couchettes équipées de matelas pneumatiques gonflés avec les derniers souffles d'agneaux sacrifiés, et jamais pour dormir il n'y eut couches plus douces.

Martin cligna des yeux, sa vision s'ajustant lentement à la lueur des lampes à huile de baleine. Au portant le plus proche étaient accrochés cinq blousons de motards avec, brodés dans le dos, les mots : CONSORTIUM ANTÉCHRIST. À côté pendaient le costume de tweed de saint Augustin et une douzaine de draps blancs marqués du logo du Ku Klux Klan. Il regarda leur hôte maléfique : géant chauve et braillard, aux yeux rouges comme un rat de laboratoire. Vêtu d'un smoking à la coupe irréprochable, le tailleur était la vivante publicité de son art, et ce lien entre l'apparence et la profession de Sarkos était bien le seul élément de rationalité que Martin ait pu glaner dans les circonstances présentes.

— Avant que vous ne vous retiriez, permettez-moi de vous distraire d'un petit spectacle, dit Sarkos.

Il sortit de derrière sa table un appareil que Martin, en ancien membre du club audiovisuel du lycée d'Abaddon, n'eut pas de mal à reconnaître : un projecteur Kodak seize millimètres.

— Je ne m'attends pas à ce que vous trouviez ces images très amusantes.

Sarkos installa l'engin sur sa table et rembobina cent vingt mètres de pellicule.

— Il y a même de fortes chances pour que cette projection vous soit douloureuse. De toutes mes inventions, je suis particulièrement fier de mes films maison. Ça ne vous ennuie pas de jouer les opérateurs, monsieur Candle ? Je sais que vous vous y connaissez.

— Pas de problème, répondit Martin, circonspect.

— Mesdames et messieurs, les Films Purgatoire présentent *Par une sombre nuit*, écrit, produit et réalisé par Jonathan Sarkos.

Le tailleur alla décrocher de son cintre l'un des draps brodés du KKK et le tendit à l'aide de punaises en travers de la porte.

— Roulez, Candle, ordonna-t-il, tandis qu'il plongeait l'échoppe dans l'obscurité.

Martin mit en marche le projecteur. Apparut à l'écran l'image tremblante et mal éclairée d'un plan fixe sur une prostituée : une montre-bracelet et un collier en strass pour tout vêtement, elle était vautrée sur le matelas souillé d'une chambre d'hôtel borgne. Un client entra dans le cadre – une espèce de monstre aux yeux multiples et au crâne planté de cornes, qu'on aurait dit échappé de l'Apocalypse – et utilisa promptement les services de la dame.

— Ma conception se produisit contre toute attente, commenta Sarkos. La femme en question était stérile, ses trompes de Fallope étaient obturées par suite d'une blennorragie contractée dans l'exercice de sa profession. Elle ne se souvenait pas du tout de mon géniteur, hormis de son odeur, capable de foudroyer un essaim de mouches à merde. Un avortement était hors de question. Maman a toujours été une militante de Laissez-les vivre.

La bête se tourna vers la caméra et éclata de rire. Son pénis débandé pendait entre ses cuisses velues comme un long ressort de chair.

— Dès le moment où Dieu réalisa que j'étais conçu, Il décida que ma naissance devrait être des plus humbles, afin que je ne puisse commettre prématurément le péché d'orgueil. Il avait bien une étable à disposition, mais elle était déjà prise…

La scène de la nativité, tirée du *Ben Hur* réalisé par William Wyler en 1959, apparut : une madone en Technicolor assise entre vache et âne, contemplant béatement son nouveau-né grassouillet.

— Alors Il fut forcé de dénicher quelque chose de plus original.

L'enseigne au néon d'un Holiday Inn apparut à l'écran, clignotant sous une pluie battante.

— C'est ainsi que le Père des Mensonges vint au monde, enfanté par la Mère des Putains.

Le ventre gonflé comme une noyée par une grossesse parvenue à terme, la prostituée gisait en travers d'un grand lit. Sous le zoom capricieux de l'opérateur, le bébé franchit le col de l'utérus, se fraya un chemin dans le vagin et enfin sortit en tirant le cordon ombilical derrière lui telle une rock star le câble de son micro. Un sourire démoniaque éclairant son visage fripé, il grimpa sur le ventre et la poitrine de la femme épuisée et lui passa le cordon autour du cou.

— Je n'ai pas vraiment besoin d'en voir plus, dit Ockham.

— Maman et moi, nous étions destinés à avoir une relation orageuse, dit Sarkos.

Le bébé serra la cordelette de chair. La prostituée tirait une langue pareille à un coucou sorti de son horloge suisse. À peine avait-elle rendu l'âme que le petit Sarkos lui suçait le téton gauche.

— Merde, c'est vraiment dégueulasse, gémit Beauchamp.

— Éteignez ça, supplia Saperstein.

— Le monde reconnut aussitôt l'importance de mon avènement, poursuivit Sarkos. Les premiers à me rendre visite furent trois potentats occidentaux…

Trois hommes aux coupes de cheveux très personnalisées surgirent dans la réception de l'hôtel, des présents dans les mains, malicieux chahuteurs qui se donnaient des coups de tête entre eux et essayaient de s'enfoncer les doigts dans les yeux. L'un semblait s'être coiffé d'une serpillière noire, le deuxième arborait une boule afro, le troisième les avait en brosse.

— C'est déprimant, dit Beauchamp.

L'image montrait le nouveau-né assis sur le ventre de la mère morte, ouvrant le premier de ses présents. Sept diables à ressort jaillirent de la boîte.

— Depuis, je me suis toujours méfié des bouffons qui vous font des cadeaux.

La scène finale était conforme à ce qui précédait : l'enfant jetait les trois potentats dans la piscine grouillant de piranhas de l'Holiday Inn.

— Fin, dit Sarkos.

Alors que Martin éteignait le projecteur, Sarkos gratta une allumette et en approcha la flamme vacillante de la mèche d'une lampe. L'échoppe s'éclaira de nouveau de la chaude lueur de l'huile de mammifère marin.

— Vous avez manqué votre vocation, dit Ockham d'un ton acide. Vous auriez dû être metteur en scène.

— Mais je le suis. Vous ne croyez tout de même pas que c'est Robert Zemeckis qui a réalisé *Forrest Gump*, non ? dit Sarkos en ôtant la bobine du projecteur qu'il agita sous le nez de Martin. Logiquement, bien sûr, je devrais être violemment opposé à la procédure 227. S'Il est déclaré coupable et que le tribunal ordonne son débranchement, qu'adviendra-t-il de moi ?

Il balança la bobine à travers la pièce comme un vulgaire frisbee.

— Il n'empêche, reprit-il, un acquittement me déprimerait encore plus, aussi je vous soutiendrai jusqu'au dénouement. Nous serons tous réunis, mes disciples et moi, devant mon petit Zénith là-bas dans le coin.

Il tira de la poche intérieure de sa veste une télécommande et la pointa sur Martin.

— Un bien utile outil. Non seulement il change les chaînes, contrôle le volume et varie les contrastes, mais la diode électroluminescente qu'il contient me permet de tester les capacités de tous les apprentis prométhéens et autres émules de Job qui passent par ici.

Il pressa l'objet contre le front de Martin et se pencha pour lire le petit écran d'affichage.

— C'est froid, dit Martin, qui avait l'impression d'avoir une poche de glace sur la tête.

— Chut, voyons voir… quotient d'amertume : 147, très bien. Taux de droiture : 175 sur 96, excellent. Ferveur morale : 38,8 degrés centigrades. Par le diable, monsieur Candle, vous êtes le meilleur challenger que nous ayons jamais eu. Il se pourrait même que vous gagniez. La justice est aveugle, après tout. Je suis bien placé pour le savoir, c'est moi-même qui lui ai cousu les paupières avec… ça.

Et de brandir une brillante aiguille à coudre.

— Mais par-dessus tout, monsieur Candle, quels que soient les arguments que déploiera Lovett à La Haye, ne le laissez pas me faire porter le chapeau.

— C'est promis.

— Personne n'a forcé notre Créateur à lâcher dans l'univers le prince des ténèbres, dit Sarkos avec un sourire de requin. Ma conception bestiale, ma gestation dans un ventre vendu au stupre, mon ignoble naissance, rien de cela n'était inévitable. C'est Lui qui l'a voulu ainsi, Lui et personne d'autre.

Avec l'aide du Roxanol, Martin dormit profondément cette nuit-là, si profondément qu'à son réveil il lui fallut plusieurs minutes pour réaliser qu'il n'était pas chez lui à Abaddon mais à bord d'un rafiot baptisé *Bonnes Intentions*, voguant sur la rivière Hiddekel. Ce fut le parfum très personnel des eaux qui éperonna sa mémoire ; la Hiddekel exhalait l'odeur la plus étonnante que son odorat eût jamais connue, un mélange de roses rouges, de marshmallows grillés et de viande fumée. Même en sa présente avarie, la matière grise de Dieu en remontrait question senteur à plus d'un cerveau en pleine santé.

Il se glissa hors de sa couchette, passa à côté de Saperstein et de Beauchamp qui dormaient encore et, prenant par l'échelle d'écoutille, monta sur le pont. Le *Bonnes Intentions* allait bon train, direction ouest, entre deux rives plates et boueuses. Son moteur teuf-teufait et crachait par les deux cheminées de petits nuages noirs piquetés d'étincelles orange. L'air matinal, humide et visqueux, bourdonnait d'insectes aquatiques. Alors qu'il approchait de la timonerie – une cabane en planches qui ressemblait comme deux gouttes d'eau de chasse à un WC champêtre –, il entendit une voix mâle chanter ce qu'il prit pour une paillarde chanson de marin. Les paroles lui parvenaient par à-coups, comme les sauts d'une aiguille sur les sillons trop usés d'un soixante-dix huit tours. Martin distingua « encorner un encornet » suivi de « mettre le turbot ».

La chanson s'arrêta.

— Ohé, monsieur Candle !

Une créature hideuse passa son groin par le hublot ouvert de la timonerie.

— Je suis Belphégor, pilote intrépide et disciple préféré de M. Sarkos.

Lui aurait-on posé la question, Martin aurait répondu que, selon lui, Belphégor était issu du croisement d'un gorille avec un phacochère. Il avait des yeux globuleux injectés de sang et on aurait pu introduire des balles de ping-pong dans ses narines.

— Ne retenez pas contre moi mon statut métaphysique, plaida-t-il, tandis qu'une grosse goutte de morve coulait de son nez et qu'il lâchait un rot tonitruant. Si j'avais eu le choix, j'aurais été joueur de base-ball professionnel.

Écœuré, Martin s'éloigna de la timonerie et, chassant frénétiquement le nuage de mouches primordiales voltigeant autour de lui, s'en fut d'un pas tanguant vers l'arrière. Un moustique gros comme un frelon se posa sur son front et commença de festoyer. Il l'écrasa d'une tape qui lui laissa une étoile sanglante entre les deux yeux.

Appuyé au bastingage, un grand et solide quinquagénaire, vêtu du même costume de tweed marrron que Martin avait vu la nuit précédente dans l'échoppe de Sarkos, avait une conversation animée avec le père Ockham. Une paire de jumelles pendait au cou de l'homme, se balançant au rythme de ses gestes. Son nez aquilin était chaussé de lunettes à monture d'écaille ; ses dents blanches serraient une pipe de bruyère. Il émanait de toute sa personne un air d'élégance et de réussite, rappelant quelque professeur de l'Ivy League ou, mieux, un vampire aristocrate de Roumanie qui aurait trouvé un pied-à-terre à quelques pas d'un collège de jeunes filles.

— Je verrais plutôt en Dieu un être bipolaire, disait Ockham.

— Une déité à deux têtes ? dit l'étranger, ôtant sa pipe de sa bouche. Non, non, Dieu est une unité tripartite.

Martin remarqua la capacité qu'avait l'homme de soulever chaque sourcil indépendamment de l'autre.

— Vous glissez dans le manichéisme, père Ockham. Je suis passé par là. N'y allez pas.

— Mais les pôles fonctionnent en tandem, tout comme vos yeux quand vous utilisez vos jumelles, insista Ockham. Dans le manichéisme, les deux principes sont en conflit.

— C'est un piège, ami. Ne tombez pas dedans.

— Évêque Augustin ? demanda Martin en approchant.

— L'Idée d'Augustin, rectifia l'homme. Juge Candle ? dit-il avec un froncement de sourcils.

— Ex-juge Candle. J'ai lu votre autobiographie.

— Mes *Confessions* ? En entier ?

— En entier.

— Félicitations. J'ai l'honneur douteux d'avoir commis l'un des trois chefs-d'œuvre de la littérature occidentale que moins de soixante-dix personnes, vivantes ou mortes, ont lus en totalité, les autres étant *Le Paradis reconquis*[1] et *Déclin et chute de l'Empire romain.* (Augustin haussa son sourcil droit.) De nos jours, bien entendu, je n'aurais pas à me donner le mal de l'écrire, il me suffirait de me faire inviter chez Geraldo. (Le sourcil gauche se porta à hauteur du droit.) Ainsi, monsieur Candle, vous désirez en savoir plus sur le mal ?

— En effet.

— M. Sarkos me dit qu'il ne me fera pas payer mon nouveau costume si je vous fais visiter la maison, dit Augustin en croisant les bras sur sa poitrine et en passant ses mains sur les protège-coudes de sa veste. Je tiens à vous dire que cette procédure 227 m'offusque jusqu'à la moelle. Vous éclairer ne me procurera aucun plaisir, et je suis tenté de refuser le marché que me propose Sarkos.

Il fronça de nouveau les soucils d'un air sévère et reprit :

— Mais un costume gratuit n'est pas à négliger.

Il plongea la main dans sa poche intérieure et en sortit une feuille de papier rose aux bord perforés.

— Voici notre itinéraire : le mont Moriah, les plaines de Sodome, les contreforts d'Ararat, le pays d'Uz, le jardin d'Éden.

Il rempocha sa liste, tira sur sa pipe et souffla un rond de fumée comme on n'en voit que dans les dessins animés.

— La nécessité de purifier l'âme d'autrui par l'acte de confession peut être parfois assommante, vous ne pensez pas ? Là, tout de suite, par exemple, je suis enclin à avouer que notre visite prochaine aux acteurs du mont Moriah – Abraham, Isaac, le bélier du sacrifice – excite mes appétits charnels.

1. *Paradise Regained*, poème biblique en quatre livres de John Milton (1671). *(N.d.T.)*

— Nourririez-vous d'impurs sentiments à l'égard d'Isaac ? demanda Ockham.

— Non, envers le bélier, dit Augustin, et de se mordre vigoureusement la lèvre inférieure. Dieu, dans quel monde immonde habitons-nous ! Le mot, mon père, le mot clé est la convoitise. Convoitise, convoitise, tout est convoitise.

Tandis que la matinée avançait, l'évêque continua de déballer ses fantasmes. Il dévoila une impulsion récurrente à avoir des relations intimes avec divers engins mécaniques agricoles, décrivit son désir fou de porter des négligés de soie, dit combien il aimerait être l'arbitre des fameux concours de pets que se livraient l'Idée de Martin Luther et l'Idée de Satan. À mi-chemin de ce mea-culpa prodigieux, Ockham s'éclipsa, mais Martin préféra rester et encaisser le coup ; il avait besoin d'Augustin.

Le caractère lubrique des confessions du père de l'Église finit par rappeler à Martin le cas de Sidney King, un agent immobilier de Glendale, dont les trois maîtresses étaient venues de concert consulter le juge, après qu'elles se furent découvert un commun amant. Leurs plaintes étaient identiques. Chacune d'entre elles était enceinte de sept semaines du sieur King, une situation d'autant plus inattendue que l'intéressé leur avait juré avoir subi une vasectomie. Alors que Cynthia Ringle avait pris la décision d'avorter, Karla Schwartz et Joanne Bogenrief entendaient garder leur bébé. Aucune n'avait l'intention d'épouser l'escroc.

— Comment pourrions-nous obtenir justice ? avait demandé Schwartz.

Le lendemain matin, Martin assigna King pour tromperie flagrante sur un organe reproducteur en parfait état de marche.

— Vous pourriez aller en prison pour cela, dit-il à King, quand celui-ci se présenta au tribunal.

King n'en menait pas large ; la peur se lisait sur son visage. Le juge en profita pour arracher à l'accusé le serment suivant : jusqu'à ce que ses deux enfants atteignent l'âge de douze ans, King devrait se rendre disponible comme baby-sitter chaque week-end ; il n'y aurait pas d'exceptions, pas d'excuses, mais une forte amende en cas de dérobade. Si le président de General Motors invitait King à venir pêcher la truite un samedi matin, les deux bâtards devraient être de la partie. Si une starlette de Hollywood lui proposait un séjour romantique de deux semaines dans le sud de la France, la miss devrait réserver quatre places d'avion.

Sept mois plus tard, les bébés vinrent au monde, un garçon dans chaque cas, et King honora sa promesse, s'acquittant même de sa tâche avec une tendresse toute paternelle. Finalement, Schwartz et Bogenrief dégottèrent des beaux-pères à leurs fils, mais King resta pour les garçons une espèce de Père Noël à l'année.

— Avez-vous jamais eu envie d'avoir une gerboise vivante dans le rectum ? demanda Augustin en tendant les mains vers la généreuse poitrine de Martin.

— Non, je ne peux pas dire ça.

— La convoitise, monsieur Candle, la convoitise ! dit l'évêque en tâtant les seins de l'ex-juge. Oh, quelle déplorable espèce nous sommes ! Que notre chair est fétide ! Comme nos âmes sont pleines de boue ! Plus vite viendra le jugement dernier, mieux ce sera !

Supportons, supportons, il en va de mon devoir sacré, se disait Martin, les yeux fermés et les dents serrées. Mes jobiens comptent sur moi.

Tandis que le soleil de midi chauffait les rives boueuses, soulevant des mirages réminiscents d'icônes byzantines entrevues dans le laboratoire du Défendeur, Martin regagna sa couchette et consulta son courrier électronique.

From : selkirk2@aol.org
To : marcand@prodigy.edu
Date : Jeudi 16 mai, 09 : 45 PM

Pour le moment mes relations avec ta logeuse sont épatantes. Patricia et moi avons tant de choses en commun – divorce, affliction, athéisme – et je crois que nous pouvons nous apporter beaucoup l'un l'autre, même si elle demeure inexplicablement hostile à notre cause. Elle voudrait savoir si tu prends un médicament appelé Odradex.

Mauvaises nouvelles. Le Dr Carbone fait monter les enchères. Il demande maintenant cent soixante-quinze mille dollars. En plus, il prétend qu'il n'y a pas dans tout l'Ohio de cataclysméticien plus compétent que sa propre femme, Pearl, pour le remplacer à son université d'été, et Pearl veut trente-deux mille dollars, plus cinq mille autres pour un professeur assistant. Je trouve ces chiffres scandaleux, et je ne me suis pas gêné pour le dire à Carbone.

Le temps que Martin achève la lecture du message de Randall, son cœur battait la chamade et son sang était en ébullition.

From : marcand@prodigy.edu
To : selkirk2@aol.org
Date : Mercredi 17 mai, 11 : 40 Heure locale

Pour l'amour du ciel, Randall, arrête de mégoter sur les honoraires de notre témoin vedette ! Donne-lui ses cent soixante-quinze mille et à sa femme ses trente-sept mille. Nous n'avons peut-être pas les anges avec nous, mais nous avons un budget hollywoodien.

Dis à Patricia que je ne me shoote pas à l'Odradex. Ce qui ne l'étonnera pas.

Le message d'Esther était heureusement plus rassurant que celui de Randall, même s'il commençait par une note de déception.

From : esthclute@aol.org
To : marcand@prodigy.edu
Date : Mercredi 17 mai. 10 : 17 AM

Allison Lowry ne témoignera pas, pas même pour dix mille dollars, point final. Elle a pu nous raconter son histoire lors de notre première réunion, mais ça ne signifie pas pour autant qu'elle ait envie de remettre ça devant le monde entier.

Je ne peux pas te promettre davantage de lésions de la moelle épinière, mais je suis sur quelque chose d'aussi spectaculaire : la mucoviscidose. Je dois voir cette semaine trois couples ayant eu ou ayant un enfant atteint de ce mal. (Deux de ces enfants seront morts avant la fin de l'année, le troisième est décédé en janvier dernier. Souhaite-moi bonne chance.)

Sur le front du cancer en phase terminale, les choses vont de mieux en mieux. Il faut entendre Frank Latham décrire les horreurs de la maladie de Hodgkin et Rosalie Kreuger parler de la perte de sa fillette à la suite d'une leucémie des lymphoblastes. Mieux encore, je pense pouvoir enrôler un rescapé du génocide du Rwanda, Xavier Mrugama, horriblement mutilé à la machette.

La langue pressée contre sa lèvre supérieure, Martin relut la lettre d'Esther. « Je ne peux te promettre davantage de lésions de la moelle épinière... » C'était là l'univers impitoyable de la procédure 227. « Sur le front du cancer en phase terminale... » Pas étonnant que l'humanité envoyât si rarement son Créateur aux assises. Traquer Dieu n'était pas un sport pour amateurs.

From : marcand@prodigy.edu
To : esthclute@aol.org
Date : Mercredi 17 mai, 11 : 58 AM

Très bien, laissons de côté Allison. Si tu peux nous dénicher un parent capable de parler éloquemment de la fibrose cystique de son enfant, ce serait parfait.

Bien entendu, je suis très content que cela se présente bien du côté des cancers incurables. J'ai cependant des doutes à ce sujet. Le cancer n'est-il pas devenu aujourd'hui banal, voire ringard, même si on continue d'en mourir ? Ne pourrais-tu pas trouver quelque chose de plus... tape-à-l'œil ? Je crois me souvenir de cas de scléroses multiples et de maladies d'Alzheimer se déclarant précocement.

Quand Martin ressortit sur le pont, l'Idée du Soleil était à son zénith. Se promenant sur le caboteur, il trouva Augustin sur le pont arrière. Bien calé dans un fauteuil pliant, l'évêque pêchait à la traîne. La ligne, munie d'un flotteur en plastique en forme d'œuf, dansait dans le sillage à une quinzaine de mètres de la poupe, avant de plonger dans les profondeurs de la Hiddekel.

— Avez-vous jamais eu envie de vous accrocher des hameçons aux lèvres dans un but esthétique ? demanda l'évêque.

— Jamais.

— À l'est d'Éden, les tentations n'ont pas de fin.

— Vous avez attrapé quelque chose ?

— Non, et si l'on songe aux monstres qui peuplent cette rivière, c'est aussi bien. Tenez, là-bas, par exemple (Augustin pointa l'index vers le nord)... nous avons un monstre si terrible que Dieu ne le vainquit qu'au terme d'une lutte qui dura trois jours. Béhémoth, du livre de Job.

Martin suivit des yeux la direction indiquée par Augustin. Une bête tenant de l'hippopotame et du plésiosaure gisait en partie enfouie dans la vase, se régalant de lotus et de joncs. Son échine massive luisait de plasma. Ses yeux vifs, montés sur des excroissances, pouvaient tourner sur eux-mêmes comme des toupies.

Martin se soutint en gémissant à la rambarde. C'était une chose de découvrir Béhémoth en lisant la Bible – symbole du chaos primordial d'après la plupart des commentateurs du Livre de Job – mais c'en était une autre que de se trouver en présence de la bête.

Cela lui rappela la fois où son père, toujours désireux de frapper les esprits des élèves de sa classe de catéchisme, avait loué une copie seize millimètres de *Béhémoth le géant*, un film de science-fiction des années cinquante, emprunté un projecteur à la paroisse et projeté la bobine dans le salon de leur maison. Ç'avait été un grand événement. Hélas, *Béhémoth le géant* n'était pas très effrayant, du moins pour un enfant de douze ans. Son père aussi avait regardé le navet avec une déception croissante : en dehors de la première phrase du narrateur –

« Et Dieu dit : "Mais regarde donc Béhémoth, Ma créature…" » – et de l'oraison funèbre d'un curé, le film ne contenait pas un seul élément religieux.

— Et Dieu dit : « Mais regarde donc Béhémoth, Ma créature, tout comme toi », cita Martin en espérant qu'Augustin remonterait sa ligne avant que l'envie ne vienne au monstre de mordre à l'hameçon.

— « Si le fleuve se déchaîne, il ne s'émeut pas », ajouta Augustin, regardant Béhémoth avec un mélange de terreur et de convoitise. « Un Jourdain lui jaillirait dans la gueule sans qu'il bronche. »

Martin contemplait la bête dont ils s'éloignaient. Il y avait en effet plus de choses dans le cerveau de Dieu que ne pouvaient en imaginer tous les Augustin du monde.

— « Qui donc le saisira par les yeux, lui percera le nez avec des pieux ? » cita de nouveau l'évêque.

— À ma connaissance, personne, répliqua Martin en éclatant d'un rire nerveux, tandis que le monstre disparaissait enfin.

Avec l'après-midi vinrent une chaleur barbare, des moustiques voraces et, moins inattendue, la senteur envahissante d'un feu de bois, qui rappela à Martin non seulement l'incendie récent de sa ferme à Chestnut Grove mais aussi ses tentatives infructueuses de gagner la médaille du feu de camp quand il était boy-scout.

Son cancer se rappela à lui d'un méchant spasme dans la hanche gauche. Il croqua deux Roxanol et porta son regard vers le nord. À huit cents mètres de là, sur une éminence rocheuse, une pyramide de fagots flambait. Le bois, se dit-il, devait provenir du buisson ardent de la tradition mosaïque, car les flammes avaient beau danser et rougeoyer, elles ne consumaient pas leur combustible.

Empruntant les jumelles d'Augustin, il fit le point et hoqueta de stupeur. Un frêle garçon, âgé de dix ans au plus, vêtu d'une courte tunique blanche, gisait au pied du bûcher, les poignets et les chevilles liés par des lanières de cuir. À dix pas de là, un vieil homme voûté et barbu, portant une chemise de bûcheron, tournait autour du feu d'un air fort agité en serrant un coutelas d'obsidienne contre sa poitrine. C'était un homme déchiré entre l'ordre divin qu'il avait reçu et son envie désespérée de délier l'enfant et de le ramener sain et sauf chez lui. Les deux acteurs, le père et le fils, semblaient emprisonnés dans une boucle du temps, tels de petits automates dansant dans une boîte à musique.

— Arrêtez le bateau!

Augustin se précipita vers la timonerie en agitant comme un fanion l'itinéraire rose.

— Arrêtez tout de suite!

Sortant la tête par le hublot, Belphégor regarda Augustin avec l'expression d'un homme à qui sa femme demanderait d'aller lui acheter un paquet de Tampax, mais il n'en obéit pas moins et, coupant les gaz, jeta l'ancre.

Une brume épaisse nimbait la surface des eaux, tandis que Martin se laissait glisser par-dessus bord et, son portable au-dessus de la tête, du plasma jusqu'à la ceinture, se mettait en devoir de gagner la rive, suivi d'Augustin et des trois autres. Le courant était tiède et visqueux, et Martin avait l'impression d'avancer dans du caramel fondu, sensation qu'il aurait trouvée franchement désagréable s'il n'avait plané au Roxanol.

Dégoulinant d'hémoglobine, les neuronautes atteignirent la berge puis gravirent les flancs boueux du pays de Moriyya.

Quand il parvint sur le lieu du sacrifice d'Abraham, Martin s'approcha de l'autel autant que les flammes le lui permettaient et s'adressa au jeune Isaac.

— Peut-être pourriez-vous m'aider. J'aimerais savoir si vous connaissez quelques-unes des réponses apportées au mystère de la souffrance.

Il ouvrit le dossier Lovett sur son ordinateur et, tournant l'écran vers Isaac, lui montra la liste.

— La thèse de l'harmonie cachée, par exemple ? *Le liberum arbitrium ?*

— Vous êtes le juge Candle, n'est-ce pas ? demanda l'Idée d'Isaac, le visage ruisselant de sueur.

— Ex-juge. *Liberum arbitrium* signifie, comme vous devez le savoir, « libre arbitre ».

— Je n'ai pas les idées très claires pour le moment. Mon père s'apprête à me tuer, voyez-vous. Autrement, je serais ravi de discuter du mal avec vous.

— Moi aussi, je suis un peu troublé, dit l'Idée d'Abraham, le regard pointé droit devant lui, les yeux las et rougis. Je T'en prie, mon Dieu, donne-moi la force…

Tandis que le père Ockham braquait son Caméscope sur Abraham, celui-ci leva le couteau à la lumière du soleil qui déclinait.

— Est-ce que l'un de vous saurait comment les spirochètes adhèrent à la *Myxotricha paradoxa* ? demanda Saperstein.

— C'est quoi, les spirochètes ? répondit Abraham.

Augustin se posta devant Martin et posa sur lui son regard noir et brillant.

— Vous avez devant vous l'argument eschatologique, expliqua-t-il. Pour l'instant, Abraham et Isaac souffrent terriblement l'un et l'autre…

— Ça, vous pouvez le dire, gémit le garçon.

— J'aimerais être mort, se plaignit le père.

— Et cependant, poursuivit l'évêque, à la fin, l'enfant sera sauvé.

Augustin se tourna vers Abraham et lui sourit.

— Patience, monsieur. Le monde matériel est une vallée de larmes, mais vous finirez par monter au ciel.

La réplique d'Abraham fut pour le moins déconcertante. Dardant la pointe de son couteau vers Augustin, il retroussa les lèvres d'un air tout à fait méprisant et entonna une chanson.

— Juste au coin de la rue,
Il y a un arc-en-ciel dans le ciel.
Alors, viens boire une autre tasse de café,
Et manger un autre morceau de tarte.

— Ma foi, si vous le prenez comme ça, ricana Augustin.

Puis s'adressant à Martin, il ajouta :

— Lisez donc *Contre Celse*, de mon brillant prédécesseur, le docteur chrétien Origène, et vous comprendrez que nos misères terrestres sont éphémères comme l'herbe.

Origène est le père de l'argument eschatologique, nota Martin sur son ordinateur.

— Que devrais-je savoir de plus sur Origène ?

— Il représenta la gnose orthodoxe et introduisit dans le christianisme les théories néoplatoniciennes, dit Augustin.

— Il se fit aussi émasculer, subit la torture sous l'empereur romain Dèce et mourut des suites de ses blessures, dit Ockham.

Il s'est aussi fait couper les couilles, tapa Martin en frissonnant au souvenir d'une identique suggestion du Dr Blumenberg pour combattre son cancer. Il avait du mal à concevoir que l'on puisse se mutiler ainsi uniquement par religiosité.

De son index Augustin désigna un buisson dans les branches duquel un bélier dodu s'était pris les cornes. L'animal ne bougeait pas, apparemment résigné au pire.

— Vous voyez ce bélier, Isaac ? Votre délivrance est proche. Dans quelques secondes, votre père va remarquer la présence de cette bête et procéder à l'échange.

— Je sais, je sais, marmonna le garçon d'un ton sarcastique. C'est une vieille histoire.

— Ça n'a pas l'heur de vous plaire, dit Beauchamp.

— Me plaire ? Comment serait-ce possible ? Mon père entend une voix dans le ciel qui lui ordonne de m'immoler et d'offrir ma chair rôtie à Sa Très-Haute Gourmandise. Et puis, au dernier moment, l'ange de Yahvé arrête la main d'Abraham. « N'étends pas la main contre l'enfant. Je sais maintenant que tu crains Dieu : tu ne m'as pas refusé ton fils, ton unique. » Croyez-vous que je vais rentrer chez moi et oublier tout ça ? L'odeur du feu, l'éclat du couteau, les lanières incrustées dans ma peau… croyez-vous que tout ça n'est pas gravé à jamais dans ma mémoire ? Que je pourrai de nouveau regarder mon père sans penser : « Il l'aurait fait ! »

— Et moi, intervint Abraham, vous vous imaginez que je pourrai de nouveau regarder mon fils sans penser : « Je l'aurais fait ! » ?

Grave dysfonctionnement familial, nota Martin.

— Il me semble que vous passez tous les deux à côté de la question, insista Augustin avec un froncement de sourcils extravagant. L'épreuve que subit Isaac est purement symbolique.

— Symbole, mon œil, dit Abraham.

— Je vous en prie, monsieur. Je suis Augustin, évêque d'Hippone, découvreur de la convoitise. Entre mes jambes pend l'axe autour duquel tournera l'antiérotisme du nouveau monde chrétien.

— Excusez-moi, juge Candle, dit le bélier d'une voix plaintive, je n'ai pas de conseils à vous donner, mais si vous voulez contrer l'argument eschatologique, ne commencez pas par la psychodynamique de la situation mais bien plutôt par le simple fait que les heureuses conclusions comme celle de la délivrance d'Isaac sont ici-bas l'exception qui confirme la règle.

— L'animal a raison, dit Abraham.

— Appelez-moi Gordon.

Libérant ses cornes du buisson, le bélier fit quelques pas timides en direction de l'autel.

— Considérez mon propre sort, poursuivit-il. Quand Abraham commencera de me trancher la jugulaire, est-ce que Yahvé descendra de là-haut pour dire : « Stop ! C'était une blague, poisson d'avril ! » ? Est-ce qu'une autre solution que mon sacrifice se présentera sous la forme d'un lapin passant par là ? Et quand bien même, serait-ce justice pour Jeannot ? Yahvé se satisferait-il d'une grenouille ? (Gordon racla le sol d'un sabot fourchu.) Évidemment, j'ai du mal à rester objectif. En tout cas, dans le monde réel, ça se saurait si Dieu était intervenu, ne serait-ce qu'une seule fois, quand on martyrisait un enfant.

Augustin ôta d'un geste brusque ses lunettes cerclées d'écaille et les pointa sur Gordon.

— L'interprétation exacte de cet incident ne nous conduit pas à demander et à recevoir justice ici et maintenant. Le sacrifice d'Abraham nous aide à nous rappeler qu'à travers le sacrifice expiatoire de Jésus-Christ – et, incidemment, à travers le tien, Gordon – l'humanité a été rachetée.

Il gratifia Gordon d'une bonne tape sur la croupe.

— Quand notre Sauveur reviendra, les morts seront ressuscités, les méchants punis, et les bons auront la vie éternelle.

— Je ne peux vraiment pas respecter une théorie du mal qui soit à ce point sourde et aveugle à la réalité de la vie et du monde, dit Gordon. Toutes les théodicées qui invitent à croire à une vie après la vie éludent manifestement la question.

Le bélier posa ses yeux dorés sur Martin.

— Comprenez-vous cela ? Si le Dieu d'avant le coma était aussi aimant et puissant que ses supporters le clament, pourquoi attend-Il un hypothétique Jugement dernier pour supprimer le mal ? Que je sache, un père n'a pas le droit de violer sa petite fille de huit ans pendant tout l'hiver sous prétexte qu'il lui a promis de l'emmener à Disneyland au printemps.

L'argument Disneyland, nota Martin.

— C'est votre point de vue, dit Augustin, pincé.

— Oui, mon point de vue, rétorqua le bélier, serein.

— Ce n'est pas le seul problème avec les théodicées de la vie éternelle, dit Martin. D'après leurs défenseurs, le Paradis est… paradisiaque. Mais qui nous garantit que cette vie *post mortem* n'est pas elle aussi une vallée de larmes ? C'est toujours le même refrain… demain, ce sera mieux, demain…

— Bien parlé, juge, dit le bélier.

— Merci, Gordon.

Pour la seconde fois, Abraham chanta :

— Juste sous ton pelvis,
Niche une tumeur de vice,
Alors, encore un shoot de morphine,
Car le cancer est une fatale débine.

Il s'approcha d'Isaac et trancha les lanières de cuir qui enserraient les poignets et les chevilles du garçon.

— Tenez, dit-il en tendant les liens à Martin. C'est pour vous. Sorti d'ici, leur cuir ne tiendra que quelques mois, mais ça sera largement suffisant pour servir de preuve. Vous direz au tribunal : « Pièce à conviction numéro un : Yahvé a peut-être fait preuve de commisération en retenant le bras d'Abraham, mais Il s'est bien rattrapé par la suite, question horreurs. »

Martin prit les bandelettes trempées de la sueur et du sang d'Isaac.

Le garçon descendit de l'autel et, s'adressant à son remplaçant, lui dit :

— Tu es une bête vraiment magnifique. (Il gratta de sa main le front laineux du bélier.) Je serai toujours ton débiteur.

— Va au diable, grogna Gordon. Tu vas me gâcher ma journée.

— N'y a-t-il pas une autre issue ? demanda Isaac à son père.

— Si ça ne tenait qu'à moi, cet animal vivrait, répondit Abraham tout en plongeant la lame d'obsidienne dans le cou de Gordon. Le crois-tu, mon fils ?

— Je le crois, père.

— Bêêêêhhhh ! bêla Gordon, tandis qu'un flot de sang rouge et riche comme les eaux de la rivière Hiddekel jaillissait de sa gorge d'innocent.

8

Martin passa la matinée du lendemain confortablement installé dans un fauteuil en rotin sur le pont arrière, tenant les lanières d'Isaac d'une main et tapant de l'autre sur son portable, le chapeau de paille, emprunté au père Ockham, baissé sur les yeux pour se protéger du soleil. Il sauvegarda ce qu'il venait de noter, s'essuya le front et sourit, satisfait d'avoir rondement étoffé son propos en conjuguant le point de vue du bélier sur le sacrifice d'Abraham avec ceux d'Abraham lui-même et de son fils Isaac. Que Lovett essaie de protéger son Client en faisant valoir l'argument eschatologique… oh, qu'il essaie seulement !

Levant les yeux de l'écran de son ordinateur, il regarda autour de lui. Le long de la rive sud, une cité en ruine se découpait sur un ciel rouge. Tours abattues, poutres noircies, toitures effondrées, remparts écroulés par pans entiers, comme ces pierres tombales dont le père de Martin voulait tant conserver les inscriptions.

— L'argument disciplinaire, dit saint Augustin en rejoignant Martin sur le pont.

— Mais encore ?

— Vous avez devant vous… ce qui reste de Sodome.

L'évêque d'Hippone tira de sa poche la feuille rose et désigna la cité ravagée.

— L'argument eschatologique présente peut-être une faiblesse ou deux, mais le disciplinaire, lui, est irréfutable.

Se levant de son fauteuil, Martin regarda dans la direction qu'Augustin lui indiquait d'un index rigide.

Par-delà les remparts s'étendait une terre noircie parcourue de profondes fissures.

Un homme à la barbe argentée, vêtu d'une salopette déchirée, le dos ployant sous un lourd barda, cheminait lentement vers l'ouest, serrant dans ses bras un mannequin blanc humanoïde légèrement plus petit que lui. Attifée d'un T-shirt assez grand pour lui servir de robe, une adolescente volumineusement enceinte aux cheveux jaune paille suivait d'un air renfrogné les pas de l'homme, tandis qu'une autre très jeune femme – rouquine, en T-shirt et engrossée itou – fermait la marche.

Le mannequin devait être lourd car l'homme était obligé de s'arrêter tous les vingt mètres, le poser par terre et s'appuyer dessus le temps de reprendre son souffle. Plus Martin contemplait la chose, plus il lui trouvait un aspect féminin ; on aurait dit une cariatide arrachée à la corniche de quelque temple païen.

Martin connaissait très bien l'histoire, car elle avait inspiré à son père sa plus célèbre leçon de catéchisme. « Ne regarde pas derrière toi et ne t'arrête nulle part dans la plaine, sauve-toi à la montagne pour ne pas être emporté ! » avaient dit les anges de Yahvé à Lot, à sa femme et à ses deux filles, avant que le soufre et le feu ne s'abattent sur Sodome et Gomorrhe (Genèse 19, 17).

«Or la femme de Lot regarda en arrière, et elle devint une colonne de sel» (Genèse 19, 23).

— Gardez vos yeux fixés sur moi, avait dit Walter Candle à ses élèves, pendant que son beau-frère, l'oncle Wilmer, se glissait sans bruit dans la classe par la porte du fond en tenant enroulée la grande affiche d'un film d'horreur des années quatre-vingt : *Tapineuses à la tronçonneuse.*

Déroulant la déconcertante image – une putain aux formes généreuses brandissant une tronçonneuse au-dessus de sa tête –, Wilmer la punaisa sur le mur du fond.

— Il y a derrière vous – non, ne vous retournez pas! –, il y a derrière vous une chose que Dieu n'aime pas, continua Walter. En vérité, je vous le dis, une chose que Dieu déteste. Je vous donne le même ordre que les anges donnèrent à Lot et à sa famille. Ne regardez pas en arrière, enfants. Surtout, ne regardez pas!

Il ne s'était pas écoulé une minute que douze têtes regardaient derrière elles. Et, de ces douze élèves, la moitié en conçut un terrible émoi, dû aux effets conjugués du choc de l'image et du poids de la culpabilité. Tommy Williams, Lucy Winthrop et Sammy McPhee éclatèrent en sanglots. Douglas Hill eut une crise d'asthme. Avant la fin de la semaine, la leçon de Walter Candle sur Sodome et Gomorrhe lui avait valu un lot de lettres et de coups de fil réprobateurs de la part des parents.

Alors que le soleil de midi écrasait les ruines de chaleur, Martin, Augustin et les scientifiques gagnèrent à gué la rive et ne tardèrent pas à rejoindre l'Idée de Lot et sa femme saline.

— Permettez-moi de vous présenter mes condoléances, dit l'évêque en désignant de sa pipe éteinte la statue de sel.

— J'ai moi aussi perdu une épouse, dit Martin en ouvrant son portable.

— Ma Fiona est morte il y a deux ans, ajouta Saperstein.

Lot posa son sac à dos par terre et d'une manche en lambeaux essuya la sueur de son front. Il eut un sourire en coin et dit d'une voix curieusement chantante :

— Ça va bien, je tiens le coup.

— Ne retenez pas votre chagrin à cause de nous, dit Augustin.

— Non, non.

— Criez donc votre peine jusqu'à en ébranler les portes du paradis.

— Tu parles, grommela Lot.

Il fouilla dans son sac et en sortit un shaker pour cocktails, un verre à pied, une bouteille Thermos remplie de glaçons, et trois bouteilles contenant respectivement du jus de citron vert, du Cointreau et de la tequila. Il remplit le shaker d'une part égale de chacun des trois liquides, ajouta de la glace et agita.

— D'un autre côté…

— Pleurez des larmes aussi amères que le sel qu'est devenue votre épouse, dit Augustin avant d'allumer sa pipe. D'un autre côté, disiez-vous ?

— D'un autre côté, il n'y a pas que des aspects négatifs dans la métamorphose de mon épouse.

Lot frotta le bord du verre contre la cuisse gauche du mannequin.

— Attention, ne vous méprenez pas, continua-t-il.

Il versa le contenu du shaker dans le verre frangé d'une fine couronne de sel, porta la margarita à ses lèvres et sirota une gorgée d'un air satisfait.

— Je n'ai pas dit qu'elle était devenue une épouse modèle. Néanmoins, elle manifeste une réserve et une soumission que je ne lui connaissais pas auparavant.

— Il pense peut-être que ce changement est un bien, dit la jeune rouquine.

— Mais pas nous, conclut sa blonde sœur.

Elle toucha la manche trempée de plasma de Martin.

— Vous êtes le juge Candle, hein ? Procédure 227 ?

— Exact, répondit Martin en mastiquant un Roxanol.

Saperstein se tourna vers le père des jeunes filles.

— Tout de même, les plaisirs de la chair doivent vous manquer, dit-il.

Lot haussa les épaules et désigna l'entrejambe du mannequin.

— Tous les problèmes ont une solution.

Martin abaissa le regard. Quelqu'un avait creusé une cavité sous l'abdomen du mannequin.

— Les concombres se dégorgent avec du sel, dit la petite rousse, dont le T-shirt, qui lui moulait le ventre, annonçait « Bébé à bord ». À propos, je m'appelle Shuah.

— Père a aussi nos faveurs, dit l'autre, dont le ventre affichait « En chantier ». Et moi, c'est Maleb.

— Est-ce que l'un d'entre vous sait pourquoi un Être suprême autosuffisant a eu besoin de bâtir un univers ? demanda Ockham.

— Et quelqu'un saurait-il si Fermat a vraiment démontré son dernier théorème ? dit Beauchamp.

— Fermat quoi ? répéta Shuah en faisant la grimace. Théorème ? Maleb et moi, on sait tout juste compter.

Plus Martin considérait la colonne de sel, plus il était frappé par l'effroyable possibilité que, sous sa croûte, Mme Lot fût toujours consciente, enterrée vive tel quelque personnage d'un conte d'Edgar Allan Poe. Il aurait fallu un argument de taille pour le convaincre de la justice d'un tel destin.

Augustin posa une main sur l'épaule de Lot.

— Peut-être pouvez-vous encore satisfaire vos besoins écœurants mais, du point de vue de votre femme, c'est une calamité. La punition divine est sévère et permanente.

Ôtant sa main du vieil homme, il la passa sur la fesse gauche de Mme Lot.

— Sévère, permanente… et juste. Cette femme a reçu l'ordre du Très-Haut de ne pas regarder en arrière, elle a désobéi, et maintenant elle en paie le prix.

— Votre ami fait de la retape pour l'argument disciplinaire, dit Shuah à Martin.

— Vous faites pas avoir, dit Maleb.

Elle ouvrit son poudrier et, tenant le petit miroir devant elle, peignit sa bouche d'un rouge à lèvres fluo.

— Parce que, pour chaque femme qui mérite le genre de punition que ma mère a subi, ajouta-t-elle, il y en a des milliers qui obéissent aux lois et n'en sont pas moins condamnées. Fièvre puerpérale, époux violents…

— Certains prétendent que nos épreuves sont comme des interventions chirurgicales, dit Martin, pensant à la remarquable métaphore qu'il avait relevée dans *L'Énigme de la souffrance*. De même qu'un médecin procède à l'ablation des tumeurs malignes, de même Dieu taille dans nos âmes pour faciliter notre accomplissement spirituel. Dans les deux cas, le patient endure de terribles douleurs postopératoires, mais c'est pour son bien.

— Dieu, un chirurgien ? s'exclama Maleb avec cette incrédulité offensée que Martin avait souvent observée chez des jeunes gens coupables de vol à la tire, quand le verdict tombait.

— C'est une façon de voir les choses, concéda Martin.

— L'adversité forge le caractère, intervint Augustin

entre deux bouffées de sa pipe. La discipline est la principale force des armées.

— Non, mais vous vous prenez pour qui, vous ? demanda Shuah.

— Pour saint Augustin, évêque d'Hippone.

Shuah pinça un morceau de chewing-gum entre ses lèvres et souffla une bulle jusqu'à ce qu'elle éclate. Elle ramena les lambeaux dans sa bouche en trois coups de langue et dit en minaudant :

— Eh bien, si Votre Grâce voulait bien prendre une minute de son précieux temps pour considérer les misères inutiles accablant ce monde…

— Elle verrait que le chirurgien cosmique se comporte plutôt comme un éventreur, dit Maleb en se fardant les joues.

— Ça me plaît, ça, dit Martin, s'empressant de taper sur son clavier : Dieu ou l'éventreur cosmique.

Shuah alla à la colonne de sel et détacha l'oreille droite de sa mère pour la déposer dans la main de Martin.

— Tenez, monsieur. Emportez ça à La Haye. Elle finira par se désintégrer, mais pas avant de vous avoir servi de pièce à conviction. Demandez aux juges s'ils croient vraiment que ceux qui endurent les pires tribulations sont également ceux qui ont le plus besoin d'un accomplissement spirituel.

— Merci, dit Martin, contemplant l'oreille dans sa main. Quand j'étais juge à Abaddon, je m'efforçais toujours d'accorder la punition au crime.

— Si votre sœur et vous en connaissiez autant en théologie qu'en inceste, dit Augustin en désignant le « Bébé à bord » de Shuah, vous comprendriez combien vos objections sont superficielles.

— Superficielles ? s'écria Shuah, indignée.

— Une fois que nous aurons atteint la source de la Hiddekel, tout deviendra clair, dit Augustin.

Shuah fit claquer un nouveau ballon de gomme.

— Vous allez au jardin d'Éden ?

— Le jardin, et plus loin encore, dit Ockham.

— Jusqu'à la glande pinéale, ajouta Beauchamp.

Un sourire concupiscent passa sur le visage de l'évêque.

— Peut-être que ces deux beaux brins de filles aimeraient venir avec nous.

Maleb fit pivoter sa grossesse vers Lot.

— Nous pouvons, père ? Nous pouvons ? Oh, s'il vous plaît, dites à saint Augustin que nous avons la permission.

— Vous le devez, père, gémit Maleb. Je ne suis jamais allée en Éden. On dit que c'est très beau à cette époque de l'année. Nous ferons tout ce que vous voudrez, ajouta-t-elle.

— Nous vous pardonnerons d'avoir invité ces hommes de Sodome à nous prendre comme des chiennes, dit Shuah.

— Oui, nous mettrons cela sur le compte de la mauvaise humeur, ajouta Maleb.

— Ma réponse est non, dit Lot, finissant sa margarita.

— Non ? fit Shuah.

— Non, dit Lot. Je vous l'interdis formellement.

— Mais… pourquoi ? demanda Maleb.

— Oui… pourquoi ? fit écho Shuah.

— Je veux bien être un vieil idiot. Je veux bien que ma femme soit transformée en salière. Je veux bien que mes filles fassent de moi une banque de sperme. Mais en l'état des choses, tant que Dieu n'aura pas aboli l'Idée du patriarcat pour la remplacer par autre chose, les relations de pouvoir à l'intérieur de notre famille resteront ce qu'elles sont. Pourquoi je t'interdis de visiter le jardin d'Éden, Maleb ? Pourquoi, Shuah ? Parce que je suis votre père, voilà pourquoi.

Cent kilomètres après Sodome, des bancs d'alluvions divisaient la rivière Hiddekel en canaux si étroits et si peu profonds que Belphégor dut mobiliser tous ses talents de marinier pour empêcher le *Bonnes Intentions* de s'échouer. Martin passa cette traversée périlleuse installé sur le pont arrière, son ordinateur sur les genoux, à contempler l'oreille de dame Lot et à mettre en mémoire informatique les vives attaques portées par les filles de Lot contre l'argument disciplinaire.

Lente, inexorable, la nuit tomba, obscurcissant les rives et transformant en encre le sang de la rivière. La lune s'éleva, pleine, brillante, imposante.

— Ce doit être par une lune semblable, je parie, dit Beauchamp à Martin, que Caïn moissonna le premier blé du monde. Pourquoi me regardez-vous comme ça ?

— Rien, je trouve seulement bizarre qu'une matheuse comme vous fasse allusion à la Bible.

— Les mathématiques me passionnent, tout comme le livre des Nombres, dit-elle avec un sourire tranquille. Dites-moi, ami, qu'espérez-vous accomplir ?

— Avec la procédure 227 ?

— Ouais.

— Vous n'approuvez pas ?

— Pas vraiment, non. Je pencherais du côté d'Einstein, qui disait : « Dieu est subtil mais pas méchant. »

— À chaque fois que Dieu nous frappe d'une plaie quelconque, au malheur s'ajoute l'injustice. Un riche qui a bâti sa fortune à la sueur des pauvres sera protégé de l'ouragan derrière ses murs de pierre, alors que le miséreux dans sa cahute sera balayé.

Beauchamp, le front barré d'un pli de contrariété, tendit la main vers la poignée de l'écoutille du pont arrière.

— Vous savez, juge, c'est ce que j'appelle une façon « blanche » de voir les choses. Les Noirs n'ont jamais pu s'offrir le luxe de rejeter la volonté divine. Nous n'avons jamais eu le privilège de nous élever contre l'univers. Pendant longtemps, très longtemps, Jésus fut notre seul ami.

— Je suis d'accord avec vous, mais ça ne veut pas dire que l'univers est bon.

Tournant la poignée, Beauchamp ouvrit l'écoutille menant aux cabines.

— Et ça ne vous suffit pas que l'univers existe ?

— Non.

— Tss-tss, juge. C'est tout ce que je puis dire. Tss-tss. Vous êtes un homme difficile à contenter.

Quand la sculpturale silhouette de la mathématicienne eut disparu dans l'entrepont, Martin se mit en devoir de consulter son courrier. Il n'y avait rien d'Esther, mais une longue missive de Randall.

From : selkirk2@aol.org
To : marcand@prodigy.edu
Date : Jeudi 18 mai, 09 : 35 AM

D'abord, les mauvaises nouvelles. En réponse à notre demande, Pierre Ferrand regrette de devoir nous informer que Lovett refuse de communiquer à l'accusation les identités et qualités de ses témoins. Et Torvald soutient à fond cette décision. En vérité, il fallait s'y attendre. Dans des affaires comme ça, où la peine de mort est une éventualité, la Cour internationale autorise la défense à verrouiller son dossier.

À présent, les bonnes nouvelles. Nous avons officiellement engagé le Dr Donald Carbone, cataclysméticien, à titre de témoin à charge. Il a l'intention d'étoffer son témoignage par des pièces provenant du musée Kroft des calamités naturelles et des désastres écologiques : une photo du virus de la variole, un poumon artificiel, une bouée de sauvetage du Titanic, *etc. Au début, le conservateur du musée ne voulait rien entendre, un connard professionnel du nom de Brian Maltby. Il n'était pas question que ses trésors quittent le pays, mais il est vite redescendu de sa vertueuse intransigeance quand je lui ai agité sous le nez quarante-cinq mille dollars pour qu'il emballe et expédie le tout et… garde la monnaie. J'apprécierais, Martin, que tu me témoignes un peu plus de considération, au lieu de m'accuser de « mégoter ».*

J'essaie d'enrôler un nouveau témoin : Dr Tonia Braverman, une historienne de l'université de Brown, qui a écrit pour la chaîne PBS une série de onze heures sur les guerres, les rébellions et les massacres. L'Éternel Carnage ou Trois Mille Ans de guerre, de cruauté et d'injustice *ne sera probablement jamais diffusé – le dernier volet est vraiment trop déprimant –, mais ça vaudrait la peine de projeter la série entière devant les juges, si toutefois nous incluons les actes de dépravation humaine dans l'accusation. Braverman est définitivement dans notre camp. Elle adore citer Stendhal : « La seule excuse de Dieu, c'est qu'Il n'existe pas. » Hélas, Il existe bel et bien, Martin, et c'est pourquoi il nous le faut à tout prix, ce procès.*

Le comportement de Lovett mit Martin dans une telle rage que son cœur se mit à battre au point de secouer l'embout du cathéter.

From : marcand@prodigy.edu
To : selkirk2@aol.org
Date : Jeudi 18 mai, 11 : 06 AM

Lovett n'a pas de téléphone et encore moins de fax, aussi envoie un télégramme à ce vieux bluffeur. Rappelle-lui qu'il a exigé d'avoir un « rude et loyal combat ». Comment pourrions-nous lui donner ce qu'il veut si nous ignorons tout de ses témoins ?

Désolé de ma remarque désobligeante. J'avais tellement peur que Carbone ne nous glisse entre les doigts. Braverman m'a l'air d'être une fameuse découverte, et l'idée de projeter pendant le procès L'Éternel Carnage *me plaît beaucoup. Félicitations. Naturellement que nous L'accuserons de dépravation humaine. La procédure 227 ne souffrira aucune négociation pour la réduction des charges !*

À l'instant où Martin envoya son message à Randall, il se passa une chose inattendue. Le texte disparut en un éclair soudain. Et fut remplacé par… par quoi ? Difficile à dire. Une espèce d'amibe sphérique, dont l'enveloppe scintillait d'une lumière bleu ciel qui semblait émaner d'un noyau incandescent.

L'image sur l'écran se fit plus précise encore.

— Salut, Terrien, dit le neurone optique par l'intermédiaire du haut-parleur de l'ordinateur.

— Dieu du ciel… vous utilisez maintenant Internet ?

— Seulement pour quelques secondes. Comment ça va, Candle ?

Martin respira à fond. Il ne s'habituerait jamais à ces interventions divines, jamais.

— Plutôt bien. J'ai découvert une contre-théodicée au pays de Moriyya et une autre à Sodome…

— Super.

— Et puis on m'a offert les liens d'Isaac et l'oreille droite de Mme Lot.

— Des pièces à conviction, hein ? C'est très bien, les tribunaux apprécient ce genre de chose.

— Je ne comprends pas pourquoi votre Géniteur tient à m'aider. Après tout, je demanderai à la Cour le débranchement du Lockheed 7000.

— Dieu est une énigme, n'est-ce pas ? Si Sarkos est le Père des Mensonges, Yahvé est le Roi des Devinettes. Continuez de suivre vos intuitions, juge. Vous faites du bon travail. La santé se maintient ?

— Je ne peux pas me plaindre.

— Ça ne vous ressemble pas.

— Oh, si vous voulez que je me lamente, je peux le faire ; je me sens faible, nerveux et suis terriblement fatigué…

— Ah, je préfère ça. Ohé, les gars, notre bon vieux Martin est de retour !

— Mais entre la Feminone et le Roxanol, je tiens le coup.

— Continuez, monsieur. Traînez-Le en justice.

Sur ce, le neurone disparut aussi subitement qu'il était apparu, laissant Martin contempler d'un air perplexe le menu du disque dur.

Salut, gentil lecteur. Me revoici enfin. J'espère que je ne vous ai pas trop manqué.

Au cas où ça vous intéresserait, je puis vous assurer que Randall Selkirk ne mentait pas en prétendant que la projection de la série de PBS, *L'Éternel Carnage*, ferait un tabac en salle d'audience.

Le documentaire d'ouverture – l'exécution de Robert François Damiens en place de Grève à Paris en 1757 –

offre un matériau des plus probants à quiconque prétendrait que Dieu n'avait décidément aucune raison – ni aucun intérêt – de permettre pareille horreur. Je suis fier de dire que c'est moi qui, sur ma fidèle machine à coudre, confectionnai les capuches portées par les bourreaux de M. Damiens, je parle des vrais exécuteurs, pas des acteurs sous-payés qui participèrent à la reconstitution du supplice.

Damiens n'avait jamais fait que menacer – plutôt que blesser – le roi Louis XV d'un coup de canif, mais il n'en fallait pas plus en cette époque radieuse pour qu'il soit accusé de régicide et condamné à faire « amende honorable » en place de Grève.

Tandis que la foule se pressait tout autour de la place de Grève, un bourreau monta sur l'estrade où Damiens gisait ligoté de tout son long sur un banc. Saisissant une paire de tenailles forgées spécialement pour l'occasion, il se mit à arracher des morceaux de chair à la poitrine, au ventre, aux bras, aux cuisses et aux mollets de Damiens. Un autre bourreau versa dans les blessures du plomb fondu, suivi de poix, décoction démoniaque de résine et de cire brûlantes.

— Pardon, mon Dieu ! hurlait Damiens au prêtre venu recueillir sa confession. Pardon, Seigneur !

On descendit ensuite Damiens de l'estrade et l'on attacha ses bras et ses jambes à quatre chevaux, qu'on fouetta et fit tirer. Hélas pour Damiens, les bêtes n'y entendaient rien en écartèlement et elles échouèrent à le déchirer. En désespoir de cause, les bourreaux tirèrent leurs couteaux et commencèrent de tailler aux aisselles et aux aines. On poussa de nouveau les rosses, et Damiens beugla : « Dieu, ayez pitié de moi ! »

Enfin les jambes cédèrent, mais les bras tenaient encore

bon. De nouveau, les lames des exécuteurs cisaillèrent les muscles, raclèrent contre les os. Les bêtes halèrent, et le bras droit céda, suivi bientôt du gauche. Encore en vie, Damiens parvint à se redresser et à voir ce qu'il était devenu : un homme-tronc, sans bras ni jambes. Il n'était toujours pas mort quand ils le soulevèrent de terre, le jetèrent sur un grand tas de fagots et mirent le feu.

Pour vous dire la vérité, je suis content que soit révolu le doux âge où faire amende honorable pouvait signifier une mort à la Damiens. Étant Satan, je suis naturellement pour la peine capitale, qui a l'avantage de faire deux morts au lieu d'un (la victime), mais je crois qu'une simple pendaison ou l'électrocution est suffisante. Comme le démontre le supplice de Damiens, la torture peut être fort humiliante. Il est en effet inadmissible que quatre braves chevaux aient pu être livrés aux railleries d'un public de connaisseurs, alors qu'il aurait suffi que les bourreaux, la veille du spectacle, leur montrent comment on écartelait. S'il y a une chose que je ne peux pas supporter, c'est la cruauté envers les animaux.

L'Idée de la lune était haute dans le ciel, quand le fleuve retrouva sa profondeur naturelle. Belphégor poursuivit encore un peu, laissant derrière lui les bancs d'alluvions, puis ralentit, coupa le moteur et jeta l'ancre, avant de se retirer dans sa cabine. Quelques minutes plus tard, un ronflement sonore comme une tronçonneuse monta dans la nuit. Son père, se rappela Martin, avait été aussi un ronfleur de première, une touche corporelle plutôt rafraîchissante chez un homme qui ne semblait pas vraiment appartenir à cette terre.

Tandis que la nuit avançait, Martin et Augustin conversaient sur le pont avant; plus exactement, Augustin parlait, et Martin écoutait. Ça lui était égal. Les diatribes de l'évêque le distrayaient infiniment plus que les silences maussades de Saperstein, les plaisanteries sous-entendues de Beauchamp, les élucubrations cosmologiques d'Ockham et les rabâchages de Belphégor sur les qualités comparées de *La Nuit des morts-vivants* et de *L'Exorciste II*.

En dehors de la convoitise, le péché qui révoltait le plus l'évêque d'Hippone était l'hérésie.

— Durant trente ans, j'ai combattu les donatistes. À coups d'amendes, d'expulsions, de révocations de leurs droits civiques, d'exils et, à la fin, Dieu merci, j'ai vaincu.

— Vous les avez tous éliminés ? demanda Martin.

— Tous. Citez-moi un seul pratiquant donatiste en Pennsylvanie.

— À ma connaissance, il n'y en a pas.

— Qu'est-ce que je vous disais ? J'ai dû également batailler avec les disciples de Pélage, et de nouveau le Seigneur m'offrit la victoire. Comptez-vous un seul pélagien parmi vos relations ?

— Non, pas que je sache.

— Et pas de manichéen non plus, je suppose ?

— Non, pas de manichéen.

— Je vous le dis, monsieur, le christianisme non catholique n'a aucun avenir.

— Et le protestantisme ?

— Le protestantisme ? Pouah ! Voisin de l'idolâtrie, et la Bible à la place du veau d'or. Croyez-moi, monsieur Candle, le protestantisme ne tiendra pas longtemps la route. Il n'a pas le nerf pour cela.

Voilà qu'un autre bruit venait de rejoindre en puissance et régularité les ronflements de Belphégor. Sans échanger un mot, Augustin et Martin se levèrent de leurs sièges et, suivant le *tchonk-tchonk-tchonk*, s'en furent furtivement vers la poupe.

Vêtu d'une casquette, d'un caban et d'un pantalon de marin, un vieil homme noueux, penché par-dessus la lisse de bord, entreprenait de séparer à grands coups de hache le gouvernail de sa traverse.

— Non, mais qu'est-ce que vous faites ! s'écria Augustin.

Surpris, le vieux loup de mer recula vivement en balançant son dangereux outil dont la lame passa à quelques centimètres à peine du sein gauche de Martin.

— Ah, je savais bien que c'était peine perdue, protesta l'homme.

— Expliquez-vous, monsieur ! ordonna Augustin.

— Oui, j'aurais dû vous demander la permission : « Excusez-moi, mais pourrais-je emprunter votre gouvernail ? », mais je me suis dit que vous ne seriez pas d'accord.

— Naturellement que nous ne sommes pas d'accord, dit Martin d'un ton réprobateur. Nous en avons besoin pour aller dans le jardin d'Éden.

— Quelle mouche vous a piqué, monsieur ? demanda Augustin. Dans toute la Genèse, il n'y a pas d'homme plus noble que Noé. Votre conduite me choque.

L'Idée de Noé ôta sa casquette et désigna la rive nord. À la lueur des rayons lunaires, un câble d'amarrage aussi épais qu'un tuyau d'incendie reliait la poupe du *Bonnes Intentions* à une immense péniche accostée à un embarcadère délabré. Rongée par la rouille, battue par les tempêtes, l'arche avait manifestement connu de meilleurs jours. Elle semblait complètement déserte : nul prédateur n'arpentait ses ponts, nul oiseau ne nichait sur son toit, nulle girafe ne passait son long cou par ses ouvertures.

— Savez-vous ce qu'est une arche ? demanda Noé. Je veux dire, est-ce que vous le savez vraiment ?

— Une arche est un bateau, dit Martin.

— Faux ! Archifaux ! s'écria Noé. Un bateau a un gouvernail. Un bateau a une voile. On peut faire naviguer un bateau. Mais une arche ? Ça n'est rien qu'une bouteille à la mer, se balançant sur les flots à la merci des courants et des vents. Au moment même où je vous parle, Sarkos est en train de me faire une voilure. Je dois passer la prendre demain.

— C'est trop tard, dit Augustin.

— Non.

— Ils sont tous morts.

— Ce n'est pas vrai. Je vais aller les chercher.

— Ils sont morts. Tous. Jusqu'au dernier.

Noé se tourna vers Martin avec cet air affolé que l'ex-juge du tribunal d'instance d'Abaddon avait souvent vu aux alcooliques comparaissant devant lui.

— J'ai seulement besoin d'un gouvernail et d'une voile, dit Noé.

Crevassés, creusés, ses traits rappelaient à Martin le terrain écorché qui environnait Sodome.

— Vous ne savez pas ce que c'est de fermer la porte au nez de quatre-vingt-sept millions d'hommes et de femmes et de sceller leur perte ! Vous ne savez pas ce que c'est de vous entasser avec votre femme et vos enfants dans une cabine humide et d'entendre les cris de dix mille espèces condamnées à être emportées par le déluge ! Leurs appels emplissent mes rêves. Leurs regards hantent mon sommeil. Je retourne les chercher.

— Perte de temps, dit Augustin.

Noé appuya le talon de sa hache contre sa nuque.

— Vous le pensez vraiment ?

— Oui, et vous aussi.

Augustin alluma sa pipe de bruyère et tira de courtes bouffées, faisant rougeoyer le foyer dans le noir de la nuit.

— Voyez, monsieur Candle, vous avez devant vous l'argument de l'harmonie cachée, dit Augustin en désignant l'arche d'un ample geste du bras. Pour un observateur extérieur – disons, un visiteur de Mars –, un déluge à l'échelle d'un monde serait une bien triste catastrophe. Mais notre naïf Martien ne saurait pas que toutes les victimes de ce désastre étaient perverties au-delà de la rédemption. Si Dieu n'avait pas procédé à un nettoyage ethnique radical, la terre serait aujourd'hui envahie par les adultères, les sybarites et les malfaiteurs.

— Dieu voit tout, Dieu sait tout, dit Martin d'un ton railleur.

— Oui, c'est une façon de traduire, dit Augustin. Lisez donc *Summae theologiœ* de Thomas d'Aquin ; lisez les *Révélations* de Julian de Norwich et les *Sermons* de Maître Eckhart, et vous verrez que Dieu de Son vivant non seulement tolérait les inondations, les ouragans…

— Le cancer de la prostate.

— Et tant d'autres prétendus maux. Il les cultivait même, pourrait-on dire, mais tout cela, naturellement, pour un bien meilleur.

— Si nous pouvions seulement comprendre les intentions divines, intervint Noé avec un ricanement, nous apprendrions à aimer une lésion, à nous faire des amis des furoncles et à inviter la tuberculose à prendre le thé.

— Ma foi, n'exagérons pas, dit Augustin.

— Au contraire, exagérons, dit Noé. Si on ne doit pas

prendre au sérieux le problème du mal, autant nous en amuser.

— Dans toute l'histoire de la civilisation occidentale, protesta l'évêque, personne n'a jamais pris plus au sérieux le problème du mal que saint Augustin, évêque d'Hippone.

— Jusqu'à ce que j'entre en scène, dit Martin.

— Ne vous flattez pas, de grâce.

Noé considéra Martin avec attention.

— Juge Candle, n'est-ce pas ? Procédure 227 ?

— À votre service.

— Vous vous êtes assigné une tâche redoutable.

— Je sais.

— Pas aussi redoutable que d'empiler toute une biosphère dans une arche longue de trois cents coudées sur cinquante de large et trente de haut, mais tout de même considérable.

Noé se recoiffa de sa casquette, l'enfonçant jusqu'aux oreilles.

— Une fois que nous avons atterri sur le mont Ararat, nos ennuis ont continué de se multiplier. Bon Dieu, quel foutoir ! Le couple d'ours ne se supportait plus. Il m'a fallu jouer les conseillers matrimoniaux. L'éléphant était impuissant. Nous avons dû avoir recours à l'insémination artificielle. La femelle du kangourou allait de fausse couche en fausse couche. J'ai mille histoires de ce genre à vous raconter. Pas de survivants, vous disiez ? Vraiment ?

— Pas de survivants, dit Augustin.

— J'y retourne.

— Futile, Noé. Futile !

Un long soupir fusa des lèvres du marin. Il se laissa choir sur le pont, les jambes cisaillées par le découragement.

— Tenez, dit-il en tendant la hache à Martin. Vous en aurez meilleur usage que moi. Elle se désintégrera à la longue mais, en attendant, vous pourriez l'emporter avec vous à La Haye. Dites aux juges que c'est avec ce même outil que j'ai abattu les arbres pour mon arche. Dites-leur que, de l'avis de Noé, l'argument de l'harmonie cachée va à l'encontre de tous nos instincts d'êtres humains.

Martin appuya la hache contre la lisse et gratifia le marin d'un sourire approbateur.

— Quand un citoyen apprend que son voisin a été victime d'un tremblement de terre ou d'un ouragan, il ne se demande pas : « N'y aurait-il pas une harmonie cachée derrière ce désastre ? » Non, il retrousse ses manches et essaie d'aider.

— Exactement.

Avec une souplesse et une agilité défiant les ans, Noé se releva et se hissa sur le câble d'amarrage reliant le *Bonnes Intentions* à son arche.

— Si j'ai appris une chose du déluge, monsieur l'évêque, lança-t-il à Augustin, c'est ceci : un homme qui ferme la porte de son arche au reste du monde au nom d'un mieux-être hypothétique est un homme qui a vendu son âme au diable.

Lentement, prudemment, il marcha tel un funambule vers le vaisseau sans gouvernail.

— L'harmonie cachée, c'est de la pornographie, saint Augustin, de la pornographie pour curés !

— Détrompez-vous ! cria l'évêque.

— Vous avez cent fois raison ! approuva Martin.

— Lisez votre Thomas d'Aquin ! Thomas d'Aquin, Noé !

Le marin sauta du câble sur le pont de sa péniche.

— L'élan était gay ! La lionne était lesbienne ! Vous ne savez pas ce qu'Il m'en a fait voir ! Vous ne pouvez même pas l'imaginer !

Pendant deux longues journées assommantes, le *Bonnes Intentions* poursuivit sa route vers l'ouest, sous un soleil d'enfer et les attaques ravageuses des moustiques. Le paysage qu'ils traversaient n'était qu'une immense étendue de terres arides grouillantes de scorpions énormes, leurs queues courbées comme des cimeterres. Des squelettes jonchaient le terrain, des squelettes humains formant des tableaux qui rappelaient divers chefs-d'œuvre des peintres de la Renaissance.

— La vallée des Ossements desséchés, expliqua Augustin tandis que le caboteur passait devant une macabre version de *La Naissance de Vénus*, de Botticelli, et une reconstitution squelettique de *L'École d'Athènes*, de Raphaël. Ézéchiel, chapitre 37, précisa l'évêque.

— Je suis sûr d'une chose : ces crânes ne nous diront pas si Fermat a démontré Fermat, grommela Beauchamp.

— Pas plus qu'ils ne nous apprendront comment adhèrent les spirochètes, ajouta Saperstein.

— Je commence à croire que cette expédition était une erreur, conclut Ockham, filmant une copie décharnée de *La Chute de l'homme* de Michel-Ange.

Le troisième jour apparut une population de squelettes qui, loin de se comporter comme des morts, avaient entrepris de mettre en scène *Crabes*, une comédie musicale qui, selon Augustin, « s'inspirait de la poésie de T. S. Eliot et était au mode grave ce que *Cats* avait été au léger ». Coiffés de hauts-de-forme et vêtus de queues-de-pie, les squelettes se tenaient par les épaules pour danser des claquettes tout en chantant *Le Chant d'amour* de J. Alfred Prufrock sur une vivante mélodie d'Andrew Lloyd Webber.

J'aurais dû être une paire de pinces acérées
Arpentant le fond des mers silencieuses

Les squelettes se mirent à valser.

Je suis Lazare, revenu d'entre les morts,
Pour vous dire à tous...

Pour Martin, *Crabes* était à la fois hautement distrayant et suprêmement troublant. Dieu avait-il concocté cette extravagance dans le seul but de le tourmenter ? L'ex-juge de paix n'avait pas besoin que l'on rappelle à son bon souvenir l'existence de ce crustacé qui symbolisait les douleurs cancéreuses bien réelles qui partaient inlassablement à l'assaut de tout son bassin. Peut-être cette comédie représentait-elle l'idée que Dieu se faisait de l'humour. Un vrai pince-sans-rire. Si tel était le cas, on pouvait se demander ce qui était le pire : saisir la plaisanterie ou ne pas la saisir ?

From : selkirk2@aol.org
To : marcand@prodigy.edu
Date : Vendredi 19 mai, 10 : 46 AM

J'ai envoyé, comme tu me l'as suggéré, un télégramme à Lovett, et il m'a appelé il y a une heure d'une cabine dans Harvard Square. Il m'a communiqué les noms de ses trois « témoins théologiques » mais a refusé de m'en dire plus. « Je ne me sens pas plus obligé de révéler ma stratégie que Henri n'a pris le soin d'avertir les Français de la valeur des archers anglais avant la bataille d'Azincourt », m'a-t-il précisé.

Nous serons donc confrontés aux superstars suivantes : Bernard Kaplan (un rabbin de Fitchburg, Massachusetts), Eleanor Swann (une diva enseignant à Yale), et frère Sebastian Cranach (un moine franciscain qui vit à Olean, État de New York). J'ai engagé une douzaine d'étudiants en philosophie à Harvard – des gosses pugnaces et à court d'argent de poche – pour réunir des dossiers sur ces trois-là. Le rabbin et la prof ne me paraissent pas très dangereux, mais ce moine me fout les jetons.

Notre idée de projeter L'Éternel Carnage *en même temps que le témoignage de Tonia Braverman se heurte à un obstacle. PBS refuse d'accorder au film une « première mondiale par défaut » au détriment de Court TV et CNN, et quand j'ai demandé à Torvald d'émettre un ordre de réquisition, il a refusé tout net. J'espère qu'un don substantiel fera changer d'avis PBS.*

Martin leva les yeux de son écran. Les squelettes vivants animaient une nouvelle strophe de Prufrock, chantant des vers qui – trente-quatre ans après qu'il les eut entendus pour la première fois dans la classe de M. Gianassio – lui donnèrent la chair de poule.

J'ai vu le temps de ma grandeur vaciller,
Et j'ai vu l'éternel Valet de pied
Me tendre mon manteau, le ricaneur
Et, pour tout dire, j'ai eu peur.

Un antique corbillard, tiré par quatre carnes faméliques à côté desquelles les chevaux de bois du manège de la Cité céleste seraient passés pour des vainqueurs du

Derby d'Epsom, arriva en grand fracas à travers la vallée des Ossements desséchés. Le cocher tira sur les rênes, sauta de son siège et alla ouvrir la porte arrière de la voiture. Un cercueil oblong en glissa, se brisa en s'écrasant sur le sol pierreux et révéla le cadavre d'un homme sans bras ni jambes.

From : marcand@prodigy. edu
To : selkirk2@aol. org
Date : Dimanche 21 mai, 03 : 19 PM

Lovett se compare peut-être à Henry V, mais je le vois plutôt en Falstaff : gros et complaisant envers lui-même. Ce rabbin Kaplan est-il le même Kaplan qui a écrit le best-seller Quand vous traversez la tempête ? *Si c'est lui, la défense aura là un témoin plutôt sympathique. Ma tante Bridget m'a prêté le bouquin, mais je ne l'ai jamais lu. Elle dit que la philosopie de Kaplan l'a beaucoup aidée à la mort d'oncle Wilmer.*

Quant à PBS, je pense que cent soixante-cinq mille dollars devraient dissiper leur pudeur. Et puis quelle promo pour leur série qu'une première à La Haye ! Merde, ce sont eux qui devraient nous payer !

Martin découvrit avec plaisir qu'Esther aussi lui avait écrit.

From : esthclute@aol.org
To : marcand@prodigy.edu
Date : Vendredi 19 mai, 11 : 08 AM

Tu me disais qu'une pathologie plus exotique serait la bienvenue, et je crois l'avoir dénichée : une sclérose amyo-

trophique latérale, la maladie de Lou Gehrig. Tu te souviens peut-être de Christopher Ransom, le jeune homme qui parle en utilisant un synthétiseur de voix. Ses soins médicaux lui coûtent une fortune, et il réclame une compensation matérielle pour son témoignage. Est-ce que quatre-vingt-cinq mille dollars te paraissent une somme honnête ? Je travaille aussi sur le cas de Norma Bedloe, cette femme qui souffre du foie et doit prendre soixante-sept comprimés par jour. Elle ferait sensation à la barre des témoins. Le seul problème, c'est qu'elle compte se suicider dès qu'elle aura trouvé le moyen de le faire.

Est-ce que Randall t'a annoncé la nouvelle ? Le neurone optique de Dieu n'est plus de ce monde. Le pauvre s'est tout simplement désintégré au beau milieu d'un talk-show chez Oprah. Il n'en est rien resté, mais ils vont quand même lui faire des funérailles.

Martin accueillit la mort du neurone avec une angoisse sans mélange. Vivante, la créature ne s'était jamais attiré une véritable sympathie de la part du public ; ce lumineux petit génie contraignait trop les hommes à la modestie. Et voilà que, dans la mort, il soulevait la compassion et donnait lieu à de vibrantes oraisons. Dieu, qu'il était mignon, et bon sang, quelle intelligence ! Dire que la Société de Job entendait tuer les cinq billions de frères que comptait le défunt génie ! La popularité de la procédure 227 allait connaître une nouvelle baisse dans les sondages.

— Votre ami n'est plus, dit-il à Saperstein.

— Mon ami ?

— Le neurone optique… il a disparu.

— Il a dû perdre le goût de vivre, dit Saperstein.

— Comme une abeille séparée de la ruche, dit Ockham.

— Je sais ce que c'est, dit Martin tout en tapant sur son clavier. J'ai connu ça en novembre dernier, quand Barbara Meredith m'a battu par onze mille voix et que je me suis retrouvé au chômage.

From : marcand@prodigy.edu
To : esthclute@aol.org
Date : Dimanche 21 mai, 03 : 43 PM

Tu peux payer Ransom jusqu'à cent mille dollars. Cette sclérose amyotrophique latérale tombe à pic. Oui, je me souviens très bien de Norma Bedloe. Tu dois la convaincre de remettre son suicide à plus tard. Je veux faire d'elle notre victime en chef.

Peu de temps après que les neuronautes se furent retirés dans l'entrepont pour leur sieste habituelle, la Hiddekel se mit à changer. Des bulles montaient du fond de la rivière, comme si ses eaux s'étaient mystérieusement transmutées en champagne. Des volutes de vapeur sinuaient à la surface, tels les fantômes d'anguilles défuntes.

— Sainte merde, ça bout ! cria Belphégor. Cette foutue rivière est en train de bouillir !

— Allons, dit Augustin en passant sa main par la fenêtre de la timonerie pour tapoter d'un air qui se voulait rassurant l'épaule du démon. Allons, allons…

— Les eaux vont s'évaporer et on va s'échouer par le fond.

— Voyons, ce n'est pas raisonnable, dit Augustin.

— Vous pourriez peut-être accélérer un peu, dit Martin, les mains moites et le cœur battant.

— Bonne idée, dit Belphégor.

— Non, mauvaise, dit Augustin. Ça risquerait de l'énerver.

— Qui ça ? s'enquit Martin.

Augustin désigna le nord.

— Lui.

À tribord, à hauteur de la proue du *Bonnes Intentions*, une gigantesque créature crachant le feu – étrange mélange de crocodile, de dragon chinois et de haut-fourneau – nageait de conserve avec le bateau. Les flammes jaillissaient de ses naseaux avec la force d'un échappement de fusée, projetant une lueur rouge sur les eaux. Pivotant sur leurs axes, ses yeux émettaient d'intermittents éclairs pourpres.

— Léviathan ? demanda Martin.

— Léviathan, confirma Augustin. Le deuxième monstre jobien. « Il fait bouillonner le gouffre comme une chaudière. »

— Notre coque va fondre ! s'écria Belphégor. Elle va fondre et nous allons bouillir dans la rivière comme des langoustes.

— Du calme, Belph, dit Augustin. De l'eau bouillante ne peut faire fondre l'acier, c'est ontologiquement impossible. Avons-nous assez de charbon ?

— Plus qu'assez, oui ! Ce dragon va nous faire cuire et nous manger !

— D'ici que le soir tombe, il se lassera de nous suivre. Crois-moi, Belphégor, la loi de l'entropie est valable partout, même ici.

— Je déteste ce boulot ! Je voulais être joueur de base-ball !

Durant des heures, le monstre marin et le caboteur poursuivirent leurs routes parallèles sur la Hiddekel en chaleur. Martin n'aurait su dire qui des deux lâchait le plus de fumée, de Léviathan ou du *Bonnes Intentions*. Il savait seulement que la loi de l'entropie n'allait pas assez vite pour lui.

— « Il laisse derrière lui un sillage lumineux, cita Augustin. Et l'abîme semble couvert d'une toison blanche. »

Finalement, Belphégor décida qu'il n'y avait pas d'autre façon de se débarrasser du monstre qu'un sacrifice humain, et de désigner gaiement Martin comme le plus apte à servir d'holocauste.

— Le sacrifice est le fondement même du christianisme, votre grâce, expliqua le démon. Nous devons payer au diable une rançon en échange de notre salut.

— Le fondement du christianisme, hein ? répéta Augustin, moqueur. C'est juste. Sauf que Léviathan n'est pas Jonathan Sarkos, et Martin Candle – je vous le garantis – n'est pas Jésus-Christ.

— Vous n'êtes jamais à court d'arguments, n'est-ce pas ? grogna Belphégor.

— Qu'on ne parle plus de sacrifice humain à bord du *Bonnes Intentions* ! conclut fermement le saint évêque.

Alors que le crépuscule s'étendait sur l'hémisphère occidental, la prophétie de l'évêque s'avéra juste : le monstre, fatigué, recula à hauteur de la poupe puis se laissa distancer peu à peu mais sûrement, jusqu'à disparaître hors de vue et n'être qu'un effroyable souvenir. La rivière redevint paisible. Ses eaux se refroidirent. Quand Belphégor offrit une Budweiser à Martin, celui-ci la vida d'un trait puis en demanda une autre. Ce ne fut qu'à la troisième qu'il sentit le calme revenir en lui, bien que l'image du Léviathan restât vivante en lui comme le flash d'un appareil photo s'imprime sur la rétine. Bien entendu, il pensa à la tactique employée par Dieu face à Job : changer de sujet, prétendre que le fond du problème n'est pas la justice mais le mystère, et puis ébranler l'accusateur avec ses créatures les plus terrifiantes.

— Je comprends mieux, maintenant, pourquoi Job a fait dans son pantalon et puis s'est repenti, dit-il à Augustin.

Au matin, la Hiddekel changea de nouveau, pour devenir un véritable égout et dégager une odeur méphitique qui renvoyait l'haleine pestilentielle de Belphégor à la case «parfums». Les leucocytes, empoisonnés, mouraient par légions. Le sang coulait épais, grouillant de rats obèses, gros comme des blaireaux. Une espèce d'algue prolifique envahissait les eaux, ondulant dans le courant comme un immense tapis de cheveux et couvrant les berges d'une mousse verdâtre.

— La souffrance d'Abraham m'a toujours ému aux larmes, dit Augustin à Martin. Le sort de Lot est un crève-cœur indicible et le sentiment de culpabilité qui torture Noé appartient à la tragédie grecque.

L'évêque tapota de son index la feuille rose de l'itinéraire.

— Mais quand on considère le monde des victimes, un nom domine tous les autres. Ici, au pays d'Uz, surnommé le Tas d'ordures, vous allez rencontrer l'homme qui, pratiquement, inventa la souffrance.

Cette fois, les scientifiques refusèrent de se joindre à l'expédition. Comme Saperstein le dit :

— Job en sait probablement autant sur les spirochètes qu'une vache sur la ponte des œufs.

Belphégor accosta avec une telle adresse que Martin et Augustin purent descendre du bateau sur la berge sans patauger dans la gadoue sanguine. L'évêque ouvrit le chemin, guidant Martin à travers un paysage de tas de cendres fumantes.

Moins de quarante minutes plus tard, ils arrivaient en vue du but : le tas d'immondices le plus célèbre de l'histoire, quinze mètres de haut de déjections de tout ce qui vole, marche, galope, rampe et défèque, dégageant une puanteur telle que Martin en oublia la guerre sans pitié que menait le cancer contre son pelvis et ses satellites.

— Salut, juge Candle, je vous attendais, cria une voix râpeuse du haut de sa pyramide de coprolithes. Montez donc !

Mastiquant un Roxanol, Martin leva les yeux vers le ciel. Un homme cadavérique, les yeux enfoncés dans les orbites, vêtu d'un T-shirt en lambeaux et d'un bermuda troué, était assis sur un tonnelet de bière tout en haut du tas d'ordures. Sa peau était couverte de furoncles et de plaies, qu'il grattait doucement avec un couvercle de Tupperware.

— Vous savez, n'est-ce pas, que vous êtes mon héros ! lui cria Martin.

— Moi aussi, je vous ai toujours admiré ! beugla Augustin. La foi de Job peut déplacer les montagnes !

— Sinon les tas de merde ! répliqua l'Idée de Job, secouée d'une toux tellement cataclysmique que son corps frissonnait comme un épouvantail sous un coup de vent.

L'ordinateur à la main, Martin entreprit l'ascension du monticule répertorié à l'inventaire des lieux saints. Il n'y avait pas que des excréments ; la pente était incrustée d'un fatras d'objets au rebut : moulinettes, grille-pain, machines à laver. À chaque pas le rapprochant un peu plus du sommet, Martin sentait son pouls battre plus vite et sa joie grandir. Il éclata de rire. Enfin il avait atteint la demeure de son idole, le cœur brûlant d'une rage sacrée ! Les scientifiques, eux, se réservaient pour la glande pinéale. Martin, lui, ne désirait rien de plus que fouler cet univers de marc de café, de coquilles d'œufs, de peaux de banane, de canettes de bière, de couches merdeuses, de tampons sanglants et de têtes de poupées.

Soufflant, suant, il toucha au but, et l'Idée de Job se leva de son tonnelet pour prendre Martin par le bras et le guider vers une glacière de pique-nique en plastique bleu. Du pus verdâtre sourdait de ses lésions, gouttant sur sa poitrine et décrivant sur son ventre un véritable réseau fluvial.

— À veiller ici, sur mon tas d'immondices, jour après jour, je me souviens naturellement de cette affaire Spinelli, que vous avez jugée avec grand art, dit Job. Vous avez un sens aigu de la justice, monsieur Candle.

Martin éprouva une chaude bouffée de fierté.

— Merci, dit-il.

Il s'assit sur la glacière et ouvrit son ordinateur.

Il n'avait pas oublié l'affaire Spinelli. Un Abaddonien du nom de Schuyler Phelps, propriétaire à Glendale de Vert Gazon, un magasin de plantes et d'articles de jardin, exigeait de ses clients trois dollars pour l'usage des toilettes de son établissement. Quand la mère de Douglas Spinelli revint chez elle avec sa robe souillée par la diarrhée (elle venait juste de régler ses achats et n'avait pas les trois dollars lui donnant accès au trône), son fils conçut une vengeance édifiante. Un samedi après-midi, Spinelli se rendit au magasin de Phelps, paya trois dollars pour aller aux WC et, six minutes plus tard, en sortit en tenant un sac en papier plein d'une volumineuse et malodorante selle. Puis, devant les clients choqués, Spinelli déposa le paquet sur le comptoir et demanda à la jeune caissière : « Voilà, mademoiselle, une belle livre d'engrais. Vous pourriez me rendre mes trois dollars ? »

Phelps poursuivit Spinelli pour entrave à la bonne marche de son commerce, tandis que Spinelli engagea de son côté une action contre Phelps pour extorsion de type gastro-intestinal.

Martin ne se contenta pas de débouter Phelps de sa plainte, il le condamna à remplacer la robe de Mme Spinelli et ordonna le libre accès des toilettes du Vert Gazon à la clientèle.

La vue du haut de la décharge était à couper le souffle. Alors qu'il scrutait le paysage, Martin avait l'impression de voir le film des quatre derniers jours. La vallée des Ossements desséchés était assez proche pour qu'on pût distinguer les squelettes vivants qui continuaient de chanter et de danser *Crabes*. Au-delà se découpait la silhouette pansue de l'arche, puis c'étaient les ruines de Sodome, et enfin le pays de Moriyya. À l'horizon s'étirait le ruban noir et brillant du pays de boue et des dinosaures.

— Ce tas d'ordures est à moi, sachez-le, dit Job, fiérot. J'y ai droit, à titre d'occupant.

Plongeant la main parmi les immondices, il ramassa une télécommande.

— Pendant des années, j'ai songé à emménager ailleurs. Je m'étais même trouvé un gentil petit appartement, juste à côté de la boutique de Sarkos, et puis on nous a installé le câble, alors j'ai décidé de rester.

Il pointa la télécommande sur un vieux téléviseur cabossé de marque incertaine.

— Ces trois dernières années, Dieu n'a rien trouvé de mieux à faire que de produire sur CBS une série inspirée de ma vie, *La Misère d'un homme.* Nous la regarderons ensemble, si vous le voulez bien. La plus jeune de mes filles est dans le coma. L'aînée vient juste d'apprendre qu'elle est séropositive. D'accord, quand la série sera terminée, j'aurai trois nouvelles filles et sept nouveaux garçons, tous flambant neufs et même mieux que les originaux, mais ce n'est pas très réaliste, n'est-ce pas ? Je veux dire par là que la vie n'est pas un conte de fées.

— Pour ceux qui ouvrent leur cœur à l'infinie bonté de Dieu, elle est mieux qu'un conte de fées ! cria Augustin en entreprenant l'ascension de la face nord du monticule.

— J'y ai cru jadis, rétorqua Job, allumant la télévision. Mais ça m'a passé.

L'écran s'alluma sur Gregory Peck dans le rôle du capitaine Achab dans *Moby Dick.* « Plonge ton regard dans ses profondeurs et vois l'éternelle tuerie qui s'y déroule », disait Peck sur le pont du *Pequod*, invitant Leo Genn, incarnant Starbuck, à contempler le mystère cosmique de la mer. « Qui pousse ces créatures à s'entre-dévorer ? Où vont les assassins, ami ? Qui est à condamner, quand le Juge Lui-même est amené à comparaître ? »

— Votre protégé n'est pas venu pour regarder la télé, dit Augustin en atteignant le sommet, un sourire sardonique relevant les coins de sa bouche. Il est venu entendre de votre bouche l'argument ontologique.

— L'argument ontologique, répéta Job d'un ton soudain lugubre.

— Prenez tout le temps que vous voudrez, dit Augustin en gratifiant Martin d'un sourire éclatant. L'argument ontologique part du postulat, fort raisonnable en l'occurrence, que Dieu est le seul Être parfait. Toutes les autres réalités, y compris l'univers tel qu'il fut créé, occupent nécessairement un rang subalterne.

Se pinçant les narines d'une main, l'évêque ramassa de l'autre une tranche moisie de gruyère.

— Puisque ledit univers est ontologiquement inférieur à Dieu, dit-il, il présente *ipso facto* des défauts, car si le monde était sans faille, il serait Dieu. En conséquence, dit-il en introduisant son index dans l'un des trous du fromage, la réalité est comme ce gruyère. Elle contient des vides… des privations… des poches de néant. Vous pouvez voir dans ces manques la main du diable, si cela vous chante, mais pas celle de Dieu, car Il n'est en rien responsable de leur existence ou de leur non-existence, devrais-je dire. Ces tares surviennent par accident ; elles sont les aléas de toute existence.

Laissant choir la tranche de fromage, il se baissa pour extraire une paire de Nike éculées.

— Dieu n'a certainement jamais désiré que Ses créatures souffrent, mais en créant un cosmos éclatant de plénitude et de variété, un monde de chaussures de jogging, de vaisseaux et de cire à cacheter (il cogna les Nike l'une contre l'autre), il fallait bien que les imperfections fassent partie de la panoplie.

L'argument du gruyère, nota Martin sur son disque dur. *Les manques et les privations comme une manifestation du diable.*

— J'aimerais entendre votre version, dit-il à Job.

Job racla doucement avec le couvercle de Tupperware un excédent de pus d'une lésion particulièrement juteuse.

— Vous avez lu ma biographie, monsieur Candle. « Où étais-tu quand j'ai fondé la terre ? » m'a demandé Dieu, rhétoriquement. « As-tu pénétré aux sources marines, circulé au fond des abîmes ? Es-tu parvenu jusqu'aux dépôts de neige ? As-tu vu les réserves de grêle ? » Bien des années plus tard, j'ai compris qu'Il n'essayait pas seulement de m'humilier. Il me rappelait que l'univers existe. Pour des raisons connues de Lui seul, un nombre limité de réalités régies par des lois occupe le temps et l'espace. La plupart de ces réalités sont inoffensives, voire belles, mais quelques-unes d'entre elles – tempêtes, pesanteur, plaques tectoniques, micro-organismes, Béhémoth et Léviathan – peuvent provoquer d'indésirables effets secondaires. Cela ne veut pas dire qu'Il le voulait ainsi ni, d'ailleurs, qu'Il ait jamais songé à changer Ses lois. De temps à autre, quand un autocar de ramassage scolaire dérapait et menaçait de dégringoler dans un ravin, le Dieu d'avant le coma redressait à temps le véhicule. Des fois Il guérissait une tumeur cancéreuse ou annulait un ouragan. Mais chaque fois qu'Il agissait ainsi, Il absorbait inévitablement en Lui un morceau de cosmos, et s'Il avait continué dans cette voie, intervention après intervention, la différence entre l'univers et Lui aurait fini par disparaître, Le laissant seul de nouveau, de retour à la case départ.

— D'accord, d'accord, mais que peut-on répliquer à l'argument ontologique ?

— Répliquer ?

— Oui, répliquer, riposter, objecter.

Job soupira profondément, toussa et expectora une glaire sanguinolente qui vint s'étaler à ses pieds.

— Je ne vois aucune objection, dit-il enfin. Et vous, l'évêque ?

— Il n'y en a pas, répondit Augustin.

Une douleur aiguë cisailla la poitrine de Martin. Comme si une mule venait de lui ruer dans les seins.

— Pas d'objection ? dit-il dans un souffle.

Il se leva lentement de la glacière et couvrit Augustin d'un regard furieux et menaçant comme le filet d'un rétiaire.

— Pas d'objection ? répéta-t-il. Vous croyez donc que j'ai fait trois cents kilomètres sur cette rivière pestilentielle, que je me suis fait bouffer par des moustiques gros comme des sauterelles et que j'ai dû me farcir vos harangues débiles contre les pélagiens et je ne sais qui encore pour m'entendre dire qu'il n'y a pas d'objection ? PAS D'OBJECTION ?

— Cela vous surprend ? Allons, ne soyez ni surpris ni choqué. L'argument ontologique est rudement costaud, il a des siècles d'entraînement derrière lui, à commencer par les méditations de Platon sur le non-être du mal.

Il haussa le sourcil droit d'un air ironique et s'avança sur la pente.

— Nous ferions mieux de regagner le bateau, maintenant. Si Belphégor active bien sa chaudière, nous serons demain soir en Éden.

Tout en toussant, Job jeta ses bras autour de Martin et le pressa avec effusion contre lui. En dépit de l'épaisseur de son chandail de jersey, Martin sentit la tiède humidité du pus suintant des escarres jobiennes.

— Je vous ai laissé tomber, n'est-ce pas ? dit le vieil homme.

— Hélas, oui, dit Martin en s'écartant.

— Je suis blessé par ce que vient de me faire Augustin, dit Job en se rasseyant sur son tonnelet, mais une humiliation théologique n'est rien comparée à quatorze furoncles au cul. Gardez ça en tête quand vous irez à La Haye.

9

Martin n'était pas plus tôt remonté à bord du Bonnes Intentions qu'il se mit à pleuvoir – une pluie drue, grise et froide qui semblait faire écho à son humeur maussade. Il regarda la rivière. L'averse criblait la Hiddekel de cercles concentriques qui la faisaient ressembler à une immense tranche de gruyère. Un gémissement s'échappa de ses lèvres. Il devait y avoir une réponse à l'argument ontologique, il ne pouvait en être autrement mais, fichtre, il n'en voyait pas la queue d'une.

Les derniers messages d'Esther et de Randall ne firent rien pour lui remonter le moral. Esther rapportait que Norma Bedloe n'avait pas encore décidé si elle allait se tuer tout de suite ou attendre d'avoir témoigné. Randall contait sa frustrante conversation avec l'un des avocats de PBS, un certain James Foley. D'après Foley, ses clients voulaient bien consentir à la Société de Job le droit de projeter *L'Éternel Carnage* à La Haye moyennant cent soixante-cinq mille dollars, mais à la condition que les chaînes présentes au procès pointent leurs caméras ailleurs que sur l'écran. PBS redoutait en effet que le public n'enregistre le film sur leurs magnétoscopes et n'inflige ainsi à la firme un manque à gagner sur les ventes de cassettes vidéo. Avertis de cette clause, Court TV et CNN avaient eu la même réaction : vous plaisantez ?

En rédigeant sa réponse, Martin était davantage enclin à parler de ses mésaventures sur le tas d'ordures que des difficultés de Randall avec la télévision publique.

Nous venons de subir un revers, ici, écrivit-il. *Une théorie du mal virtuellement inexpugnable. Est-ce qu'ils sont brillants, ces gosses de Harvard que tu as enrôlés ? Dis-leur qu'il y a quinze mille dollars de bonus au premier d'entre eux qui saura réfuter l'argument ontologique.*

Ce ne fut qu'à la fin de sa courte missive que Martin en vint au sujet qui préoccupait Randall.

Prétendre imposer à Court TV et à CNN de détourner leurs caméras pendant la projection de L'Éternel Carnage *n'est qu'une tactique cousue de fil blanc des gens de PBS. Essaie de savoir combien leur a coûté la production et fais-leur une offre qui puisse les intéresser. Nous avons encore huit millions sept cent mille dollars à mettre en jeu.*

À minuit, la pluie cessa enfin et, au matin, le *Bonnes Intentions* était déjà loin du pays d'Uz. Il atteignit sa destination dans la soirée, ainsi que l'avait prédit Augustin.

— Le jardin d'Éden, dit l'évêque en tapotant l'itinéraire du fourneau de sa pipe. Quiconque cherche à résoudre l'énigme de l'iniquité doit remonter jusqu'ici, à la source.

Un dense fouillis d'arbres rabougris étranglés de plantes grimpantes bordait la rivière des deux côtés. Il s'en dégageait un puissant remugle de décomposition végétale, comme si le jardin d'Éden, par ces temps de coma, était monté en graine à l'instar d'un potager abandonné. Les palétuviers poussaient d'abondance, leurs racines plongeant dans l'eau telles des cages thoraciques et leurs branches chargées de fruits évoquant des fléaux médiévaux. Le long de la rive sud, de gigantesques araignées tissaient des toiles si robustes qu'elles y emprisonnaient des perroquets et des lémuriens. Sur la rive opposée, une espèce géante et vorace de dionée enfournait dans sa gueule dentelée des cacatoès entiers.

— Je suppose que l'endroit était plus édénique avant que le coma survienne, dit Martin.

— Pas vraiment, non, répondit Augustin. C'est la chute d'Adam, et non celle de Dieu, qui a fait du paradis une jungle. Depuis qu'Ève a goûté au fruit défendu, l'univers n'a plus été que l'empire des ronces et des orties, des crocs et des griffes, des germes et de la vermine.

La rivière s'étrécit et se mit à sinuer, comme pour mimer la reptation du serpent tentateur qui avait jadis été l'hôte de ces climats. Passé la treizième courbe, une clairière apparut, un hectare de terre très pauvre sur lequel des créatures d'une intelligence manifeste avaient établi une ferme, comprenant une cabane en bambou avec une cheminée en pierre et un toit de chaume. Un jardin potager s'étendait devant l'humble demeure, un potager où seul l'échec semblait proliférer : les tomates n'y étaient pas plus grosses que des billes, les choux avaient la taille d'une rose, les haricots verts étaient plus petits que les chenilles qui les menaçaient. Sur le côté de la hutte, un hamac tissé de fibres de sisal se balançait entre deux ginkgos tel un sourire sans visage.

Vêtus de peaux de léopards et de feuilles de vigne, pieds nus, deux singes anthropoïdes – l'un mâle, l'autre femelle – s'approchèrent du hamac. Ils avaient une démarche lente et presque incertaine, comme s'ils avaient récemment appris la station verticale, une impression que renforçaient leurs mâchoires prognathes, leurs sourcils broussailleux et leurs fronts bas. Le mâle, fort poilu, marchait légèrement penché en avant, les bras ballants. La femelle, également hirsute, avait des seins pendants qui faisaient penser aux sacs de sable nécessaires aux amateurs de montgolfières, mais c'était surtout son ventre qui attirait le regard : elle était enceinte jusqu'à ses petites oreilles duvetées.

— Ohé ! héla Martin. Ohé ! pourriez-vous m'accorder quelques minutes de votre temps ?

Ce ne fut qu'après que la femelle se fut allongée dans le hamac que Martin réalisa qu'elle avait commencé d'accoucher. Tandis qu'elle s'agitait et se cambrait en haletant, les dents serrées, le mâle la tenait par le bras et lui embrassait tendrement la main.

— Il y a des millénaires, cette créature se laissa délibérément tenter par le serpent et mangea du fruit défendu, expliqua Augustin, ôtant ses lunettes pour les pointer en direction de l'hominien. Sa transgression accomplie, la convoitise infecta chacune de ses cellules. Ce fut par sa semence qu'elle transmit sa dépravation, qu'elle propagea le péché et la mort de génération en génération.

— L'argument du libre arbitre ? demanda Martin.

— Indiscutablement.

— Est-ce que l'un de vous sait à quelle espèce appartiennent ces deux spécimens ? demanda Ockham, effectuant un panoramique sur la ferme. *Homo habilis*, peut-être ?

— Australopithèque ? hasarda Martin.

— Neandertal ? suggéra Belphégor.

— Considérez son regard salace, dit Augustin. Notez sa posture priapique. Et, avec une régularité révoltante, l'appendice qu'il dissimule sous cette feuille de vigne se gorge de sang, s'érige et durcit.

— Ah… *Homo erectus* ! s'exclama Beauchamp en s'esclaffant.

— En vérité, vous avez vu juste, dit Saperstein.

— Ohé ! reprit Martin. Je suis Martin Candle, procédure 227 !

— Ne voyez-vous pas que nous sommes occupés ? cria l'*Homo erectus* mâle.

— Allez-vous-en ! ajouta la femelle.

— Revenez demain ! reprit le mâle.

— Yaouhhhh ! hurla la femelle, saisie d'une soudaine contraction.

Il y a des choses qui ne changent jamais. Le procédé par lequel l'*Homo erectus* mâle féconda sa concubine a perduré sans modifications jusqu'à ce jour.

Revenez avec moi à cette merveilleuse année 2 000 000 001 avant Jésus-Christ. C'était au temps des commencements. Notre Créateur besognait jour et nuit. Contrairement au mythe populaire, le premier animal à sortir de la fabrication ne fut pas une paramécie, un poisson, une musaraigne ou toute autre forme de vie secondaire, mais un être humain.

Dieu dit : « Que le prototype de l'*Homo sapiens* soit ! », et le prototype de l'Homo sapiens fut : une créature sans traits distinctifs qui ressemblait à un mannequin de magasin de confection. Dieu apprécia Sa création mais remarqua qu'il manquait à celle-ci le moyen de se reproduire elle-même. Avant la fin de la semaine, Il avait inventé l'ADN et l'hérédité et établi le principe de la fécondation, mais Il ne savait toujours pas comment faire fusionner les deux gamètes et leurs chromosomes respectifs.

Il possédait entre autres qualités en ce temps-là l'intelligence de prendre conseil et de déléguer son autorité, aussi posa-t-Il la question à l'archange Zaphiel, qui s'en fut lui-même consulter ses colocataires des cieux. En l'espace de quelques jours, Raphaël, Michaël, Abadiel et Gabriel avaient chacun une solution élégante au problème, mais c'étaient les stratégies de Chamuel et d'Hamiel que Zaphiel considérait comme les plus aptes à gagner les faveurs de Dieu. C'est à ce moment-là que j'intervins et présentai à l'archange ma propre copie. Souriant d'un mélange de fierté et de diablerie, je déroulai mon plan devant lui.

— Si c'est encore un de vos tours pendables, dit Zaphiel, je vous prie de ne pas me faire perdre mon temps.

— Tout ce que je vous demande, c'est d'examiner ma proposition, répliquai-je, sûr de mon fait. Comme vous le voyez, la grande nouveauté, c'est d'avoir reconçu le prototype comme une dualité : il y a la version 1 et la version 2.

— Je ne vois pas de différence.

Je tapotai mon dessin de l'ergot de mon index.

— Notez ce détail sur le proto 1. Appendice A.

— Quoi, ils n'en ont pas un chacun ?

— Regardez de plus près.

— Ah oui.

— Et voici comment fonctionne mon système : la version 1 entre périodiquement dans un état que j'appelle « excitation procréatrice ». Quand cela se produit, l'appendice A se gorge de sang…

— Comme c'est baroque !

— … et se raidit, permettant ainsi la pénétration de la fente B sur la version 2. Après un temps variable de va-et-vient enthousiaste…

— De va-et-vient ?

— Oui, comme la course d'un piston.

— Je ne comprends pas.

— Faites-moi confiance. Après un temps de va-et-vient, disais-je, un jet de liquide visqueux, contenu dans une poche à l'intérieur de version 1, jaillit de l'appendice A. Ce fluide contient des millions de cellules sexuelles qui, larguées à l'intérieur de la fente B, commencent, à l'aide de leurs queues, à…

— … à recueillir du protoplasme pour en façonner un homoncule !

— Non, à remonter vers le terminus de fente B, où les attendent les cellules sexuelles de version 2.

— Ça y est, je commence à comprendre, dit Zaphiel en approuvant vigoureusement du chef. Pas mal, votre idée.

— L'œuf fécondé résultant de l'union des cellules de version 1 et de version 2 donnera un embryon qui se développera pour devenir au bout de trois mois un fœtus qui, lui-même, mettra six mois pour devenir un modèle réduit de ses géniteurs. Au neuvième mois, il sera expulsé par la fente B. À partir de là, il lui restera à grandir, processus qui prendra une vingtaine d'années. Alors, qu'est-ce que vous en pensez ?

— C'est compliqué.

— Mais ça marche.

— Qu'est-ce qui provoque l'« excitation procréatrice » chez 1 ?

— Ça dépend des caractéristiques de 2. Les bosses C et D, par exemple.

— Qu'est-ce qu'elles ont de spécial ? On dirait deux grosses poires.

— Elles exercent un attrait réel.

— Pourquoi ne pas donner à 2 quelque chose de véritablement excitant ?

— Comme quoi ?

— Je ne sais pas, moi… une omelette norvégienne ?

— Décidément, vous n'êtes pas dans le coup, Zaphiel.

— Pour que 1 ressente une excitation procréatrice, il faut d'abord qu'il ait l'intention de se reproduire, je présume ?

— Non, l'excitation peut se produire de manière inattendue.

— Oh ?

— Oui, il arrive que 1 soit excité par un autre 1, et *vice versa.*

— Et peuvent-ils obtenir satisfaction dans de telles circonstances ?

— Oui, grâce au trou E qui, d'ailleurs, est commun aux 1 et aux 2.

— Et c'est quoi, ces renflements sur le torse de 1 ? Des nénuphars ?

— Les muscles pectoraux.

— On dirait des nénuphars.

— Normalement, quand B voit de beaux pectoraux, sa fente B devient…

— Couverte de taches bleues et jaunes…

— Non, elle sécrète une espèce d'huile qui facilite l'insertion en douceur de l'appendice A.

— Les pectoraux peuvent produire cet effet ?

— Oui, c'est dans le programme.

— Et vous avez vraiment besoin de deux versions du prototype ?

— J'en avais conçu cinq au début.

— Vous savez quoi, monsieur Sarkos ? Avant de Lui rendre visite, demain, je vais glisser votre plan entre ceux de Hamiel et de Chamuel. Je crois que le vôtre L'amusera. Mais permettez-moi une suggestion.

— Oui ?

— Enlevez les nénuphars. Ils ne sont pas aussi drôles que le reste.

L'hominien femelle avait non seulement survécu à l'accouchement, mais elle était debout une heure après avoir mis bas, tranché le cordon d'un coup de dents et mangé le placenta. Elle s'affairait maintenant à préparer du thé pour ses visiteurs, assis sur les nattes de paille qui couvraient le sol en terre battue de la hutte.

Elle s'appelait Évangeline. Pour une primipare, elle témoignait d'une remarquable assurance, comme si elle avait procréé toute sa vie la race humaine. Clarence, le nouveau-né, douillettement installé sur un édredon de plumes de cacatoès, babillait tout seul de manière si douce que Martin vit là matière à réfuter la théorie du péché originel chère à Augustin.

— J'ai scrupule à contredire un homme de votre érudition, dit Évangeline à Augustin, en lui servant du thé dans une tasse en terre cuite. Mais une grande partie de ce que vous avez pu dire dans *Opus imperfectum contra Julianum* ne nous convient pas.

— Oh ? dit Augustin, circonspect.

— Quand vous accusez la semence de mon mari d'être la source ultime de tous les malheurs de l'humanité, je suis encline à prendre la défense de mon époux.

— Je suppose que Sa Grâce s'exprimait par métaphore, intervint Ockham. N'est-ce pas ? demanda-t-il à l'évêque.

— Pas du tout, répondit Augustin, dirigeant son regard sévère vers l'hominien mâle. Le vice d'une personne est aussi génétique que la couleur de ses yeux. Quand vous avez, de votre libre arbitre, monsieur, désobéi à un ordre direct de votre Créateur, vous avez non seulement perverti votre semence mais aussi la semence de votre descendance, la semence de la descendance de votre descendance, et ainsi de suite. La chute d'Adam touche quiconque a été conçu de ce damné sperme, autrement dit tout le monde, notre Seigneur et Maître Jésus-Christ excepté. Chaque fois qu'un enfant vient au monde atteint par le spina-bifida, chaque fois qu'un forcené mitraille à la kalachnikov un restaurant bondé, la faute en appartient à cet événement originel et tragique que furent la désobéissance et la chute du premier homme.

Ricanant sans gêne, Saperstein se tourna vers Martin.

— À votre place, dit-il, je ne perdrais pas trop de temps avec cet argument du libre arbitre, car plus j'y pense, plus j'y vois une espèce de dérive lamarckienne, en ce sens que Lamarck soutenait l'hérédité des caractères acquis.

Une lueur d'espoir traversa Martin. Il s'empressa d'ouvrir son portable et de taper : *Argument du libre arbitre = biologie lamarckienne.*

— Ça n'a strictement aucun rapport avec une quelconque hérédité, dit Augustin, pète-sec. Il s'agit essentiellement de bon sens et du livre de la Genèse. Par la chute d'Adam, nous avons tous péché.

— Et par la bite d'Adam, notre race est pervertie, répliqua Saperstein en éclatant de rire. Désolé, Votre Grâce, mais ça n'a ni queue ni tête, si je puis dire, scientifiquement et théologiquement.

— D'abord, je ne m'appelle pas Adam, mais Adrian, dit l'hominien, occupé à changer la couche du bébé.

Un excrément rappelant la moutarde maculait la feuille absorbante de figuier. Adrian enroula l'enveloppe végétale sur elle-même, comme pour en faire un rouleau de printemps, et pointa cette dernière vers Saperstein.

— N'évacuez pas trop hâtivement l'argument du libre arbitre, dit-il. En axant son propos sur mes gonades, Augustin n'a pas rendu service à cette thèse.

— C'est vous qui le dites, rétorqua l'évêque.

— Correctement formulée, la défense du libre arbitre reste l'une des plus convaincantes théodicées jamais formulées, insista Adrian.

Évangeline se tourna vers Martin, ses sourcils broussailleux arqués en signe de sympathie.

— Dommage pour vous, l'argument se présente sous deux formes : l'une faible, dérivée des notions crétines augustino-lamarckiennes sur une prétendue dépravation innée ; l'autre forte, peaufinée au fil des ans par les descendants intellectuels d'Augustin, parmi lesquels Grégoire le Grand et Thomas d'Aquin. À votre place, je ne m'attendrais pas à ce que Lovett s'appuie sur la première.

Maussade, Martin nota : *Défense du libre arbitre : repotasser Grégoire et d'Aquin.*

— Je voudrais vous demander une faveur, reprit Évangeline en posant une paume calleuse sur le genou de Martin. J'aimerais que vous fassiez de moi une honnête femme.

— Mission impossible, railla Augustin.

— Fermez-la, grogna Adrian.

— Oh, rien d'extraordinaire, dit Évangeline. Adrian et moi, nous désirons seulement régulariser notre union.

— J'ai perdu les élections, dit Martin. Je ne suis plus juge de paix. Une telle cérémonie ne serait pas légale.

— Qu'importe, c'est l'intention qui compte, plaida Évangeline. Nous nous contenterons du symbole, à défaut du légal.

— D'accord, je serais heureux de vous aider.

— Merveilleux.

— Parlez-moi encore du libre arbitre.

Évangeline porta son bébé à son sein.

— Bien qu'Adrian et moi, nous nous soyons souvent rattachés à cette notion, nous y sommes en fait passablement étrangers. Oubliez le jardin d'Éden, l'arbre de la connaissance, et la prétendue perversité transmissible de mon mari.

— J'en ai marre de porter le chapeau pour toute l'humanité, dit Adrian, hochant vigoureusement sa tête de prognathe.

— Continuez, dit Martin.

— Vous devez comprendre que l'argument du libre arbitre ne se pose pas pour les catastrophes dites naturelles : séismes, ouragans, la drépanocytose[1], dit Évangeline en jetant un regard froid à Augustin. Certes, d'aucuns diront que notre transgression s'est répercutée sur la nature et qu'avant que nous ne croquions cette foutue pomme, les microbes pathogènes n'existaient pas et que le monde n'était que vastes champs élyséens. Toutefois, si vous voulez justifier la présence des volcans, tenez-vous-en à l'argument ontologique, car vous avez là une théodicée inébranlable.

1. Anémie hémolytique due à une malformation congénitale des globules rouges, qui ont une forme de faucille (syn. : anémie falciforme). (*N.d.T.*)

— C'est ce que j'ai découvert, dit Martin faiblement. N'auriez-vous pas par hasard une réponse à ce dernier argument ?

— C'est amusant que vous nous le demandiez, dit Évangeline. Nous nous penchons sur la question depuis... depuis combien de temps, Adrian ?

— Quatre millions d'années.

— C'est notre marotte, pourrait-on dire. Si jamais nous trouvons le défaut de la cuirasse, monsieur Candle, vous serez le premier à en être informé.

Adrian embrassa son fils sur la fontanelle.

— Au-delà du mal naturel, bien sûr, il y a le mal existentiel – catastrophes aériennes, incendies, coups de grisou – et aussi le mal moral, comme la guerre, le meurtre, le viol, la torture, le terrorisme, le racisme et l'esclavage. Si l'on veut absoudre Dieu dans ces domaines-là, on doit accepter l'argument du libre arbitre. Et celui-ci commence par une question : quel est le bien le plus précieux que le Créateur nous ait légué ? Réponse : notre liberté. Même avant qu'Il tombe dans le coma, tout individu pouvait être raisonnablement assuré que, quelle que fût l'entreprise qu'il avait choisi de mener – simple ou compliquée, bienfaisante ou malfaisante –, aucun envoyé divin ne descendrait du ciel pour lui ordonner de changer ses plans. À présent que Dieu est aux abonnés absents, nous sommes encore plus assurés de notre autonomie. Quels que soient vos problèmes, monsieur Candle, vous n'êtes pas un pantin dont les ficelles se perdraient dans les nuées célestes. N'oubliez jamais ce fait.

— Mais il y a un hic, intervint Évangeline. Si la liberté est absolue, pas de ficelles ni rien, alors un dictateur d'Amérique du Sud jouit de la même qualité de libre arbitre qu'un Samaritain servant la soupe dans un asile pour SDF. L'autonomie du tueur le plus cruel du monde doit égaler celle de l'avocat le plus intègre. Dans un tel univers, j'ai le choix entre donner tendrement le sein à mon Clarence et lui tordre le cou de mes propres mains.

— Autrement dit, le chagrin et la souffrance sont le prix à payer pour avoir de vrais choix dans la vie, dit Adrian. Nous vivons dans l'univers du moindre mal. C'est un douloureux pari, mais je ne vois pas comment Dieu aurait pu arranger les choses différemment.

— Oh, fit Martin, le ventre assailli de nausée et de désespoir.

— Mais si Dieu dans Sa splendeur était à la fois tout-puissant et bon, n'avait-Il pas le devoir d'intervenir en faveur des innocents ? demanda Ockham. N'était-Il pas tenu d'adoucir le cœur du commandant du camp de Dachau, d'apaiser les pulsions meurtrières d'une jeune mère… ?

— Pensez à ce que vous dites, l'interrompit Évangeline. Vous êtes en train de dire que notre libre arbitre ne devrait pas être entièrement libre. Vous êtes en train de dire que nos choix moraux ne devraient pas être d'authentiques choix moraux. Vous êtes en train de dire que nous devrions être des robots. C'est la voie royale de la folie.

— J'ai une question concernant votre bébé, dit Saperstein. Pourriez-vous préciser par quel mécanisme une cellule a pu être amenée à devenir l'embryon du cerveau de Clarence ?

— Quoi ? dit Évangeline.

Martin but une gorgée de thé. La nausée persistait, portée, vague après vague, par l'argument du libre arbitre.

— Excusez-moi, dit-il. (Il referma son ordinateur et se remit debout.) J'ai besoin d'un peu d'air frais.

— C'est une énigme fondamentalement biologique, dit Saperstein. Comment une cellule parmi d'autres…

Martin sortit de la hutte d'un pas incertain et gagna le bord de la rivière. Il s'arrêta sur la berge et examina le courant. Il gémit. On avait lâché sur lui les monstres, le Béhémoth de l'ontologie, le Léviathan du *liberum arbitrium*, les pattes de Béhémoth lui écrasant le crâne, les crocs du Léviathan déchirant ses chairs.

— « Maudit soit le jour qui m'a vu naître ! » s'écria-t-il, citant son héros.

Il porta les mains à son ventre, se plia en deux et rendit son petit déjeuner dans le flot rouge.

Un peu plus tard dans la matinée, Martin tint sa promesse. Il revint à la hutte et maria Évangeline et Adrian au cours d'une cérémonie toute simple et non confessionnelle, comme il en avait célébré tant de fois durant sa carrière. Saperstein et Beauchamp servirent de témoins. Ockham enregistra l'événement sur son magnétoscope.

Agacé par les critiques des deux hominiens visant son *Opus imperfectum contra Julianum*, l'évêque Augustin bouda le mariage. À un moment, comme il regardait par la fenêtre de la hutte, Martin aperçut le saint faisant les cent pas le long de la berge, apparemment en proie à quelque mystérieuse et terrible tentation. Si un individu aussi tourmenté que l'était Augustin, évêque d'Hippone, était passé par mon tribunal, nul doute, songea Martin, que je l'aurais expédié en psychothérapie séance tenante.

À midi, les passagers se retrouvèrent sur le pont arrière du *Bonnes Intentions* et bavardèrent, tandis que le pilote les régalait de margaritas maison. La recette de Belphégor différait peu de celle de Lot; faute de citrons verts, il utilisait leurs jaunes cousins.

— J'ai vu un film super l'autre jour, dit Belphégor en remplissant le verre au bord couronné de sel de Martin. *Tapineuses à la tronçonneuse.* Ça passait sur Canal Moins.

— Le mal moral, marmonna amèrement Martin. Un phénomène inévitable. Si l'on veut une liberté digne de ce nom, il faut accepter que des tapineuses à la tronçonneuse fassent partie du marché.

— Est-ce que l'un de vous l'a vu?

— Mon père en avait une affiche, dit Martin en branchant le modem sur son portable. Il était catéchiste.

— Je ne vois pas le rapport, dit Belphégor.

— Si vous y aviez été, vous comprendriez.

— À propos du *liberum arbitrium*, il y a quelque chose d'autre que nous devrions Lui demander quand nous atteindrons la glande, dit Beauchamp. À savoir, est-ce que Dieu avait tout simplement le choix quand Il créa l'univers tel que nous le connaissons? Autrement dit, avait-Il Lui-même son libre arbitre en l'occurrence?

— Bien vu, ça, Jocelyn, approuva chaleureusement Saperstein.

— Je dois avouer que je ne suis pas la première à soulever la question, dit-elle. Einstein l'a fait avant moi.

— Pas de choix? dit Martin en allumant son ordinateur. Ça ne ressemble pas à Dieu, ça.

— Réfléchissez, intervint le père Ockham. Comme G. W. Leibniz l'a fait observer il y a plus de trois cents ans, si Dieu est la meilleure de toutes les déités possibles, alors il doit avoir pourvu la Création de toutes les lois physiques possibles. Un Être parfait ne saurait accomplir sciemment un monde imparfait.

Saperstein tapota du doigt sur le modem de Martin.

— Ce qui nous ramène à votre ordre du jour. Le monde est peut-être mathématiquement idéal, mais certainement pas utopique pour ce qui est du reste.

— Si l'occasion se présente, dit Martin, retirant son courrier, j'ai bien l'intention de L'interroger sur Sa propre théodicée.

From : selkirk2@aol.org
To : marcand@prodigy.edu
Date : Jeudi 25 mai, 02 : 47 PM

Tu avais vu juste. La production de L'Éternel Carnage *a coûté six millions huit cent quarante huit mille cinq cents dollars à PBS, et quand je leur ai offert la somme rondelette de sept millions, ils se sont empressés de me refiler le bébé. Quant à leurs craintes de se faire pirater par Court TV et CNN, il n'en a même plus été question.*

Mardi après-midi, à ta demande, j'ai appâté nos étudiants sur la question ontologique, mais je doute qu'ils te trouvent quelque chose avant la semaine prochaine. En attendant, notre dossier sur les fameux « témoins théologiques » de Lovett s'épaissit de jour en jour. Oui, le Bernard Kaplan retenu par la défense est bien celui qui a commis Quand vous traversez la tempête.

Patricia et moi, nous nous sommes durement chamaillés hier soir, résultat : nous ne nous reverrons plus. C'est tout aussi bien. Son manque de foi pour notre entreprise commençait à me taper sur le système.

La fin de l'idylle Randall-Patricia emplit Martin d'inquiétude. Il se demanda lequel des deux était à l'origine de la rupture. La pensée que Randall ait abandonné sans cérémonie Patricia le mettait en colère (la pauvre femme avait déjà assez souffert comme ça), mais l'inverse – Patricia virant Randall de sa vie – n'en était pas moins troublant, dans la mesure où cela laissait supposer qu'elle était toujours entichée de l'ex-juge d'Abaddon. Et Patricia méritait mieux qu'un homme condamné à mourir à brève échéance et amoureux à jamais de sa défunte épouse.

From : marcand@prodigy.edu
To : selkirk2@aol.org
Date : Jeudi 25 mai, 03 : 10 PM.

Nous avons un autre problème. Non seulement l'argument ontologique est imprenable, mais sa contrepartie dans le domaine moral – la défense du libre arbitre – me semble également inviolable. Il y aura une prime supplémentaire de quinze mille dollars au premier qui coupera les pattes au Léviathan du liberum arbitrium.
En dehors de nos difficultés théologiques, les choses se présentent plutôt bien. Esther a engagé comme témoins quelques victimes vraiment épatantes.

Tôt ou tard, les jeunes têtes d'œuf de Harvard qu'avait recrutées Randall dégotteraient quelque chose, se disait Martin. À la pensée que les théories ontologique et du libre arbitre pourraient être démantelées au nez et à la barbe de Lovett, son cœur battait d'avance d'une joie sans vergogne.

From : esthclute@aol.org
To : marcand@prodigy.edu
Date : Jeudi 25 mai, 08 : 36 PM

Bonnes nouvelles. Notre sclérose amyotrophique latérale, Christopher Ransom, vient d'accepter notre offre initiale de quatre-vingt-cinq mille dollars, et pour notre fibrose cystique, c'est dans la poche. Son nom est Harry Elder et il refuse d'être payé. (« J'aurais le sentiment d'être un escroc », m'a-t-il dit.) Cerise sur le gâteau, Norma Bedloe est d'accord pour différer son suicide jusqu'à son passage à la barre des témoins. L'enveloppe – son « legs », comme elle aime à le dire – est de cent dix mille dollars. Si elle avait eu vent d'un moyen de mourir sans douleur, je ne pense pas qu'elle se serait montrée aussi coopérative. Je crois savoir que tous les médecins qu'elle a contactés lui ont refusé les informations qu'elle cherche.

Comme il répondait à Esther, Martin se surprit à chanter l'air des *Crabes*, de Prufrock, tapant sur ses touches en rythme avec la mélodie.

From : marcand@prodigy.edu
To : esthclute@aol.org
Date : Jeudi 25 mai, 03 : 32 PM

Comme Randall te l'a peut-être dit, il s'est assuré les services d'une certaine Tonia Braverman, experte ès tares et dépravations humaines, ainsi que du concours d'une autorité en matière de catastrophes naturelles et existentielles, Donald Carbone. Entre ces deux sommités et ta brochette de souffrants, nous avons une sacrée bonne chance de l'emporter, et pas seulement au paradis.

Ce soir-là, le *Bonnes Intentions* atteignit la source de la rivière, un geyser de sang de trois cents mètres de diamètre jaillissant à plus de trois mille mètres de haut. Le jet ne nourrissait pas seulement la rivière Hiddekel, expliqua Augustin, mais trois autres artères crâniennes : l'Euphrate qui coulait vers l'est, le Gihon qui dévalait vers le pays de Shinéar, et le Pishon qui poursuivait sa course vers le sud et Mesha.

Martin n'avait jamais vu pareil prodige, cette masse grondante s'élevant vers le ciel telle une tornade liquide. Sirotant une margarita, il se pencha par-dessus la lisse et observa le geyser de plasma.

Une chose étrange apparut.

Une cinquième rivière partait de l'Éden, juste un ruisseau, en vérité, son lit empli non pas de sang mais d'eau. Martin le reconnut. C'était sa couleur qui dévoilait son identité : l'Idée divine de la Waupelani, scintillant des légendaires carpes dorées d'Abaddon.

— Quel est le cours d'eau qui baigne la glande pinéale? demanda-t-il à Augustin.

— L'Euphrate. Mais aussi le Gihon et le Pishon et la Hiddekel, si vous voulez faire le grand tour. Ici, dans le cerveau de Dieu, tous les chemins mènent à Son âme.

— Et cette toute petite rivière là-bas, la Waupelani… est-ce qu'elle nous conduirait aussi à la glande? Augustin fit la grimace.

— Trente kilomètres plus loin, elle se déverse dans la Schuylkill et de là dans le Gihon.

— Je voudrais qu'on la suive.

— Mauvaise idée. Son lit n'est pas assez profond. Nous nous échouerions.

— Alors, j'irai seul.

— Seul? À pied?

Martin hocha la tête.

— Ça vous prendra au moins trois jours.

— Je camperai.

— Je ne suis pas d'avis que nous nous séparions, dit Ockham.

— N'êtes-vous pas trop faible pour partir ainsi à l'aventure ? demanda Beauchamp.

— Quand on est malade comme vous l'êtes, on ne prend pas de tels risques, surenchérit Saperstein.

— Je vous en prie, comprenez-moi, c'est une occasion unique qui s'offre à moi.

Martin considéra chacun de ses compagnons : Ockham était inquiet, Beauchamp confondue, Saperstein contrarié.

— Quand j'avais quatorze ans, j'ai regardé deux bulldozers détruire la maison de mon enfance. C'était une caserne de pompiers avant que notre famille s'y installe, mais mon papa en avait fait une demeure proprement magique, pleine de petites pièces et de parquets pentus sur lesquels on faisait de la glissade. Je vous parie tout ce que vous voulez que, dans l'Idée d'Abaddon, telle que l'a conçue Dieu, ma caserne de pompiers est toujours debout.

Sortant l'itinéraire de sa poche, Augustin se tourna vers Martin et déchira en menus morceaux la feuille rose.

— Que vous visitiez ou non votre lieu de naissance, nous n'avons plus besoin de ça, dit-il.

Et il jeta par-dessus bord les confettis qui furent aussitôt aspirés par la tornade rouge.

— J'espère que vous avez appris votre leçon, monsieur, reprit Augustin. La théodicée est une affaire sérieuse. L'ontologie, le libre arbitre… il faut bien plus qu'une légitime indignation pour mettre en défaite deux mille ans de pensée chrétienne subtile et courageuse. Peut-être feriez-vous mieux d'abandonner maintenant, avant que Lovett ne vous mette en déroute.

— Je vous remercie de votre conseil, Votre Grâce, mais la procédure 227 aura lieu comme prévu. Peut-être Job, si vous êtes sympa avec lui, vous laissera-t-il regarder le procès sur son téléviseur. Son écran est beaucoup plus grand que celui du diable.

À huit heures le lendemain matin, après avoir confié au père Ockham son ordinateur, son modem et son téléphone cellulaire, ainsi que les pièces à conviction théologiques, Martin prit son sac à dos et emprunta le sentier longeant la sinueuse et scintillante Waupelani.

Une marche de quinze kilomètres sous une brillante canopée neuronale l'amena aux abords du quartier nord de la communauté. Les parcs, le terrain de golf, les courts de tennis, les piscines et les jardins japonais que traversait la rivière accusaient tous l'héritage dévastateur du coma divin. Les lignes électriques n'apporteraient plus la moindre lumière et l'herbe jaunâtre, desséchée, craquait sous les pas de Martin. Tout ce qui avait fait le charme et la beauté d'Abaddon du temps de la splendeur de Dieu avait depuis longtemps disparu pendant Son sommeil.

Un spasme douloureux éclata dans la hanche de Martin. Il sortit le flacon de Roxanol de sa poche, avala deux comprimés, et attendit impatiemment que l'opium fasse son effet.

Il continua.

À midi, il atteignit les environs de son ancien lycée. Un chant cadencé et aborigène lui parvint à travers la pelouse brunie. Il s'arrêta, écouta et identifia la mélopée : un chœur d'adolescents récitant le vingt-troisième psaume.

Oui, grâce et bonheur me pressent
tous les jours de ma vie ;
ma demeure est la maison de Yahvé
en la longueur des jours.

Martin se remit en marche, suivit la rivière pendant une cinquantaine de mètres, et s'immobilisa sur le seuil d'une passerelle en bois. Lycéen, il avait traversé près de trois mille fois ce solide ouvrage ; il ne savait pas alors que les ponts de chêne n'étaient qu'un piège diabolique guettant une innocente épouse d'Abaddon. Il ferma les yeux un instant au souvenir crucifiant de la chère disparue et repartit.

Quand il eut franchi la Waupelani, il approcha de la grande porte d'entrée en verre et acier de son lycée et la poussa du plat de la main. Il n'en fallut pas plus pour que le battant se détache de ses gonds et s'abatte dans un nuage de poussière.

Comme son homologue terrestre, le hall de l'établissement version Idée de Dieu présentait une grosse mappemonde en plastique d'un diamètre d'un mètre quatre-vingts représentant en relief les continents, les mers et les pôles. S'approchant, Martin vit que le globe ne donnait pas à voir la Terre mais quelque planète infantile dont la masse n'était pas encore fracturée en continents.

Acclamez Yahvé, toute la terre,
servez Yahvé dans l'allégresse,
venez à lui avec des chants de joie !

Le centième psaume allait crescendo, se répercutant à travers les couloirs déserts. Martin entra dans l'auditorium. La poussière moquettait les allées ; les ressorts des sièges jaillissaient de la bourre tels des diables décapités ; les rideaux n'étaient que lambeaux arachnéens, comme s'ils avaient succombé à une variété de mites particulièrement voraces. L'Idée de M. Gianassio arpentait l'estrade tout en faisant son cours de littérature, un exemplaire ouvert des *Frères Karamazov* en équilibre sur sa paume.

« Dostoïevski lui-même pensait que le cœur du roman est le débat sur la nature de Dieu entre Ivan et Alyosha », disait Gianassio à tue-tête de peur que les petits chanteurs ne couvrent sa voix. « Les exemples du mal donnés par Ivan – tous relevés par l'auteur dans les journaux de l'époque – sont parmi les plus accablants jamais avancés : le jeune paysan jeté en pâture aux molosses devant sa mère parce qu'il a frappé le chien d'un noble ; le bébé que les Turcs chatouillent avec le canon d'un pistolet avant de lui faire sauter la tête ; cette fillette de cinq ans que ses parents, gens éduqués, irrités parce qu'elle a fait au lit, barbouillent de ses excréments, ils lui font manger le reste et, enfermée toute la nuit dans un réduit glacé, la pauvre petite se bat la poitrine jusqu'à l'épuisement en appelant Dieu à son secours.

« Et Ivan dit à son frère : "Imagine que tu crées un modèle de destinée humaine où les hommes seraient heureux et en paix jusqu'à la fin de leur vie, mais qu'il serait essentiel et inévitable pour cela de torturer à mort une créature sans défense – comme cette enfant qui se bat la poitrine – et de fonder cet édifice sur des larmes qui ne seraient jamais vengées. Consentirais-tu à être cet architecte dans ces conditions ?"

« Et Alyosha répond : "Non, je n'y consentirais pas." »

Sur ce, M. Gianassio referma le livre d'un coup sec et,

pivotant sur son talon droit, sortit par la gauche de l'estrade.

Dès que les chanteurs eurent terminé le psaume cent, ils entamèrent la prière du Seigneur. Suivant ses oreilles, Martin quitta l'auditorium, prit le couloir jusqu'à la salle 107, et pénétra furtivement à l'intérieur. Vingt-quatre élèves étaient assis à leurs tables, les yeux clos, la tête basse, les mains jointes, trousses de dissection et microscopes rangés devant eux. Le long des murs, des vitrines contenaient des animaux empaillés : grand duc, blaireau, lynx, tortue d'eau, crotale. Un homme d'aspect chétif, aux yeux caverneux, les doigts croisés avec tant de force que leurs extrémités étaient rouges de sang, se tenait face à la classe.

« — … pardonnez-nous nos offenses comme nous pardonnons à ceux qui nous ont offensés. Délivrez-nous du mal. Amen. »

Amen.

Le petit homme maigrelet leva la tête, cligna des yeux, et Martin reconnut Oscar Simmons, son professeur de biologie. Sans dire un mot, l'Idée de M. Simmons prit un Nouveau Testament relié de cuir rouge sur son bureau, l'ouvrit près du milieu, et tourna une seule page. Martin sourit. Chaque fois que son père avait ouvert sa bible à quelque endroit que ce fût, Martin avait été témoin de ce phénomène étonnant : Walter Candle tombait toujours à une page près sur le verset qu'il désirait consulter.

— La lecture d'aujourd'hui portera sur la première Épître de Paul aux Corinthiens…

Les élèves de M. Simmons levèrent les yeux à l'unisson. Le coma avait là aussi durement prélevé sa dîme. Avec leurs petits fronts bas, leurs yeux de pourceaux et leurs sourires édentés, ils semblaient issus non pas du vigoureux cheptel d'Abaddon mais de quelque hameau reculé où les mariages consanguins étaient de rigueur, bref une classe d'idiots du village.

— Excusez-moi, dit Martin en s'avançant.

M. Simmons abaissa son Nouveau Testament, le porta contre sa poitrine en un geste protecteur et fixa Martin d'un regard aussi sauvage que celui du grand duc empaillé.

— Si vous n'aimez pas ce que vous allez entendre, monsieur, vous pouvez quitter cette salle… à la condition de me montrer un mot de votre mère.

— Quand vous m'enseigniez la biologie, vous étiez un positiviste acharné. Que vous est-il arrivé ?

Le professeur pointa un doigt vers le ciel.

— Là-haut, oui, je suis un sceptique mais, ici, je suis un chrétien fondamentaliste. Mon cours le plus populaire s'intitule *Introduction au créationnisme scientifique.*

— La prière et la lecture de la Bible ont été bannies de l'école publique, protesta Martin. Mon camarade de classe, Randall Selkirk, a porté l'affaire devant la Cour suprême, qui a déclaré inconstitutionnel ce genre d'exercice. Ce que vous faites est illégal.

— Dans le réel selon Dieu, expliqua M. Simmons, la Cour a jugé que le premier amendement autorise la lecture de la Bible à l'école dans un but d'instruction éthique, et non pas religieuse. « Les Saintes Écritures sont une source avérée d'éducation morale, et méritent à ce titre une place dans l'emploi du temps de chaque élève », a déclaré le juge Thomas Clarke, au nom de la majorité des magistrats de la Cour suprême.

Et désignant l'intrus d'un geste théâtral, il demanda à la classe :

— Jeunes gens, savons-nous qui est cet individu ?

— Oui, monsieur Simmons, répondirent de concert les élèves, comme s'ils récitaient le Notre Père. C'est Martin Candle.

— Et quel est le projet de M. Candle ?

— Procédure 227 : la Société de Job versus Corpus Dei.

— Et que vous inspire la procédure 227 ?

— De la rage ! clamèrent-ils en se levant en chœur.

— Mais encore ?

— De la rage de mille frelons !

Il fallut à Martin quelques secondes pour réaliser les intentions de la classe de M. Simmons. Six des élèves se précipitèrent sur la porte qu'ils barrèrent de leurs corps, tandis que les autres couraient aux vitrines, arrachaient les portes et s'armaient de tout ce qu'ils pouvaient y trouver.

— Et Dieu créa *Bubo virginiamus*! brailla une fille à la poitrine plantureuse en lançant le grand duc à la tête de Martin.

L'oiseau prédateur passa assez près de son visage pour lui lacérer la joue d'une de ses griffes.

— Et Dieu créa *Castor canadensis*! beugla un gros boutonneux.

Le castor cueillit Martin au ventre, un coup pas réglo car nettement au-dessous de la ceinture.

— *Lynx rufus !* gueula une grande perche coiffée en ruche.

Le gros chat s'envola et, entrant en collision avec le front de Martin, y laissa une bosse à venir.

— *Rana catesbeiana !* brama un bigleux portant un T-shirt proclamant « Mon Dieu n'est pas mort, désolé pour le vôtre ».

Et un bocal en verre contenant un crapaud-buffle manqua de peu Martin et s'écrasa contre le mur en dégageant l'écœurante et macabre odeur du formol.

— Attention, jeunes gens, attention ! glapit M. Simmons. Vous devez répondre à une autre question. Est-ce que des bosses et des plaies empêcheront M. Candle d'aller à La Haye ?

— Non ! beuglèrent vingt-quatre gorges.

— Est-ce que des égratignures et des bleus y parviendront ?

— Non !

Mues par une seule volonté, vingt-quatre paires de mains se jetèrent sur les trousses de dissection, les ouvrirent et en sortirent les scalpels. Chaque lame avait l'air singulièrement cruelle, comme si elle avait récemment servi à une opération chirurgicale sans anesthésie. Les muscles de Martin cessèrent de fonctionner, figés par l'incrédulité et la peur.

Acier à la main, la horde s'élança vers le visiteur.

Martin balaya la salle du regard. Il n'y avait qu'une issue, une seule. Serrant les dents, il se défit de son sac à dos et, s'en servant comme d'un bouclier, courut se jeter contre la fenêtre. Par miracle, la structure tout entière céda – vitre et châssis –, se brisant comme un vase de porcelaine sous le marteau de Stuart Torvald.

Martin se lova en position fœtale. La pesanteur, invention diabolique de Dieu, l'aspira vers le bas, comme elle l'avait fait de Corinne et de sa voiture.

Aimable et profonde, la Waupelani attendait. Martin canonna l'eau et s'enfonça. Il toucha des fesses le fond sableux, donna un coup de reins, exhala une traînée de bulles et refit surface juste au moment où M. Simmons s'époumonait :

— Vous ne pourrez jamais rien contre l'argument du libre arbitre !

— C'est ce qu'on verra ! lui cria Martin, se laissant flotter sur le dos.

— Le libre arbitre doit être absolu !

Martin fit un pied de nez à son ancien professeur et se laissa entraîner par le courant doré.

10

Le crabe poursuivait ses manœuvres pernicieuses. Une nouvelle douleur dans la hanche et le fémur gauches arracha à Martin un cri qui fit se débander dans neuf directions différentes un banc de carpes dorées.

Porté par la Waupelani, Martin dérivait vers l'est. Il passa la station d'épuration de Glendale, un champ de tournesols figés par la dessiccation, et aborda les faubourgs de Kingsley. C'était un quartier défavorisé en regard de la norme abaddonienne, un de ceux dont les foyers ne possédaient ni lave-vaisselle ni séchoirs à linge. Des deux côtés de la rivière, des lessives trempées pendaient à des cordes à linge. Il prit pied et, ruisselant, remonta la berge. Il sortit son Roxanol et croqua trois comprimés.

Il attendit la première sensation de chaleur provoquée par l'opium pour se remettre en marche, observant au passage les habitations bordant la rive. Son comportement, se dit-il, tenait un peu du voyeurisme. Certes, il n'épiait pas les habitants dans leurs chambres à coucher et ne fouillait pas dans les tiroirs de leurs commodes, mais ces possessions jonchant les arrière-cours – sous-vêtements étendus à sécher, barbecues rongés par la rouille, bacs au plastique bleu fendillé – n'étaient pas destinées aux regards des étrangers. Toujours magistrat dans l'âme, il frissonna à la vue de ce que les règlements locaux appelaient les « attractions dangereuses », pour désigner les jeux et constructions pouvant s'avérer périlleuses pour les enfants : une cabane instable dans un arbre, une balançoire aux cordes usées, une fosse septique mal recouverte. Pourquoi les gens se montraient-ils si fréquemment irresponsables ?

Suivant toujours la Waupelani, il franchit bientôt les limites de la ville, les kilomètres se dissolvant dans une espèce de brume roxanolienne, jusqu'à ce qu'il parvînt enfin dans un endroit où il n'avait pas eu l'intention d'aller : le carré nord-est du cimetière de Hillcrest.

Érodées, grêlées, les pierres tombales ressemblaient à d'énormes éponges à demi enfouies dans la terre. Il accéléra le pas, aveugle aux noms, dates et épitaphes, effrayé à la pensée de tomber sur l'Idée de la tombe de Corinne Rosewood. Cette tombe-là, il la portait dans son cœur.

Au sommet d'un tertre, un petit homme sec et noueux, à la peau parcheminée, se tenait devant une sépulture surmontée d'une croix celtique. Sa tenue était à la fois sport et austère : un survêtement noir et un chapeau de paille. Il avait avec lui un sac en toile d'où il sortit une brosse métallique et une bouteille en verre remplie d'un liquide clair. Il ouvrit celle-ci et mouilla la brosse. Une odeur âcre et piquante emplit l'air : $H_2\ SO_4$, acide sulfurique, identifia Martin ; qui se souvenait du cours de chimie de M. Barzac. L'homme frotta l'inscription sur la pierre tombale.

L'acide rongea le granit, soulevant un petit nuage de vapeur suffocante.

Percevant un bruit de pas, l'étranger leva les yeux et son visage se durcit. Martin se figea de stupeur, la gorge serrée et le visage pâle.

— Papa ?

— Non, répondit l'Idée de Walter Candle.

— Comment non ? Tu es mon père et je suis ton fils.

Et, comme Martin lisait l'inscription mutilée, il tressaillit de peur avec autant de violence que si cette saleté de crabe squattant son pelvis lui avait pincé les testicules.

MARTIN CANDLE, disait la pierre. À côté, sa date de naissance : 15 MARS 1947. Celle de sa mort venait d'être effacée par l'acide paternel. HOMME INCORRUPTIBLE ET SAGE, assurait l'épitaphe.

— Jamais mon fils ne diffamerait son Créateur, dit Walter Candle.

— Pour le moment, je voudrais seulement retrouver notre vieille caserne. Elle est encore là ?

— Je suppose. Je ne suis pas allé à Fox Run depuis des années. Je ne quitte pratiquement plus l'Église presbytérienne de Perkinsville, où j'enseigne Jésus aux jeunes âmes.

— La date qui manque, celle de ma mort… c'était quand ?

— Je ne suis pas censé te le dire.

— Je t'en prie.

— Je te dirai seulement ceci : si tu ne reprends pas de l'Odradex (Walter effaça le 15 MARS 1947 de la pierre), ta fin viendra plus tôt que prévu.

Le soleil atteignait son zénith, séchant les vêtements mouillés de Martin. Ouvrant son K-way, il glissa sa main sous son tricot de peau et se gratta la peau autour du cathéter.

— J'ai le souvenir que tu préservais les épitaphes, et aujourd'hui tu les détruis ?

Walter mouilla de nouveau la brosse.

— Je sauve ce qui est digne d'être sauvé, répondit-il en s'attaquant à « HOMME INCORRUPTIBLE ET SAGE. Et j'efface ce qui ne l'est pas. C'est une jolie paire de nichons que tu as là.

— Gynécomastie consécutive aux œstrogènes. Les effets secondaires de l'Odradex sont pires encore.

Le tonnerre gronda au-dessus du cimetière de Hillcrest. Martin touchait le fond du dépit. Après une fin abrupte et déshonorante de sa carrière, une maison incendiée, le procès de La Haye lui valait le mépris posthume de son père.

— On dirait qu'il va pleuvoir, dit-il.

— À ta place, je chercherais un abri, les tempêtes cérébrales n'ont rien d'un crachin, dit Walter, poursuivant son travail d'effacement.

L'épitaphe avait changé : INCORRUPTIBLE était devenu : CORRUPTIBLE.

— Je suis heureux de te revoir, papa, dit Martin en se penchant en avant, avec l'intention manifeste d'étreindre son père, mais le vieil homme se figea comme une pierre.

— Je regrette de ne pouvoir en dire autant et de ne pas éprouver les mêmes sentiments que Luc, chapitre 15, au retour de son enfant prodigue. Car prodigue, tu l'as été, Martin, à gaspiller tes énergies dans le plus vain des projets.

— Il est parfois nécessaire de demander des comptes à Dieu. Lis Job.

— Job était pieux et fidèle, répliqua Walter en oblitérant d'un jet d'acide MARTIN CANDLE ». Il aimait son Père céleste.

— « Dieu a fait de moi Sa cible », dit Martin, citant son héros, tandis que tonnait de nouveau le ciel. « Il me cerne de Ses traits, transperce mes reins sans pitié, et répand à terre mon fiel. » Ce n'est pas un adorateur de Dieu qui parle ainsi, père, c'est un homme en colère, pas un loyal et dévoué catéchiste…

— Très bien, très bien, dit Walter, gommant HOMME. Mais Job a dit aussi : « Je ne te connaissais que par ouï-dire mais maintenant mes yeux t'ont vu. Aussi je me rétracte et m'afflige sur la poussière et sur la cendre. »

— Oui, mais pas avant d'avoir amené Dieu à S'expliquer, insista Martin.

Une grosse goutte d'un liquide laiteux s'écrasa sur son nez.

— Mais qu'est-ce que… ?

— Fluide cérébro-spinal, expliqua Walter, achevant son travail d'effaceur.

Il ne restait plus de l'épitaphe que quelques lettres : COR et SAGE.

— Ça va dégringoler d'une seconde à l'autre, ajouta-t-il avec un regard vers le ciel.

— J'aimerais bien n'être qu'un « corsage », dit Martin avec un geste de la main vers la pierre. C'est utile et, surtout, ça ne souffre pas.

Une autre goutte ponctua ses paroles d'une étoile de lait sur son front.

— Tu souffres ? demanda Walter avec un mélange de sèche curiosité et d'inquiétude sincère.

— En permanence.

Walter mouilla une fois de plus sa brosse.

— Je suis désolé, fils. Vraiment désolé.

Il effaça CORSAGE, faisant ainsi table rase de toute inscription.

La goutte suivante cueillit Martin juste au-dessus du coup de griffe reçu du grand duc empaillé.

— Mais la plus grande douleur ne vient pas de ma tumeur.

— Oh, que si. Tu choisirais le rejet parental plutôt que le cancer de la prostate tous les jours que Dieu fait.

Martin ne dit rien, frappé par la vérité des paroles de son père.

Les gouttes commencèrent de tomber, un crépitement très vite noyé par les trombes diaphanes s'abattant sur le cimetière.

Walter rangea la bouteille et la brosse dans son sac de toile et se releva.

— Dis à ta mère qu'elle me manque.

Debout parmi les pierres, trempé de fluide, il ressemblait à la Mort s'apprêtant à faire sa tournée. Il se tourna vers l'ouest et se mit en marche vers le carré des Coréens.

— Dis à ta sœur que je l'aime !

Un éclair zébra le dôme de l'hémisphère gauche tel un trait scintillant comme l'aiguille à coudre de Jonathan Sarkos. Martin aussi se remit en route, allant arc-bouté contre le vent parmi les tombes. Un deuxième éclair fendit l'espace, illuminant les inscriptions.

ABNER WHITTINGTON
NOTRE AMI ET FILS AIMÉ
1959-1988

— Je vais te rendre mon billet ! s'écria-t-il, levant un poing serré vers la voûte céleste.

SASHA REYNOLDS
1963-1967
MERCI D'AVOIR ENCHANTÉ NOS VIES
AVEC AMOUR, MAMAN ET PAPA

— Job n'avait pas les informations ! Moi, je les ai toutes !

BRANDON APPLEYARD
1992-1999
TU ME MANQUES TELLEMENT,
TOUT MON AMOUR, MAMAN

— J'ai tout le musée Kroft, Dieu ! Et *L'Éternel Carnage*! Cette fois, Tu ne pourras pas T'en sortir !

Divine dans sa colère, wagnérienne dans son ampleur, la tempête fit rage, grossissant la Waupelani d'une si grande quantité de fluide cérébro-spinal que la rivière déborda et inonda rapidement les berges, les potagers et les pelouses, emporta les tables de pique-nique, les chaises longues, les piscines gonflables. Une petite maison en plastique pour enfants passa ballottée par le flot, suivie par un chat tigré terrifié agriffé à son toit, puis par un tuyau d'arrosage, serpentant à travers le déluge tel un ténia satanique.

Martin chercha refuge sur la branche maîtresse d'un sycomore enraciné sur la frontière entre South Hills et Fox Run. À califourchon sur l'écorce humide, il regarda défiler les biens de consommation.

— S'Il retient les eaux, c'est la sécheresse, cria-t-il à la pluie. S'Il les relâche, elles bouleversent la terre.

Et puis, brusquement, comme si son imprécation les

avait apeurés, le tonnerre cessa, les nuages se dissipèrent et les éclairs s'éteignirent.

Martin descendit de son perchoir.

Prudemment, résolument, il avança le long de la berge inondée, pataugeant dans l'eau boueuse jusqu'aux genoux et, à certains endroits, jusqu'à ses cuisses douloureuses. Un canoë en aluminium gisait coincé dans la fourche d'un saule pleureur, l'intérieur encombré de pagaies fendues, de gilets de sauvetage moisis et de jouets cassés, notamment la figurine du capitaine Renardo de la *Saga des Sargasses* et un serpent de mer gonflable à l'enveloppe déchirée.

Sa première réaction fut de laisser là l'embarcation mais, voyant que la Waupelani l'emporterait tôt ou tard, il se dit qu'emprunter n'était pas voler, décoinça l'esquif et se hissa dedans.

Une fois à bord, il réalisa que la force du courant était telle qu'il n'aurait pas besoin de pagayer pour avancer. Installé à l'arrière, il se contenta de diriger l'embarcation à l'aide d'une pagaie et se laissa emporter tout en pensant à son père. Pourrait-il encore aimer l'Idée de Walter Candle ?

C'est le cœur serré de chagrin que Martin fut bientôt en vue de l'endroit où la Waupelani rejoignait l'Algonquin, rencontre écumeuse donnant naissance à la boueuse rivière Schuylkill. La démoniaque Algonquin, pensa-t-il, enjambée par le non moins démoniaque pont Henry. Son cœur battait. Resserrant sa prise sur son aviron, il verrouilla son regard droit devant lui.

Alors que la confluence approchait, il se tourna et, succombant à la tentation, jeta un regard qu'il regretta aussitôt. À cinquante mètres en amont de l'Algonquin, près de l'extrémité sud du marais d'Abaddon, la Ford Ranger de Corinne était échouée sur la berge, de l'eau jusqu'aux portières, le cadavre rigide d'un setter irlandais appuyé contre le pare-brise.

Tire-toi de là, se dit-il. Arrache-toi.

Mais il fit tourner le canoë à deux cents degrés pour en diriger la proue relevée vers la voiture de sa femme et se mit à plumer l'eau à contre-courant. Dix minutes plus tard, il avait atteint la Ranger. La portière côté conducteur était décorée du portrait écaillé d'un épagneul souriant d'une oreille à l'autre, à l'intérieur d'un cercle composé des mots Chenil de la Joie. Martin s'appuya du coude à la portière dont la vitre était brisée et regarda à l'intérieur.

Dieu merci, le corps de Corinne n'était plus là.

Il y avait un bocal rond posé sur le siège. Juste à côté, à quelques centimètres, une écrevisse gisait sur le dos, tricotant mécaniquement l'air de ses pattes. Tout près d'elle, une carpe dorée rythmait son agonie de béances buccales et de secousses caudales.

À l'intérieur du bocal en verre, une minuscule créature, rappelant le têtard par la taille et la forme mais nantie d'une tête indiscutablement humanoïde, nageait sans cesse comme sous l'effet d'une peur intense, ses petites joues frémissant de douleur.

— Es-tu Martin Candle ? demanda le têtard, un collier de bulles s'échappant de ses lèvres.

— Qu… quoi ? bredouilla Martin, stupéfait.

— Tu es le juge Candle, n'est-ce pas ?

— Euh… oui, ex-juge.

— Bonjour, papa.

— Pa… papa ?

— Oui, papa, répéta la créature. C'est vraiment très simple, ta femme était enceinte quand elle est morte.

Martin était bouche bée.

— Enceinte ? Corinne ? Tu… tu es mon enfant ?

— Hélas, c'est beaucoup dire… à quatre mille billions de cellules près.

— Oh, mon petit, nous t'avons perdu ?

— Oui, et l'*Abaddon Sentinel* en a même rendu compte dans ses colonnes. *La femme d'un magistrat de la communauté perd un embryon femelle.* Après tout, la fausse couche est à la femme ce que l'erreur judiciaire est à la justice.

— Une fille ? Tu aurais été une fille ?

— C'est le chromosome Y qui fait la différence.

Que se passait-il ? Était-il en train de rêver ? Même si c'était une hallucination, il n'en éprouvait pas moins le besoin instinctif et pressant de protéger et d'aimer ce têtard.

— J'ai toujours pensé que Jolene était un joli prénom pour une fille, dit-il d'un ton rêveur. Il plaisait aussi à Corinne.

— Je ne veux pas de prénom. Je veux une voix.

— Comment cela, une voix ? Que veux-tu dire, Jolene ?

— Je viens à toi aujourd'hui non pas comme ton hypothétique descendante mais comme la représentante de mon espèce. Les statistiques, comme tu le sais, sont affligeantes : sur six embryons qui sont appelés à se développer, deux sont éliminés au départ. De manière naturelle, j'entends. Dans toute l'histoire des hommes, il n'y a jamais eu de plus grand avorteur que Dieu. Fais en sorte que le tribunal international le sache.

— D'accord, mais le fait est, Jolene…

— Arrête de m'appeler comme ça.

— Le fait est que si j'accuse Dieu de provoquer des

fausses couches, Lovett fera donner contre moi le fromage de gruyère, à savoir que si l'on veut un univers différencié et varié, les embryons défectueux deviennent une nécessité métaphysique.

— Tu as obtenu justice pour cette femme qui a eu sa robe abîmée. Tu l'as fait pour ces deux idiotes qui se sont fait engrosser par un type qui se prétendait stérile.

— Oui, Jolene, mais c'étaient des personnes. Peut-être ne le sais-tu pas, mais là-bas, dans le monde réel, le statut de l'embryon suscite bien des controverses.

— Bien sûr que je le sais. Je ne suis pas née de la dernière pluie. Et arrête avec cette connerie de Jolene, cria le têtard, pris d'une quinte de toux. Sois notre porte-parole, juge, reprit-il. Que justice nous soit rendue.

— Mais je ne peux pas porter le problème des fausses couches devant la cour de La Haye. C'est un vrai panier de crabes.

— Laisse-moi essayer une autre tactique. (Une nouvelle crise secoua le corps éthéré.) Imagine une planète où…

— Oui ?

Le têtard ne répondit pas.

— Jolene.

Elle frissonna de la tête à la queue. Ses yeux s'enfoncèrent dans les orbites.

— Jolene ! cria-t-il, tandis que le petit corps montait vers la surface. Jolene !

Pas de réponse.

— Dis quelque chose !

Il plongea la main dans le bocal et pêcha délicatement la créature.

— Jolene ? Tu m'entends ?

Et, sous ses yeux horrifiés, Martin vit la peau de Jolene tomber comme un dé à coudre glissant du doigt de Jonathan Sarkos, révélant de minuscules organes. La désintégration continua et il ne resta bientôt plus dans la paume de Martin que quelques gouttes d'eau.

Épuisé, abasourdi, il se laissa choir sur le banc du canoë. Il reprit la pagaie, indifférent aux échardes qui s'étaient logées dans sa peau. Éloignant l'embarcation de la Ranger, il gagna une crique d'eau dormante où des crapauds anémiques chahutaient parmi les souches pourries. Il baissa la tête et, des larmes plein les yeux, il songea à un fait curieux : jamais dans tout le livre de Job, le vieil homme sur son tas de cendres n'avait pleuré la perte de ses enfants.

Alors que notre héros pleurait dans son canoë d'emprunt, j'étais à ma machine à coudre, confectionnant une salopette pour l'un de mes fidèles clients, mécano chez Boeing, qui désire garder l'anonymat.

Il s'appelle Desmond Featherstone.

L'événement qui couronna la carrière de Desmond survint le 12 août 1985. Il était 18 h 12 quand le vol 123 de Japan Air Lines, un Boeing 747, décolla de Haneda, l'aéroport de Tokyo. Treize minutes plus tard, la cloison arrière de l'appareil se rompit – suite à des réparations défectueuses de l'équipe de maintenance dirigée par Desmond –, entraînant le détachement d'une section du gouvernail qui chuta dans la baie de Tokyo. Dans le tumulte qui s'ensuivit, le personnel ordonna aux passagers d'enfiler leurs gilets de sauvetage et de se pencher en avant, la tête baissée.

À l'arrière du 747, l'hôtesse Yumi Ochiai eut les tympans éclatés, effet de la perte brutale de pressurisation.

Jetant un regard par le hublot, elle entraperçut le mont Fuji. L'avion descendait *hira hira* et, quelques secondes plus tard, il s'abattait sur les contreforts boisés du mont Osutaka. Hira hira : qui d'autre que les Japonais aurait un mot pour désigner la lente et tournoyante chute d'une feuille ?

Aux premières lueurs du matin, des équipes de sauveteurs se frayèrent un chemin à travers un paysage apocalyptique de métal calciné, de plastique fondu, de cadavres déchiquetés, de membres arrachés et de mares de sang. Pas un de ces hommes ne s'attendait à trouver de survivants. Et puis l'un d'eux repéra un mouvement parmi les décombres. C'était Yumi, grièvement blessée mais encore vivante. Quelques minutes plus tard, un autre sauveteur découvrit une fillette de douze ans prise dans la fourche d'un arbre ; miraculeusement, elle ne souffrait que de contusions mineures. Enfin ce furent une mère et sa petite fille de huit ans, toutes deux ne souffrant que de fractures, qui complétèrent la liste des rescapés.

Le 31 juillet 1986, soit un an après la catastrophe du mont Osutaka, où cinq cent vingt passagers perdirent brutalement la vie en même temps que huit fœtus adultérins et quatre embryons innocents, l'Idée de Desmond Featherstone vint à ma boutique, pour me commander un bleu de travail. Alors que je prenais ses mesures, il sortit de sa poche une photo des quatre miraculées du vol 123, qu'il avait découpée dans un journal, et me la mit sous le nez.

— Elles sont en vie, murmura-t-il d'une voix blanche en grimaçant un sourire douloureux. Elles sont toutes en vie…

Il n'empêche, de temps à autre je rencontre des gens qui ne croient pas que Dieu protège les innocents.

Pendant deux bonnes heures Martin demeura dans le canoë, ôtant l'une après l'autre les échardes de ses paumes, tandis que la nuit moite pesait sur lui. Dans le ciel luisait un croissant de lune comme une faucille d'argent. L'air bruissait des bourdonnements des insectes et du chant des crapauds-buffles. Quitter le *Bonnes Intentions* avait été une erreur, réalisait maintenant Martin. Il n'y avait aucune raison de croire que la caserne des pompiers fût encore debout, alors que plus vite il atteindrait la glande pinéale, plus vite il pourrait interroger le Défendeur sur Ses croyances personnelles.

Un son nouveau s'éleva, inattendu et cependant familier, une délicieuse voix de femme chantant *La Dame de Shalott.* Le chagrin vint se mêler aux douleurs prostatiques. Martin reprit la pagaie et, grognant et gémissant, l'enfonça dans l'eau trouble de la crique.

Elle est venue avec la marée
S'est amarrée à la jetée
Et puis elle est morte
La dame de Shalott.

Il leva les yeux. Dans la douce lumière de la lune, l'Idée de Corinne Rosewood dansait sur la rive opposée de l'Algonquin, se mouvant au rythme de la chanson. Une peau de panthère couvrait le sol sous ses pieds, à côté d'une stéréo portable. Elle ne portait aucun vêtement. Le fluide cérébro-spinal brillait sur sa peau nue. En dépit du coma divin, cette vision de Corinne n'était pas moins enchanteresse que le souvenir qu'il gardait de son équivalent terrestre. Pendant toute une minute, il resta sans bouger dans le canoë, subjugué par l'ondulation de ces hanches qu'il avait tant aimées.

Par les quais ils sont venus
Le chevalier, sa dame et leurs hôtes
Et sur la proue son nom ils ont lu
Elle s'appelait la dame de Shalott.

— Martin !

Elle avait une voix étouffée. Le marais d'Abaddon s'étendait derrière elle et les joncs et les roseaux se balançaient dans la brise nocturne.

— Martin, c'est toi ?

— Oui, c'est moi !

Pendant un bref instant, il se rappela ce qu'étaient le désir et sa suave douleur.

— C'est vraiment moi !

— Oh, Martin ! Martin !

Comme elle éteignait la musique, la lune caressa d'une lueur pâle ses cheveux roux. Martin se mit à pagayer vigoureusement, lançant le canoë tout droit vers sa chère disparue.

— Tu m'as manqué ! criait-il, le visage ruisselant de larmes. Tu m'as tellement manqué !

— Mon chéri !

— Nous l'aurions appelée Jolene, n'est-ce pas ?

— Appelé qui Jolene ?

— Mais ton enfant. Je lui ai parlé.

— Ce cerveau est hanté, Martin. Il grouille de fantômes. Ignore-les.

Il toucha à la rive et tira le canoë au sec. Il haletait à la fois d'épuisement et d'amour. La douleur irradiait sauvagement jusque dans ses fémurs, mais il s'en moquait. Se servant de la pagaie comme d'une béquille, il boita jusqu'à Corinne, mais elle lui cria un ordre qui le surprit.

— Ne t'approche pas !

Elle aurait pu être à ce moment-là l'envoyé de Dieu avertissant la femme de Lot de ne pas regarder derrière elle.

— Ne t'approche pas de moi, ne me touche pas.

Il s'arrêta.

— Je ne plaisante pas, Martin.

Il regarda le sol aux pieds de Corinne. Des touffes d'herbe à chat jaillissaient du sol sablonneux, frangeant de vert le contour de la peau de panthère noire.

— Pourquoi me dis-tu ça ?

Les cuisses et les seins de Corinne se hérissaient de chair de poule. Elle frottait doucement ses bras croisés sur sa poitrine.

— Ici, dans Son crâne, si quelqu'un qu'on aime arrive du monde extérieur et qu'il y a contact physique...

— Oui ?

— Je... je...

— Parle, Corinne.

— Je me désagrégerai.

— Te désagréger ?

— Oui, Martin. Je fondrai comme du sucre dans l'eau. Personnellement, ça ne me dérangerait pas trop, mais toi... toi, tu serais traumatisé à jamais.

— Mais c'est fou. Corinne, je ne...

Il allait dire « te crois pas », quand un souvenir lui pétrifia la langue. La militante petite Jolene s'était désintégrée dans sa paume.

— Mais pourquoi une pareille loi ? Pourquoi fait-Il ça ?

— L'insécurité, pardi. Il veut être aimé pour ce qu'Il est, non pour ce qu'Il nous donne.

Elle eut un sourire désabusé et regarda Martin.

— Alors, qui est-ce qui s'occupe de mes animaux ?

— Jenny a trouvé une vieille et riche excentrique à Main Line, Merribel Folcroft, qui les a tous accueillis dans son zoo privé.

— Formidable. Des nouvelles du Chenil de la Joie ?

— Il était florissant, quand je suis parti pour l'Europe.

— Tu n'as pas une bonne histoire de pensionnaire à me raconter ?

— Il y en a une dont je me souviens, celle de Montesquieu, un labrador, qui était chien d'aveugle à Boston.

— Montesquieu… ça, c'est un nom de chien.

— Sa maîtresse, Stephanie Brandt, a perdu la vue il y a une dizaine d'années. Rétinite pigmentaire. L'an passé, Montesquieu a commencé lui aussi à devenir aveugle – cataractes inopérables –, alors Stephanie a décidé de prendre un deuxième chien. Pas pour elle, pour Monty.

— Superbe. Et c'est le Chenil qui a pourvu le second ?

— Exactement. Une femelle berger allemand nommée Bonnie. Il faut les voir tous les trois. Stephanie, que guide son fidèle Monty, lui-même guidé par sa fidèle Bonnie.

— Ah, j'adore.

— Oui, c'est ce que je pensais, dit-il en s'appuyant de tout son poids sur la pagaie. J'ai peur que notre carré d'herbe à chat ne soit monté en graine. J'ai été tellement occupé.

Corinne acquiesça de la tête.

— Je sais. Procédure 227. Tout le monde en parle, ici.

— Je le fais pour toi.

— Non, pas pour moi.

— Tu es l'une des raisons, et sûrement pas la moindre.

— Tu le fais parce qu'à Abaddon, quand tu étais convaincu en ton âme et conscience que le prévenu était coupable, tu le condamnais et le faisais payer. Même moi, tu m'as fait payer.

— J'aimerais tellement te toucher.

— Moi aussi.

— J'ai besoin de te toucher.

— Oui.

— Tu as un si beau visage.

— Toi aussi.

— L'an prochain, je planterai tout un nouveau carré d'herbe pour les minets. D'accord ?

Corinne ne répondit pas. Elle se baissa pour éjecter la cassette de son appareil et se mit à l'évider, serpentin de Celluloïd se lovant à ses pieds.

— C'est horrible de n'être plus qu'une pensée, dit-elle enfin. Je déteste ça.

Jetant la cassette sur le sol, elle recula en direction du marais.

— Au revoir, mon chéri. Merci de m'avoir raconté l'histoire de Montesquieu.

Elle se tourna vers le nord et se mit à courir.

— Je suis morte ! cria-t-elle par-dessus son épaule. Je ne suis plus rien ! Je t'aime !

— Corinne !

Il s'élança en boitant sur sa pagaie, ses chaussures de trekking s'enfonçant dans la boue. Mais Corinne avait disparu, avalée par une mer de joncs. Il avait tellement mal aux os, une douleur mère, une douleur jusqu'à la moelle. Il s'arrêta et étudia les hampes des joncs. Des manches de fouet, pensa-t-il, avec lesquels un jour mille anges en colère le fouetteraient à mort.

— Corinne !

De nouveau le crabe attaquait. Le pelvis de Martin l'élançait au-delà du supportable. Toutes ses pensées en couvre-feu, il chercha refuge en lui-même. S'évanouissant, il chuta dans la boue tiède et, dans un reste de conscience, supplia le ciel, pria pour le pardon de son père, pour l'âme de sa femme. Et pria pour mourir lui-même en dormant, paisiblement, sans souffrir, tel un heureux pensionnaire du Chenil de la Joie.

— Réveillez-vous.

Une voix mâle, caverneuse et malveillante.

— Levez-vous et marchez, monsieur Candle. Votre voyage n'est pas terminé.

Martin cligna fortement les paupières et prit conscience sans joie qu'il n'était pas mort. La puanteur d'Abaddon emplissait ses narines. Une paire d'énormes lucioles de type mutant dansaient au-dessus de lui en clignotant d'une vive lumière rouge. Elles se figèrent soudain dans l'air pour prendre les yeux de Jonathan Sarkos.

— J'ai dormi longtemps ? demanda Martin.

— L'aube approche, répondit Sarkos, dont le visage et les épaules étaient éclairés par les rayons rubis jaillissant de ses pupilles. Vos amis pèlerins sont à moins de cent kilomètres de la glande.

— Cent kilomètres… ça fait cinquante milles ?

— Un petit peu plus de soixante. Les Américains n'ont pas encore le système métrique ?

— Non.

— Eh bien, il serait temps qu'ils s'y mettent.

À l'aide de la pagaie, Martin se remit debout. Il regarda Sarkos, qui se solidifiait dans la lumière naissante du jour. Le tailleur était à cheval, chaussé de bottes montées d'éperons affilés comme des rasoirs, ses jambes gainées d'un collant noir. Couverte de plaies jobiennes, sa monture ressemblait aux bêtes tirant le corbillard de *Crabes*, la pièce jouée dans la vallée des Ossements desséchés.

— Pas vraiment le parangon de son espèce, mais je l'aime quand même, dit Sarkos, tapotant l'encolure de la rosse. Ah, vous auriez dû voir le tout premier *Equus caballus* à sortir de la chaîne… quel animal ! Si un chameau est un cheval dessiné par un bureau d'études, monsieur Candle, alors un cheval est un chameau dessiné par Dieu. Montez et accrochez-vous.

Martin ne bougea pas.

— Allons, pèlerin. Embarquez. Vous n'avez donc pas confiance en moi ?

— Non, répondit Martin, la bouche pleine de Roxanol. Absolument pas.

— Je ne peux pas vous dire ce que vous trouverez dans la glande. Une réponse à l'argument ontologique…

S'agrippant au dossier de la selle, Martin se hissa sur la croupe osseuse de la carne.

— En avant, Mal de Mer ! cria Sarkos, enfonçant ses éperons dans les flancs chevalins.

C'est ainsi que commença une randonnée crucifiante à travers le marais d'Abaddon, puis une savane herbeuse et enfin dans l'aridité d'un désert archétype. À l'est se dressait une rangée d'obélisques, dont les formes sculptées par le vent rappelaient les figurines du jeu d'échecs en jade que Martin avait vu chez Lovett. À l'ouest s'étendait un infini de dunes, moutonnant comme les vagues de quelque vaste océan sur une planète inconnue. Se retenant au dossier de la selle et se gavant de Roxanol, Martin parvint à tenir sur Mal de Mer, heure après heure, jusqu'à ce que le soir descende.

Sarkos arrêta sa monture devant une radieuse métropole, aux donjons incrustés de pierreries, aux murailles ponctuées de tours de guet en marbre, aux portes monumentales en or. La vive lumière régnant sur la cité semblait provenir, non pas d'une source d'énergie extérieure, mais des matériaux mêmes des ouvrages. Des ponts d'obsidienne polie enjambaient l'eau noire des douves courant autour des remparts.

— Mais c'est une ville, observa Martin, en se laissant glisser à terre.

— En effet, dit Sarkos. Les glandes pinéales de la plupart des gens ont la forme d'un gros haricot, mais celle de Dieu ressemble à une ville.

Il embrassa d'un large geste du bras le rempart du sud.

— Voici l'Idée de Jérusalem. Un lieu glorieux, même encore aujourd'hui, aussi vous pouvez vous imaginer comment c'était du temps de Sa splendeur.

Sarkos sortit des fontes de sa selle un rouleau de parchemin. Il le déploya. La complexité de la carte stupéfia Martin : on aurait dit le diagramme cellulaire d'une créature si complexe que même Dieu du temps de Sa toute-puissance aurait eu du mal à la concevoir. En tout cas, ça n'avait rien du plan d'une agglomération.

— Vous devez passer de ce côté de Jérusalem à cet autre, dit Sarkos, en tapotant la carte de son ongle courbé.

— Vous ne venez pas ?

— Trop occupé. J'ai une grosse commande. L'Idée de Joseph Smith[1] vient juste d'inventer une nouvelle forme de christianisme, encore plus bizarre que la pré-

1. Fondateur de la secte des mormons (1805-1844). (*N.d.T.*)

cédente, et il a besoin de tout un lot de vêtements sacerdotaux.

Il fit volter sa monture.

— Allez trouver le roi Jésus ! cria-t-il par-dessus son épaule en lançant Mal de Mer au galop. L'endroit est marqué d'une croix !

Il s'avéra que la carte de Sarkos était bien plus lisible qu'il n'y paraissait de prime abord et, en dépit d'une configuration urbaine voisine du labyrinthe avec ses innombrables culs-de-sac, ses ruelles tortueuses et leurs plaques en hébreu, Martin put clopiner efficacement en direction de la porte nord. L'Idée de Jérusalem était propre, en bonne condition, et étrangement déserte, comme si l'Accusé réservait Ses dernières forces à l'entretien de la cité plutôt qu'à la remise en circulation de ses habitants. Alors qu'il négociait le dédale des rues pavées d'or ou de rubis, Martin ne croisa pas une seule personne, pas un seul chien ni chat.

Le lieu marqué d'une croix était une colline boueuse située à quelque huit cents mètres de la porte. Le plan de Sarkos la désignait comme étant le mont Golgotha, qui se distinguait d'entre ses semblables par une particularité lugubre : dix mille crânes humains étaient incrustés dans ses flancs comme des raisins secs sur un cake.

Martin approchait du sommet par le versant sud quand il découvrit Saperstein, Ockham et Beauchamp venus par l'ouest, leurs sacs à dos bourrés de tout ce qu'ils avaient pu prélever sur le Corpus Dei. La hache de Noé pendait à l'épaule du père Ockham, donnant à ce jésuite blafard un air de rudesse. L'extrême fatigue des scientifiques échouait à masquer leur joie. Chacun arborait l'expression d'un gosse de bonne famille épiscopalienne courant découvrir ses cadeaux un matin de Noël.

— Nous avons réussi ! lui cria Beauchamp. Jusqu'à la glande !

— Augustin nous a dit que le seul à pouvoir nous renseigner était le roi Jésus, ajouta Saperstein.

— Comment c'était, Abaddon ? demanda Ockham.

— Lugubre, répondit Martin. De la pluie, des tombes, des fantômes. Impossible de retrouver la maison de mon enfance.

Une étrange scène attendait les neuronautes à leur arrivée tout en haut du Golgotha. Un homme jeune et musclé, vêtu d'un peignoir blanc en tissu-éponge, portant un catogan et une couronne d'épines, s'échinait dans l'intention peu commune de se crucifier lui-même. Il disposait des outils appropriés – marteau, longues pointes de fer, croix de bois gravée du « titre » INRI – mais ce n'en était pas moins une tâche irréalisable. À chaque fois qu'il parvenait à clouer l'une de ses mains, il devait la libérer pour clouer l'autre.

— Excusez-moi, dit Saperstein.

— Oui ? dit l'homme d'une voix particulièrement chaleureuse.

— Pardonnez-moi de vous interrompre, mais ne seriez-vous pas le roi Jésus ?

— Si fait, répondit l'homme.

Avec son teint basané, ses yeux turquoise et sa barbe bien taillée, il ressemblait à Jeffrey Hunter dans *Le Roi des rois* – la version de Nicolas Ray, 1961 –, le film préféré de Martin Candle après *Ben Hur*.

— Et vous, reprit l'homme, vous êtes Irving Saperstein, n'est-ce pas ? Et Thomas Ockham, Jocelyn Beauchamp et Martin Candle. Vous tombez à pic. Dans le temps, j'avais des centurions pour m'assister… et, oh, de si grandes foules de pleureuses jalonnant la Via Dolorosa et des centaines de lépreux rassemblés à mes pieds transpercés, impatients de cueillir sur leur langue une goutte de mon sang.

Il s'étendit sur la croix, bras écartés, chevilles jointes.

— Aidez-moi, voulez-vous, monsieur Candle ?

Avec une réticence viscérale, Martin s'empara du marteau, qui ressemblait fort à celui du juge Torvald.

— Vous êtes sûr que…

— Trois petits coups suffiront à enfoncer le clou. Je ne sentirai presque rien.

Martin se laissa tomber à genoux, plaça l'une des pointes ensanglantées sur la paume offerte de Jésus, leva le marteau et… suspendit son geste.

— Regardez, vous tous, intervint Jésus, déçu par la frilosité de Candle. Voici l'homme qui tuerait Dieu et qui est incapable de clouer la main d'un roi déchu. Allons, monsieur, du cran. Il faut battre le fer quand il m'en chaut.

— Je ne peux pas.

— Pourquoi ?

— Vous êtes innocent.

— Oh, si vous le prenez comme ça, donnez donc les outils au Dr Saperstein, ici présent. Mais retenez ce que je vais vous dire, monsieur Candle : avant que votre vie s'achève, vous aurez le droit à un second essai et, cette fois-là, vous ne faillirez pas.

— Je n'exécuterai jamais un homme qui n'a commis aucun crime.

— Je veux bien essayer, dit Saperstein en prenant le

marteau. De toute façon, le peuple auquel j'appartiens par le nom n'en sera pas moins accusé de tous les maux.

— C'est bien vrai, soupira le roi des Juifs.

— Irving, ne vous forcez pas à faire une chose qui vous répugne, dit Beauchamp.

— Vous vous en voudrez terriblement au réveil, demain matin, dit Ockham en sortant son Caméscope de son sac à dos.

Saperstein se pencha au-dessus du roi.

— N'est-il pas dans notre intérêt à tous que nous répondions à sa demande ? demanda-t-il à la ronde.

— Certainement, répondit Jésus. Allez, enfoncez-moi ce clou !

— Une minute, que je me concentre...

— Tout de suite !

— Que Dieu me pardonne ! cria Saperstein en frappant d'un grand coup de marteau la large tête de la pointe.

Et de frapper encore et encore.

Tandis que le fer pénétrait la chair et que le sang giclait, Jésus poussait des cris aussi déchirants que ceux du bélier Gordon sous le couteau d'Abraham.

— Excusez-moi, dit Saperstein en tentant d'essuyer le sang maculant son K-way.

— Il est désolé, ajouta Beauchamp.

— Un remords tardif, commenta Ockham.

Le sang continuait de couler tout autour de la pointe fichée dans la chair.

— Je... je te pardonne, Saperstein, dit Jésus entre ses dents serrées, le corps frissonnant de douleur. Mais... l'autre main... maintenant.

— Si j'ai bien compris ce qu'on m'a dit, vous n'êtes pas seulement une sous-déité, dit Saperstein. Pas seulement le Fils de Dieu, mais le Créateur en Personne.

— Tout juste.

— Alors, pourriez-vous me dire comment les spirochètes adhèrent à la *Myxotricha paradoxa*?

— Contentez-vous d'enfoncer le clou, d'accord?

— Et comment une cellule embryonnaire devient-elle un cerveau?

— Le clou, professeur.

— Comme vous voudrez, dit Saperstein, levant haut le marteau.

— Aaaaïeee!

Balayant du revers de la main la sueur de son front, Saperstein tendit les outils à Beauchamp.

— J'en ai assez, dit-il.

— Doux Jésus, est-ce que Fermat a vraiment démontré son dernier théorème? demanda Beauchamp en s'agenouillant aux pieds du roi des Juifs et en plaçant une pointe sur ses chevilles croisées. Ou bien devons-nous accepter la solution d'Andrew Wiles?

— Non, ne faites pas ça, Jocelyn! cria Ockham.

— Allez-y! ordonna Jésus. Clouez-moi, nom de Dieu!

Et Beauchamp cloua. Trois coups magistraux de précision et de force suffirent à crucifier les pieds de Jésus, qui hurla et gigota comme une bête prise dans les mâchoires d'un piège.

— Comment pourrais-je démanteler l'argument ontologique derrière lequel s'abrite l'injustice flagrante de Dieu? demanda Martin.

— Que préférez-vous avoir : une réponse à votre question ou la guérison de votre cancer? demanda le Sauveur d'une voix haletante.

— La guérison.

— Vous êtes honnête, voilà qui me plaît. Hélas, je ne peux vous accorder ni l'une ni l'autre.

— Je croyais que l'accomplissement des miracles n'était qu'une formalité pour vous, dit Ockham, cadrant la croix et son pensionnaire dans le viseur de son Caméscope.

— Il n'a jamais été question de miracles, mais de guérisons par la foi, répliqua Jésus. Et si l'on veut être guéri par la foi, il faut d'abord avoir la foi.

— Mais j'ai la foi, protesta Martin.

— Foutaises. Même moi, je n'ai plus la foi depuis belle lurette. Allons, soulevez-moi, je vous prie. Tout mon poids doit peser sur les clous. Dans peu de temps, je n'aurai plus la force de me soulever assez pour pouvoir respirer et je mourrai asphyxié, comme tout crucifié.

— Si vous ne pouvez pas m'éclairer sur la question ontologique, qu'en est-il de l'argument du libre arbitre ?

— Je ne suis pas théologien. Dressez cette croix !

— On ferait mieux de faire ce qu'il nous demande, dit Saperstein.

Les neuronautes unirent leurs énergies pour redresser le Sauveur sur sa croix et planter celle-ci dans le sol boueux en la calant à l'aide d'un monticule de crânes moissonnés aux abords du sommet.

— J'ai soif, dit le crucifié.

Ockham dévissa sa gourde et, se dressant sur la pointe des pieds, en posa le goulot sur les lèvres de Jésus.

— Un peu de vin vous fera du bien.

— Merci beaucoup, répondit l'assoiffé en sifflant une bonne rasade.

— Voulez-vous du Roxanol ? demanda Martin. C'est efficace contre la douleur.

— Volontiers.

Martin visa soigneusement et lança avec précision un

comprimé qui atterrit dans la bouche ouverte du Seigneur.

— Merci, dit ce dernier en croquant le puissant analgésique.

— M. Sarkos nous a laissé entendre que ce serait dans la glande pinéale que nous aurions les réponses aux questions qui nous taraudent, dit Ockham.

— M. Sarkos est un fieffé menteur.

Saperstein glissa un crâne dans son sac.

— Il nous a pourtant garanti qu'on aurait entière satisfaction !

— La vie est pavée de désillusions.

— J'ai une question à laquelle vous avez sûrement une réponse, dit Beauchamp. Cette inscription au-dessus de votre tête, sur la croix, et qu'on retrouve sur toutes les représentations de votre crucifixion... que veut-elle dire ?

— Impossible naturellement de revenir immédiatement.

— Pourquoi le proton dans un atome d'hydrogène est-il trente-six fois plus lourd que l'électron ? demanda Saperstein.

— Étant donné l'imminence de ma mort, il faut que je vous indique comment rentrer chez vous, dit Jésus. Par quel nerf optique êtes-vous entrés ? Le gauche ou le droit ?

— Le droit, répondit Ockham.

— Prenez la direction de l'est. Au bout de trois kilomètres, vous atteindrez la porte de Jappa. Elle sera légèrement entrebâillée. Faufilez-vous et vous serez en moins de deux au terminus du nerf optique gauche. Suivez le conduit et, une heure plus tard, vous verrez le chiasme.

— Vous voulez dire que si nous étions entrés par la gauche, nous aurions atterri ici directement ? demanda Ockham.

— Non. Quel que soit le nerf que mes visiteurs empruntent, ils atterrissent toujours sur le gazebo des dinosaures. Irrationnel, non ? Comme Dostoïevski a dit : « Si toute chose sur terre était rationnelle… »

— Comment sont attachés les spirochètes ? cria Saperstein, les yeux brillant comme ceux du Léviathan. Vous connaissez la réponse ! Dites-la-moi ! Est-ce que Dieu a exercé Son libre arbitre en façonnant l'univers ? Allez ! Accouchez !

— Chaque fois que je meurs, c'est plus dur que la fois précédente.

— Quelle est la valeur exacte de la constante de Hubble ? Vous le savez, Jésus ! Je sais que vous le savez ! Hubble, Jésus ! Hubble ! Hubble !

— De plus en plus dur…

— Je vous en supplie ! Je dois savoir ! Pourquoi la turbulence ? Est-ce que Fermat a démontré Fermat ? Combien de spirochètes peuvent danser sur la tête d'une épingle ? Est-ce que l'hydrogène a son libre arbitre ? Qui a commencé, l'œuf ou la poule ? Allons, Jésus, restez avec nous. Tenez bon, que diable ! Un peu de nerf !

— Joyeuses Pâques, murmura le Sauveur d'une voix éteinte.

Ses yeux roulèrent dans leurs orbites, son corps s'affaissa, et sa tête tomba en avant comme celle d'un mannequin dont on aurait tranché la ficelle.

Une bruine épiphysique se mit à tomber.

— C'est fini, dit doucement Ockham.

— Deux semaines entières dans le cerveau de Dieu, et rien à se mettre sous la dent, dit Ockham.

— J'en connais qui vont être déçus, dit Beauchamp, pensant à son institut de recherches.

— Au moins pouvez-vous rentrer chez vous, dit Martin. Moi, j'ai toujours une bataille à livrer.

Troisième partie

Dieu en rade

11

L'Asie nous a donné le sacrifice des veuves et le système de castes. L'Afrique a fait de la famine un art. L'Amérique du Nord a maintenu l'esclavage plus longtemps que je n'aurais osé l'espérer. L'Amérique du Sud a donné à la dictature et à la répression du peuple ses lettres de noblesse. L'Australie a prouvé au monde qu'un bon aborigène était un aborigène mort. Quant à l'Arctique et à l'Antarctique, ils ont des climats de rêve. Mais de tous les continents qui constituent la planète Terre, l'Europe reste la plus chère à mon cœur et la plus proche de mon esprit.

Je ne parle pas ici de l'exploitation du prolétariat, des guerres mondiales, du totalitarisme soviétique (bien que toutes ces performances ne m'aient nullement échappé), mais du fait que l'imagination européenne m'a permis, du temps où Il avait encore toute Sa tête et Son corps, d'exercer mes fonctions avec la plus grande efficacité. Le concept d'un démon est intrinsèque à l'islam, bien sûr ; les anciens Hébreux avaient leur adversaire, leur Satan ; les Égyptiens craignaient une sombre divinité appelée

Set ; les adeptes de Zoroastre croyaient en Ahriman, essence de la destruction, toujours en guerre contre Ohrmuzd, source de tout ce qui est bon et beau. Mais ce n'est qu'en Europe chrétienne que le prince des ténèbres acquit une personnalité aussi vivante et attachante qu'un personnage de Dickens.

Aussi, quand le *Carpco New Orleans*, l'*Arco Fairbanks* et l'*Exxon Galveston* parvinrent en vue des côtes hollandaises, mes yeux s'emplirent de larmes et des vagues de cette mélancolie universelle – la germanique Weltschmerz – déferlèrent sur votre serviteur. Schonspigel, Funkeldune, Belphégor et moi étions assis devant mon petit Zénith à l'heure dite, grignotant des bretzels, tandis que nous parvenaient sur CNN les premières images de la grande flotte surgissant des brumes de la mer du Nord. Quand un zoom sur le port de Scheveningen emplit l'écran, je pointai la télécommande, éteignis le poste et fondis en larmes.

L'Europe, l'Europe, bon Dieu ! J'étais chez moi.

La lumière des Pays-Bas ne manque jamais de m'émouvoir. J'aime cette substance, la lumière. Lucifer, le porteur de lumière. Et en la matière, les Hollandais sont des maîtres : Rembrandt, Steen, Hals, Vermeer ; et, bien sûr, ce furent eux qui durant le XVIIe siècle permirent à la lumière de la Raison de briller sur la civilisation occidentale avec une intensité inégalée ; eux encore qui non seulement virent naître Baruch Spinoza, mais encore accueillirent John Locke et René Descartes. Que serais-je devenu, après tout, sans l'apogée et le déclin de la Raison ? À quoi aurais-je jamais pu servir si les cléricaux, les mystiques, les gourous, tous les escrocs faisant commerce des croyances les plus imbéciles ne pouvaient pointer un index vindicatif vers la Hollande du XVIIe et dire :

« Voyez, mesdames et messieurs, nous avons essayé la rationalité, essayé le scepticisme, et cela ne nous a menés à rien. »

De son côté, le capitaine Anthony Van Horne n'était pas franchement heureux de toucher au havre de Scheveningen. Amarrer Dieu menaçait d'être une tâche titanesque, un tour de force aussi insensé que le remorquage du Corpus Dei depuis le golfe de Guinée jusqu'aux glaces du cercle polaire. Il n'y avait pas que la rade, dont les marées puissantes et les courants fantasques conspiraient à créer de traîtresses conditions d'accostage, il y avait aussi les autres navires : des douzaines de cargos, des yachts privés, les puissants hors-bord de CNN et de tant d'autres chaînes de télévision, sans parler des quatorze canonnières du *Glaive de Jéhovah.*

À 16 h 15, le capitaine entra dans la timonerie du *Carpco New Orleans*, chaussa ses lunettes noires et se mit au travail. La tâche s'avéra encore plus ardue que prévu. Il manœuvrait depuis à peine une heure lorsque son pétrolier manqua éperonner un chalutier belge ; vingt minutes plus tard, il défonçait près de trente mètres d'un ponton. Mais le grand marin qu'il était finit par surmonter toutes les difficultés, et ce fut dans la splendeur du couchant que la chambre froide de la General Dynamics et le cœur-poumon de Lockheed furent arrimés contre six jetées adjacentes par un véritable écheveau de câbles et de filins.

À 18 h 45, Van Horne ôta ses lunettes pour les remplacer par ses jumelles et scruta le rivage. Il fit la grimace. D'ordinaire, après un accostage aussi éprouvant, il s'accordait une visite dans l'une des tavernes du front de mer, mais les foules de reporters, d'équipes de TV, les partisans du procès et leurs ennemis, sans compter les hordes de cinglés idéologiques de tous bords, lui interdisaient cette perspective rafraîchissante.

Il passa la nuit dans sa cabine, prisonnier sur son propre navire, jurant qu'au grand jamais il ne remorquerait le corps de Dieu, quelle que fût la somme qu'on lui offrirait.

Le lendemain matin, juste au moment où il s'apprêtait à lever l'ancre pour ramener la flotte de supertankers en Amérique, la cavalerie arriva : quatre mille parachutistes onusiens qui s'étaient envolés de Belgique pendant la nuit et avaient sauté aux alentours de Leyde.

À l'instar de Van Horne, les soldats de la paix connaissaient leur boulot et, au soir, les quais étaient dégagés, au point qu'il ne restait plus un seul journaliste ni jéhovien. Ce fut ainsi que notre capitaine put enfin descendre à terre et gagner le King's Arms, un faux pub anglais dans Gevers Deijnootplein.

Bien que la convoitise ne soit pas mon seul défaut, je dois avouer qu'elle me cause bien plus de peine que tous mes autres péchés réunis. Tandis que Van Horne était juché sur un tabouret du King's Arms, à siroter dans une chope en grès de la bière Grolsh tout en pensant à sa femme et à son jeune fils restés à New York, je fus saisi d'une bouffée de convoitise si aiguë que mon cœur vira aussi vert que la reine de jade sur l'échiquier de Lovett. Le battement sourd du réanimateur cardio-pulmonaire de Lockheed se répercutait à travers le port – un son dérangeant, à la fois mécanique et organique, aggravant le mal du pays qu'éprouvait le capitaine. Ma jalousie avait atteint un point insoutenable, quand Van Horne avala la dernière gorgée.

La bière hollandaise : c'est fini, on n'en trouve plus. Dieu, en Son coma, a oublié la formule. Et moi, assis là, dans mon échoppe, serrant dans ma main non pas l'anse virile d'une chope mais une pathétique boîte de Budweiser, je pleurais d'envie à la pensée de l'onctueux houblon d'une Grolsh.

Comme à son départ de Philadelphie, Martin découvrit La Haye depuis l'habitacle confiné d'un véhicule blindé des Nations unies. Par la lucarne d'observation – une fente horizontale qui donnait du monde une vision en Cinémascope –, il vit les magasins, les églises et les maisons aux larges fenêtres où les plantes vertes tenaient lieu de rideaux. Les soldats de la paix, omniprésents, érigeaient ici un barrage, là un rempart de sacs de sable ou tendaient des barbelés entre les poteaux de signalisation. Le temps qu'il parvienne au Huize Bellevue, Martin comprit pourquoi la procédure 227 exigeait un aussi gros budget. Les forces de sécurité, à elles seules, coûtaient probablement à Lovett la bagatelle de cinquante mille dollars par jour.

Bien que deux mois se fussent écoulés depuis que Martin avait reçu des menaces de mort, il devait toujours se déplacer incognito. Sa barbe ne poussait plus depuis qu'il ingérait les œstrogènes de la Feminone, aussi s'était-il collé une fausse moustache, complétant son déguisement de lunettes noires et d'un feutre mou. Cette fois, ses gardes du corps étaient scandinaves : Olaf, un Suédois, et Gunnar, un Norvégien, chacun trimballant dans un holster un automatique de calibre 45. Et, alors que ses deux anges gardiens athlétiques se chargeaient de ses valises et l'escortaient dans l'hôtel, Martin se dit qu'au cours des semaines à venir ils feraient tous les trois une équipe inséparable... des siamois triplés.

Le hall du Huize Bellevue bruissait comme une ruche : soldats de l'ONU fouillant les bagages des clients, garçons d'étage allant et venant, des liasses de fax à la main, bref, autant d'activités qui semblaient liées au procès imminent. Martin avança sur le sol de marbre brillant, encadré de Gunnar et d'Olaf. Il atteignait la réception quand il prit douloureusement conscience que le cancer avait étendu son empire. C'était maintenant sa colonne vertébrale qui faisait l'objet des assauts du crabe ; la douleur était telle qu'il avait l'impression que Jonathan Sarkos se servait de ses vertèbres comme d'un marimba. Il s'envoya deux Roxanol et guetta les premiers signes de soulagement.

Trois hommes tirés à quatre épingles approchèrent et se présentèrent en anglais : Albregt Van Randwijk, le maire de La Haye, Hans De Groot, capitaine de police, et Pierre Ferrand, greffier de la Cour internationale de justice.

— Au nom de notre cité et de ses habitants, je vous souhaite la bienvenue, dit Van Randwijk.

Le maire, espèce de Fiorello La Guardia[1] hollandais ventripotent et vif, portait un costume de soie noire serré aux entournures.

— Je vous remercie, dit Martin, soulagé que l'opium vienne enfin apaiser son tumulte intérieur.

— Nous vous avons réservé la suite 300, avec sauna, bar et petit salon, dit Pierre Ferrand, un petit bonhomme nerveux qui ne correspondait pas à l'être morose et pâle que Martin s'était imaginé à la lecture des divers courriers que le greffier lui avait adressés. Plus deux

1. Fiorello (Henry) La Guardia, 1882-1947, homme politique américain, maire de New York de 1934 à 1945. *(N.d.T.)*

chambres à coucher avec douche, ajouta-t-il à l'adresse des gardes du corps.

Il tendit une clé à Martin et une autre à Olaf.

— Je suppose que vos papiers sont en règle, dit De Groot d'une voix rocailleuse. Aussi installez-vous sans tarder dans votre suite et prenez une bonne douche chaude.

Un énorme trousseau de clés pendait au ceinturon de cuir fauve ceignant son ventre rond. Manifestement, cet homme avait accès à toutes les portes de la ville.

— Chouette idée, dit Martin, montrant son passeport à De Groot tout en songeant combien son accent américain sonnait grossièrement dans cette vieille cité qui vit naître Rembrandt.

Les innombrables clés cliquetèrent tandis que De Groot se balançait d'un pied sur l'autre.

— Pas de drogues dures dans vos valises, je présume ?

Une petite croix en or pendait au revers de son veston croisé à rayures. Son attitude envers la procédure 227, se dit Martin, ne devait pas être très éloignée de celle des jéhoviens. De Groot aurait sans doute préféré embastiller les ennemis de Dieu plutôt que de les inviter à prendre des douches chaudes.

— Pas de fusil d'assaut ni de cadavre non plus ?

— Non, rien que six caleçons et tricots de peau, deux complets de lin et l'*Opus imperfectum* de saint Augustin, dit Martin. Ainsi que les liens du jeune Isaac, l'oreille droite de Mme Lot, et la hache de Noé, aurait-il volontiers ajouté s'il n'avait craint qu'une telle révélation ne débouchât sur des embarras douaniers.

— Si vous avez besoin de quoi que ce soit, n'hésitez pas à m'appeler, dit Van Randwijk.

— Je suis désolé de troubler la tranquillité de votre ville, dit Martin. Tous ces soldats…

— Au contraire, nous sommes enchantés de ce qui nous arrive. Tous les hôtels affichent complet et les bars, les brasseries et les friteries sont bondés. D'ici que le procès soit terminé, la ville escompte un bénéfice de six millions de florins. Cette procédure 227 est, grâce à vous, la meilleure affaire que La Haye ait jamais faite depuis le festival de jazz de la mer du Nord.

Ce ne fut qu'une fois dans sa chambre que Martin mesura pleinement son épuisement. Laissant ses gardes du corps partir à la recherche de leurs quartiers, il s'effondra sur le canapé et s'endormit sans même avoir le temps d'enlever ses lunettes et sa moustache postiche.

Il se réveilla une heure plus tard, se défit de son déguisement et, s'emparant de la télécommande, mit le téléviseur en marche. Un match de foot apparut à l'écran, suivi aussitôt d'une publicité pour la bière Oranjeboom. Il zappa et tomba bientôt sur une scène de film en Technicolor : deux hommes russes par la langue et du XIXe siècle par les costumes conversaient avec passion. Martin reconnut aussitôt la version anglaise des *Frères Karamazov* réalisée par Richard Brooks en 1958, sous-titrée en hollandais.

« Et si je suis un homme honnête, je suis prêt à le retourner sans tarder, disait Richard Basehart dans le rôle d'Ivan à William Shatner, incarnant Alyosha. Ce n'est pas Dieu que je n'accepte pas, Alyosha, je ne fais que Lui rendre respecteusement mon billet. »

Ce à quoi Shatner répliquait :

« C'est de la rébellion. »

Le neurone optique n'eût pas été mort, Martin lui eût prêté cette diffusion pour le moins pertinente. Force lui était de reconnaître là une manifestation du hasard.

Il croqua un Roxanol, changea de chaîne et apparurent les images d'une conférence de presse dont les intervenants ne lui étaient pas étrangers : Saperstein, Ockham et Beauchamp assis derrière une herse de micros. Doublées par la traduction hollandaise, leurs voix étaient inaudibles, et Martin ne comprenait pas un mot de ce qu'ils pouvaient bien raconter de leur voyage fantastique à l'intérieur du corps de Dieu. Tous trois, cependant, semblaient fort réjouis, comme s'ils avaient rapporté de leur expédition toutes les réponses qu'ils en attendaient, de Fermat aux spirochètes. Peut-être Saperstein et consorts étaient-ils tout simplement heureux de ne pas avoir obtenu les solutions à ces énigmes et de savoir que leur aventure leur avait au moins prouvé une chose : ce n'était pas Dieu qui mettrait les scientifiques au chômage.

Il regarda par la fenêtre. Le clocher de l'église hollandaise réformée se dressait dans le crépuscule, découpant sa flèche noire sur le disque orange du soleil. Comme il abaissait son regard, il remarqua une corbeille de fruits sur la console juste au-dessous de la fenêtre. Il se leva et, traversant en boitant le petit salon, plongea la main entre une banane et une orange pour retirer une élégante carte en papier de riz portant ces simples mots :

Cher Monsieur Candle,

Je saisis cette occasion pour vous souhaiter bonne chance dans le combat qui nous attend. Il me tarde que les hérauts sonnent le début de nos joutes théologiques. Que le meilleur gagne !

Sincèrement vôtre,

Gregory Francis LOVETT.

PS. Je compte toujours sur vous pour comparaître comme témoin de la défense.

Un staccato de claquements secs résonna soudain dans le couloir de l'étage. Des coups de feu ? se demanda Martin. Une tentative d'assassinat sur les scientifiques par un actionnaire d'Éternité & Co ? Il jeta un coup d'œil à l'écran. Saperstein et les autres poursuivaient leur conférence. Mais le bruit semblait se rapprocher. Claudiquant vers la porte, il allait tourner la poignée, quand Olaf et Gunnar surgirent dans le salon par la porte de communication.

— N'en faites rien ! cria Olaf.

Martin s'écarta. Olaf ouvrit la porte, tandis que Gunnar plaqué contre le mur était prêt à bondir sur l'intrus.

Patricia se tenait sur le seuil, un sac de marin jeté sur l'épaule, son corps élancé moulé dans les couleurs primaires : un chandail jaune, un pantalon de toile bleue, une écharpe de soie rouge. Une chaleur oubliée caressa le bas-ventre de Martin.

— Salut, voisin.

— Voisin ? demanda-t-il, l'air confondu.

— J'ai la suite 307, un peu plus loin dans le couloir. Dis donc, Martin, je viens de faire six mille kilomètres. Tu n'es pas content de me revoir ?

— Vous connaissez cette femme ? demanda Olaf.

— Pas aussi bien qu'il le croit, dit Patricia.

— Que fais-tu en Hollande ? demanda Martin en allant reposer son pelvis douloureux sur le canapé.

— Je suis venue pour la lumière. J'ai une nouvelle commande et je veux la peindre sous le même soleil que Vermeer.

— Encore des vignettes ?

— *La Révolte des insectes.*

Elle s'assit à côté de lui et sortit un croquis de son sac à dos : une gigantesque sauterelle dévorant les clients d'un fast-food Burger King.

— Une bande de technocrates concocte un insecticide supposé éradiquer les cafards, mais le remède s'avère pire que le mal : le produit pollue l'atmosphère et provoque une mutation chez tous les coléoptères qui deviennent aussi gros que des hélicos.

— Ça ne m'a pas l'air très plausible.

— Non, mais c'est ça que j'aime, dit Patricia, fermant les yeux. Le spina-bifida, lui, est plausible.

Alors qu'Olaf et Gunnar s'éclipsaient discrètement, Martin choisit une prune dans la corbeille de fruits, empoigna sa plus grosse valise et s'en fut en boitant dans la chambre. À sa grande déception, un large miroir était accroché au-dessus de la commode. Il frissonna. Quoi qu'il accomplisse durant l'été, il ne pourrait se libérer de lui-même, ne pourrait échapper à ses joues osseuses, à ses yeux enfoncés et injectés de sang, à sa boiterie et à ses nibards de majorette.

— J'ai appris que Randall et toi avez passé du bon temps le mois dernier, dit-il quand Patricia l'eut rejoint.

— On peut dire ça, fit-elle avec indifférence.

Comme il reposait sa valise, Martin eut l'impression que la hache de Noé venait de heurter son séchoir à cheveux.

— Et vous avez rompu?

— J'ai rompu.

— Vraiment? Pourquoi?

— Tu sais très bien pourquoi.

— Est-ce si romantique que ça, d'aimer un homme condamné par le cancer? Les morts-vivants seraient-ils irrésistibles?

— Tiens, c'est toi qui me reprocherais d'aimer les morts ?

Elle s'approcha du miroir et pressa sa paume sur la glace. Elle s'écarta, laissant une empreinte spectrale qui s'effaça lentement.

— Martin, une chose me tracasse. Randall m'a montré la correspondance que vous échangiez…

Il mordit dans sa prune et fronça les sourcils.

— Et alors ?

— Alors, ne vois-tu pas l'effet que ce procès a sur toi ?

— Non, mais tu vas me le dire.

— Il est en train de te pervertir.

— Ah oui ? Et comment ?

— « Esther a engagé comme témoins quelques victimes vraiment épatantes » – je te cite. Esther a engagé comme témoins quelques victimes vraiment épatantes !

— Je suis fatigué, Patricia.

— Des victimes épatantes ? C'est dément.

— Vraiment fatigué.

— Quel intérêt y a-t-il à gagner la procédure 227, si l'on doit y perdre son âme ?

— Crois-le ou non, mais j'ai beaucoup réfléchi à ce sujet.

Il se tut un instant pour grignoter sa prune jusqu'au noyau.

— Je te concède que les choses prennent un tour étrange quand les victimes commencent à être épatantes mais, entre gagner mon procès et perdre mon âme… eh bien, il n'y a pas à hésiter.

— Je suis contente de te l'entendre dire.

— Si Dieu était reconnu coupable, être damné ne serait pas cher payé.

— Martin, tu es impossible.

Porté par le vent, le martèlement du cœur-poumon artificiel entra dans la chambre. Martin se leva et ferma la fenêtre, opération qui réveilla trente-six douleurs de son épaule droite à son fémur gauche.

— Et autre chose, tout cet argent jeté à la ronde.

Elle posa la valise de Martin sur le lit et en releva les deux fermoirs.

— Est-ce bien moral que des gens se fassent ainsi graisser la patte pour s'en aller étaler leurs misères en public ? C'est un procès que tu veux ou une vulgaire émission de télé ?

— Les témoins ont droit à un dédommagement.

— Les médias les traiteront de mercenaires, et tes jobiens finiront par se bouffer entre eux.

— Mais ce sont des mercenaires.

Il se demanda s'il allait jeter le noyau sur Patricia et puis choisit la corbeille.

— J'aimerais bien qu'on parle d'autre chose, cette conversation commence à me dégoûter.

— Je laisse tomber le sujet si tu me laisses t'injecter l'une de ces ampoules, dit-elle en sortant une boîte d'Odradex de la valise.

— Non, pas question.

— Tu as mal.

— C'est pour ça que Dieu a inventé le Roxanol.

— Tu souffres rien qu'en marchant, je le vois sur ton visage. Je devrais peut-être t'acheter une canne.

— Oh oui. Lovett en a une en rotin. Ou pourrait avoir un duel à la canne.

Patricia poussa un grand soupir et rangea la boîte d'Odradex.

— C'est quoi, ça ? demanda-t-elle en extrayant une poche en plastique.

— L'oreille droite de Mme Lot.

— On dirait un morceau de sel.

— C'en est un.

Avec un geste qui parut érotique même à la libido en berne de Martin, elle défit son foulard de soie écarlate pour le passer autour du cou de Martin.

— Tu penses vraiment être en guerre, n'est-ce pas ?

— Oui.

— Alors, accepte ce présent. Un chevalier ne devrait jamais partir au combat sans porter les couleurs de sa dame, d'accord ?

— Cela dépend.

— De quoi ?

— Du désir de la dame de voir son chevalier triompher.

— Je ne veux pas que tu gagnes et je ne veux pas que tu perdes.

Saisissant les pointes du foulard, elle attira le visage de Martin près du sien.

— Ce que je veux, c'est que tu restes en vie le plus longtemps possible.

Il eut un sourire triste.

— Tu te souviens de la première fois que je suis venu chez toi ?

Il introduisit son index sous sa chemise pour frotter doucement sa peau irritée autour du cathéter.

— Quand on était assis par terre, sur le tapis, et qu'on s'accrochait l'un à l'autre comme deux naufragés.

— Bien sûr que je m'en souviens.

Un grand silence suivit. Ils se déshabillèrent et se glissèrent sous la couette, la tête de Patricia posée sur la poitrine de Martin, son nez près de la valve de plastique. Martin passa son bras autour du cou de la jeune femme.

Le gentil rythme de sa respiration, si dissemblable du tambourinement du réanimateur, s'allia à une montée opiacée pour calmer les nerfs à vif de Martin.

Patricia se mit à sangloter.

— Tendre Patricia, tendre Patricia…

— Tellement plausible.

— Plausible ?

— Spina-bifida. Un enfant torturé.

— Oui, plausible. Oui.

— Il me manque.

Il caressa la chevelure de jais du plat de la main.

— Rends ton billet, Patricia. Comme je rends le mien.

— Mon billet ?

— À l'univers de la souffrance non réparée.

— Une idée tentante, c'est vrai.

— Fais-le.

Mais au lieu de retourner leurs billets, ils finirent par s'endormir.

Quand, le lendemain samedi, Martin découvrit par un beau soleil matinal le palais de la paix, il pensa que l'édifice aurait mieux convenu à un opéra. Des colonnes de style corinthien s'élevant le long d'une façade baroque soutenaient un entablement dont la pierre était gravée de grappes de raisin. Entre chaque paire de colonnes, la statue d'un grand homme politique – Dag Hammarskjöld, Raoul Wallenberg, Benjamin Franklin, Charles Maurice de Talleyrand-Périgord – contemplait la place bordée d'arbres.

— L'histoire commence en 1899, expliqua Pierre Ferrand à Martin, flanqué de ses deux anges gardiens, quand le tsar Nicolas II appela de ses vœux une conférence de paix dans le but d'arrêter la course européenne à l'armement. Tout le monde s'assit à la table de La Haye pendant deux semaines. On but du vin, on dénonça la guerre et on décida la création d'une Cour permanente d'arbitrage, devenue aujourd'hui la CIJ. Pendant des années, la Cour n'eut pas de siège, jusqu'à ce que le philanthrope américain Andrew Carnegie en finance la construction.

Il y avait foule sur la place. Des touristes, les marchands tenant les innombrables petits stands de souvenirs, les soldats de la paix, les officiers de police de Hans De Groot et les équipes des radios et des télévisions du monde entier, dont les câbles serpentaient sur les larges dalles de granit. Les techniciens s'activaient avec la suffisance grossière propre aux gens de l'image, installant caméras et disques satellites, entrant et sortant de leurs fourgons de régie. Dissimulé derrière sa moustache postiche et ses lunettes noires, Martin gagna le stand de souvenirs le plus proche et en examina l'étalage. La moitié des articles portait des inscriptions en hollandais, en allemand ou en français ; le reste était en anglais. Il vit des fanions proclamant le « Procès du millenium », des autocollants déclarant : « Mon Dieu est innocent, le vôtre aussi, j'espère », et des T-shirts imprimés aux effigies de Stuart Torvald et de G. F. Lovett.

Pour huit florins, il acheta un livre intitulé *L'Histoire de la procédure 227*. À son grand soulagement, le vendeur ne le reconnut pas.

Le procès ne commencerait pas avant trois jours, mais des centaines de personnes squattaient déjà les marches du palais. Martin, Ferrand et les deux gardes du corps montèrent prudemment, s'efforçant de passer pour de simples touristes, afin de ne pas attirer l'attention sur eux. La plupart des squatters avaient un sac à dos et un sac de couchage et s'apprêtaient à dormir à la belle étoile dans l'espoir d'avoir une place le jour de l'ouverture. Il y avait là une majorité de jeunes, chevelus et pas très propres sur eux, dont on aurait pu croire qu'ils attendaient d'acheter des billets pour un concert des Guns N'Roses. À en juger par leurs pancartes, ils se divisaient en deux clans à peu près égaux. Pour chaque « Libérez l'auteur du libre arbitre », il y avait un « Débranchez-le, maintenant ». Pour chaque « Les jobards à l'asile », on comptait un « Tuez un homme et vous êtes un assassin, tuez-en cent millions et vous êtes Dieu ».

Guidés par Ferrand, Martin, Olaf et Gunnar franchirent une lourde porte de bronze gravée d'une pieuse injonction : FIAT LUX, qui fit souhaiter à Martin que Patricia trouve ici la lumière qu'elle cherchait pour peindre. Les quatre hommes débouchèrent dans une vaste cour intérieure décorée de tapisseries médiévales et de tableaux Renaissance.

— Peu de temps après la pose de la première pierre, les chefs d'État européens sacrifièrent un peu de leur précieux temps réservé à leurs préparatifs guerriers pour doter cet atrium de chefs-d'œvre sans prix, dit Ferrand avec un joyeux cynisme. Au début de la Première Guerre mondiale, le palais de justice était devenu l'un des plus beaux musées d'Europe.

Après avoir enfilé un couloir de marbre et grimpé un escalier en colimaçon, ils arrivèrent dans la salle d'audience du tribunal. Elle était immense : un ensemble de plusieurs niveaux et de galeries lambrissées de chêne, de cabines pour les interprètes, de tables et de bancs, de barres, de pupitres et d'estrades et, surtout, de drapeaux, trois cents au moins, de tous les pays du monde.

Bien entendu, ici aussi des techniciens de télévision

s'affairaient à installer les appareils qui capteraient et retransmettraient à travers la terre entière les images du PROCÈS DU MILLENIUM.

Encastrés dans le mur ouest, six grands vitraux gothiques représentaient des magistrats dont les décisions avaient eu une répercussion sur les affaires du monde. Il y avait là, entre autres, Francis Biddle qui présida au procès de Nuremberg et John Devey, membre de la commission qui innocenta Trotsky après sa mise en accusation par un tribunal irrégulier de Moscou.

En dépit de la magnificence des lieux, Martin se sentait chez lui. Le prétoire de la Cour internationale de justice, pensait-il, n'était rien d'autre qu'une version grandiose et fastueuse de son petit tribunal d'instance d'Abaddon.

Il se tourna face au banc des juges et descendit l'allée d'un pas claudicant en laissant courir sa main sur la balustrade d'acajou. Plus que jamais, il se voyait tel un chef de guerre – Napoléon soi-même peut-être, reconnaissant le terrain sur lequel les troupes combattraient le lendemain. Sur quelle colline disposerait-il son artillerie ? Par où ferait-il donner la cavalerie ? Atteignant le banc, il se retourna et, levant son regard sur Ferrand, il sourit.

— C'est parfait.

Ils terminèrent leur visite par les quartiers de l'accusation, une suite de vingt bureaux entourant une rotonde coiffée d'un dôme, au milieu de laquelle se découpait la silhouette squelettique de Randall Selkirk. Une mallette à la main, il discutait avec l'amazone de Trenton, Esther Clute. Tandis que Martin allait saluer ses compagnons jobiens, la situation lui inspira un sourire ironique. Pour les baptistes, les jéhoviens et autres assujettis à la crainte de Dieu, l'équipe d'accusation faisait partie d'une vaste et byzantine conspiration, alors qu'en réalité ses trois membres se connaissaient si peu les uns les autres.

— Ta moustache est aussi convaincante que l'argument disciplinaire, dit Randall en serrant la main de Martin.

— Elle remplit son office.

Esther rapporta qu'à l'exception de Christopher Ransom leur sclérosé amyotrophique latéral, et de Harry Elder, leur pépé cystico-fibrosé, les ténors de la souffrance étaient déjà arrivés à La Haye. Le premier de leurs deux experts – le cataclysméticien Donald Carbone – arriverait vendredi. Les dossiers attendaient Martin dans son bureau, en même temps que dix copies de l'acte d'accusation.

Martin enleva sa moustache pour se gratter la lèvre supérieure.

— Nos petits génies de Harvard ont-ils trouvé quelque chose ? demanda-t-il à Randall.

— Rien sur l'argument ontologique…

— Je m'y attendais.

— Mais ils ont passé au scanner les témoins théologiques de la défense et, comme je le soupçonnais, le frère Sebastian Cranach est leur poids lourd.

Selkirk ajouta que Martin trouverait aussi sur sa table une douzaine de numéros du trimestriel *Augustinien* et la *Revue thomiste*, contenant les articles du moine.

— Pas vraiment de la littérature de gare. Espérons que les juges trouveront Cranach aussi impénétrable qu'il m'a paru.

Martin éprouva en entrant dans son bureau une variété bégnine de claustrophobie. Le réduit ressemblait au cockpit d'un avion : étroit, désorientant, encombré d'appareils – téléphone, ordinateur, modem, fax, imprimante, photocopieur. Un distributeur de café et de lait chaud dominait la table de travail au design danois et ses piles de chemises contenant les actes judiciaires, les dépositions, les transcriptions des entretiens avec les victimes appelées à témoigner, les publications de théologie, ainsi que les vidéocassettes de *L'Éternel Carnage.*

Tandis qu'Olaf et Gunnar s'installaient dans la pièce voisine – aménagée en salon de détente avec télé et magnétoscope – et se passaient la version doublée en hollandais de *Cheers*, Martin se mit au travail. À quatre heures de l'après-midi, son estomac manifestait de plus en plus fort son horreur du vide. Dieu merci, le cancer ne lui avait pas encore ôté l'appétit.

Le soir tombait, quand il s'attabla en compagnie de ses gardes du corps dans une de ces gargotes puant le poisson frit de la rue Nieuwe Parklaan. Il commanda une *haringsalade* et jeta un coup d'œil à l'*Histoire de la procédure 227.* Parmi les éléments mis en lumière, il y avait onze portraits à la gouache des principaux acteurs du procès : Lovett, Martin, Randall, Esther, Dieu, Sebastian Cranach, Bernard Kaplan, Eleanor Swann, Donald Carbone, Tonia Braverman et Stuart Torvald. Son portrait plaisait à Martin. L'artiste, un Hollandais du nom de Van Brunt, l'avait dépeint le regard intense mais non hagard, les traits creusés mais point cadavériques.

L'*Histoire de la procédure 227* se terminait par un article signé Morris Stackpole, un professeur de philosophie de l'université de Binghamton. D'après Stackpole, une étrange révérence était au cœur du projet de Martin Candle. « Un homme qui affronte Dieu est un homme qui prend Dieu au sérieux et, par là, Lui rend hommage, écrivait le professeur. Blâmer le Tout-Puissant revient à L'honorer. » Une pensée pertinente et troublante, se dit

Martin, tout à fait le genre d'idée perverse qui vient aux philosophes quand ils sont payés pour ça.

Sur le chemin du retour, ils s'arrêtèrent pour voir la fameuse ville miniature du Madurodam, une copie au vingt-cinquième d'une bourgade hollandaise. Martin ne fut guère impressionné par la maquette et il aurait regretté sa visite sans la lecture de la plaque de bronze dans le hall d'entrée. Il y était expliqué que J. M. L. Maduro avait construit cette miniature en souvenir de son fils, qui s'était distingué durant l'invasion allemande de 1940 et était mort cinq ans plus tard à Dachau.

Le mal moral. Un phénomène dont, à en croire saint Augustin, l'Accusé ne pouvait être tenu responsable.

— Nous verrons, murmura Martin, levant une invisible chope d'Oranjeboom à la mémoire du fils de Maduro. Nous verrons.

Dans la soirée du dimanche, après avoir passé un après-midi besogneux à étudier le catalogue du musée Kroft et à voir les trois premiers épisodes de *L'Éternel Carnage*, Martin donna – aux frais de Lovett – une réunion-banquet dans les salons Rembrandt du Huize Bellevue. À l'exception des victimes trop occupées, malades ou dans l'incapacité de voyager, tous les membres de la Société de Job se pressaient au somptueux buffet où prédominaient le porcelet rôti et le fricandeau de veau et autres plats de la rustique et grasse cuisine des Pays-Bas. À la vue de ses « troupes », Martin éprouva un grand réconfort. Comment les « témoins théologiques » de Lovett pourraient-ils contrer le témoignage muet de Norma Bedloe et de son masque à oxygène, de Peter Henshaw et de sa perfusion, de Julia Schroeder et de son appareil à dialyse portable ?

Pendant qu'on servait le dessert – les malades à qui les médecins permettaient les sucreries avaient le choix entre des tartes aux pommes et des strudels accompagnés de crème glacée –, Martin se leva et fit tinter son verre à eau avec sa cuiller à dessert. Le général s'adressant à ses troupes : une scène classique qui lui rappelait Henry V galvanisant ses hommes le jour de la saint Crispin, George Patton exhortant son infanterie au début du film biographique *made in Hollywood.*

Martin déclara à ses Jobiens qu'un dur combat les attendait. Il les avertit que la procédure judiciaire, à La Haye, tenait plus des tribunaux ayant à juger des crimes de guerre que des procès américains. Qu'ils oublient Perry Mason. Qu'ils chassent de leur mémoire la médiatique épopée d'O. J. Simpson. Ici, la défense et l'accusation jouiraient d'une grande latitude pour contre-interroger les témoins. Les objections étaient permises dans le principe, mais bien peu d'entre elles seraient acceptées.

— Pour finir, je tiens à vous dire qu'aucun d'entre vous n'est obligé de témoigner à la barre contre sa propre volonté.

— Rien au monde ne m'empêchera de dire ce que j'ai à dire, affirma le cul-de-jatte Stanley Palomar en se balançant dans son fauteuil roulant.

— Avant que nous répétions vos témoignages, je voudrais vous lire ma déclaration préliminaire.

Martin sortit un cahier de sa mallette et, inclinant légèrement la tête, ajusta ses lunettes à double foyer.

— La forme en est un peu rude, mais vous me direz ce que vous en pensez. Prêts ? Alors, voici.

Il croqua un Roxanol et s'éclaircit la voix.

— Avec la permission du tribunal... Le cas sur lequel

vous aurez à statuer – la Société de Job, plaignante, versus Corpus Dei, Accusé – est paradoxal...

— ... paradoxal à l'extrême, déclara Martin au monde occidental.

Il prit une profonde inspiration et s'appuya des avant-bras au pupitre pour atténuer la pression sur ses hanches défaillantes. Les projecteurs de la télévision lui fatiguaient les yeux et arrachaient des perles de sueur à son front. Comme il portait son regard vers le banc des juges, il sentit des gouttes de transpiration ruisseler sous ses aisselles et son complet de lin, un vêtement qu'il avait acheté juste avant d'embarquer sur le *Carpco New Orleans*, qu'il avait choisi blanc pour symboliser la pureté de ses intentions et une bonne taille au-dessus pour dissimuler ses formes féminisées. Amérique, Grande-Bretagne, France, Hollande, Italie, Mexique, Argentine, Israël, Inde : les neuf juges – robes rouges, perruques et rabats blancs, équipés chacun d'écouteurs et d'un écran vidéo – le considéraient d'un même regard dur et froid.

— Il est paradoxal non seulement parce que l'Accusé dans Sa gloire était divin mais encore parce qu'il était précédé d'une réputation sans tache. Dieu, nous ont sans cesse répété Ses partisans, était bon. Paisible, disaient-ils. Magnanime, aimant, et juste.

Il grimaça. Sa voix s'était légèrement voilée en prononçant « magnanime » et « aimant ». Il avala une gorgée d'eau et s'exhorta à plus de fermeté.

— L'accusation entend démontrer que la vérité est aux antipodes. À travers les témoignages des experts et des victimes, nous prouverons (quelle que soit la dette que nous devons à l'Accusé pour le simple fait d'exister) que

Dieu S'est toujours comporté de façon à proprement parler criminelle.

Cherchant à souligner cette dernière phrase, il eut un ample geste du bras en direction du portrait de Francis Biddle, mais ne réussit qu'à gifler le microphone placé devant lui, provoquant une bruyante détonation électronique. Il serra les dents et poursuivit.

— Nous prouverons que durant ces deux millénaires, alors que Dieu était censé être le maître de l'univers, Il a causé, approuvé ou laissé commettre une accablante quantité d'atrocités.

Il se tut un instant, troublé par la voix de l'interprète féminine qui traduisait ce qu'il disait en français, la seconde langue officielle de la Cour internationale.

— Quelles étaient ces atrocités ? La liste complète des crimes de l'Accusé ne pourrait contenir dans mille volumes. Aussi nous contenterons-nous de prendre ici et là, presque au hasard. En l'an 19 avant Jésus-Christ, un tremblement de terre ébranla la côte orientale de la Méditerranée, faisant cent mille victimes dans ce qui est aujourd'hui la Syrie. En l'an 125 après Jésus-Christ, une peste ravagea l'Afrique du Nord, provoquant la mort d'un million de Numides et de Carthaginois…

Martin disposait de trois cent quatorze autres exemples, formant un catalogue qui excluait la disparation des dinosaures du crétacé : si séduit eût-il été par Vivien et Lawrence, il sentait que leur tragédie n'émouvrait pas les juges. Il passa une heure à réciter les péchés de Dieu, jetant de temps à autre un regard à la table de l'accusation, massif plateau de chêne drapé d'un tissu vert, où Esther ne manquait pas de l'encourager d'un clin d'œil, tandis que Randall levait le pouce en signe de victoire et que Gunnar et Olaf lui souriaient de concert.

— Les philosophes divisent les souffrances humaines en trois catégories. Il y a d'abord le mal naturel. Séismes, ouragans, sécheresses, pestes, spina-bifida. Puis nous avons le mal moral – des horreurs commises par l'*Homo sapiens* au nom de la nécessité historique de l'autodéfense. La croisade contre les albigeois, l'Inquisition espagnole, la Première Guerre mondiale, Dachau, Hiroshima, Rwanda. Enfin nous avons le mal existentiel – l'interface traîtresse entre l'ingénuité humaine et les faits bruts de la gravité, de la combustion et du pourrissement. Le 10 août 1887, un train d'excursion dérailla d'un pont à chevalet à Chatsworth, dans l'Illinois, causant la mort de quatre-vingt-sept personnes, hommes, femmes et enfants. Le 10 mars 1906, un coup de grisou dans la mine de Courrières, en France, fit plus de mille victimes parmi les mineurs. Le 24 décembre 1924, deux cents élèves et leurs parents étaient réunis dans le gymnase d'une école à Babb's Switch, en Oklahoma, pour assister à un spectacle de Noël. Tandis que le père Noël distribuait les cadeaux, il renversa par inadvertance un sapin décoré de petites bougies. Trente-six enfants et adultes périrent dans l'incendie qui en résulta.

Sa voix se faisait plus forte au fil de son discours. Je peux mener à bien cette bataille, se dit-il. Je suis aussi déterminé que Job.

— Mais à la longue les distinctions apportées par les philosophes ne comptent guère. Ce qui importe c'est de savoir si notre Créateur avait de Son vivant la volonté ou non de prévenir de telles tragédies.

Martin glissa sa main dans la poche de son pantalon et sentit sous ses doigts la soie du foulard de Patricia. Il le sortit et s'épongea le front tout en jetant un coup d'œil à la table de la défense. Vêtu d'un complet de tweed qui rappelait celui que portait Augustin, Lovett levait une tasse de thé fumante à ses lèvres. Son frère et aide de camp, Darcy – un colosse au nez couperosé et aux sourcils broussailleux –, était assis à côté de lui, l'air inconsolable, une flasque en argent serrée dans sa main.

— Permettez-moi de conclure d'une note personnelle. Enfant, je n'ai jamais manqué une messe à l'église presbytérienne de Perkinsville, Pennsylvanie. Devenu jeune homme et dans les premières années de ma vie d'adulte, je n'ai jamais douté de la bonté de Dieu. Comme vous pouvez l'imaginer, l'entreprise dans laquelle je me suis lancé m'a plongé dans un profond désarroi spirituel.

Une mouche traversa la salle en bourdonnant et vint cogner contre le vitrail représentant John Dewey. Martin abaissa son regard sur le sténographe de la Cour, un jeune homme mal peigné, au nez aquilin, dont les doigts volaient sur les touches de son ordinateur.

— Et cependant, s'il y a un principe sacré auquel je me suis tenu pendant ma carrière de juge de paix de l'agglomération d'Abaddon, c'est celui-ci : une fois que l'on est persuadé de la culpabilité d'un prévenu, il faut poursuivre cette personne avec diligence et sans défaillance. Toute autre attitude serait une insulte à la justice. Je vous remercie, messieurs les juges. J'en ai terminé pour le moment.

— Le tribunal se retire pour déjeuner, annonça Stuart Torvald en présentant aux caméras de Court TV un visage sur lequel l'ennui le disputait à la contrariété.

— Faut-il vraiment qu'on se farcisse cette merde ? demanda Funkeldune avec un mouvement de menton vers mon Zénith.

Il plongea la main dans le saladier de pop-corn, retira une pleine poignée de grains et les enfourna dans sa bouche.

— On va manquer le Club 700.

Je levai les yeux de ma machine à coudre. À l'écran, un reporter de CNN se livrait depuis les marches du palais à une brève analyse des propos de Candle. Je retournai à mon ouvrage : un drapeau américain pour l'école qui avait brûlé dans l'Idée de Babb's Switch, Idée de l'Oklahoma.

— Sache que tu es en train d'assister au procès le plus dément depuis l'affaire O. J. Simpson, dis-je à mon disciple.

— Hé, lâche-moi, tu veux, dit Funkeldune, tandis que le maïs commençait d'éclater dans la fournaise de sa gueule. Pop, pop, pop. Avec Simpson, on avait du sexe, de la violence, de la jalousie, des chiens, des flics ripoux, un accusé charmant : tout, quoi. Alors que là, ce Candle est triste comme un costume trois-pièces et il fait rien que causer.

Schonspigel engloutit une barre mahousse de chocolat.

— On pourrait pas regarder le Superbowl à la place ?

— *Alerte à Malibu* ? demanda Funkeldune. Pop, pop, pop.

— Non.

— *La Croisière s'amuse* ? suggéra Belphégor.

— Non.

— *La Roue de la fortune* ? quémanda Schonspigel.

Je n'ai pas daigné répondre.

— Avez-vous lu cet article de Morris Stackpole ? demanda Martin à Randall et à Esther à la fin du déjeuner en poussant vers eux l'*Histoire de la procédure 227*.

— C'est du pipeau, commenta Randall.

— Tu ne crois pas que blâmer le Tout-Puissant revient à l'honorer ?

— Si je le pensais, je sauterais dans le premier avion pour Boston.

— Ne me dis pas que toi, tu marches là-dedans, dit Esther.

— J'ai besoin d'y réfléchir.

— Mais c'est tout réfléchi, dit Randall.

— Qu'importe, j'ai besoin d'y réfléchir…

— La défense fait sa déclaration préliminaire, annonça Torvald, ajustant sa perruque d'un geste timide.

Serrant sa canne de rotin sous son bras, Lovett s'avança devant la cour, sortit de sa poche un manuscrit enroulé et le déroula sur le pupitre.

— Avec la permission du tribunal… je commencerai par dire que la défense ne se satisfera pas du seul fait que l'Accusé aura été déclaré innocent de tout crime. Un verdict de « non-culpabilité » serait ici inadéquat. Nous entendons prouver non seulement l'innocence fondamentale de notre Père mais encore Sa totale et éternelle perfection. Nous vous révélerons un Créateur digne d'être adoré à l'extrême. Si notre but se bornait à protéger notre Client du débranchement et de la mort, nous demanderions à la cour d'annuler ce procès. Notre demande serait fondée sur le fait que la Cour internationale est habilitée à juger les hommes et non pas les divinités et que votre juridiction, messieurs les juges, ne saurait s'étendre à ce qui est d'essence purement spirituelle. Mais nous ne poserons pas semblable requête. Au contraire, nous ne saurions être davantage satisfaits par l'ouverture de la procédure 227. Cela fait bien trop longtemps que les meilleures solutions au problème du mal ont été la possession jalouse de quelques théologiens enfermés dans leurs tours d'ivoire. Quand je regarde autour de moi dans ce prétoire, je vois des caméras, des microphones, des journalistes. À cela, je dis : « Très bien ! » Notre Client n'a rien à cacher. Il S'est justifié Luimême devant Job, et avant la fin de l'été, Il Se sera justifié devant vous.

Lovett entreprit ensuite une analyse philosophique des trois qualités que Dieu de Son vivant était censé posséder : l'omnipotence, l'omniscience et l'infinie bonté. Il releva qu'au cours des ans les épistémologistes avaient tenté de poser des limites au pouvoir de l'Accusé, à Ses connaisances, à Sa générosité. Ces sophistes égarés aimaient à certifier, par exemple, que Dieu ne pouvait résoudre la quadrature du cercle ni créer une pierre si lourde qu'Il n'eût pu la soulever. Ils disaient encore que Dieu avait manifestement échoué à prévoir la chute d'Adam et, consécutivement, l'indignation légitime qu'il en conçut. Au regard de Lovett, de tels arguments n'étaient que jeux de mots et vaines tentatives de diminuer la grandeur de Dieu.

— Une solution populaire à l'énigme de la souffrance, une solution avec laquelle je ne ferai perdre de temps à personne durant ce procès, est essentiellement un compromis. Cette réponse implique que l'évidence du mal nous interdit d'attribuer à Dieu les trois qualités qui L'ont toujours défini. Si l'Accusé était omniscience et infinie bonté. Il ne pourrait être omnipotent, sinon Il serait intervenu pour abréger nos misères. Si l'Accusé était omnipotence et infinie bonté, Il aurait dû être conscient de nos tourments. Enfin, s'Il était toute-puissance et omniscience, Il aurait été alors au mieux immoral, au pire pervers. Nous ne choisirons pas l'issue la plus facile. Nous ne prétendrons pas que notre Client ignorait la misère humaine, pas plus que nous ne suggérerons qu'Il était dans l'incapacité d'y mettre fin. À ce point de mon discours, je n'en voudrais à aucun d'entre vous s'il pensait : « Cette énigme est insoluble. Ou Dieu est tout-puissant et, dans ce cas, Il est coupable, ou Il n'a jamais eu de pouvoir et, dans ce second cas, Il n'a jamais été Dieu. » Mais l'énigme est résoluble, messieurs les juges. La réponse est satisfaisante mais subtile. Vous devrez écouter attentivement mes témoins, dont l'un sera, je suis heureux de l'annoncer, Martin Candle en personne, un homme possédé par la passion de percer le mystère de la souffrance humaine. D'ici la fin du procès, vous saurez tous pourquoi il n'y a pas de contradiction entre la réalité nue de la douleur et l'acceptation d'un Créateur omnipotent, omniscient, d'une infinie bonté et digne d'être adoré. Merci.

— Alors, qu'est-ce que vous pensez ? demanda Martin avec appréhension à ses compagnons.

— Si jamais je faisais sauter une école maternelle, dit Esther, je choisirais Lovett pour me défendre.

— Fais-en sauter dix, dit Randall, et je parie qu'il te défendra pour pas un sou.

— Le tribunal suspend la séance jusqu'à demain matin dix heures, annonça Torvald, ponctuant ses paroles d'un coup de marteau léthargique.

12

Les seuls journaux en anglais disponibles au stand de presse de l'hôtel Bellevue étaient l'*International Herald Tribune* et *USA Today*. Le lendemain de sa déclaration préliminaire, Martin acheta un exemplaire de chaque pour cinq florins pièce. Curieusement, *USA Today* couvrait l'ouverture du procès de manière bien plus complète que le *Tribune* mais témoignait beaucoup moins de sympathie à l'égard de Martin. Là où le *Tribune* écrivait que « du début à la fin, Candle s'est présenté comme un chercheur passionné des mystères les plus profonds de la vie », *USA Today* déclarait que « l'accusateur Candle est apparu comme un homme de vindicte, chez qui la passion adolescente pour la chamaillerie le disputait à un entêtement tout juvénile ».

« Un chercheur passionné des mystères les plus profonds de la vie », voilà qui plut à Martin… ça lui plut même tellement qu'il découpa la phrase et la glissa dans son portefeuille, où la coupure devint une espèce de légende à la photo de son permis de conduire. Alors qu'il entrait à 9 h 45 dans le palais de justice en s'appuyant sur la canne d'acajou que Patricia lui avait offerte la veille, il se sentit plus assuré que jamais de la victoire. Il s'assit au banc de l'accusation, sourit à Randall et gratifia Esther d'une tape affectueuse sur le bras.

— Mes amis, la guerre a commencé.

— Sus à l'Ennemi, dit Esther.

— As-tu regardé Court TV, la nuit dernière ? demanda Randall.

— Non.

Martin observa le pommeau de bois sculpté de sa canne : une tête de crocodile qui lui rappelait la gueule du Léviathan.

— J'ai relu quelques dossiers de témoins et d'anciennes parutions de l'*Augustinien.*

— Ils ont passé la totalité de ton discours.

— Comment j'étais ?

— Un spectre vengeur ! Ton costume blanc irradiait.

D'un coup de marteau sans conviction, Torvald ouvrit la séance et invita l'accusation à présenter le premier de ses témoins.

Martin se leva et, la canne à la main, gagna le pupitre.

— L'accusation appelle Norma Bedloe.

La porte de la salle d'attente des témoins s'ouvrit et la souffrante en chef des jobiens s'avança.

Voûtée, racornie, un tailleur bleu flottant comme sur un cintre sur son corps amaigri, deux conduits de plastique lui sortant des narines en se recourbant comme une moustache à la Salvador Dalí, elle marchait la main droite serrée sur la valve d'une bouteille à oxygène, polyèdre vert à roulettes qu'elle traînait derrière elle, telle une bagnarde de la souffrance son boulet.

Tandis que Norma prenait place dans le box des

témoins, l'huissier, un jeune homme frêle au teint cireux, lui présenta une bible de l'Église hollandaise réformée, et lui demanda :

— Votre nom, s'il vous plaît.

Le témoin se présenta, jura de dire toute la vérité et, à l'invite de Martin, entreprit de conter son histoire. Résidante de longue date de Walnut Ridge, Arkansas, Norma était née trop tôt, prématurée, ne pesant guère plus de trois livres et affligée d'une malformation au foie. Depuis sa naissance, soit depuis trente-cinq années, son corps n'avait cessé de s'autoempoisonner. Son poumon gauche était perdu, le ventricule droit endommagé, la colonne vertébrale très abîmée. Elle avait déjà fait trois infarctus du myocarde, avait toujours froid. Tous les jours, Norma devait avaler soixante-sept pilules, gélules, comprimés et autres cachets afin de contenir ses douleurs multiples et de se maintenir en vie.

— L'ennui, c'est que la moitié du temps je vomis mes médicaments avant qu'ils n'aient pu faire le moindre effet, dit-elle en se penchant vers le micro, cylindre noir monté sur un support en col de cygne. C'est ce qui est le plus effrayant, quand on est dans mon état.

— Vomir vos médicaments ? demanda Martin.

— Oui. Et depuis que j'ai pris la décision d'en finir, j'ai très peur que mon estomac ne coopère pas.

— Vous avez l'intention de mettre fin à vos jours ?

Norma hocha la tête.

— Pas un seul médecin aux États-Unis n'a voulu m'aider. Aussi ai-je sauté sur l'occasion qui m'était donnée de me rendre aux Pays-Bas. Il y a trois jours, j'ai consulté un gastro-entérologue à Amsterdam, et ce brave homme m'a donné la composition exacte du cocktail de pilules qui me permettrait de…

— De mourir ? demanda Martin, glissant furtivement un Roxanol dans sa bouche.

— Oui. Dès que j'ai compris ce qu'il me disait, mes yeux se sont emplis de larmes de joie. (Elle sortit de la poche de sa veste une carte postale.) Il a écrit la formule au dos de cette carte. L'autre côté représente l'un des chefs-d'œuvre de Rembrandt, *Samson aveuglé par les Philistins.* J'ai bien dû l'embrasser une centaine de fois… je parle de Samson.

— Et avez-vous prévu la date de votre… départ ?

— Oui, sitôt que je serai rentrée chez moi. Trois de mes amies seront là. Une petite fête d'adieu…

Lentement, trop lentement, l'opium chéri apaisait les douleurs de Martin.

— Mademoiselle Bedloe, une dernière question. Qui, selon vous, est responsable de votre calvaire ?

Lovett leva la main en un geste purement formel de protestation.

— Objection, dit-il, sans prendre la peine de bouger de son banc.

— Objection refusée, dit sèchement Torvald.

J'espère bien, pensa Martin.

Les mâchoires de Norma se contractèrent.

— Ce n'est pas à moi de Le juger… mais je dirai ceci : Il m'a refilé le foie le plus mal foutu de toute la Création.

— Dois-je comprendre que vous accusez l'Accusé ?

— Oui, monsieur. J'accuse l'Accusé.

Martin fut envahi d'une sensation oscillant entre la jubilation et la terreur. Avec l'accusation sans équivoque de Norma Bedloe, transcrite en anglais par le sténographe du tribunal et retransmise en français par l'interprète, un nouveau seuil venait d'être franchi. Ce procès n'était plus le combat revanchard d'un homme. Il appartenait désormais au monde entier.

Deux minutes plus tard, ce fut au tour de Lovett de contre-interroger le témoin.

— Vous avez trente-cinq ans, n'est-ce pas ? demanda-t-il avec une douceur paternaliste.

— Exact.

— Et vous entendez mettre fin à vos jours ?

— Exact.

— Cela m'attriste beaucoup, mademoiselle Bedloe.

— Vous n'êtes pas invité à l'enterrement, que je sache.

— Comme vous devez le savoir, jusqu'à une époque récente les prématurés de trois livres mouraient quelques heures après leur venue au monde. Certaines personnes verraient un miracle en votre présence parmi nous.

— Dieu est vraiment trop bon, dit Norma avec une ironie décapante.

— Vas-y, ma fille, murmura Randall.

— T'as déniché une gagnante, chuchota Martin en serrant la main d'Esther.

— Regrettez-vous de ne pas être morte à la naissance ? demanda Lovett.

— On m'a souvent posé cette question.

— Et comment y répondez-vous ?

— Cela dépend de mon interlocuteur. Des fois, je dis aux gens ce qu'ils veulent entendre. Des fois, je leur dis la vérité.

— Et quelle est la vérité ? demanda Lovett avec un grand sourire.

— Je regrette de ne pas être morte.

Le sourire de Lovett encaissa très bien le coup.

— En grandissant, avez-vous jamais demandé à notre Seigneur de vous guérir ?

— Vous voulez savoir si j'ai prié ? Bien sûr que oui. Vous ne l'auriez pas fait ?

— Pourquoi implorer un Dieu que vous jugez malveillant ?

— Je ne L'ai jamais jugé comme tel.

— Alors, comment Le jugez-vous ?

— Difficile à dire. Il me fait penser à ces savants fous qu'a souvent incarnés Boris Karloff dans les films d'épouvante. Le héros cherche à découvrir une potion miracle contre le cancer ou la mort ou je ne sais quoi, et puis le remède s'avère pire que le mal.

— Vous voyez Dieu en savant fou ?

— Exact.

— Boris Karloff ?

— Boris Karloff.

— Pas d'autres questions.

— Désirez-vous interroger de nouveau le témoin ? demanda Torvald à Martin.

— Non, Monsieur le Président.

Martin pétulait de joie intérieurement. Norma avait été parfaite, et il n'était pas utile de la contre-interroger : le mieux était l'ennemi du bien. Il appela Wanda Jo Jenkins, une adolescente robuste et saine qui lui rappelait Shuah, l'une des deux filles de Lot. Elle était son deuxième témoin.

— Quel âge avez-vous ? demanda-t-il à Wanda, après qu'elle eut prêté serment.

— J'aurai dix-sept ans demain, monsieur, répondit-elle avec l'accent chantant du Sud.

— N'est-ce pas une alliance que vous portez à l'annulaire ?

— C'en est une.

— Alors, vous êtes mariée ?

— Veuve, monsieur.

— Parlez donc, je vous prie, de votre mari à ces messieurs du tribunal.

D'un mouvement spontané mais brillamment efficace, Wanda Jo se tourna légèrement pour faire face au banc des juges.

— Peut-être avez-vous lu l'histoire dans *People*. Billy était l'un de ces trois frères hémophiles qui ont contracté le virus VIH à la suite d'une transfusion de sang contaminé.

— Faites-vous référence au scandale du centre de transfusion sanguine d'Atlanta ? demanda Martin.

— Oui, monsieur.

— Est-ce que Billy Jenkins savait qu'il allait mourir quand vous l'avez épousé ?

— Oui, il le savait.

— Quel âge aviez-vous ?

— Le jour de notre mariage, j'avais quinze ans, et Billy quatorze.

Des exclamations étouffées montèrent de la salle.

— Où viviez-vous, Billy et vous ?

— Bossier City, en Louisiane, et on a dû se rendre à Cartage, au Texas, où il est permis de se marier à l'âge de quatorze ans.

— Vos parents ont-ils approuvé cette union ?

— La veille de la cérémonie, mon père m'a dit : « Wanda Jo, normalement je devrais te botter les fesses de faire une chose pareille, mais je veux que tu saches que demain je serai le papa le plus fier de tous les États-Unis d'Amérique. »

— Est-ce que Billy Jenkins était déjà gravement affecté par le sida à ce moment-là ?

— Oui, monsieur. Il consultait tous les jours à l'hôpital des enfants Bertram Percy, à Shreveport. Il était alité le jour du mariage. Nous avons dû rouler son lit dans l'église. Il s'est marié couché.

Ça ne pouvait pas être mieux, pensa Martin, qui avait déjà célébré des unions semblables durant sa carrière de juge de paix.

— Ce dut être un jour bien émouvant pour vous.

— Le plus beau et le plus heureux de ma vie.

— Est-ce par compassion que vous avez épousé Billy ?

— Non, monsieur. Par amour. Et aussi… parce que je voulais que Billy, avant de mourir, soit… soit un homme.

— Je vois, et Billy était un homme quand il est mort ?

— Il l'était, monsieur.

— N'était-ce pas risqué pour vous ?

— Nous avons utilisé des préservatifs. Billy était un amant superbe et très passionné. Vers la fin, bien sûr, c'était devenu trop douloureux pour lui à cause de tous ces abcès qui couvraient son corps.

Martin marqua une pause, pour laisser l'imagination des juges s'imprégner des abcès jobiens de Billy.

— Vous considérez-vous comme une femme religieuse, madame Jenkins ?

— Je vais chaque dimanche au temple méthodiste de Bossier City.

— Et est-ce que vous priez à cette occasion ?

— Oui, je prie. Je prie dans l'espoir de trouver la force un jour de pardonner à Dieu ce qu'il a fait à Billy.

— Pas d'autres questions.

Lovett commença son contre-interrogatoire en demandant à Wanda Jo de lui décrire son défunt époux. Comment s'habillait Billy ? Quels étaient ses programmes préférés à la télévision ? Quels étaient ses passe-temps ?

Le témoin répondit que Billy était vêtu comme l'as de pique, qu'il aimait regarder les matches de hockey à la télé et qu'il aimait lancer des petites fusées.

— Une fois, il a lancé une de ses fusées avec une petite gerboise dedans, et elle en est revenue vivante. Sa mère détestait le voir courir partout avec ses engins. Elle avait peur qu'il se blesse et se mette à saigner.

— À part lancer des gerboises dans l'espace, qu'aimait-il faire encore ?

— Lire. Il était toujours plongé dans un bouquin. Il possédait toute votre *Saga des Sargasses.* Il adorait *Le Garçon, l'Ours et le Placard aux balais.*

— Madame Jenkins, avez-vous le sentiment que Billy est toujours avec vous d'une certaine façon ?

— Avec moi ?

— Près de vous. À côté de vous. Qu'il vous observe.

— Des fois, il me semble réentendre sa voix. Il avait une voix merveilleuse, légèrement enrouée.

— Pensez-vous qu'il vous parle depuis le ciel ?

— Non, monsieur, je ne le pense pas.

— Croyez-vous qu'il y ait un paradis ?

— Pas plus que je ne crois qu'il existe une île des Sargasses.

— Encore un témoin de choix, murmura Martin en clignant de l'œil à Esther.

— Merci, madame Jenkins, dit Lovett. Ce sera tout.

Quand l'audience reprit après la pause du déjeuner, Martin continua de faire défiler ses jobiens à la barre. Orin Bromwell : sclérose multiple. Julia Schroeder : malformation rénale. Peter Henshaw : sida. Le lendemain, l'accusation appela une nouvelle série de victimes. Gigotant sur sa chaise, Christopher Ransom passa la matinée à décrire les horreurs de la sclérose amyotrophique latérale. Dans l'après-midi, l'aquarelliste de renom Carolyn Meeshaw dépeignit comment elle avait « perdu la vue pour le plaisir de Dieu », alors qu'elle était au sommet de son art. Passant du rôle de procureur adjoint à celui de témoin, Esther Clute raconta comment « l'un des vers ronds préférés de Dieu » avait ravagé le cerveau de sa fille.

Dans les contre-interrogatoires de ces derniers témoins, Lovett adopta le même calme qu'il avait affiché en présence de Norma Bedloe et de Wanda Jo Jenkins. Il fut courtois, un rien bienveillant, mais n'en continua pas moins de sous-entendre que les épreuves de ces grands malades participaient d'une harmonie que leurs souffrances leur avaient probablement masquée. Il n'osait pas dire que la douleur les avait rendus aveugles à la grandeur de Dieu, mais on le devinait.

Le cancer consuma le reste de la semaine ; toutes les tumeurs y passèrent, de l'intestin au cerveau, de la gorge au foie, du poumon à la prostate.

— Lovett a peut-être l'ontologie de son côté, marmonna Randall, mais nous, on a l'oncologie[1].

Particulièrement émouvant était le témoignage de Frank Latham, dont la sœur était morte à l'âge de vingt et un ans de la maladie de Hodgkin après dix ans de torture chimiothérapique. « Vers la fin, elle recevait tellement de lettres et de cartes que le facteur disait en plaisantant qu'il méritait un pourboire, dit Latham d'une voix brisée. Tout le monde aimait Elsa. » Mais Martin tapa dans le mille quand il appela à la barre

1. Du grec *onkos*, « grosseur, tumeur » ; étude des tumeurs cancéreuses. *(N.d.T.)*

Rosalind Kreuger. Luttant contre les larmes, Kreuger parla de la leucémie lymphoblastique qui avait emporté sa plus jeune fille, Mary Lou, à l'âge de neuf ans, en dépit d'une transplantation de moelle osseuse. Mary Lou avait aimé par-dessus tout nager et, pendant les dernières semaines de sa courte vie, elle n'avait cessé de réclamer une piscine, une qui fût à elle. « La fondation Faites un vœu a répondu, et un grand merci lui soit rendu, mais pas comme Mary Lou s'y attendait, dit Mme Kreuger. Ils sont venus avec une de ces structures gonflables qu'on pose sur le sol. Mary Lou voulait un vrai bassin, un qu'on creuse dans le sol. Elle a vaillamment caché sa déception, mais je voyais bien ce qu'elle ressentait. »

Martin passa le week-end assis à côté de Patricia sur le canapé de sa suite, à revoir des dossiers de victimes, tandis qu'à la télé CNN rendait compte avec pertinence de la première semaine du procès de La Haye. À un moment, alors qu'on revoyait Christopher Ransom conter son calvaire jobien, le présentateur reparut : on venait de lui apprendre que vendredi soir, peu avant minuit, le témoin Norma Bedloe, de Walnut Ridge, s'était donné la mort en présence de trois de ses amies.

— Triste histoire, dit Olaf.

— Elle n'avait pas d'autre choix, ajouta Gunnar.

— Jobienne jusqu'au bout, dit Martin. Tu étais une femme héroïque, Norma.

— Tu ne l'aurais pas trouvée héroïque si elle s'était suicidée avant le procès, grommela Patricia.

Elle leva les yeux de son bloc à dessin sur lequel un énorme scarabée broyait un car de ramassage scolaire entre ses pinces.

— Ces pauvres gens, ils ne sont rien d'autre pour toi que des pions.

— Patricia, ce n'est pas juste, protesta Martin.

— Tu bavais presque de plaisir quand Mary Lou Kreuger n'a pas eu la piscine qu'elle avait espérée.

— De quel côté es-tu ?

— Du côté des victimes, Martin. Mais certainement pas de la même manière que toi.

— Je ne bavais pas.

— Vous baviez, assura Olaf.

— Vous baviez, confirma Gunnar.

Quand la procédure 227 reprit le lundi, Martin passa de la pathologie à d'autres variétés de mal naturel, stratégie qu'il poursuivit pendant toute la matinée de mardi. Onze jobiens contèrent combien leurs vies avaient été irrévocablement bouleversées par ce que Martin appelait « la violence insouciante de la Terre mère ». Calvin Hatch était un mécanicien à la retraite devenu sujet à d'intermittentes crises nerveuses après qu'un enjoliveur de roue l'eut frappé à la tête lors de l'ouragan qui ravagea Xenia, dans l'Ohio, en 1974. Eugen West était un scénariste de Hollywood dont le petit frère avait été embroché par un piquet de clôture pendant le tremblement de terre de Los Angeles, en 1994.

Les victimes de la nature n'impressionnèrent pas Lovett. Invité à les contre-interroger, il manda son frère à sa place. Il en résulta une série de questions qui ne faisaient aucun cas des malheurs endurés par les victimes. Darcy demandait au témoin de répéter quelque détail sans importance, telle la date d'une certaine avalanche, la durée d'une tempête de grêle, la vitesse du vent lors d'une tornade meurtrière.

Après la pause déjeuner du mardi, Esther remplaça Martin à la barre et, à cinq heures de l'après-midi du lendemain mercredi, elle avait interrogé quatorze jobiens qui avaient été mutilés ou endeuillés par des accidents de la route ou de chasse, des explosions de bombes insecticides, des chutes d'ascenseurs, des tribunes effondrées, des montagnes russes défaillantes, chacune de ces catastrophes existentielles représentant un mélange unique de misère et d'absurdité. Marilyn Stonebury raconta l'horreur de s'être trouvée le 1er décembre 1958 en compagnie d'une douzaine d'autres parents devant les grilles de l'école paroissiale de Notre-Dame-des-Anges, à Chicago, à écouter les hurlements de leurs enfants pris dans l'incendie qui ravagea la bâtisse. Les mains saillant des épaules comme une paire d'épaulettes décousues ou les nageoires d'un phoque, Malcolm Beale, quarante ans, révéla au monde à quoi ressemblait la vie d'un des huit mille enfants européens victimes de la thalidomide.

Dans ses contre-interrogatoires, Lovett parvint à témoigner de la compassion tout en campant sur son terrain théologique. Le thème qu'il développait était aussi implacable qu'une preuve mathématique. Le mal existentiel relevait du mépris, de la négligence et de la bêtise propres à l'espèce humaine. L'Accusé n'était en rien responsable de ces « accidents ».

Le jeudi et le vendredi, Esther entraîna le tribunal à travers le vaste continent crevassé de la malignité morale. Sheila Rabinowitz témoigna du meurtre de sa fillette, âgée de douze ans, violée et éventrée par un serial killer, à San Diego. Le petit garçon de Bruce Kadrey avait trouvé la mort dans l'attentat de l'immeuble fédéral Alfred P. Murray, à Oklahoma City. Le dernier jour de son service sous les armes au Vietnam, Stanley Palomar avait marché sur un obus piégé et avait perdu ses deux jambes, les doigts de sa main gauche et une partie de sa cage thoracique. Le héros de la guerre conta ses épreuves depuis son fauteuil roulant, sur lequel il se balançait d'un côté et de l'autre, homme-tronc parcouru d'impatiences. Esther acheva sa présentation par une victime particulièrement émouvante : Xavier Mrugamba, un Tutsi rwandais qui avait miraculeusement échappé au génocide de 1994 et vivait maintenant dans la banlieue londonienne. Quand de jeunes miliciens hutus avaient envahi sa maison, près de Kigali, Xavier les avait suppliés de ne pas massacrer sa famille à la machette; les soldats l'obligèrent à attacher les mains de sa femme et de ses deux enfants et à les jeter lui-même dans le puits des latrines au fond du jardin, après quoi ils tranchèrent les deux bras de Xavier, le laissant pour mort.

Lovett ne se donna pas la peine d'interroger les victimes de l'esprit du mal, et n'envoya même pas son frère le faire à sa place. Le mal moral était une conséquence inévitable du libre arbitre, sous-entendait Lovett. Son Client n'y était pour rien.

Martin jeta un regard inquiet en direction des juges. Aucun d'eux ne semblait prêter beaucoup d'attention au sujet; on aurait dit qu'ils avaient à juger d'une querelle de zones de pêche. Ce flot de tragédies les avait-il indisposés ? Leur avait-il coupé l'appétit avec le foie de Norma Bedloe, le fils grillé de June Weintraub, la phocomélie de Malcolm Beale et les mutilations de Xavier Mrugamba ? Il était temps de changer de stratégie, décida-t-il. Temps de mettre en réserve les affligés et de passer le relais aux professionnels.

D'après la photo dans le catalogue du musée Kroft des catastrophes naturelles et des désastres écologiques, Martin avait conclu que le Dr Donald Carbone était grand, mais l'homme qui traversait maintenant le prétoire était court sur pattes. Martin jeta un coup d'œil à la photo qu'il avait sous les yeux, lut la légende et comprit son erreur : le cliché avait été pris au musée, et la voiture de course à côté de laquelle se tenait Carbone était une réplique réduite au soixantième de la Mercedes-Benz qui s'était écrasée dans la foule lors des Vingt-Quatre Heures du Mans en 1955.

Il compensait son manque de stature par une assurance de la démarche qui frôlait le ridicule et il se dégageait de sa petite personne une suffisance dont Martin se serait gaussé si le témoin avait appartenu à la partie adverse. Comme il prêtait serment, Carbone informa le tribunal, d'un ton doctoral, qu'il dirigeait le département d'étude des désastres à l'université de Bowling Green State dans l'Ohio, où il tenait la chaire Poincaré en cataclysmes appliqués.

— L'étude des désastres, dit Martin, tandis que son crabe lui pinçait sauvagement l'épaule gauche, c'est un domaine de recherches relativement nouveau, n'est-ce pas ?

— Au risque de paraître immodeste, je dois dire que j'en suis le créateur.

Se tournant légèrement sur le côté, Martin avala en douce deux Roxanol.

— Voulez-vous, s'il vous plaît, expliquer au tribunal en quoi consiste votre travail ?

— Notre propos est simple, dit Carbone en abaissant le micro au niveau de sa bouche. En analysant les catastrophes historiques du point de vue de la nouvelle science des cataclysmes, nos chercheurs peuvent apprendre comment se comporte la psyché humaine en situation de stress extrême et mettre aussi en lumière certaines manifestations récurrentes de la nature.

— Et quelles sont ces catastrophes ?

— Pestes, famines, tremblements de terre, incendies, récita Carbone d'une voix tantôt crescendo, tantôt diminuendo avec une musicalité parfaitement incongrue. Visitez notre musée – je parle du musée Kroft des catastrophes naturelles et des désastres écologiques – et vous saurez tout.

Tandis que l'opium atteignait son cervelet, forçant le crabe à desserrer son étreinte, Martin désigna de la main le bric-à-brac de pièces à conviction encombrant une longue desserte le long du mur ouest. Randall et Esther avaient passé tout le week-end à trimballer tous ces objets jusqu'au palais.

— Docteur Carbone, reconnaissez-vous ces articles ?

— Absolument. Ils proviennent tous du musée Kroft.

Appuyé sur sa canne à tête de crocodile, Martin gagna la desserte et choisit un agrandissement photographique de quatre-vingt-dix sur quatre-vingt-dix, représentant le grossissement au microscope électronique d'une bactérie ; la photo était ainsi légendée : Pièce à conviction n° A1 : *pasteurella pestis*. L'image suggérait une procession de vers blancs sur un trottoir encore luisant d'une averse.

— Qu'est-ce donc ? demanda-t-il en montrant l'agrandissement à Carbone.

— Le bacille de Yersin, responsable de la peste bubonique, grossi mille fois. Cette photo provient de notre galerie des épidémies.

Martin se tourna pour présenter le cliché à la caméra de Court TV, sachant que l'image apparaîtrait en même temps sur les écrans personnels des neuf juges. Toujours mener avec son as, pensa-t-il en reposant la photo sur le banc de l'accusation.

— Monsieur le Président, l'accusation présente la pièce à conviction A1 : *pasteurella pestis.*

— Est-ce que la défense voit une objection à l'enregistrement de ladite pièce à conviction ? demanda Torvald à Lovett.

— En principe, oui, Monsieur le Président, mais nous entendons laisser toute latitude à M. Candle pour développer ses arguments.

— Vous pouvez poursuivre, monsieur Candle, dit Torvald.

— Monsieur Carbone, parlez-nous, s'il vous plaît, de la peste.

— Il y eut plusieurs épidémies notables avant le XIVe siècle mais, quand on parle de la peste, on fait le plus souvent référence à la peste noire ou grande peste qui apparut en Europe en 1347, dit Carbone avec animation. Les mots nous manquent, en réalité. La puanteur des cadavres envahit toutes les grandes villes. En 1348, elle emporta la moitié de la population de Florence. Cinquante mille cadavres furent jetés dans une seule fosse aux environs de Londres. Dans le sud de la France, la place manqua pour enterrer les morts, et le pape d'Avignon, Clément VI, dut consacrer le fleuve Rhône.

— L'un de vos tableaux dans la galerie des épidémies représente des paysans en train de pendre des chiens, dit Martin.

— Les gens tuaient tous les chiens parce qu'ils les croyaient, à tort, responsables de la maladie. Cette croyance fut d'autant plus néfaste qu'avec le chien ils éliminaient le prédateur principal du rat, dont les puces, elles, étaient porteuses du bacille.

— On voit sur un autre tableau des flagellants.

— En 1350, le pape Clément organisa un grand pèlerinage à Rome. Il pensait que Dieu verrait d'un bon œil une telle manifestation de foi, mais les pénitents ne firent qu'étendre le fléau un peu plus loin.

— La peste noire dura encore plusieurs années, n'est-ce pas ?

— Elle s'éteignit vers 1375. Selon les estimations, l'Europe perdit environ vingt-cinq millions d'habitants, et l'Asie autant.

— Cinquante millions, donc ?

— Oui, cinquante millions.

Martin jeta un regard sardonique en direction de la photo.

— Mais l'humanité entendrait de nouveau parler de la *pasteurella pestis*, n'est-il pas vrai ?

— Oui, il y eut d'autres épidémies, notamment celle de Londres en 1664-1665, qui fit cent mille morts sur quatre cent soixante mille habitants. En septembre 1665, dans la multitude des rues désertes, toutes les portes et ouvertures des maisons étaient barricadées de l'extérieur de poutres et de planches et marquées d'une croix rouge.

— Barricadées de l'extérieur ?

— Oui, les autorités de la ville enfermaient toutes les familles atteintes dans leurs maisons. Il y a dans notre collection une gravure représentant une porte marquée d'une croix rouge et portant l'inscription : Dieu ait pitié de nous !

Martin alla prendre un nouvel agrandissement photographique de bactérie – la pièce à conviction A2 : *treponema pallidum* – sur lequel on pouvait voir des douzaines de filaments en forme de spirale.

— Et qu'avons-nous ici ? demanda-t-il en présentant de nouveau la photo à la caméra.

— Le tréponème agent de la syphilis, microbe de l'ordre des spirochétales.

— La syphilis fit des ravages au cours des siècles mais elle fut particulièrement meurtrière à son apparition au XIVe siècle, n'est-ce pas ?

— Les médecins n'avaient jamais rien vu de pareil. Ils faisaient boire à leurs patients du sang de serpent, du bouillon de vautour mélangé à de la salsepareille. Un chirurgien militaire reçut l'ordre d'amputer les parties génitales de cinq mille soldats infestés.

Martin passa le restant de la journée et une partie de la matinée du lendemain à compléter son tableau des virus du zoo maléfique du musée Kroft. Le bacille de Klebs-Löffler, agent de la diphtérie. La bactérie du choléra. Le virus de la variole ; celui de la rougeole, restant une grande cause de mortalité dans les pays du tiers-monde avec ses 880 000 morts par an, mieux que le sida comptant 550 000 chers disparus annuels mais moins que le *plasmodium*, le protozoaire de la malaria, fort de son million de cadavres chaque année.

Le mardi après-midi, Randall se mit en devoir de présenter ce qu'il appelait « les armes biologiques déployées par l'Accusé dans sa guerre sans relâche contre l'humanité ». La pièce à conviction A27 était une reproduction en plastique longue d'une soixantaine de centimètres du moustique *Ædes œgypti*, vecteur du redoutable virus de la fièvre jaune. Tenant la maquette dans ses bras comme un animal familier, Carbone expliqua que, de 1793 à 1798, la fièvre jaune tua près de 12 700 soldats anglais à Saint-Domingue, aujourd'hui République dominicaine. La pièce A31 était un morceau de pain de seigle contaminé par l'ergot de seigle, une maladie causée par un champignon parasite, *claviceps purpurea*. En 1722, vingt mille Russes moururent dans d'atroces souffrances, après avoir mangé du seigle ergoté. L'A34 était un masque de toile qu'avait porté un docker du port de San Francisco pendant la grande pandémie de grippe espagnole en 1918. Les masques ne servaient à rien mais ils étaient obligatoires. Vingt-deux millions de personnes moururent de la grippe à travers le monde.

Le mercredi matin, Martin retourna à la barre. Abandonnant le monde pathogène pour les grands cataclysmes, il mena les juges à travers le monde des éruptions volcaniques et des tremblements de terre.

La pièce à conviction B1 était le crâne fracturé d'un enfant comptant parmi les vingt mille victimes du séisme qui ravagea Sparte en l'an 464 avant Jésus-Christ. La B9 était la cloche brisée d'une église byzantine détruite par le tremblement de terre qui rasa Antioche en 526 après Jésus-Christ, causant la mort de cent cinquante mille chrétiens. Au fil de la journée, Martin intensifia à la fois sa présentation et l'audace de sa rhétorique, se servant des pièces de Kroft pour démontrer comment l'Accusé avait accablé de « Sa rage sismique » quarante-huit pays entre 1456 et 1999. Le grand tremblement de terre de Lisbonne en 1755, qui œuvra tant pour le scepticisme des Lumières concernant la justice divine, fit 75 000 victimes, parmi lesquelles les centaines de fidèles rassemblés dans la cathédrale à l'occasion de la messe de la Toussaint. Le désastre le plus cataclysmique de l'histoire du Pérou survint le 31 mai 1970, quand une formidable secousse frappa la région de Chimbote : 60 000 morts, 5 000 orphelins. « Nous n'avons ni médicaments ni nourriture, lança à la radio un survivant. Toute la nuit, les femmes ont pleuré et prié. Mais des hommes juraient en levant le poing vers le ciel. »

— Ils maudissaient le ciel ? demanda Martin.

— C'est ce que rapporta ce survivant sur une radio amateur, répondit Carbone.

Martin passa la soirée en compagnie de Patricia et de ses gardes du corps à étudier le catalogue du musée Kroft, tandis que les autres regardaient le journal télévisé sur CNN.

— Tu dois lever le pied, dit Patricia en dessinant les ailes d'une gigantesque libellule qui semblait prendre un avion à réaction pour partenaire sexuel. Ce n'est plus un règlement de comptes, c'est un carnage.

— Dieu aime les carnages. Je me contente de rapporter des faits.

— Toutes ces pestes et tous ces tremblements de terre, ça devient lassant, à la longue.

— Votre amie a raison, dit Olaf.

— Si on ne vous connaissait pas, on serait tenté de changer de chaîne, ajouta Gunnar.

— Lassant ? gémit Martin. Lassant, hein ? Et toutes ces maladies dont je n'ai pas parlé ? La tuberculose et le typhus et la maladie de Chagas ? Sais-tu combien de gens meurent chaque année de la maladie de Chagas ? Sept cent mille ! La coqueluche : trois cent soixante mille ! L'hépatite B : deux millions !

— Les juges finissent par s'ennuyer, dit Patricia. Il suffit de les regarder. Tes secousses sismiques ont tendance à les endormir.

— Nous en avons fini avec les tremblements de terre.

— Bonne nouvelle.

— Demain, on fait les volcans.

Le jeudi matin, Randall se chargea de nouveau d'interroger Carbone. Désignant la pièce à conviction n° B63, l'effigie en plâtre grandeur nature d'un très jeune garçon, il demanda :

— Qu'avons-nous là, professeur Carbone ?

— Un garçonnet victime de l'éruption du Vésuve qui détruisit Pompéi et Herculanum en l'an 79 après Jésus-Christ, répondit Carbone avec entrain. Il existe quatre-vingt-dix-huit effigies de ce type. Notre musée en possède seize. De nombreux citoyens de Pompéi, voyez-vous, furent enterrés vifs dans la lave en fusion. Celle-ci une fois refroidie et durcie, leurs corps se décomposèrent, laissant derrière eux le moule qui avait été en quelque sorte leur sarcophage. Les archéologues n'eurent qu'à verser du plâtre dans la cavité pour obtenir ce que vous avez devant les yeux.

— Ainsi la pièce B63 n'est pas à proprement parler une sculpture, n'est-ce pas ?

— Non, monsieur Selkirk, c'est un moulage, une espèce de photographie en trois dimensions d'un enfant agonisant tandis que des gaz brûlants envahissent ses poumons.

Ainsi commença la ronde des volcans, vingt-cinq en tout, comptabilisant un total de trois millions de victimes, depuis l'explosion de l'île grecque de Santorin dans la mer Égée démantelée par l'action volcanique en 1500 et en 236 avant Jésus-Christ jusqu'au geyser vaporeux qui jaillit du lac Nios au Cameroun en 1986 et fit deux mille morts. Comme l'interrogatoire se poursuivait, Martin se surprit à établir un classement entre les divers cataclysmes, espèce de top 50 de la destruction. 15 000 pour le mont Etna, en Sicile, en 1169 ; 53 000 pour le mont Unsen au Japon, en 1793 ; 1 200 seulement pour le Mayon des Philippines en 1814 ; 36 000 avec le Krakatoa d'Indonésie en 1883 ; 6 000 à peine pour le Santa María du Guatemala en 1902. Spectaculaire et assez meurtrière, l'éruption du mont Laki en Islande, le 8 juin 1783, avec une pluie de cendres qui masqua le soleil et provoqua une famine telle que, dit-on, les chevaux devenus fous se dévorèrent entre eux et que les humains en furent réduits à manger le cuir de leurs licols. Pas moins impressionnante fut l'explosion qui déchira la montagne Pelée en Martinique le 8 mai 1902 et balança une gigantesque boule gazeuse enflammée sur la ville de Saint-Pierre. Étrangement, certaines des trente-cinq mille victimes furent retrouvées avec leurs vêtements intacts. Le nuage surchauffé était passé sur la ville avec une telle rapidité que les poumons des humains avaient été brûlés avant que le tissu de leurs habits ait eu le temps de prendre feu.

Après déjeuner, Esther prit le relais pour inventorier les catastrophes aériennes. La pièce à conviction C11 était l'altimètre défectueux d'un DC-9 vénézuélien qui s'abattit le 16 mars 1969 dans les faubourgs de Maracaibo. Les quatre-vingt-huit passagers trouvèrent la mort en même temps qu'une famille de cinq personnes en train de dîner dans leur maison frappée de plein fouet par l'avion. La pièce C13 était la porte arrière d'un transporteur de l'US Air Force qui quitta Saigon le 4 avril 1975 avec à son bord des enfants vietnamiens, bénéficiaires d'un plan de sauvetage des orphelins de guerre. Ladite porte, mal fermée, se détacha et l'appareil s'écrasa dans une rizière. Cinquante orphelins périrent sur le coup, cent vingt-deux autres moururent des suites de leurs blessures.

Le lendemain, après avoir exposé vingt-quatre tragédies aériennes, Esther braqua son phare sur ce qu'elle appela « le goût de l'Accusé pour les naufrages ». La C31 était une paire de chaînes retrouvée dans l'épave du *Sisters*, un bateau anglais faisant commerce des esclaves pris dans une tempête le 17 mai 1787, au large des côtes africaines. Quatre cent quatre-vingt-dix-sept captifs africains périrent noyés, enchaînés dans les cales. La pièce C45 était la boussole du cargo *Mont Blanc* qui, le 6 décembre 1917, éperonna en sortant du port de Halifax un navire de commerce, l'*Imo*. La collision aurait été sans grande gravité si le *Mont Blanc* n'avait été chargé de tonnes de TNT et de centaines de fûts de benzine. L'explosion qui en résulta projeta l'*Imo* jusque sur la terre ferme, rasa la ville sur deux kilomètres carrés et ensevelit notamment des centaines d'enfants sous les décombres de leurs écoles et orphelinats.

Martin resta dans son bureau pendant la pause déjeuner. Le catalogue du musée Kroft ouvert devant lui, il appela Patricia au Bellevue.

— Alors, qu'en penses-tu ? lui demanda-t-il.

— Tu veux vraiment le savoir ?

— Oui.

— Tu exploites trop tes orphelins. D'abord, le tremblement de terre de Chimbote, puis le crash de cet avion au Vietnam, enfin l'explosion dans le port de Halifax.

— Quand il s'agit d'orphelins, Patricia, trop n'est jamais assez.

— C'est ton point de vue, Martin. Mais puisque tu sollicites le mien, je te dis : change de registre.

Dans l'après-midi, Esther boucla le tour du monde des tragédies des transports en l'illustrant de vingt-six accidents de chemin de fer, de la route et du métro. La pièce C68 était la transmission de la Mercedes-Benz qui quitta le circuit des Vingt-Quatre Heures du Mans le

11 juin 1955 pour s'écraser dans la foule, tuant et blessant les spectateurs par dizaines, dont deux enfants décapités sous les yeux de leurs parents. La C72 était un panneau indiquant la station de métro de Moorgate, à Londres. Le 28 février 1975, un train de six voitures accéléra inexplicablement dans la courbe du tunnel de Moorgate et s'écrasa contre la paroi. Le choc fut tel que quarante et un passagers furent tués sur le coup et que la première voiture fut transformée en une masse compacte de métal et de chair.

— Nous avons exposé le premier wagon dans notre musée, dit Carbone, mais nous avons fini par le retirer.

— Trop macabre ? demanda Esther.

— Non, trop tentant. Nos visiteurs en détachaient des morceaux pour les emporter comme souvenirs.

À cinq heures et quart de l'après-midi, peu de temps après avoir ajourné l'audience pour le week-end, Torvald pria Martin et Lovett de le suivre jusqu'à ses appartements privés dans le sous-sol du palais.

— Savez-vous ce que vous êtes en train de faire, monsieur Candle ? demanda Torvald en ayant le plus grand mal à contenir sa colère.

Martin jeta un regard autour de lui. Des rayonnages chargés de livres occupaient les quatre murs de la pièce, à laquelle ils donnaient un air de refuge atomique pour intellectuels.

— Si je sais ce que je suis en train de faire, Monsieur le Président ? Mais certainement : je poursuis l'Accusé au nom de la Société de Job.

— Vous rendez malade le monde entier, voilà ce que vous faites ! Ce Carbone que vous avez déniché n'est ni plus ni moins qu'un sadique. Avez-vous remarqué son sourire ? Bon Dieu, Candle, ce procès est devenu un spectacle familial. Tous les soirs, en plein *prime time*, Court TV offre à des millions de foyers le hit-parade des témoignages. Trois mille professeurs de sciences politiques à travers toute l'Amérique exigent de leurs étudiants qu'ils suivent nos débats. Saisissez-vous ce que je vous dis ? Je ne veux plus entendre parler de soldats à qui on a coupé le pénis ! Et plus jamais d'orphelins grillés vifs ! Plus jamais d'enfants décapités !

— Dommage que la crainte de déranger la quiétude bourgeoise l'emporte chez vous sur le souci de la justice.

— Cet ogre et son musée des horreurs quitteront la barre mardi au plus tard. Est-ce bien clair ?

— Ce n'est pas parce que votre ami Saperstein est revenu bredouille de son expédition, monsieur Torvald, que vous devez vous en prendre à moi.

— Mardi après-midi. C'est compris ? Mardi après-midi !

— Nous n'avons pas encore terminé. Il y a les incendies et les famines, dit Martin avant de tourner son regard opiacé vers Lovett. Vous m'aviez pourtant promis un combat « à la loyale ».

Lovett fronça les sourcils d'un air pensif tout en tapotant le bout de sa canne en rotin sur le tapis, comme s'il transmettait un message en morse.

— Allons, allons, Monsieur le Président, dit-il enfin. Accordons son dû au Diable.

— Vous le pensez vraiment ? demanda Torvald.

— Oui.

— Votre raisonnement m'échappe.

— Si la Cour déclare mon Client non coupable, dit

Lovett, je ne voudrais pas que M. Candle puisse annoncer à la presse que nous l'avons empêché de produire d'importantes preuves. Ce procès doit résoudre le problème du mal une bonne fois pour toutes et de la manière la plus incontestable !

— Pendant combien de temps encore devrons-nous supporter ce Carbone ? demanda Torvald à Martin.

— Sept jours et demi.

— Je vous en donne trois et demi.

— Il m'en faut six au moins.

— D'accord, quatre et demi. Quatre et demi et pas une minute de plus. Et si jamais j'entends encore parler de bites tranchées, je lève la séance sur-le-champ !

La seconde semaine du témoignage de Carbone fut l'occasion pour tous ceux qui, à travers le monde, suivaient passionnément le procès, de visiter le pavillon des Incendies et des Explosions du musée Kroft.

— Durant ces trois derniers siècles, l'Accusé a exercé ses talents de pyromane sur une myriade d'édifices publics et de bâtiments privés, déclara Martin en préambule, avant de présenter vingt-deux pièces à conviction, comprenant entre autres une cloche d'école en partie fondue, les restes calcinés d'un costume de clown et d'un registre d'hôtel, un bénitier noirci et le casque boursouflé d'un mineur de fond.

Dans l'après-midi du 9 janvier 1927, des centaines d'enfants étaient rassemblés au Laurier Palace, un cinéma de Montréal, pour y voir un festival de courts métrages burlesques. Peu de temps après qu'apparurent à l'écran les premières images d'*Attrapez-les jeunes*, le feu se déclara dans la cabine de projection. Dans la panique qui s'ensuivit, soixante-dix-huit enfants trouvèrent la mort.

— Voudriez-vous répéter le titre du film, je vous prie? demanda Martin en roulant les yeux au ciel.

— *Attrapez-les jeunes*, répondit Carbone. De Hal Roach, un metteur en scène qui tourna avec Laurel et Hardy.

Le 6 juillet 1944, une matinée du cirque Ringling Brothers s'acheva abruptement à Hartford quand le grand chapiteau s'enflamma. Des parents coincés dans les gradins supérieurs jetèrent leurs enfants sur la foule qui s'enfuyait par l'une des deux issues, dans l'espoir de les sauver du feu. Ce jour-là, cent soixante-huit personnes périrent, dont de nombreux jeunes enfants piétinés...

Le 9 août 1965, un incendie éclata à l'intérieur d'un silo de lancement de missiles Titan II, près de Searcy, dans l'Arkansas. Cinquante et un des cinquante-trois ouvriers qui y effectuaient au même moment des réparations furent littéralement cuits à l'étouffée.

« Sans Dieu, je me demande comment je m'en serais sorti », rapporta l'un des deux survivants.

Le mercredi, Martin revint aux horreurs de la nature, illustrant d'une foule de documents « le scandaleux déploiement par l'Accusé des ouragans, tornades, déluges, blizzards tueurs et brouillards fatals », enquête qui se poursuivit jusqu'au jeudi matin et embrassa cent six pièces à conviction provenant du pavillon des Tempêtes et Inondations (du musée Kroft).

Le 31 mai 1889, des pluies torrentielles inondèrent la vallée autour de Johnston, Pennsylvanie, et à trois heures dix de l'après-midi le barrage du lac Conemaugh rompit sa digue, lâchant vingt millions de tonnes d'eau sur la ville. Un long pont de pierre bloqua une grande partie des arbres et de tout ce que le puissant flot avait arraché et entraîné, au point qu'il se forma comme une espèce d'île de bois flotté sur laquelle purent prendre refuge les rescapés de la ville submergée. À six heures du soir, la foudre embrasa cet îlot sanctuaire, et plus de deux cents personnes qui avaient échappé à l'eau périrent par le feu.

Le 8 septembre 1900, un déluge s'abattit sur Galveston, Texas. Quand l'orphelinat catholique des sœurs de la Miséricorde se mit à vaciller sur ses fondations sous la violence des torrents de boue, les religieuses attachèrent huit bébés chacune autour de leur taille et se risquèrent dehors en quête d'un abri. Quand on découvrit plus tard leurs cadavres, elles portaient toujours leur chapelet d'enfants.

Le 16 septembre 1928, un effroyable ouragan frappa West Palm Beach, Floride. Dans les terrains marécageux près du lac Okeechobee, des familles cherchèrent refuge dans les arbres, les plus petits s'accrochant au dos des plus grands. Quand ils atteignirent les hautes branches, les réfugiés découvrirent avec horreur que des centaines de mocassins avaient eu la même idée qu'eux. Les centaines de personnes qui avaient survécu à l'inondation et aux vents dévastateurs tombèrent sous la morsure fatale du redoutable serpent des marais.

— Je croyais qu'on n'entendrait plus parler des orphelins, dit Patricia ce soir-là, alors qu'ils regardaient ensemble le compte rendu donné par Court TV de cette nouvelle journée de procès.

Martin regarda Patricia.

— Mais ceux-là étaient attachés à des religieuses.

— Et quelle est la différence ?

— Si je dois te l'expliquer…

— Arrête avec ton massacre des orphelins.

— Oh, pour l'amour du ciel !

— Oui, assez d'orphelins, dit Olaf.

— C'est pour votre bien, ajouta Gunnar.

— Écoutez, vous trois, si les Pays-Bas ne vous plaisent pas, vous pouvez toujours rentrer chez vous.

Martin termina l'interrogatoire de Carbone avec quarante-deux reliques de la galerie des Sécheresses et Famines du musée Kroft. La pièce F3 était un chaudron dans lequel on avait fait cuire des enfants kidnappés pendant la grande famine qui décima l'Égypte de 1199 à 1202, à la suite d'une épouvantable sécheresse dans le haut Nil. La F7 était une pomme de terre atteinte du mildiou, cette maladie qui frappa les récoltes irlandaises en 1845. Et frappa derechef l'année suivante. La campagne entière résonnait des lamentations des femmes, qui savaient qu'une autre année de faim, de froid et de choléra les attendait. Le temps que la terre redonne des tubercules comestibles, en 1851, la famine ou la maladie avaient tué plus d'un million d'Irlandais. Le dernier objet du musée Kroft que Martin présenta, la pièce F42, était l'un de ces morceaux de tissu dont on enveloppait les cadavres des petits Éthiopiens aux yeux perdus dans le creux des orbites, aux membres squelettiques et aux ventres gonflés, qu'on enterra par centaines de milliers, après l'une des plus terribles sécheresses et des plus meurtrières famines de toute l'histoire africaine. Le temps que les pluies reviennent enfin, le chiffre des morts dépassa le million.

— Monsieur Carbone, je vais vous poser la question la plus importante de toutes ces journées d'interrogatoire.

— Je vous écoute, monsieur Candle.

— Parmi toutes ces innombrables catastrophes, y en

a-t-il eu où l'Accusé est intervenu pour en atténuer les conséquences ?

— À ma connaissance, il n'y en a pas eu.

— Pas un seul cas de secours divin ?

— Pas un.

Martin s'essuya le front du foulard rouge de Patricia.

— Au nom de toute l'équipe de l'accusation, monsieur Carbone, laissez-moi vous remercier de votre témoignage aussi précis qu'exhaustif. Nous n'avons plus de questions.

Torvald referma ses doigts sur l'une des longues anglaises de sa perruque pendant de chaque côté de son visage comme des tire-bouchons de soie grise.

— Professeur Lovett, vous pouvez commencer votre contre-interrogatoire.

La canne à la main, l'avocat de la défense gagna le box des témoins en affichant un grand sourire augustinien. D'un geste naturel comme une respiration, il tira une antique montre en or de son gousset, regarda l'heure et rempocha la tocante avec une dextérité d'aveugle.

— Le premier jour de votre témoignage, monsieur Carbone, vous avez mentionné un pèlerinage organisé par le pape Clément VI pendant la grande peste du XIVe siècle. Pensez-vous qu'aux yeux de Clément et de ses évêques Dieu ait eu une responsabilité criminelle dans cette effroyable épidémie ?

Carbone balança son poids de la fesse gauche à la droite.

— Criminelle ? Non, je ne pense pas qu'ils aient jamais nourri une pareille pensée.

— Au plus fort de la peste, les gens n'en voulurent point à Dieu. Et jamais ne l'accusèrent, n'est-ce pas ?

— C'est exact.

— Existe-t-il une seule preuve que le pape Clément ait contesté le droit de Dieu à discipliner les pécheurs par la voie des souffrances et des tribulations ?

— Les papes ne reprochent jamais rien à Dieu.

— Il y a deux semaines, vous avez également parlé de la peste de Londres. Pourriez-vous nous expliquer le lien existant entre cet événement et un autre désastre dont vous n'avez pas dit un mot, je parle du grand incendie qui éclata dans Londres le 1er septembre 1666 ?

— Vous m'interrogez sur la relation entre…

— La peste de 1665 et l'incendie de 1666.

— De nombreux historiens pensent que le feu a mis fin à la peste. Les flammes nettoyèrent Londres des rats, de leurs puces et de la bactérie elle-même.

— Pensez-vous que ce grand incendie ait éradiqué la peste de Londres ?

— C'est un fait.

— Combien de jours dura l'incendie ?

— Cinq.

— Cinq jours. Un véritable enfer. Pourquoi l'accusation n'en a-t-elle soufflé mot ?

— Je l'ignore.

— Combien de personnes périrent dans cet incendie ?

— Les documents font état de huit morts.

— Huit, avez-vous dit ?

— Exact.

— Seulement huit personnes moururent dans un incendie qui ravagea une ville entière et dura cinq jours. Cela me semble être un miracle.

— Je ne pense pas que les huit victimes et les centaines de milliers de sans-abri aient pris ça pour un… miracle.

— Rien que pour cette réplique, il mériterait qu'on lui double son salaire, murmura Randall à Martin.

— À un moment, vous avez témoigné qu'entre 1783 et 1798 la fièvre jaune avait tué des milliers de soldats anglais à Saint-Domingue, dit Lovett. Que faisaient ces soldats dans cette colonie ?

— Ils maintenaient la paix.

— Ils maintenaient la paix... est-ce tout ? N'étaient-ils pas là pour mater une rébellion d'esclaves ?

— Les esclaves s'étaient en effet révoltés.

— Et, selon vous, de quel côté se plaçait l'Accusé... du côté des esclaves ou des troupes britanniques ?

— Objection ! cria Martin. C'est inciter le témoin à prendre parti.

— Objection rejetée ! aboya Torvald.

— J'ignore de quel côté était l'Accusé, dit Carbone. Je suis un sociologue, pas un théologien.

— Ne serait-il pas raisonnable de supposer qu'Il avait pris le parti des esclaves ? demanda Lovett.

— Si j'étais Dieu et que je veuille faire savoir au monde ma réprobation du commerce des esclaves, je choisirais sûrement un moyen plus efficace que la fièvre jaune.

— Mais vous n'êtes pas Dieu.

— Exact. Vous non plus.

Lovett passa le reste de la journée et la matinée du lendemain à s'appuyer sur le contre-interrogatoire de Carbone pour développer trois thèmes étroitement liés : les victimes des cataclysmes tenaient rarement Dieu pour responsable de leur malheur ; elles allaient même jusqu'à croire qu'elles étaient justement punies pour leurs péchés ; et la tragédie en question pouvait parfois être interprétée comme servant un bien meilleur.

Martin retenait son souffle. Les juges seraient-ils trompés par cette tentative audacieuse – et, il devait se l'avouer, ingénieuse – de discréditer les preuves apportées par le musée Kroft ? Difficile à dire. Leurs expressions étaient aussi opaques et indéchiffrables que le tatou de Corinne.

L'accusation passa tout un après-midi à interroger une dernière fois son témoin vedette. Poussé par Randall, Carbone déclara que le manque relatif de revendications de nature jobienne à travers l'histoire n'était pas à proprement parler un mystère. (Aussi longtemps que Dieu avait le pouvoir, Ses victimes n'avaient rien à gagner à Le critiquer, et tout à perdre.) Carbone se hasarda aussi à expliquer pourquoi les victimes avaient toujours considéré leurs épreuves comme une juste punition, car si l'on pouvait croire en un Dieu sévère mais juste, il était en revanche intolérable de penser qu'Il pût être cruel et injuste. Aussi, si quelques désastres pouvaient avoir eu des conséquences bénéfiques, la majorité des cataclysmes n'avait jamais fait que du mal.

Le 3 août de l'an 2000, à quatre heures quarante-cinq de l'après-midi, après avoir témoigné durant quatre-vingt-seize heures, le Dr Donald Carbone, sociologue et cataclysméticien, quitta définitivement la barre des témoins.

— Ce drôle de zèbre vient de nous faire gagner la guerre, dit Esther en suivant des yeux le sieur Carbone qui quittait la salle d'un air important. À nous de poser la cerise sur le gâteau, maintenant.

— Je n'en suis pas si sûr que ça, dit Martin.

— Qui pourrait justifier les pandémies ? dit Randall. Qui pourrait absoudre les inondations de Johnstown ? Qui pourrait oublier la patate infligée aux Irlandais ?

— L'avocat de la défense vient juste de le faire, dit Martin, maussade. Et il n'a pas encore plaidé.

Le deuxième témoin de l'accusation, Tonia Braverman, était aussi grande et mince que son prédécesseur était courtaud. Mais si le physique les opposait, la prétention et la vanité en faisaient des jumeaux. Le bras enroulé autour du micro comme une chanteuse de charme, l'historienne expliqua qu'elle dirigeait l'institut de recherches sur les dépravations humaines, « conçu et créé » par elle à l'université Brown, et qu'elle était aussi la « productrice associée, la scénariste et la voix off de *L'Éternel Carnage ou Trois Mille Ans de guerre, de cruauté et d'injustice*. Achevé deux ans plus tôt par le célèbre réalisateur de documentaires Bruce Kelvin, dont la chronique de neuf heures sur la grande dépression avait remporté quatre Emmy, *L'Éternel Carnage* n'avait pas encore été diffusé par PBS, même si une cassette vidéo était déjà commercialisée en Amérique du Nord.

Martin alla prendre sur la table des pièces à conviction un coffret de cassettes vidéo, dont le couvercle rouge sang était imprimé de lettres dorées. Il sortit la première des bandes et la montra au témoin. La photo du dossier Braverman ne lui rendait guère justice : en dépit de ses poches et de ses rides, elle avait dû être belle dans sa jeunesse, et Martin l'imaginait à la barre des témoins comme une hôtesse de talk-show gracieusement vieillissante.

— Pourquoi *L'Éternel Carnage* n'a-t-il jamais été diffusé ?

— La question fait toujours l'objet d'un litige, et je ne suis pas libre d'en exposer les détails. Tout ce que je puis dire, c'est que les directeurs de PBS ont été horrifiés quand ils ont visionné les bandes.

Martin claqua des doigts, et Randall arriva en poussant une desserte à roulettes sur laquelle trônaient un téléviseur et un magnétoscope.

— Quand nous avons considéré la dimension historique à donner à notre affaire, nous avons été tentés de rejeter le mal moral et de nous concentrer plutôt sur ce que les compagnies d'assurances appellent intelligemment les « actes de Dieu », à savoir les catastrophes naturelles, dit Martin, tandis que Randall installait ses appareils devant la caméra de Court TV. Puis nous avons songé à nos prédécesseurs. Job, comme vous le savez, a subi le mal moral quand les Sabéens ont ravi ses troupeaux et passé ses serviteurs au fil de l'épée. Et, bien sûr, les rabbins qui jugèrent Dieu à Auschwitz Lui reprochèrent d'avoir laissé s'étendre la peste brune nazie. Avec la permission du tribunal, l'accusation présente la pièce à conviction G1, *L'Éternel Carnage*, une série télévisée de onze heures écrite par Tonia Braverman et mise en scène par Bruce Kelvin.

— Excusez-moi, monsieur Candle, dit Torvald, mais pensez-vous vraiment que nous allons rester assis pendant deux jours à regarder un documentaire à la télévision ?

— Oui, Monsieur le Président, dit Martin, insérant la première cassette.

— C'est une cour de justice, ici, pas le Grand-Guignol !

— J'en suis conscient, Monsieur le Président.

— La défense n'a pas d'objection à ce que soit présenté à la cour ce genre de spectacle à sensation ? demanda Torvald à Lovett.

— La défense n'y voit aucune objection, Monsieur le Président.

Martin enfonça la touche Marche.

Le premier épisode, *Les Autels de l'Antiquité*, commença par une mise en bouche de huit minutes et, bien avant que la dernière image apparaisse, tout le monde avait compris les réticences de PBS à diffuser la série. À travers un montage de gravures anciennes et de scènes reconstituées en studio, le prologue décrivait en effet le supplice de Robert François Damiens, survenu le 2 mars 1757, en place de Grève, à Paris. Tandis que les bourreaux s'affairaient à verser de la poix fondue sur les entrailles de Damiens, la voix de Braverman s'éleva avec toute la gravité voulue : « Pourquoi l'*Homo sapiens* est-il la seule créature à torturer ses semblables ? », en prélude à un chapelet de questions sentencieuses que l'historienne poserait tout au long de la projection. « Pourquoi sommes-nous la seule espèce à nous faire la guerre ? » reprit-elle, alors que les chevaux parvenaient enfin à démembrer Damiens. La naïveté sociopolitique de la série n'ébranlait pas Martin. Précis et très documenté, *L'Éternel Carnage* était du pain bénit pour l'accusation. « Pourquoi parlons-nous d'atrocités "inhumaines", alors qu'elles représentent l'un de nos traits les plus saillants ? »

Les cent dix minutes restantes des *Autels de l'Antiquité* couvraient une période de l'histoire allant de la destruction de Ninive par les Mèdes et les néo-Babyloniens en 612 avant Jésus-Christ au sac de Rome par les Wisigoths en 410 après Jésus-Christ.

Dans une séquence puissamment évocatrice, Braverman et Kelvin avaient dramatisé les persécutions orchestrées par Néron, en 64 après Jésus-Christ. « Pendant que la foule applaudissait, des croyants de tous âges étaient déchiquetés par des tigres affamés ou des molosses dressés à tuer dans les arènes des cirques, disait Braverman en voix off. Les empereurs aimaient aussi organiser des courses de chars nocturnes à la lueur de torches vivantes qui n'étaient rien d'autre que des chrétiens enduits de résine enflammée. »

Autre réussite des deux compères : la reconstitution en studio de la première révolte juive contre Rome au premier siècle de l'ère chrétienne, révolte qui connut son point d'orgue en l'an 73, quand Titus, héritier du trône impérial, assiégea Jérusalem avec quatre-vingt mille hommes. Après des semaines de combats autour des remparts, les Romains parvinrent à déloger les défenseurs, qui s'en furent prendre position dans les jardins du temple. Et ce fut épaule contre épaule qu'ils attendirent l'assaut, persuadés qu'un miracle les épargnerait. Les centurions chargèrent et six mille juifs périrent dans le massacre qui s'ensuivit.

Après déjeuner, l'accusation passa au deuxième épisode, *La Grande Nuit*, couvrant près de dix siècles d'obscurantisme, de 476 à 1453. Morceaux de choix, comme à la boucherie, que les croisades ! La troisième du nom fut menée par Richard dit Cœur de Lion. Quand les défenseurs de la ville d'Acre, en Palestine, refusèrent de payer tribut tant que les trois mille prisonniers ne seraient pas relâchés comme Richard l'avait promis, les chrétiens répondirent avec leur charité devenue légendaire : « Dans l'après-midi du 20 août 1191, les soldats captifs furent poussés devant l'armée musulmane vaincue, raconta Braverman. Et là, sous les yeux de leurs compagnons d'armes, les trois mille prisonniers furent massacrés jusqu'au dernier par les croisés. »

Dix-sept ans plus tard, le pape Innocent III, le bien nommé, prêcha une nouvelle croisade, cette fois contre d'autres chrétiens : les albigeois du sud de la France. De cette croisade, un mot fut retenu : celui de Simon de Montfort, champion de l'Église et de la foi, dont les forces venaient de prendre Béziers, cité peuplée d'autant de catholiques que d'hérétiques ; à l'un de ses commandants qui lui demandait comment distinguer les premiers des seconds, il répondit : « Tuez-les tous, Dieu reconnaîtra les Siens. »

Peu après dans l'après-midi, le tribunal visionna *Empaleurs, inquisiteurs et insurgés*, ou la Renaissance vue par Braverman et Kelvin. Cela commençait par le règne sanglant de Vlad II Dracula, prince de Valachie. Le 2 avril 1459, Vlad entra avec ses troupes dans Brasov, ville de Transylvanie, dont il fit empaler tous les habitants sur des pieux. Au fil de sa carrière, Vlad varia les supplices : les condamnés étaient écorchés vifs, découpés en morceaux, éventrés, mais le pal resta sa signature. « Pour rendre le procédé le plus douloureux possible, le prince exigeait que chaque pieu soit arrondi et huilé à son extrémité. »

Après le portrait de Vlad l'Empaleur, la présentation de l'Inquisition espagnole parut presque fade. Cette grandiose entreprise naquit en 1478, quand le roi Ferdinand obtint une bulle papale l'autorisant à engager des tortionnaires professionnels pour punir les pratiques jugées infâmes des marranes, ces juifs d'Espagne et du Portugal convertis de force au christianisme et restés secrètement fidèles à leur religion. Le frère Tomás de Torquemada devint le premier Grand Inquisiteur.

« Ses techniques pour obtenir les aveux avaient beau être grossières – supplice des brodequins ; démembrement des bras ; arrachement des chairs aux tenailles –, elles n'en étaient pas moins efficaces. »

Kelvin réduisit à la portion congrue la chasse aux sorcières qui infesta l'Europe occidentale pendant les

XVe et XVIe siècles. Le phénomène fut inauguré en 1484 – encore une glorieuse initiative d'un pape de l'Église catholique romaine et encore un du nom d'Innocent, mais le numéro huit, cette fois. La bulle qu'il fulmina donna pouvoir à deux théologiens, Kramer et James Sprenger, tortionnaires expérimentés qui s'en furent traquer le « mal d'hérésie » et punir ses pratiquants à travers tout le continent.

« Le nombre des victimes brûlées vives pour crime de sorcellerie n'est pas connu, mais les historiens de l'époque médiévale s'accordent à l'estimer entre sept et huit cent mille. »

— C'est trop, dit Patricia, avec un geste agacé de la main en direction du téléviseur et de l'inévitable édition du soir de Court TV. Comme si on ignorait que l'histoire du monde s'est écrite dans le sang. On n'a pas besoin d'en savoir plus.

— Écoutez votre amie, dit Olaf.

— Je ferai enregistrer par la cour comme pièce à conviction chaque seconde de *L'Éternel Carnage*, dit Martin en levant les yeux du dossier de Harry Elder, le témoin suivant. Chaque seconde !

— Attends, que je devine, dit Patricia. Tu vas nous gaver des horreurs nazies et puis ce sera le nettoyage ethnique dans l'ex-Yougoslavie, le génocide du Rwanda et…

— Je n'ai pas inventé le XXe siècle.

— Dieu non plus.

— Ça, c'est beaucoup moins sûr. C'est même pour en débattre que je suis ici, en Hollande !

Le lendemain matin, Martin passa le quatrième épisode, *Dans la gueule de la foi*, un joli panorama de l'évolution des intolérances depuis la Réforme qui, au XVIe siècle, donna naissance au protestantisme jusqu'aux excès de la Révolution française et aux guerres napoléoniennes qui en résultèrent.

En 1524, l'Allemagne s'enflamma quand les paysans opprimés, galvanisés par l'esprit de la Réforme, se rebellèrent contre leurs princes. L'armée impériale répondit avec une efficacité toute germanique et encercla les forces rebelles le 15 mai 1525.

« Au moment où les paysans allaient se rendre, un arc-en-ciel apparut, et ils y virent le signe d'une protection divine, conta la narratrice. Et, comme ils refusaient de capituler, la soldatesque les massacra jusqu'au dernier. »

Quarante-sept ans plus tard, un même bain de sang se produisit quand le roi de France très catholique, Charles IX, laissa ses fanatiques partisans attaquer les huguenots, accusés de comploter contre le pouvoir royal. À la Saint-Barthélemy, dans la nuit du 23 au 24 août 1572, la populace parisienne fut ameutée, les portes des maisons protestantes marquées d'une croix rouge, et le massacre commença. Il y eut plus de trois mille morts et ni les femmes ni les enfants ne furent épargnés.

Le cinquième épisode intitulé *En avant vers l'enfer* passait en revue les diverses formes de mal moral qui parasitèrent ce siècle optimiste et industrieux que fut le XIXe. Au menu, il y avait le massacre des Indiens d'Amérique du Nord, la guerre de Sécession (la première grande guerre industrielle des temps dits modernes avec ses six cent dix-sept mille tués), et la semaine sanglante du 22 au 28 mai 1871 qui mit fin à la Commune de Paris, écrasée par les troupes versaillaises. L'année 1865 vit le massacre de Fort Pillow, où trois cents soldats de l'Union, pour la plupart des Noirs, furent fusillés par un général confédéré qui serait élu plus tard grand sorcier du Ku Klux Klan. Onze ans plus tard, arrivèrent les horreurs bulgares perpétrées par les troupes turques irrégulières, les bachi-bouzouks, quand ces derniers assiégèrent la ville de Batak, entrée en rébellion. Quand ils entrèrent dans la cité, il ne restait plus que les femmes et les enfants, qu'ils s'empressèrent de passer au fil de leurs yatagans, laissant agoniser les femmes enceintes préalablement éventrées.

Dans l'après-midi, les juges eurent droit au dernier épisode, *L'Horreur sans fin*, avec son heure et demie consacrée au plus abominable de tous les siècles : le vingtième du nom.

Faut dire qu'il commença bien, ce siècle-ci, avec la guerre de 1914-1918 entre les empires centraux (Allemagne et Autriche-Hongrie) et l'Entente franco-anglaise et ses alliés. Une guerre où la boue eut le plus souvent la couleur rouge de la vie foudroyée, où l'horreur le disputa à l'héroïsme le plus vain, une guerre qui fit dans les armées huit millions cinq cent mille morts et dix millions parmi les civils. On n'eut pas trop à attendre pour faire un pas supplémentaire dans l'innommable, avec la Seconde Guerre mondiale et son total de cent millions de morts. Mais avant d'en venir à ce morceau de choix de la presque moitié de ce siècle prodigue en massacres, Braverman et Kelvin, attentifs à ne pas perdre une miette du festin de sang, servirent chaud la Révolution bolchevique et les vingt millions de Russes décimés par la grippe espagnole et la famine entre 1914 et 1924, sans parler des cent mille « blancs » tués par les « rouges » entre 1918 et 1922.

Évidemment, l'Holocauste occupait une place à part entre l'indicible et l'inconcevable. À Auschwitz, les nazis parvenaient à « liquider » six mille juifs par jour, grâce à ce génie de l'organisation et de la discipline qui est aux Allemands ce que la garantie de qualité est aux montres suisses.

« Quand les prisonniers enfermés dans les salles de douches voyaient sourdre les gaz des pommeaux au lieu de l'eau attendue, ils se jetaient sur les portes, au pied desquelles ils mouraient entassés les uns sur les autres », conta Braverman.

Ce fut toutefois aux Américains, passés maîtres dans le génocide des Indiens, de clore ce carnage d'un feu d'artifice digne de la barbarie dont les fleurs écarlates avaient jonché le monde durant près de six ans. Le 6 août 1945, le bombardier B-29 *Enola Gay* (toujours ce formidable humour anglo-saxon) largua une bombe atomique gentiment baptisée Little Boy sur Hiroshima, faisant plus de cent mille victimes. Les survivants couraient dans les rues, leur peau brûlée pendant en de noirs lambeaux. « Dans les jours qui suivirent, dit Braverman, les radiations provoquèrent chez les survivants de terribles nausées et des saignements. Les femmes enceintes donnèrent naissance à des bébés malformés, et le taux des leucémie prit de terrifiantes proportions. »

Trois jours plus tard, pas radine, l'US Air Force balançait une deuxième bombe atomique, du nom de Fat Man, sur Nagasaki. Bilan : quatre-vingt mille morts.

La dernière heure de cette édifiante rétrospective décrivait les barbaries des années suivantes : l'invasion de la Hongrie par les forces soviétiques et l'éclatement de l'ex-Yougoslavie, où Serbes, Croates et Bosniaques entreprirent de régler de vieux comptes historiques et de fonder de nouvelles haines propres à éclairer l'avenir des flammes de la vengeance. *L'Horreur sans fin* n'était pas un mauvais titre. Et si les bonnes choses ont une fin, il est à douter que les mauvaises en aient une. On refit donc un petit tour du côté du Vietnam et de l'acharnement des Américains sur un pays qui ne leur avait rien fait. Quatre millions de Vietnamiens furent tués ou blessés, des civils pour les trois quarts. On alla voir le Cambodge. Et particulièrement mémorable était le témoignage d'une rescapée, une certaine Kim Nu, qui racontait comment elle et sa famille venaient de s'asseoir sur leur natte pour prendre leur repas du soir par une chaude journée de l'été 1976, quand une rafale de pistolet-mitrailleur pulvérisa la porte et le visage de sa grand-mère. L'instant d'après, les Khmers rouges faisaient irruption dans la maison, battaient son père à mort, et tuaient sa mère d'une balle entre les deux yeux.

« C'est par de telles attaques et la terreur qu'elles inspiraient aux témoins que Pol Pot assurait son pouvoir, après avoir défait le gouvernement de Lon Nol, commenta Braverman. Le temps que les Vietnamiens renversent le régime des Khmers rouges, plus de trois millions de Cambodgiens avaient trouvé la mort, la majorité dans des camps de travail où les maladies et la malnutrition tuaient autant que la torture et les sévices. »

Martin éteignit le téléviseur, avala discrètement deux Roxanol, et se redressa.

— Trois millions de Cambodgiens ?

— Trois millions.

— Madame Braverman, je dois maintenant vous poser une question de la plus haute importance. Durant toutes ces atrocités dont vous avez fait l'inventaire, l'Accusé est-Il venu une seule fois en aide aux victimes ?

— On pourrait citer de nombreux cas où les gens ont

espéré que Dieu leur porte secours : le sac de Jérusalem, la révolte des paysans allemands…

— Mais est-Il jamais intervenu ?

— Non, pas que je sache.

— Jamais ?

— Jamais.

— Merci, madame Braverman.

Invité à contre-interroger le témoin, Lovett se contenta d'un bref échange. Après tout, le sujet ressortait du mal moral, un regrettable mais inévitable sous-produit du libre arbitre de l'être humain.

— Madame Braverman, pensez-vous sincèrement que l'Accusé n'ait jamais rien fait pour soulager les misères de Ses créatures ?

— C'est en tout cas la conclusion de mon enquête.

— Avez-vous jamais lu l'Évangile selon saint Matthieu ?

— Il m'est arrivé de le parcourir.

— Et quand avez-vous « parcouru » saint Matthieu pour la dernière fois ?

— Il y a trois ans. Nous pensions inclure le crucifiement du Christ dans le premier épisode.

— Y a-t-il un Nouveau Testament dans votre chambre d'hôtel ?

— Je ne sais pas.

— Puis-je vous faire une suggestion ? Quand vous regagnerez le Bellevue, ce soir, arrêtez-vous à la réception. Mon frère y aura déposé à votre intention une Bible de Jérusalem. Vous pourrez la garder. Emportez-la au lit avec vous et lisez l'Évangile selon saint Matthieu. Cela ne peut vous faire de mal et vous pourriez y apprendre quelque chose. Je n'ai pas d'autres questions.

Le lendemain matin au tribunal, Martin avala subrepticement deux Roxanol et, se redressant du mieux que le lui permettaient ses hanches rongées par le cancer, s'adressa aux juges d'un ton solennel.

— Le grand théoricien militaire prussien Carl von Clausewitz a fait observer qu'« une mort est une tragédie, un million de morts, une statistique ».

Il s'éclaircit la gorge, fixa son regard sur Torvald et ajouta :

— Von Clausewitz se trompait, messieurs les juges. Un million de morts est un million de tragédies. Les plaignants appellent Harry Elder.

Le témoin jobien de Martin était un homme au visage ouvert et souriant, à qui on aurait acheté les yeux fermés une voiture d'occasion. Il vint à la barre, vêtu d'un costume en polyester bleu deux fois trop petit pour lui et en tenant sous son bras un singe en peluche habillé d'un smoking.

Martin attendit que Harry ait prêté serment pour lui demander :

— Que faites-vous pour gagner votre vie ?

— Je tiens un magasin de jouets à New Castle, Delaware, où je réside.

— C'est un des jouets que vous vendez que vous avez là ?

— Non, c'était la peluche préférée de mon fils.

— Un gorille ?

— Un orang-outan, en vérité. Il s'appelle Ozzie.

— Parlez donc de votre fils au tribunal.

Harry tira sur la veste d'Ozzie.

— Duncan a toujours été un enfant fragile. Il attrapait froid, avait des diarrhées, mal aux oreilles. Au début, le Dr Wendell nous a dit que ce n'était rien, et puis il a pensé que ce pouvait être de l'asthme, jusqu'à ce qu'on dépiste enfin une mucoviscidose.

— Qu'est-ce qu'une mucoviscidose, monsieur Elder ?

— C'est une maladie génétique qui se caractérise par une viscosité excessive des sécrétions glandulaires. Elle touche toutes les glandes muqueuses. Les poumons, l'estomac, le pancréas et le foie de votre enfant deviennent de véritables bouillons de culture. Ma femme et moi étions tous deux porteurs, mais nous ne le savions pas.

— Et la transmission héréditaire se fait à tous les enfants ?

— Non, Emily, notre premier enfant, est en parfaite santé.

— Continuez, je vous prie.

— Quand nous avons appris la nouvelle, Janet et moi sommes allés dans la chambre de Duncan, pendant qu'il dormait. « On est tellement désolés », on n'arrêtait pas de lui dire. Il n'avait que deux ans. « On est tellement désolés… »

— Le pire avec cette maladie, c'est que la fibrose kystique ne tarde pas à se déclarer, expliqua Harry. Vous devez torturer votre propre enfant.

Pour déloger les sécrétions, il devait placer Duncan à plat ventre sur une planche inclinée et lui taper dans le dos et sur les côtés en lui demandant de tousser.

— Le pauvre me criait : « Assez ! Assez, papa ! » Et puis il a fini par comprendre que tous les petits enfants ne se faisaient pas taper dessus et il me demandait : « Est-ce que j'serai encore obligé de faire ça quand j'serai grand ? »

— Que lui avez-vous répondu ?

Harry pâlit.

— Je lui ai dit que non, qu'il n'y aurait plus de tapes dans le dos quand il serait… grand.

Tous les six mois, Duncan devait passer dix jours dans une clinique pour enfants, où il recevait un traitement antibiotique par intraveineuses pour combattre la surinfection qui menaçait ses bronches.

L'état de Duncan demeura stable pendant quatre ans. Puis, le lendemain de son sixième anniversaire, l'enfant fit un pneumothorax, et on dut lui poser un drain dans la plèvre pour la vider de l'air qui s'y était introduit.

— Après cela, il fut très malade : arthrite, pneumonie, cœur fatigué, des problèmes hépatiques, mais il restait lui-même, toujours prêt à jouer avec sa sœur, heureux à sa manière. À son douzième séjour à l'hôpital, je lui promis de l'emmener à New York à sa sortie. Il avait toujours voulu voir *Cats*.

— Est-ce qu'il a pu réaliser son vœu ? demanda Martin.

— Oui, deux jours après Thanksgiving. La ville était éblouissante. Les illuminations de Noël étincelaient sur la neige. J'ai dû le porter jusqu'au théâtre du Jardin d'Hiver. Il est resté éveillé pendant tout le spectacle. Quand on est ressortis, il m'a dit : « Tu sais ce que j'aimerais pour Noël ? Un petit chat à moi. » Et sitôt rentré à Newcastle, il a écrit au Père Noël. La lettre se terminait comme ça : « Je te promets que je prendrai bien soin de mon petit chat, Père Noël, même si je suis très malade. »

Le 1er décembre, Duncan fit un nouveau pneumothorax et fut de nouveau hospitalisé.

— Ça nous faisait trop mal de le voir tout pâle dans son lit, avec le drain, la perfusion, tous ces supplices qu'il endurait. Alors ma femme et moi, on a pleuré. Et vous savez ce que Duncan a fait ? Il a essuyé mes larmes de sa main et m'a dit : « Sois pas triste, papa, Noël arrive. »

Quand Duncan revint à la maison, Harry et sa femme commencèrent à penser que leur fils ne passerait pas les fêtes, alors ils se rendirent à la Société protectrice des Animaux et choisirent un chaton noir avec une étoile blanche sur le front. Le petit mot du Père Noël qui accompagnait la petite bête disait à Duncan que Starshine s'ennuyait ferme tout là-haut au pôle Nord et qu'il valait mieux qu'il aille tout de suite dans sa famille d'adoption.

— Je n'avais jamais vu Duncan aussi heureux. Il souffrait beaucoup à ce moment-là, mais il était fou de joie. Emily, Starshine et lui ont joué pendant des heures, Duncan toussait beaucoup mais ça lui était égal. Plus tard, il a dit à sa sœur : « Tu sais, Starshine me fait oublier que je suis malade. »

Trois jours avant Noël, Duncan a été pris de violentes douleurs. Le Dr Wendell est venu et lui a fait une piqûre de morphine, et Duncan s'est endormi. Emily voulait savoir si Duncan allait encore retourner à l'hôpital, et Janet lui a répondu que non, que Duncan allait mourir. Emily en resta bouche bée de stupeur. Quoi, c'était vraiment la fin ? Oui, lui dit Janet, c'était la fin. Puis tous les trois, Harry, Janet et Emily, se sont assis sur le tapis à côté du lit de Duncan et ont attendu qu'il se réveille.

— Avez-vous jamais vu un enfant mourir, messieurs les juges ? demanda Harry. Duncan voulait s'asseoir dans son lit mais il n'en avait pas la force, alors il retombait contre ses oreillers, à côté de Starshine et d'Ozzie.

Le témoin pleurait, maintenant ; sa voix s'étranglait.

— Et pendant tout ce temps, il nous regardait – Janet, Emily, moi – avec un tel amour. Il s'est redressé une dernière fois, a jeté ses bras autour de moi et il a dit à sa sœur : « Joyeux Noël, Emily. » Il avait les yeux ouverts mais il ne voyait plus rien. C'est comme ça qu'il est mort, mon garçon, messieurs les juges… par un matin glacial de décembre, à New Castle, Delaware. Il avait huit ans. Tous les dimanches, je vais sur sa tombe et je pleure. C'était le petit le plus gentil que j'aie jamais vu, et aussi le plus courageux, et si j'ai pu vous faire comprendre ça, messieurs, alors je n'aurai pas fait tout ce voyage pour rien.

Le témoin sortit un mouchoir de sa poche et se moucha sans honte. La traductrice pleurait. Des larmes roulaient sur les joues de la sténographe.

— Merci, monsieur Elder, dit Martin. Je n'ai pas d'autres questions.

Lovett commença son contre-interrogatoire en demandant à Harry si Duncan avait jamais voulu connaître la raison de ses souffrances.

— Un jour, il m'a dit : « Papa, tu ne crois pas que Dieu doit drôlement me détester pour que je sois malade comme ça ? »

— Que lui avez-vous répondu ?

— Je ne sais plus.

— Vous ne savez plus ? Votre fils vous posait une question terriblement importante. Que lui avez-vous dit ?

— Je lui ai dit que Dieu ne le détestait pas.

— Auriez-vous été jusqu'à lui dire que Dieu l'aimait ?

— J'aurais pu.

— Monsieur Elder, regrettez-vous que votre fils soit né ?

— Objection ! s'écria Martin.

— Rejetée, dit Torvald.

Harry froissa son mouchoir en boule et l'enfonça dans sa poche.

— Si je regrette qu'il soit né ? Non, je ne me suis jamais posé cette question. (Il regarda la peluche qu'il avait posée sur ses genoux.) Non, j'ai toujours été reconnaissant d'avoir eu Duncan, même si ça n'a duré que huit ans.

— Toujours reconnaissant, répéta Lovett. Reconnaissant envers qui, monsieur Elder ?

— Envers personne. J'étais reconnaissant, c'est tout.

— Comment peut-on être…

— Vous voulez que je vous dise que je suis reconnaissant envers Dieu ? Eh bien, je ne le suis pas.

— Monsieur Elder, je voudrais attirer votre attention sur un article paru dans *Parade*, le 13 mars 1998, qui dresse le portrait d'un chercheur nommé Arthur Jablonsky. (Lovett brandit le magazine devant la caméra de Court TV.) Son équipe a isolé le gène du septième chromosome responsable de la fibrose kystique et a même découvert le moyen d'en fabriquer un substitut sain. Savez-vous ce que le Dr Jablonsky a répondu à la question : qu'est-ce qui vous a motivé dans vos recherches ? Je le cite : « Mon désir d'accomplir l'œuvre de Dieu. » Que pensez-vous de cela ?

— Je n'en pense rien du tout.

— Monsieur Elder, n'avez-vous jamais dit à votre fils qu'il irait au paradis ?

— Oui, j'ai pu lui dire quelque chose comme ça, répondit Harry d'une voix sourde.

— Je ne pense pas que le tribunal vous ait entendu.

— J'ai dit que oui.

— Est-ce que Duncan vous posait des questions sur le paradis ?

— Tous les enfants posent des questions sur le paradis.

— Et que vous a demandé Duncan ?

— Il voulait savoir s'il aurait des ailes dès son arrivée.

— Et que lui avez-vous répondu ?

Le visage de Harry s'empourpra.

— Ce que je lui ai répondu, monsieur Lovett ? Je vais vous le dire. « Duncan, tu auras tes ailes dès le premier jour et, après ça, tu seras notre ange gardien et tu surveilleras la maison depuis l'immense fenêtre du ciel et tu nous verras, maman, Emily et moi, jusqu'à ce qu'on te rejoigne. » C'est ça que je lui ai dit, à mon beau petit garçon.

— Et vous y croyiez vous-même ?

— Non.

— Pourquoi avez-vous menti à votre fils ?

— Objection ! cria Martin.

Le corps même de Harry fit soudain l'objet d'une étrange distorsion.

— C'est quoi, cette question ? dit-il d'une voix sifflante en balayant le micro d'un revers de la main. C'est quoi, cette question ? répéta-t-il – en criant, cette fois.

— Je la retire, dit Lovett en battant précipitamment en retraite vers son banc. Merci, monsieur Elder. Vous nous avez donné toutes les informations dont nous avions besoin.

— L'accusation peut interroger de nouveau le témoin, annonça Torvald.

— Je n'ai qu'une question, monsieur Elder, dit Martin. Si ces neuf juges déclarent l'Accusé coupable, leur demanderez-vous de débrancher le cœur-poumon artificiel ?

— Couper le jus ? demanda Harry.

— Oui, couper le jus.

— Je n'aurai aucune hésitation.

— Vraiment ?

— Je les supplierai même de m'en laisser le soin.

— Merci, monsieur Elder. Vous pouvez vous retirer.

— Votre témoin suivant, monsieur Candle, dit Torvald.

— Nous n'avons plus de témoins, Votre Honneur.

— Vous voulez dire que… votre plaidoirie est terminée ?

— Oui, Votre Honneur. Sur le cadavre de Norma Bedloe, les souffrances de Billy Jenkins, le bacille de la peste, les ravages du Vésuve, la cruauté de Vlad l'Empaleur, la folie de Pol Pot et la tombe de Duncan Elder… la Société de Job en a terminé.

13

Pour avoir assisté à plus de mille messes méthodistes sans jamais ressentir une ankylose dans le fondement ni le besoin de bâiller, je peux dire en toute honnêteté que je ne m'ennuie pas facilement. Si l'équipe de Candle ne s'était pas livrée à un comptage aussi maniaque des frasques de notre Créateur, j'aurais accueilli cet inventaire avec l'enthousiasme d'un amateur de base-ball pour le score de son équipe préférée. Les tremblements de terre, après tout, sont pure symphonie à mes oreilles. Les catastrophes aériennes me font jouir. Mais si l'ennui naît de l'uniformité, l'excès engendre l'indigestion. Donald Carbone n'en était pas à la moitié de son témoignage que ma lassitude avait gonflé au point que, reprenant le fil et l'aiguille de mon métier, je me mis à travailler comme d'autres se roulent les pouces, improvisant au point de croix sur ma tapisserie au fil des interrogatoires de Tonia Braverman et de Harry Elder.

Les résultats, dois-je dire, me procurèrent une vive et toute personnelle satisfaction : imaginez une série de courts mais incisifs tableaux dépeignant les quatorze stations du calvaire de Martin Candle. Ainsi la deuxième, intitulée *Mauvaise Nouvelle,* représentait-elle notre héros apprenant de la bouche de ce bon Dr Hummel qu'il était atteint d'un cancer. La neuvième, *Chagrin quand tu nous tiens,* le montrait à genoux sur la tombe de sa chère Corinne Rosewood. Quant à la douzième, j'en empruntai le titre à mon maître hollandais préféré, Rembrandt. Je l'appelai *La Ronde de nuit.*

Notre héros ne pouvait pas dormir. Il se tournait et se retournait comme une limande hors de l'eau dans son lit du Bellevue. Il n'était pas loin de trois heures du matin quand il se leva et, obéissant plus à une impulsion qu'à un désir, s'habilla, s'affubla de sa fausse moustache et, la canne à la main, quitta sa chambre en boitillant.

Traversant une réception déserte, il sortit. Il faisait doux dehors. Un croissant de lune découpait un infime sourire dans le ciel nocturne de La Haye. Un chien errant passa dans un tricotis de pattes affairées. L'air embaumait les géraniums et les jacinthes. Candle descendit la rue Raamweg jusqu'à son intersection avec Haringkade. Il accéléra le pas.

En dépit de l'heure, il y avait foule sur les quais du port de Scheveningen : assemblée polyglotte de veilleurs mystiques, d'adorateurs de Dieu, de soldats onusiens, d'officiers de police hollandais, et de gros bras du Glaive de Jéhovah. Notre héros dut jouer des coudes pendant trois quarts d'heure pour atteindre la jetée n° 15 et parvenir en vue de la chambre froide de l'Accusé. Trois quais plus loin, le cœur-poumon artificiel poursuivait sa tâche perpétuelle, irriguant le Corpus Dei du sang de Ses adorateurs.

« Voilà, monsieur, c'est fait », murmura Candle dans sa moustache, prenant la pause que j'ai si bien saisie dans *La Ronde de nuit* : la joue pressée contre la paroi de verre, une main accrochée à l'un des rivets. « J'ai dévoilé au monde entier Tes exploits, sans oublier un seul massacre ni une seule catastrophe. »

Notre héros jeta un coup d'œil à sa gauche. Une religieuse aux joues rondes comme des pommes, en cornette blanche et robe noire, était agenouillée sur le gigantesque radeau supportant la chambre, égrenant les grains de son rosaire, les yeux verrouillés dans une fervente prière.

« Et maintenant, je dois Te dire quelque chose. M. Stackpole, qui a signé l'éditorial de l'*Histoire de la procédure 227*, a tout faux. Il n'y a pas de piété dans mon entreprise, monsieur, pas l'ombre d'une révérence. "Réfuter le Tout-Puissant est L'honorer", dit-il. Désolé, je ne le pense pas du tout. "Un homme qui s'en prend à Dieu est un homme qui prend Dieu au sérieux et Lui rend hommage." Non, Monsieur. Trouvez quelqu'un d'autre pour ce rôle. »

Il regarda à sa droite. Un hippy avec queue-de-cheval, boucle d'oreille et bandana en macramé protégeait d'une main multibagousée la flamme fragile d'une bougie rouge.

« Suis-je assez clair, Monsieur ? » Candle se gratta la peau autour de la valve du cathéter. « C'est la guerre. Mon armée ne fait pas de prisonniers. »

Notre héros se tenait, silencieux, devant l'Accusé. 3 h 55 du matin. Le voile de la religieuse froufrouta sous la brise. Ses pleurs luisaient dans la pénombre. 4 h 10 du matin. La bougie du hippy s'éteignit. Il n'essaya pas de la rallumer.

Candle se détourna de la paroi translucide. Il sourit à la religieuse, fit un clin d'œil au hippy et entreprit de refaire le long et douloureux trajet jusqu'à son hôtel.

Plus tard dans la nuit, son cerveau baignant dans le Roxanol, Candle rêva qu'il était encore à l'intérieur du crâne divin. Il était assis par terre dans la hutte d'Adrian et d'Évangeline, pressant les deux hominiens de lui donner la réponse à l'argument ontologique.

— C'est très simple, dit Évangeline, qui donnait le sein à son bébé.

Elle plongea la main dans son corsage et en retira une poignée de lettres de Scrabble, empruntées, expliqua-t-elle, à ses amis dinosaures, Vivien et Lawrence.

— Quand le coma atteindra son point culminant, nous souffrirons d'un dessèchement total. Mon lait se tarira. Les testicules de mon mari perdront leur semence.

Elle disposa les lettres devant Candle, et les lettres disaient : PRIMATES ARIDES.

— Voilà ce que nous deviendrons, dit-elle.

— Des primates arides ? lut Candle. Mais quel rapport cela a-t-il avec le problème du mal ?

— N'est-ce pas évident ?

— Non.

Sur ce, le rêve se dissipa.

Il se réveilla par à-coups, passant de l'illusion à la vérité comme notre Créateur séparant la lumière de l'obscurité au commencement des temps. Illusion : la réponse à l'argument ontologique était contenue dans l'expression « primates arides ». La vérité : ces primates arides étaient montés du tréfonds de son subconscient, et il n'y voyait pas l'ombre d'une signification théologique.

Mais peut-être pas. Peut-être ce rêve prenait-il sa source dans la sibylline psyché de Dieu, qui lui avait déjà fourni de solides réfutations à l'argument eschatologique comme à ceux de la discipline et de l'harmonie cachée. Primates arides… l'expression avait-elle un sens précis, hormis le fait qu'Adrian et Évangeline allaient manifestement vers un destin d'une sécheresse plus que saharienne ?

À 10 h 17 du matin, alors que le soleil nacré hollandais filtrait dans le prétoire, illuminant le portrait de Francis Biddle, Martin avala un analgésique et Lovett commença d'appeler les témoins de la défense.

Le premier d'entre eux était Bernard Kaplan, rabbin de Fitchburg, Massachusetts, qui avait écrit une théodicée personnelle après la mort de son fils Jeffrey, emporté à l'âge de onze ans par une tumeur au cerveau. À la grande surprise de Kaplan lui-même, *Quand vous traversez la tempête* devint non seulement un best-seller mais une source de consolation pour des millions de lecteurs, juifs et non juifs.

— Pourriez-vous dire au tribunal quelques mots de votre philosophie ? demanda Lovett en s'approchant du pupitre.

— Il faut d'abord que vous sachiez que je suis un rabbin, pas un érudit talmudique, dit Kaplan en tripotant nerveusement le bouton de son veston de coton bleu.

C'était un petit bonhomme souriant dont la chevelure ébouriffée rappelait la coiffure afro du second mage dans la parodie de la nativité qu'avait filmée Jonathan Sarkos.

— Jusqu'à ce que *Newsweek* appelle mon livre une « théodicée », j'ignorais tout du sens de ce mot.

La modestie et l'humilité du rabbin semblaient sincères et sans malice, et Martin se dit qu'il n'aurait guère de plaisir à démanteler la vision du monde de cet homme doux.

— Il n'empêche, vous soulevez quelques rudes questions dans *Quand vous traversez la tempête*, dit Lovett.

— Je voulais que les lecteurs découvrent une étrange mais apaisante vérité. Beaucoup de choses qui, au début, nous paraissent néfastes se révèlent soudain nécessaires, vues sous un autre angle. « Pourquoi la charogne sent-elle si mauvais ? » demande l'élève à son maître zen. Et le maître répond : « Si tu étais un vautour, la charogne aurait une odeur de chocolat. »

— Saviez-vous que les théologiens chrétiens appellent cela l'argument de l'harmonie cachée ?

— L'« harmonie cachée » ? C'est très bien, cela. J'ai été très ému par le témoignage de M. Elder, la semaine dernière, surtout quand il nous a expliqué qu'il devait taper dans le dos de son fils. Un visiteur venu de Mars, par exemple, pourrait penser que M. Elder maltraitait son enfant, alors qu'en réalité il le maintenait en vie.

Martin ouvrit sa mallette et en sortit un calepin à spirale qu'il avait acheté le matin au kiosque à journaux de l'hôtel ; la couverture était décorée des *Joyeux Buveurs* de Frans Hals. Il écrivit sur la première page : *l'interroger sur Auschwitz.*

— Dans votre livre, vous donnez l'exemple de cet arbre foudroyé qui déclenche un incendie de forêt, dit Lovett.

— Notre première réaction dans une telle circonstance est de combattre le feu, répondit Kaplan, mais les écologistes nous affirment aujourd'hui que de tels incendies font partie des cycles de la nature. Ils suppriment les arbres morts et les fourrés, permettant au soleil de pénétrer le sous-bois et de stimuler la croissance des nouvelles plantes.

— Vous promenez également un regard différent sur les termites.

— Tous ceux qui possèdent une maison se protègent contre eux, mais notre planète serait complètement stérile sans ces insectes qui transforment les arbres morts en terreau.

— L'homme est obsédé par les arbres, murmura Esther.

— L'argument sylvestre, grommela Randall.

— Les termites ont tué ma femme, marmonna Martin en gribouillant frénétiquement sur son calepin.

Tandis que le soleil d'août traçait sa course dans le ciel, le rabbin dévida une douzaine d'exemples supplémentaires où le mal recelait un bienfait. Pendant ce long discours, Martin observa les juges. Les visages fermés, ils semblaient souffrir d'impatiences : ils ôtaient leurs écouteurs pour se gratter les oreilles, essuyaient la sueur de leur front, bref, manifestaient une évidente nervosité que Martin, optimiste, attribua à un ennui profond.

Kaplan choisit enfin, pour clore ses édifiantes illustrations de l'harmonie cachée, une catastrophe survenue non loin de La Haye le 1er octobre 1574. Ce jour-là, la mer du Nord déchaînée rompit les digues et submergea les basses terres occidentales. En vérité, ce désastre fut une aubaine pour les Hollandais, car le pays était en rébellion contre les seigneurs et maîtres de Madrid, et une grande armée espagnole assiégeait Leyde. La mer balaya le siège, sauvant ainsi les habitants menacés.

— Revenons un moment à Jeffrey, suggéra suavement Lovett. À moins que ce ne soit pour vous…

— Non, ça va bien.

— Dans *Quand vous traversez la tempête*, vous déclarez que même la mort d'un enfant peut donner naissance à un bien inattendu.

— C'était horrible de voir cette tumeur détruire Jeffrey, vraiment horrible. Toute cette douleur… il était tellement courageux.

La voix du témoin se brisa ; il enfouit son visage dans ses mains et pleura.

— Nous ferions mieux d'arrêter.

— Non, non, répondit Kaplan en écartant ses mains de son visage sur lequel deux larmes traçaient deux scintillances parallèles. La vérité est que, pour les autres parents de ma congrégation, la souffrance de Jeffrey était comme une… une offrande.

Il porta son regard mouillé vers les juges.

— Pourquoi aimons-nous nos enfants, messieurs les juges ? Parce qu'ils sont vulnérables, voilà pourquoi. Éliminez cette vulnérabilité, cet horrible risque de perdre votre garçon par un monstrueux mauvais tour du destin, et vous perdez la seule chose qui donne tout son poids à l'amour d'un père. Réfléchissez-y. C'est un marché, un troc abominable, mais je suis prêt à l'accepter.

— Voulez-vous dire que vous vous êtes résigné à la mort de Jeffrey ? demanda Lovett.

— Je ne serai jamais réconcilié avec la mort de Jeffrey.

— Merci, rabbin Kaplan. Je n'ai pas d'autre question.

Après la pause du déjeuner, Torvald invita l'accusation à interroger le témoin. Voilà donc mon premier contre-interrogatoire, pensa Martin. Sa canne à tête de crocodile et son calepin sous le bras, essayant d'ignorer les douleurs qui assaillaient ses deux hanches, il s'en fut prendre la hache de Noé sur la table aux pièces à conviction et vint se planter devant le box des témoins.

— Qu'est-ce donc d'après vous ?

— Une hache, répondit Kaplan.

— Oui, mais pas n'importe laquelle : voici la hache avec laquelle Noé construisit son arche. Il m'en a fait présent lors de mon passage dans le cerveau de l'Accusé. Il est probable qu'elle ne sera plus que poussière dans un mois, sinon j'en obtiendrais probablement cinquante millions de livres du British Museum. Savez-vous, rabbin Kaplan, que l'argument de l'harmonie cachée est parfois évoqué pour expliquer le grand déluge raconté dans la Genèse, chapitres 6 à 8 ?

— Non, mais je le conçois… le déluge fut une purge nécessaire, n'est-ce pas ? Il nettoya la Terre de ses pécheurs et annonça une humanité moins corrompue.

— Très bien, dit Martin en frappant de la paume le talon de la hache. Tchok, tchok, tchok, et la hache d'abattre les arbres dont Noé a besoin pour son refuge flottant. Laissez-moi vous poser une question : est-ce que l'histoire du déluge illustre selon vous le comportement d'un Créateur bienveillant ?

— Objection ! intervint Lovett. M. Kaplan a déjà déclaré qu'il n'était pas un théologien.

— Rejetée, dit Torvald.

— Merci, Monsieur le Président, mais je retirerai quand même ma question, dit Martin. Et je parlerai plutôt du livre de monsieur Kaplan.

Il posa la hache sur la table de l'accusation et revint en boitillant jusqu'au pupitre tout en feuilletant son calepin.

— Ce matin, monsieur Kaplan, vous avez dit au tribunal que les incendies de forêts s'avéraient à la longue profitables à l'écosystème. (Ses lunettes glissèrent sur son nez en sueur et il les repoussa.) Et maintenant, en mettant à part la question de la finalité écologique, considérons une situation somme toute assez commune dans une forêt : un faon innocent pris dans les flammes. L'animal sera horriblement brûlé et mourra lentement et douloureusement de ses blessures. Diriez-vous qu'il y a derrière la mort de ce faon un bien caché ?

— Je dis qu'il se pourrait qu'il y en ait un.

— Lequel, par exemple ?

— Si je le savais, l'agonie de cet animal ne serait plus « apparemment gratuite », n'est-ce pas ?

Martin fut surpris par cette réplique mais n'en laissa rien paraître.

— En effet, mais que cela ne nous empêche pas de spéculer, d'accord ? Imaginons, par exemple, que le faon soit porteur d'une nouvelle espèce de bactérie pathogène. Transmis à l'homme, ces germes pourraient causer une peste dix fois plus meurtrière que ne l'a été la peste noire.

— Cela justifierait que le faon soit rôti vivant, n'est-ce pas ? dit Kaplan, l'air songeur.

— Oui, à la condition que seule une chaleur intense puisse détruire cette bactérie.

— Je ne pense pas que tout cela soit très plausible.

— Moi non plus. Que pensez-vous des camps de concentration nazis ?

— Quoi ?

— Je vous demande ce que vous pensez des camps de concentration…

— Ce que j'en pense ? Mais que c'est sans conteste la plus grande abomination du XXe siècle.

— Pourquoi l'Accusé a-t-Il permis ces camps ?
— Objection, demanda Lovett.
— Refusée, répondit Torvald.
— Je veux bien parler de mon fils, monsieur Candle, mais pas de ça.
— Eh bien, je vous propose la spéculation suivante : les Juifs, les Tsiganes, les homosexuels, les femmes, les enfants, les vieillards, tous avaient projeté de fabriquer et de répandre un produit chimique capable de détruire toute vie sur cette planète. En permettant l'Holocauste, Dieu a empêché l'extinction de centaines de milliers d'espèces, y compris la nôtre. Qu'en pensez-vous ?
— Votre spéculation est obscène.
— Je le pense aussi, mais l'argument de l'harmonie cachée est toujours obscène. Comme l'Idée de Noé me l'a confié : c'est de « la pornographie pour curés ». Question : supposez que l'une des digues qui protègent cette cité vienne à se rompre soudainement. Vous voyez le tableau ? La mer du Nord envahit les rues, noyant des milliers de gens. Comment réagiraient ceux qui sont en ce moment même dans le tribunal ? Diraient-ils : « C'est la même chose qu'en 1574. Il y a peut-être un plus grand bien derrière ce malheur » ?
— J'en doute.
— Que feraient-ils alors ?
— Ils iraient probablement chercher des sacs de sable et essaieraient de colmater la brèche.
— Exact. Et cependant vous nous invitez à penser qu'il existe une justification secrète à chaque malheur du monde. Ce à quoi je réponds : s'il y a une harmonie cachée dans l'univers, rabbin Kaplan, alors pourquoi luttons-nous aussi désespérément contre elle ? Car, si je vous suis bien, une personne qui éteint un feu, qui gué-

rit une maladie ou qui tente de contenir une inondation avec des sacs de sable, ne s'oppose-t-elle pas à la volonté divine ?

Kaplan parut frissonner de la tête aux pieds. Et Martin pria pour que la détresse du témoin apparaisse clairement à l'image sur les écrans des juges.

— Tout ce que je puis dire, répliqua Kaplan d'un ton modeste, c'est que l'idée d'un bien meilleur est réconfortante. Et, en tant que rabbin, j'ai le devoir de réconforter mes semblables.

— Et vous le faites, monsieur. Vous le faites indiscutablement. Je n'ai pas d'autres questions.

Réprimant un sourire, Martin regagna le banc de l'accusation.

— Beau travail, dit Esther. Le bonhomme est K.-O. debout.

— *Exit* l'harmonie cachée, dit Randall.

— Un de moins, mais il en reste quatre, dit Martin.

Quand le procès reprit le lendemain, Lovett appela à la barre Eleanor Swann, professeur « diva » à l'université Yale, auteur d'une histoire du gnosticisme et d'une traduction des manuscrits dits de la mer Morte. Elancée, les traits fins, le genre de femme qui avait été jolie et que l'âge rendait belle. Sa voix et sa diction étaient à son image : efficaces et racées. Phrase après phrase, métaphore après métaphore, Swann défendit avec précision et clarté la thèse selon laquelle l'adversité forgeait la spiritualité.

— L'argument de la discipline, murmura Randall.

— Facile à démonter, chuchota Martin.

Ouvrant son calepin à une page vierge, il prit un crayon et écrivit avec application PRIMATES ARIDES. La clé résidait-elle dans une anagramme ? DESIRAS MA TRIPE. DATES PRIMAIRES. Non, ça n'avait manifestement aucun sens et, en tout cas, rien à voir avec l'argument ontologique.

Face aux difficultés de la vie, expliqua Swann, les gens découvraient en eux des réserves inattendues de patience et de compassion. Citant Lovett lui-même et son *Énigme de la souffrance*, elle qualifia le Dieu de l'avant-coma de « chirurgien cosmique », qui nous infligeait la douleur pendant qu'« Il réparait nos âmes de Son divin scalpel ».

Tandis que l'interrogatoire se poursuivait, madame le professeur sonna le rappel des références théologiques et fit donner saint Augustin, Grégoire de Nazianze, Martin Luther. Cela n'eut pas l'air d'impressionner beaucoup les juges, qui semblaient être aussi anesthésiés par le discours de Swann qu'ils l'avaient été par celui de Kaplan.

Faire monter les enchères, nota Martin. *Parler du sida.*

À 12 h 47, Torvald étouffa un bâillement et suspendit l'audience pour déjeuner.

— Nous pouvons tous comprendre pourquoi la souffrance fortifie le caractère d'une personne, dit Lovett à la reprise de la séance. Un sceptique pourrait toutefois être en droit de se demander pourquoi les malheurs frappent indifféremment les vertueux et les corrompus. Le mois dernier, nous avons reçu ici même un homme qui avait perdu ses jambes au Viet-nam. Pourquoi a-t-il été si gravement blessé, alors que des milliers de ses compagnons sont rentrés chez eux sains et saufs ? Le lieutenant Palomar était-il en manque d'élévation spirituelle ?

— Cette question du hasard met en cause l'argument de la discipline, dit Swann avec un sourire glacé. À tel point qu'elle nous oblige à faire appel à l'argument eschatologique, autrement dit, de la fin dernière.

— Argument selon lequel notre élévation spirituelle continue...

— ... après la mort. Nous savons tous, nous les chrétiens, que si l'on quitte ce monde sans avoir jamais souffert, certaines épreuves disciplinaires nous attendent dans l'au-delà. À l'inverse, quelqu'un qui mourra avec une âme forgée au feu de la souffrance, comme le lieutenant Palomar, pourra jouir aussitôt de la félicité éternelle.

— L'argument eschatologique a une vénérable histoire, n'est-ce pas ?

— Oh, oui. Je suis particulièrement émue par le concept d'apocatastase de l'évêque Origène, selon lequel même le diable peut être sauvé.

— Origène s'est coupé les couilles, dit Martin à Randall.

— Cancer de la prostate ?

— Non, de la foi.

— Merci, professeur Swann, dit Lovett. Je n'ai pas d'autres questions.

Avec son regard vif-argent et ses gestes gracieux, le témoin rappelait à Martin la femme la plus rusée qu'il ait jamais eu à juger, Rhonda Fischer, professeur d'aérobic à Glendale, que son mari trompait depuis toujours. Le 4 juillet 1992, un peu avant dix heures du soir, les habitants de la ville s'étaient rassemblés pour voir le feu d'artifice annuel dont le point d'orgue verrait monter dans le ciel nocturne un treillage lumineux de vingt mètres de large sur dix de haut. Dans la journée, Rhonda avait réussi à trafiquer la pyrotechnie et, quand ledit treillage monta sous les yeux ébahis de la foule, ce ne fut pas JOYEUX CENTIÈME ANNIVERSAIRE, GLENDALE que l'on put lire, mais : HELEN AMBROSE COUCHE AVEC LE MARI DE RHONDA FISCHER. Martin fut tellement impressionné par l'astuce de Rhonda et ému par sa douleur qu'il lui infligea l'amende la plus basse possible, soit soixante-cinq dollars.

Martin quitta le banc de l'accusation, le calepin à la main et les oreilles bourdonnant des sarcasmes des filles de Lot, piétinant amèrement l'argument disciplinaire, et des bêlements rageurs que son triste destin arrachait à Gordon.

— J'aimerais descendre un instant du paradis et parler de cette présente vallée de larmes, dit-il à Swann tout en allant cueillir l'oreille en sel de Mme Lot parmi les pièces à conviction.

— Comme vous voudrez.

Il fit glisser l'oreille hors de sa pochette en plastique et demanda à Swann si elle voyait dans la salinisation de l'épouse de Lot un bel et bon exemple de l'argument dit disciplinaire.

— C'est une puissante parabole, dit Swann en examinant l'oreille avec un mélange de curiosité et de répulsion. Cette femme manquait de caractère, sinon elle n'aurait pas enfreint l'avertissement de l'archange de ne pas regarder en arrière.

— En quelque sorte, elle avait besoin d'une bonne leçon ?

— Absolument.

— Ainsi le chirurgien cosmique cher au professeur Lovett aurait infligé une instructive variété de souffrance à cette femme désobéissante ?

— Oui.

Cueillant l'oreille sur la paume du témoin, Martin demanda :

— Madame Swann, connaissez-vous le dicton « Que la punition s'accorde au crime » ?

— Euh... oui.

— Pensez-vous que la punition de Mme Lot s'accorde à son crime ?

— Objection ! intervint Lovett.

— Rejetée.

Swann déglutit nerveusement. Martin espéra une fois de plus que les juges gardaient l'œil sur leurs écrans.

— Non, je ne le pense pas, dit-elle prudemment, mais j'imagine qu'aux yeux de Dieu la punition était juste.

— Hier, nous avons eu droit à l'harmonie cachée, dit Martin en ouvrant son calepin sur le pupitre. Aimeriez-vous savoir ce que les filles de Lot en pensent ? Voici ce que Maleb a répondu à l'Idée de saint Augustin, je la cite : « Si Votre Grâce voulait bien prendre une minute de son précieux temps pour considérer les misères accablant ce monde, elle verrait que le chirurgien cosmique se comporte plutôt comme un éventreur. »

Swann grimaça.

— Je ne doute pas que les filles de Lot possèdent de nombreuses qualités, mais ce ne sont pas des théologiennes.

— Avez-vous jamais pris une minute pour considérer les misères accablant ce monde ?

— C'est une vaste question.

— Donnez-moi une vaste réponse.

— Objection, demanda Lovett.

— Accordée, approuva Torvald.

— Retirée, dit Martin en refermant son calepin. (Je la tiens, pensa-t-il.) Ne serait-il pas plus exact de dire que l'argument disciplinaire ressort d'un vieil idéal de justice vengeresse ?

— Oui, dans un sens, dit Swann, sur la défensive.

— Tous ces théologiens que vous avez cités – Augustin, Nazianze, Luther – ne prétendraient-ils pas que la souffrance représente un châtiment bien mérité pour celui qui a péché ?

— Certainement.

— Si ces théologiens revenaient aujourd'hui, ils interpréteraient sûrement l'épidémie de sida comme une punition de Dieu pour le péché d'homosexualité, exact ?

— Je ne pense pas que l'homosexualité soit un péché.

— Ce n'est pas la question que je vous ai posée. Je vous ai demandé si Augustin et consorts verraient dans le sida une punition divine.

— Objection.

— Rejetée.

— Oui, ils considéreraient probablement le sida comme un châtiment céleste, dit Swann.

— À présent, supposons qu'Augustin ait remarqué que certaines personnes étaient atteintes sans qu'elles aient jamais eu de rapports sexuels, dit Martin. Le mois dernier, le tribunal a entendu la veuve d'un adolescent nommé Billy Jenkins. Que dirait Augustin d'un hémophile comme Billy dont la contamination par le sida n'a aucun lien avec sa conduite ?

— Je ne sais pas.

— Utilisez votre imagination. Que dirait-il ?

— Je ne suis pas ici pour défendre Augustin.

— Très bien, que dirait Dieu à un hémophile malade du sida ?

— Je ne le sais pas non plus.

— Pardon ?

— Je ne peux tout de même pas parler au nom de Dieu.

— Il lui dirait peut-être : « Désolé, Billy, t'as pas eu de veine avec cette transfusion. »

Des rires éclatèrent dans le public.

— Dans les cas où la victime s'avère être innocente, il vaut mieux se tourner vers l'eschatologie, dit Swann, de plus en plus nerveuse. Dieu permet que l'on souffre ici-bas, afin de connaître la félicité dans l'autre monde.

En retournant à la table des pièces à conviction, il ressentit deux spasmes concurrents, l'un dans la hanche gauche, l'autre à l'épaule droite. Il glissa un Roxanol entre ses lèvres et prit les liens de cuir d'Isaac. Il regagna le box du témoin et laissa pendre les lanières devant Swann, comme un chenapan essayant d'effrayer sa petite sœur avec des vers de terre.

— Pourriez-vous me dire ce que c'est ?

— Des lanières de cuir ?

— Oui, et celles-là mêmes qui liaient les poignets d'Isaac.

Revenant au pupitre, Martin reposa les liens bibliques sur la tablette et passa sa paume dessus, comme s'il modelait des serpents d'argile.

— L'histoire vous est connue, c'est un classique eschatologique. Yahvé exige un sacrifice, et Abraham dresse un autel sur lequel il s'apprête à immoler son fils, Isaac. À la dernière minute, l'ange de Yahvé retient le bras d'Abraham. Question, madame Swann : que pensez-vous d'un Dieu qui fait subir de pareilles épreuves à Ses créatures ? Est-ce un Dieu bon ?

— Objection !

— Rejetée.

— Entre autres interprétations, l'histoire d'Abraham et d'Isaac illustre que la souffrance n'est qu'un état passager, dit Swann. À la fin, le bélier survient et la justice prévaut.

— Tout est bien qui finit bien ? dit Martin.

— Oui.

— Et demain, on fait la fête ?

— C'est une façon de parler.

— La vie est un enfer, mais après on monte au paradis ?

— Oui, si vous voulez.

Martin noua l'une des lanières autour de son poignet et serra fort.

— En dépit de différentes conceptions philosophiques, les divers acteurs du pays de Moriyya s'accordent à dire que l'idée chrétienne d'une vie après la mort n'apporte aucunement la solution au problème du mal. Je cite les paroles mêmes du bélier : « Un père n'a pas le droit de violer sa petite fille de huit ans pendant tout l'hiver, sous prétexte qu'il lui a promis de l'emmener à Disneyland au printemps. »

— Le christianisme nous apprend que les gens souffrent parce qu'ils sont nés dans un monde déchu, répliqua Swann en croisant et décroisant ses longs doigts fins. (Si la régie connaissait son boulot, pensa Martin, elle devait être en train d'ordonner au cameraman un gros plan sur les mains du témoin.) Dieu n'est pas le coupable, ajouta-t-elle. Dieu est notre Sauveur.

— Connaissez-vous la maxime : « Justice retardée, justice déniée » ?

— Tout le monde la connaît.

— Et la trouvez-vous juste ?

— Euh… oui, je suppose.

— Pourriez-vous répéter, je vous prie ? Vous croyez que justice retardée est…

— Objection, intervint Lovett.

— Retirée, répliqua Martin aigrement. Je n'ai pas d'autres questions. Merci, madame Swann.

Et il regagna le banc de l'accusation en souriant si prodigieusement qu'il en avait mal aux joues.

— Tu en as fait ton petit déjeuner, dit Randall.

— Et de deux, dit Martin.

Dix-huit heures plus tard, Lovett était à son banc de la défense, le ton enjoué et le sourire séraphique, comme si son affaire était aussi solide que les digues retenant la mer du Nord.

— C'est une chose de comprendre les grandes théodicées d'un point de vue abstrait, mais c'en est une autre d'observer comment elles imprègnent l'existence même des personnes. Aucune solution au problème du mal ne peut soulager la souffrance d'une victime sans la grâce de Dieu. La défense appelle Amos Brady.

— C'est qui, cet Amos Brady ? murmura Randall.

— Je n'en sais rien, mais j'ai l'impression que Lovett vient de sortir son arme secrète, dit Martin en ouvrant une nouvelle page de son calepin.

Le témoin, vieillard voûté et ridé emmitouflé dans un chandail élimé, entra dans le prétoire de cette démarche saccadée et dansante des gens âgés acharnés à cacher la grande fatigue de leurs artères. Il émanait de lui une espèce de sainteté : un saint François d'Assise qui prêcherait l'Évangile non seulement aux oiseaux dans les arbres mais encore aux vers de terre.

L'interrogatoire commença, et le tribunal apprit que Brady avait quatre-vingts ans, qu'il était à la retraite, après avoir été vendeur dans une grande quincaillerie, et qu'il habitait avec sa femme et sa belle-sœur à Minatare, Nebraska.

— Est-ce que vous vous considérez comme un homme religieux, monsieur Brady ?

— Mes parents me traînaient tous les dimanches au catéchisme luthérien, quand j'étais gosse. J'aimais bien la musique. Mais c'est seulement après la naissance de mon fils que Dieu est vraiment entré dans ma vie. J'ai vu mon Louis venir au monde, c'était en 1963 ; à l'époque, on commençait à laisser les pères assister aux accouchements.

— Comment vous a paru Louis à sa naissance ?

— Il était tout rouge et emberlificoté dans le cordon ombilical. Mais ce qui est resté gravé dans ma mémoire, c'est ce qu'a dit l'infirmière à la sage-femme : « On dirait qu'il a le syndrome de Down. »

— Que voulait-elle dire ?

— Que Louis était mongolien, comme on appelait communément les trisomiques en ce temps-là.

— Avez-vous consulté un pédiatre, ce jour-là ?

— Oui, et il nous a dit, à ma femme et à moi, que Louis serait gravement retardé et sujet à toutes sortes de maladies infectieuses. Notre garçon ne serait jamais capable de s'habiller et d'utiliser les toilettes tout seul ; il ne saurait même pas qui nous étions, Charlotte et moi. Il valait mieux, nous a-t-il dit encore, que nous placions Louis dans un établissement spécialisé et que nous fassions comme s'il était mort-né.

— Que lui avez-vous répondu ?

— Nous lui avons dit : « Excusez-nous, docteur, mais il faut qu'on donne à Louis son premier bain. »

Pendant les quatre-vingt-dix minutes suivantes, Amos

Brady parla de la difficulté d'élever un enfant atteint du syndrome de Down : les proches qui ne comprennent pas, les draps de lit souillés, et tous les maux chroniques dont souffrent ces enfants. À l'âge de neuf ans, Louis savait nouer ses lacets, dire une phrase entière, et lire tout seul *Jeannot Lapin.* Pendant son adolescence, il développa une aptitude particulière à dénicher les terriers abritant des portées de petits lapins dont la mère avait été tuée par un prédateur ; il recueillait les bébés, les élevait jusqu'à l'âge de deux ou trois mois et se faisait un peu d'argent en les vendant à des magasins d'animaux. Quand il eut vingt ans, il trouva à s'employer comme homme d'entretien à la pizzeria d'Emilio, à Gering.

— Ce que vous nous décrivez m'a tout l'air d'un miracle, dit Lovett.

— Charlotte et moi avons reçu de l'aide.

— L'aide de qui ?

— Objection ! s'écria Martin.

— Rejetée, dit Torvald.

— L'aide du bon Dieu, répondit Amos.

— Vous n'en vouliez donc pas à l'Accusé de vous avoir donné un enfant retardé ? demanda Lovett.

— Louis n'a jamais été une charge pour nous, mais une bénédiction. Bien sûr, on avait envie des fois de baisser les bras, mais cette épreuve nous rendait meilleurs, plus compréhensifs envers les défauts des autres.

Lovett plongea son regard dans les yeux lumineux du témoin.

— Est-ce que Louis est toujours en vie, monsieur Brady ?

— De nos jours, le mongolien peut espérer vivre jusqu'à trente-cinq, quarante et même cinquante ans.

Louis n'a pas eu cette chance. Il est décédé en octobre dernier, dans sa trente-septième année.

— Oui, ce n'est pas très juste.

Une larme solitaire glissa sur la joue d'Amos.

— Il nous manque terriblement.

— J'imagine que la foi vous soutient.

— La dernière fois que Charlotte et moi sommes allés sur sa tombe – il est enterré au cimetière de Clearview, à Scottsbluff –, la dernière fois, donc, et je jure que c'est vrai, un lapin est venu en sautillant jusqu'à la tombe, un petit lapin brun comme ceux que Louis élevait, et il s'est mis à brouter les trèfles.

— Vous y avez vu un signe ?

— Oui, Louis nous disait qu'il allait bien là-haut dans le ciel.

— Merci, monsieur Brady. Le témoin est à vous, monsieur Candle.

Martin se leva avec raideur et marmonna :

— Merde, s'il faut botter le derrière des petits vieux…

— Ou celui des petits lapins, ajouta Esther.

Affectant un sourire confiant, Martin boita jusqu'au pupitre, y appuya sa canne et jeta un coup d'œil à ses notes.

— Bonjour, monsieur, dit-il.

— Bonjour.

— Le syndrome de Down est une anomalie génétique, n'est-ce pas ? Votre fils est né avec trois chromosomes 21 au lieu de deux, ce pour quoi le mongolisme est aussi appelé « trisomie 21 », exact ?

— Oui.

— À votre avis, pourquoi l'Accusé a-t-Il échoué à créer une cellule humaine qui ne présente jamais d'anomalies ?

— Je m'attendais à ce que vous me posiez cette question. Vous voulez connaître ma réponse. Je vais vous la dire. Il y a un cas de mongolisme toutes les sept cents naissances, ce qui veut dire qu'il y a à travers le monde dix millions de cas. Alors, je me dis qu'une anomalie aussi répandue doit avoir une raison.

— Et quelle est cette raison ?

— Je crois que Dieu nous donne des enfants mongoliens pour que nous apprenions l'amour, la bonté et la joie.

— Très bien, mais attardons-nous un instant sur les enfants eux-mêmes. Vous admettrez que les mongoliens sont condamnés à vivre dans un état d'infériorité douloureuse.

— Louis était un garçon heureux. Bien sûr, il avait une drôle de tête, avec son visage rond, sa petite bouche, sa grosse langue et ses yeux en oblique, mais je vais vous dire une chose : c'était la personne la plus gentille que j'aie jamais connue.

— Supposons que la médecine, un jour, découvre le moyen de prévenir le syndrome de Down *in utero* ? Serait-ce une bonne chose, monsieur Brady ?

— Une bonne chose ? Certainement.

— Alors, vous préféreriez qu'il n'y ait plus de mongoliens plutôt que les dix millions recensés aujourd'hui ?

— Euh… oui.

— Mais ne disiez-vous pas que ces enfants étaient là pour nous enseigner l'amour, la bonté et la joie ?

— Vous voulez que je me contredise, c'est ça ?

— Non, monsieur Brady, j'essaie de comprendre si la capacité de prévenir cette maladie congénitale servirait ou desservirait le projet de l'Accusé. Pourriez-vous nous éclairer sur ce point ?

— Objection.

— Accordée.
— Pas d'autres questions.

L'équipe de l'accusation passa la pause déjeuner dans le bureau de Martin, où Pierre Ferrand leur fit apporter du café et des sandwiches au poisson. Le café était de la lavasse, et le hareng n'avait pas de goût.

— Tu as fait de ton mieux, dit Esther, posant une main réconfortante sur l'épaule de Martin.

— On peut s'en remettre, dit Randall. Je suis sûr qu'on peut.

— C'est nous qui étions censés présenter des victimes dignes de compassion, gémit Martin. Nous, pas Lovett.

Quand l'audience reprit, la défense appela Mona Drake, une jeune femme au visage avec des taches de rousseur, aux cheveux coupés à la garçonne et au sourire chronique. Mais ce fut sa chaise roulante que Martin remarqua en premier. La stratégie, devait-il s'avouer, était brillante. Harry Elder, témoin de l'accusation, avait vu son fils mourir ; Amos Brady aussi. Stanley Palomar, l'une des cartes maîtresses de Martin, se déplaçait en fauteuil roulant ; Mona Drake aussi.

— Dent pour dent, handicap pour handicap, dit Esther.

— Lovett n'a pas honte, ajouta Randall.

Le tribunal apprit que, deux semaines après son seizième anniversaire, Mona Drake avait plongé dans une crique peu profonde dans la baie de Chesapeake, et qu'elle s'était brisé la nuque. D'une voix forte et mélodieuse, qui dénotait du courage et une absence d'apitoiement sur soi, elle décrivit comment Dieu lui avait appris à accepter sa tétraplégie, un apprentissage qu'avait couronné sa décision de vivre de son art.

— Avant mon accident, j'étais très bonne en dessin. Mes amis me surnommaient Mona « Lisa » Drake. Après l'accident, il m'a fallu trouver le moyen d'exercer mon savoir-faire avec les parties de mon corps qui répondaient encore.

— Vos lèvres…

— Mes lèvres, ma langue, mes dents…

— Pourriez-vous nous faire une démonstration ?

— Mais certainement.

— Rien ne nous sera donc épargné ? gémit Randall, tandis que l'avocat de Dieu insérait un crayon entre les dents du témoin.

Sortant un cahier à dessin de sa mallette, Lovett se rapprocha un peu plus du box pour tenir une page blanche devant Mona. Le crayon sortait de la bouche de la jeune femme comme un thermomètre. Elle abaissa son regard et, pressant la pointe du crayon contre le papier, croqua en moins d'une minute une caricature de Lovett qui saisissait à la fois la silhouette hitchcockienne et l'air bravache du personnage.

Quand Mona eut achevé son dessin, Lovett informa le tribunal qu'elle vendait ses œuvres aux éditeurs de calendriers et de cartes de vœux. Il sortit un catalogue des dernières créations de la tétraplégique et en tourna lentement les pages devant l'œil de la caméra.

L'artiste, observa Martin, n'avait pas peur de tremper son pinceau dans l'eau de rose. Son sens du kitsch était aigu. Un chiot malicieux grattait un parterre de fleurs ; un chaton guettait un criquet ; un lapin peignait un arc-en-ciel sur un œuf de Pâques. Si Patricia regardait Court TV dans sa chambre d'hôtel, elle devait être en train de vomir.

— Une question encore, mademoiselle Drake, dit

Lovett. Ne pensez-vous pas qu'il ne pouvait vous arriver plus grand malheur ?

— Je vais vous dire comment je vois les choses, monsieur. Je crois que nos vies ne commencent vraiment qu'après que nous avons atteint le grand au-delà. Dieu a voulu me faire savoir que le monde d'ici-bas ne peut pas vraiment rendre une personne heureuse, alors Il m'a envoyé ce handicap. Bien sûr, au début, ça a été très difficile mais j'ai pu apprécier ce que les Évangiles nous apprennent sur l'immortalité. Quand je serai au paradis et que je pourrai marcher et sauter et danser, j'imagine quelle sera ma joie, par rapport à quelqu'un qui aurait toujours eu l'usage de ses jambes et de ses bras.

— Merci, mademoiselle Drake. Votre témoin, monsieur Candle.

Le contre-interrogatoire de Mona fut peut-être pour Martin l'expérience la plus exaspérante de toute sa vie. Plus il pressait la jeune femme de questions, plus il avait le sentiment de se comporter en sadique.

— Vous n'êtes donc jamais en colère d'être paralysée ?

— S'il n'y avait pas eu cet accident, je n'aurais jamais osé me lancer dans l'art commercial. Il y a une telle concurrence dans ce domaine !

— N'avez-vous jamais éprouvé de la rancœur à l'égard de l'Accusé ?

— Vous savez ce que je crois, monsieur ? Je crois que Jésus a une grande bouteille, plus grande que vous et moi ne pouvons l'imaginer, et Il recueille toutes nos larmes dans cette bouteille. Il n'y a pas une seule larme versée dans cette vie qui échappe à notre Seigneur Jésus-Christ.

Huit jours durant, Lovett s'en tint à la même stratégie dévastatrice, neutralisant chacune des tragédies jobiennes présentées par Martin par une infortune similaire illustrant l'infinie bonté du Créateur.

— Les VRP du bon Dieu, ricana Randall.

— Mais où est-ce qu'il va les chercher ? grogna Esther.

Poursuivant son exploration du mal existentiel, la défense étala un échantillon impressionnant de croyants impénitents, victimes d'accidents de la route et du travail, de déraillements de trains, de chutes, d'incendies, d'explosions, et Dieu sait quoi encore. Chaque fois, le témoin se réjouissait que ses tribulations lui aient donné force morale, ouverture d'esprit et amour du prochain.

Quand on en vint au mal naturel, Lovett lâcha dans l'arène dix cancéreux qui déclarèrent avec ferveur que leurs souffrances n'étaient rien à côté de ce qu'avait enduré le Christ sur Sa croix. Toujours dans la pathologie, la défense sortit un full aux as par les reines avec un jeune hémophile de treize ans atteint du sida, le père très catholique pratiquant d'une étudiante atteinte de méningite tuberculeuse, un jeune mormon de onze ans dont la déficience congénitale en lymphocytes T l'obligeait à vivre à l'intérieur d'une bulle de verre comme un poisson rouge… et une paire de charmantes sœurs siamoises encore adolescentes qui déclarèrent en stéréo : « Nous construisons ensemble nos vies séparées. »

Se tournant enfin vers le mal moral, Lovett tira les marrons du feu de la guerre du Vietnam : quatre vétérans très abîmés, trois enfants affligés et six veuves mélancoliques, chacun d'entre eux pouvant prétendre au titre de champion de sainteté, catégorie amateurs. Cette parade s'acheva avec la présentation d'une victime de viol qui confia au tribunal : « C'est parce que je porte Dieu dans mon cœur que je peux pardonner à mon agresseur. »

Les contre-interrogatoires ne menèrent nulle part, ce qui était prévisible. Interrogeant l'une des veuves de guerre dont le cher mari était mort pendant l'offensive du Têt, Martin parvint à lui faire admettre qu'elle enviait les femmes dont les époux étaient revenus sains et saufs. Puis elle raconta comment son chagrin l'avait poussée à fonder un orphelinat à Dong Ha, afin que « grâce au sacrifice de Jack, des centaines d'enfants vietnamiens puissent recevoir l'amour dont ils ont besoin ». Après ça, Martin n'eut pas d'autres questions à poser au témoin.

Un moment plus tard, alors qu'il interrogeait une jeune fille dont le petit frère était tombé du vingt-troisième étage, à Manhattan, Martin réussit à lui faire admettre que cet accident était « difficile à comprendre » ; hélas, elle ajouta aussitôt qu'elle avait eu « toutes les preuves que Barry vivait heureux dans les bras de Jésus ».

Pressé par Martin, un patient atteint d'un cancer des testicules et auquel les médecins ne donnaient guère plus de trois mois à vivre avoua son angoisse à l'idée de laisser seule sa fillette de dix ans, mais il poursuivit en déclarant, avec une conviction aussi inébranlable que les métastases qui le rongeaient : « Mais je serai là-haut, avec les anges, pour la surveiller et la guider. »

Nous perdons du terrain, dut s'avouer Martin en contemplant ces PRIMATES ARIDES et l'invisible clé qu'ils recelaient. PRIMAI DÉSASTRE. MA PRISE, TRIADES, ATRIDES… nous sommes en train de perdre la bataille, se dit-il, amer. Nous sommes en train de perdre la guerre.

Désorienté par cette utilisation de contre-victimes, troublé dans son cœur comme dans ses pensées, Martin mit plusieurs minutes à réaliser que la défense avait de nouveau changé de stratégie. Le témoin présent n'était ni une victime d'accident ni un grand malade mais un moine : frère Sebastian Cranach, franciscain chauve et ventripotent, vivant dans un monastère, portant chasuble de laine marron et sandales de cuir, et donnant des cours d'histoire religieuse à l'université de Saint-Bonaventure.

— Il a une tête à faire de la publicité pour un fromage, ricana Esther.

— Neuf articles dans la revue *Augustinian*, une douzaine dans *Thomist Review*, dit Martin.

Il porta son regard vers les vitraux ; il pleuvait à verse dehors, et la pluie frappait les portraits de verre avec un bruit aussi lugubre que les tambours annonçant l'arrivée de l'armée de Vlad l'Empaleur.

— À mon avis, on va passer un mauvais quart d'heure, ajouta-t-il.

— Tu n'en feras qu'une bouchée… de fromage, dit Randall.

— J'apprécie ta confiance et ton… optimisme, répondit Martin.

S'efforçant de chasser son désespoir, Martin concentra son attention sur l'interrogatoire du témoin. Cranach expliquait comment un univers complexe et infiniment diversifié contenait nécessairement des défauts.

— L'argument ontologique, grogna Randall.

— Il fallait s'y attendre, dit Martin.

Béhémoth était sur eux. Le monstre était arrivé. TA MÉPRISE RADIS, écrivit-il. PARIS À MERDES.

— Tel un diamant taillé, cette solution offre de magnifiques facettes, disait Cranach dont la diction et la voix de stentor lui auraient gagné l'entrée à la Royal Shakespeare Company. La première de ces facettes est épistémologique, autrement dit une théorie du savoir humain. Comme le rhéteur latin Lactance l'a dit au IVe siècle : « De même que le bien ne peut être compris sans la connaissance du mal, le mal ne peut l'être sans celle du bien. »

— Si tout était rouge, intervint Lovett, alors le rouge ne serait qu'un concept sans signification.

— Exactement. D'un point de vue épistémologique, notre capacité à connaître le bonheur, le plaisir, le contentement dépend de notre expérience du malheur, de la douleur et du manque.

Comme il observait la silhouette imposante et les gestes assurés du moine, Martin se souvint d'un prévenu qu'il avait eu à juger : un certain Wilcox contre qui la mairie d'Abaddon avait porté plainte. Au printemps 1992, Herbert Wilcox, orthodontiste de Perkinsville, avait fait construire une piscine devant sa maison sans en avoir fait la demande à la mairie, ainsi que la loi l'exigeait. Martin décida que Wilcox garderait sa piscine mais qu'il devrait en permettre l'accès à ses voisins tous les samedis et dimanches après-midi, sous la surveillance d'un maître nageur rémunéré à ses frais.

— Mais tout cela ne nous explique pas l'étendue du mal que nous constatons tout autour de nous, dit Lovett dans le rôle du faux naïf.

— En effet, dit Cranach en glissant une main potelée sous sa robe pour se gratter le ventre. Et cela nous amène à considérer la facette esthétique de l'argument ontologique : le monde est, en dépit de sa perversion, « le meilleur des mondes possibles », comme l'a dit G. W. Leibniz.

— Voilà des paroles que l'on n'entend pas souvent, de nos jours.

— Supposons un instant que Leibniz, qui a inventé le calcul infinitésimal, n'était pas dénué de bon sens. L'idée du meilleur des mondes possibles nous conduit-elle quelque part ? Je le pense et vais tenter de le démontrer avec l'aide de…

Avec une nonchalance calculée, Cranach tira de sa manche un petit pain aux raisins en forme de couronne.

— … ceci. Quand nous achetons ce petit pain, nous savons que nous payons pour la pâte et nous ne trouvons rien à redire à ce qu'elle présente un trou en son milieu. Quand nous sommes face à la réalité du monde, cependant, nous avons tendance à n'y voir que le négatif : le manque, le trou dans le petit pain cosmique.

— Le « petit pain cosmique » ? marmonna Randall. Il croit nous rouler dans la farine avec ça ?

— Saint Augustin, lui, m'a fait le coup des trous dans le gruyère, murmura Martin.

— Le monde, devons-nous nous rappeler, est beau et bienveillant dans l'ensemble, poursuivit Cranach. « Dieu dit : "Que la terre verdisse de verdure" et il en fut ainsi, et Dieu vit que cela était bon », la Genèse, chapitre 1. Notre planète abonde de somptueux couchers de soleil, de plages dorées, de montagnes prodigieuses, de rires d'enfants, d'amants extatiques, de chiens fidèles, d'amis loyaux…

— De petits pains aux raisins, dit Randall.

— C'est le trou le meilleur, gloussa Esther.

— Ce serait donc la preuve d'un Dieu bon et généreux ? demanda Lovett.

— C'est l'évidence, dit Cranach en sortant cette fois une boîte d'allumettes. Si l'Accusé était le coupable que d'aucuns prétendent, le monde serait une terre sinistre : il ne serait qu'un grand trou sans pâte ni raisins secs.

Il gratta une allumette et éleva la petite flamme devant lui.

— Songez au phénomène du feu. Depuis des milliers d'années cette réaction chimique miraculeuse a chauffé nos habitats, cuit nos aliments, éclairé nos nuits et contenu nos ennemis. Il y a, certes, des feux destructeurs, mais ils sont l'exception, pas la règle.

— Peut-être, mais voilà qui ne saurait réconforter tous ceux dont les proches ont péri dans un incendie, fit observer Lovett en arquant ses sourcils d'une façon augustinienne.

Cranach souffla l'allumette. Une mince volute de fumée monta dans l'air.

— Bien sûr. Et c'est la raison pour laquelle l'argument ontologique comporte une troisième facette, que j'appellerai mécaniciste. Dès l'instant où Dieu décida de créer l'univers, il réalisa que celui-ci devait être gouverné par des lois : combustion, gravité, mouvement, etc. Et il valait mieux que ces lois présentent de temps à autre des inconvénients pour la vie même de la planète plutôt que cette dernière subisse l'anarchie. Prenons l'exemple de l'os.

Dans un geste que n'aurait pas renié Harpo Marx, le témoin sortit un fémur des plis de sa robe. Martin ne put réprimer un sentiment d'envie à la vue de cet os qui, à la différence de ses propres fémurs, semblait sain et solide.

— Nos squelettes sont une invention stupéfiante, poursuivit Cranach. Assez robustes pour soutenir notre corps et cependant suffisamment légers pour lui permettre de se mouvoir.

Prenant la pose d'un hercule de foire s'apprêtant à ployer une barre de fer, il brisa l'os en deux.

— La friabilité osseuse ne signifie pas que Dieu fut incompétent ou pervers. Cela indique seulement qu'en concevant nos charpentes Il dut respecter les limites imposées par la fonction même de l'objet. On pourrait faire une analyse semblable de la croûte terrestre...

Cette fois, le témoin exhiba un chou à la crème enveloppé dans un papier cellophane qu'il ôta aussi prestement qu'un magicien exécutant un tour avec des cartes.

— Si Dieu avait donné au sol une dureté capable d'empêcher les tremblements de terre et les éruptions volcaniques... (Il enfonça son doigt dans la crème du chou.)... alors les cultures, l'extraction des minerais et la construction des routes auraient été impossibles. On pourrait en dire autant de la pluie, du vent et des bactéries. Chaque phénomène est fondamentalement bénin, même si de temps à autre il se produit des déluges, des ouragans, des pestes. Dans chaque cas, le mal survient par accident. L'Accusé n'est pas responsable.

— Mais le Dieu d'avant le coma aurait pu suspendre une loi naturelle en découvrant qu'elle pouvait avoir, disons, de redoutables effets secondaires, dit Lovett.

Cranach répondit à cette question de la même façon que Job l'avait fait dans le cerveau divin : oui, l'Accusé aurait pu abolir Ses propres lois, mais cela aurait entraîné un désordre encore plus grand dans l'univers, et l'anarchie qui en aurait résulté aurait affolé tous les êtres vivants.

— Ce qui ne veut pas dire qu'Il n'est jamais intervenu. Nous savons qu'Il l'a fait des centaines de fois, pour interrompre une famine ou contenir une inondation.

— Des centaines ? Ne pourrait-on pas dire des milliers de fois ?

— Ou même un million.

— Ou jamais, marmonna Martin.

— Les catastrophes que vous avez mentionnées illustrent parfaitement le mal naturel, dit Lovett avec un regard à la fois reconnaissant et admiratif pour le moine. Qu'en est-il du mal moral ? L'Accusé n'aurait-Il pas dû intervenir chaque fois qu'un enfant était battu ou qu'un massacre était en cours ?

— Non.

— Non ?

Et voilà, songea Martin, la seconde bestiole jobienne qui pointe son sale groin, le Léviathan du libre arbitre.

Lovett et Cranach passèrent le restant de la journée à dresser un tableau complet du *liberum arbitrium.* Après sa conversation avec Adrian et Évangeline, Martin connaissait bien la question : si le libre arbitre garantit la liberté de chacun, alors il doit appartenir à tous, y compris ceux qui en feront usage pour voler, violer, tuer. Le discours de Cranach se révéla à la fois érudit et nuancé, perlé de références au *De libero arbitrio* de saint Augustin, aux *Moralia in Job* de Grégoire le Grand, au *De casu diaboli* de saint Anselme et aux *Summa theologiæ* de saint Thomas d'Aquin. Quand l'exposé fut terminé, Martin mesura toute la logique de fer de l'argument du libre arbitre : entre créer des robots enchaînés à une équité pour tous et des êtres autonomes dotés du pouvoir de choisir, Dieu avait justement opté pour ces derniers.

— Il me semble que l'argument du libre arbitre rend compte non seulement du mal moral mais aussi de l'existentiel, dit Lovett.

— Absolument. Le don du *liberum arbitrium* nous a permis de grandes et louables inventions : le chemin de fer, les navires de commerce, les opéras. C'est vrai qu'elles sont soumises à des accidents : des trains déraillent, des bateaux font naufrage, des opéras brûlent, mais nous sommes prêts à assumer ces risques au nom du progrès et de la créativité.

— Il vaut mieux construire un avion, malgré les lois de la pesanteur, que de rester cloué au sol par le désir de notre Créateur de nous protéger ?

— On ne saurait mieux dire.

— Je vous remercie de votre témoignage éclairant, frère Sebastian. Je n'ai pas d'autres questions.

Quand Martin se réveilla le lendemain matin, le crabe, pour tout bonjour, lui pinça vicieusement les fémurs et les épaules. Les malades du cancer connaissent deux sortes de journées, lui avait dit Blumenberg : les bonnes et les terribles. Celle qui s'annonçait appartenait à la seconde catégorie. Il avala quatre Roxanol et entreprit de s'habiller tout en regardant les ampoules d'Odradex posées sur le secrétaire. Ce liquide de couleur ocre avait-il réellement le pouvoir de le guérir ? De mettre fin à ses misères ?

Prends-en une, disait sa douleur. *Juste une. Ça n'aura pas d'effet néfaste sur tes capacités d'attention.*

— Non, pas avant d'avoir dit deux mots à ce Cranach, dit tout haut Martin.

Vas-y.

— Non.

Laisse tomber Dieu, et vis. Prends-moi.

— Je ne peux pas. Mes jobiens comptent sur moi.

À 9 h 35, ce matin-là, Martin, flanqué de Gunnar et d'Olaf, s'avança sur la place du palais de justice en se demandant si son intention de passer la journée à contre-attaquer Cranach n'était pas une chimère. Des spasmes féroces déferlaient sur son pelvis et ses reins, telles les vagues d'une tempête jéhovienne. Sentant sa détresse, Olaf et Gunnar le prirent chacun sous un bras et le portèrent littéralement jusque dans le prétoire.

Avant que Torvald ne déclare la séance ouverte, Martin demanda la tenue d'une réunion entre Lovett, Randall, les juges et lui-même, le genre d'interruption très prisé de la régie de Court TV, qui en profiterait pour repasser à l'écran les petits lapins de Louis Brady, les cartes postales de Mona « Lisa » Drake et autres stupidités.

Lovett accepta que Randall contre-interroge Cranach en attendant que Martin se sente la force physique de le faire.

Les yeux enflammés d'un zèle nihiliste, Randall gagna la table d'accusation et s'appropria une portion du petit déjeuner d'Esther : un donut saupoudré de sucre glace.

— Laisse-moi deviner, dit-elle. Le donut cosmique ?

— Le temps que j'en finisse avec lui, il portera ce donut au bout de son nez.

Randall sauta à pieds joints dans l'argument ontologique.

— L'Univers, d'accord ? dit-il, tenant bien haut la petite couronne de pâte à beignet pour que le monde entier la vît. À présent, ma question, monsieur (il se colla le donut sur l'œil, comme un monocle)… est celle-ci : pourquoi faudrait-il absolument qu'il y ait un trou ?

Pourquoi Dieu n'a-t-Il pas créé une galette cosmique à la place ?

Cranach desserra légèrement la ceinture de sa robe de laine.

— Même un être omnipotent doit obéir aux exigences de la logique. Le Dieu de l'avant-coma ne pouvait éliminer de la Création la matière, l'énergie et les lois de la physique sans réduire à néant l'Univers lui-même. Je vous rappelle que Leibniz a dit que nous vivions dans le meilleur des mondes possibles. Votre question revient à reprocher à Dieu de ne pas avoir créé le meilleur des mondes impossibles. Sans défauts, l'Univers ne pourrait exister. Sans défauts, l'Univers serait Dieu Lui-même.

— Vous n'avez pas répondu à ma question, dit Randall en enfonçant son index dans l'orifice du donut. Pourquoi ne vivons-nous pas dans une galette cosmique ?

Le témoin répondit en évoquant de nouveau Leibniz, sur quoi Randall reprit sa métaphore de la galette, puis tous deux recommencèrent à se renvoyer la balle jusqu'à ce qu'une heure passe à tourner autour du trou métaphysique.

PRIMATES ARIDES, écrivit Martin sur son calepin.

MÉRITES PARADIS.

MÉRITES = PARADIS ?

PARADIS !

Une soudaine excitation s'empara de lui et un spasme de plaisir fit frémir sa chair plus habituée à la douleur. Le paradis… l'élysée… le ciel… oui !

— Je l'ai, murmura-t-il.

— Quoi ? demanda Esther.

— La réponse à l'argument ontologique. Et à celui du libre arbitre aussi, maintenant que j'y pense.

Après s'être cassé les dents sur l'*ontos*. Randall s'en prit au *liberum arbitrium*.

— Pourquoi Dieu ne pourrait-Il être responsable de la liberté qu'il nous a accordée, puisque, nous le savons, elle contient tous les crimes ?

— Thomas d'Aquin a posé le problème il y a sept cents ans, dit Cranach. Mêlant savamment les arguments ontologique et du libre abitre, Thomas a postulé que tout individu perd tôt ou tard le contact avec la divine harmonie du cosmos. Cette perte n'est pas un mal en soi. Elle n'est même pas un phénomène. Elle n'est rien d'autre qu'un lapsus, un hiatus ontologique qui pousse de temps à autre une personne à commettre le mal. Or si le péché humain procède d'un non-événement – d'un trou sans cause –, il est vain de chercher une hiérarchie dans les responsabilités, et Dieu ne peut être coupable.

— Je vois, dit Randall, morose.

Quand l'heure du déjeuner arriva, Martin réalisa qu'il était trop faible pour se lever et il demanda à Esther de lui rapporter un sandwich. Elle revint avec une salade de hareng, accompagnée de frites baignant dans la mayonnaise. Martin mangea avec appétit et, quelques minutes plus tard, il reprit un peu d'énergie. Il ne savait s'il devait cette amélioration à la nourriture, à l'opium du Roxanol ou au fait qu'il avait enfin déchiffré ces « primates arides ». Il savait seulement qu'il était prêt à affronter Cranach.

— J'imagine que vous croyez au paradis ? dit-il en plongeant son regard opiacé dans les petits yeux porcins du moine.

— Bien entendu.

— Un endroit incroyable, paraît-il. Un monde idéal.

— Tout à fait.

— D'où ma perplexité, voyez-vous, car n'avez-vous pas soutenu pendant de longues heures qu'un monde parfait ne pouvait exister ?

Cranach ne broncha pas.

— Le paradis est un monde à part.

— Un monde que l'on peut distinguer de Dieu, exact ?

— Plus ou moins.

— Dans ces conditions, soit le paradis a des défauts, soit l'argument ontologique est bancal. Le paradis est-il imparfait, frère Sebastian ? Y a-t-il de la rouille sur ses fameuses grilles ornées de perles ? La harpe de l'archange Gabriel a-t-elle une corde cassée ?

— Si le paradis présente des imperfections…

— Ou peut-être y a-t-il là-bas un enfant, un seul et martyrisé : la petite fille d'Ivan Karamazov enfermée dans un réduit glacé et appelant en vain au secours.

— Si le paradis présente des imperfections, elles sont d'une autre nature.

— Y aurait-il de bonnes et de mauvaises imperfections ? Du bon napalm et du mauvais napalm ? Pourquoi les volcans de la terre ne vomiraient-ils pas du chocolat ou du caramel au lieu de lave en fusion ?

— Vous établissez un parallèle entre deux niveaux ontologiques différents.

Le crabe mordit férocement les hanches de Martin. Il pinça les lèvres sous la douleur et dit d'une voix un rien haletante :

— Peut-être, mais…

— Il n'y a pas de peut-être, l'interrompit Cranach. Le royaume de Dieu est à distinguer radicalement du cosmos physique.

Martin s'essuya le front avec le foulard de Patricia,

luttant à la fois contre la douleur et le venin de la peur qu'elle instillait en lui.

— Il n'empêche, nous devons bien…

Cranach le coupa pour la deuxième fois, peut-être le moine sentait-il l'affaiblissement soudain de son adversaire.

— Donc, il n'y a aucune contradiction entre l'argument ontologique et la rédemption promise aux chrétiens.

— C'est votre opinion.

— Oui, et celle de la sainte Église catholique, apostolique et romaine.

— Poursuivons, dit Martin, forçant les mots entre ses dents serrées. L'argument du libre arbitre postule, vous l'avez dit en citant Thomas d'Aquin, que tôt ou tard les hommes libres cèdent à la tentation du mal. Et cependant votre très sainte Église est née de l'exception à cette règle, car Jésus-Christ possédait son libre arbitre, n'est-ce pas ?

— Oui, mais il ne possédait pas que cela.

— Il en résulte donc, si je suis logique, que soit la défense se trompe en affirmant que le péché guette tout homme libre, soit Jésus a succombé lui-même.

— Jésus était…

— Parfait.

— Bien sûr qu'il était parfait, dit Cranach. Il était divin.

— Oui, mais aussi un homme. Un homme, monsieur. Déniez-lui sa nature humaine et vous commettrez l'hérésie docétiste. (Je le tiens, pensa Martin. Échec et mat.) Vous n'êtes pas un docète, n'est-ce pas ?

— Plus personne ne l'est aujourd'hui. Mais que voulez-vous dire, monsieur Candle ? Que Dieu aurait dû peupler le cosmos d'émanations de Lui-même ?

— Je reconnais qu'une planète de Jésus serait plutôt

ennuyeuse, mais je la préférerais à, disons, notre monde des Vlad l'Empaleur et autres Pol Pot.

— Vous devez comprendre que le Christ ne peut pas être séparé de Dieu. Il n'était pas une créature dotée du libre arbitre, comme vous l'avez dit. Il n'était pas une « créature » du tout.

Le crabe mordit Martin au coccyx, lui arrachant un gémissement. Martin s'agrippa au pupitre comme à l'arceau d'un wagonnet sur les montagnes russes Du Ciel à l'Enfer de l'ex-Cité céleste.

— Alors il était quoi ?

— Vous savez parfaitement ce qu'était Jésus. Il était Dieu incarné, monsieur Candle… Dieu incarné.

Les prédations de son cancer ainsi que la résistance de Cranach arrachèrent à Martin un gémissement sourd mais cependant audible, qui lui fit craindre que les juges ne l'interprètent comme un aveu de défaite plutôt qu'un cri de douleur.

— Pas d'autres questions.

Tandis que Martin se rasseyait – lentement, prudemment, soucieux qu'il était de ne pas agacer le crabe –, Lovett déclara à Torvald qu'il n'interrogerait pas de nouveau son témoin. C'est raté, pensait Martin. J'ai échoué à démolir l'ontologie et la liberté, et maintenant ils vont se déchaîner. Il imagina les monstres attaquant ses courageux jobiens : Béhémoth écrasant Christopher Ransom et broyant entre ses mâchoires Wanda Jo Jenkins, le Léviathan arrachant le bras de Stanley Palomar et crachant le feu sur Harry Elder.

— La défense appelle enfin Martin Candle.

Martin se leva en s'aidant de sa canne et prit la direction du box. La fièvre affectait sa vision : les choses prenaient d'étranges formes étirées et molles comme si Dieu avait construit le monde en pâte à modeler plutôt qu'en bois et en argile. Il avançait d'une démarche saccadée et payait chacun de ses pas d'un spasme douloureux. De toute sa carrière de tortionnaire privé, le crabe n'avait jamais manifesté un tel zèle torquemadien. Il se laissa choir en frissonnant dans le fauteuil des témoins, posa sa canne sur ses genoux et glissa dans sa bouche quatre Roxanol.

L'huissier s'avança. Martin prit dans ses mains la Bible de l'Église réformée hollandaise, et ce simple geste déclencha une explosion de douleur dans ses phalanges. Il jura de dire la vérité.

— Vous n'avez pas l'air bien, dit Lovett.

Martin hocha la tête.

— Ça ira.

— Nous pourrions peut-être remettre à plus tard votre témoignage.

— Non, je vous ai dit que ça irait.

Lovett s'installa au pupitre.

— Le livre de Job vous est familier, n'est-ce pas ?

Martin passa sa langue sur ses molaires, pour y déloger des restes de Roxanol et les avaler, car l'heure n'était pas au gaspillage.

— Je l'ai lu quinze fois.

— Alors, je suis sûr que vous vous souvenez de ce moment dramatique dans le chapitre 3, quand Job fait sa propre apologie. « Que Dieu me pèse sur une balance exacte, et Il reconnaîtra mon intégrité. » Et peu après, Yahvé répond à Job et Sa première phrase est : « Où étais-tu quand je fondai la terre ? »

Martin se pencha en avant et dit :

— En vérité, Ses premiers mots furent : « Quel est celui-là qui obscurcit mes plans par des propos dénués de sens ? »

Ouvrant sa Bible, Lovett s'humecta l'index et feuilleta les pages jusqu'au chapitre 38.

— Vous avez raison… mais ce que je veux savoir, c'est comment vous répondriez à cette question ?

— Laquelle, la première ou la seconde ?

— Où étiez-vous quand Dieu…

— … a fondé la terre ?

— Oui.

— Vous plaisantez ?

— Non.

— Je n'existais pas quand Dieu…

— C'est bien dommage pour nous tous. Si vous aviez été là, vous auriez pu dire à Dieu comment créer un monde parfait… ou est-ce que je surestime l'opinion que vous avez de vous-même ?

— Objection ! cria Randall en se levant.

— Refusée, dit sèchement Torvald.

— Je Lui aurais peut-être refilé un ou deux conseils, dit Martin.

Il se frotta les yeux. Le visage de Lovett se faisait étroit et voilé, comme s'il se reflétait sur un enjoliveur.

— Veuillez expliquer, je vous prie, pourquoi l'Univers contient trois dimensions spatiales et non deux ou quatre, dit Lovett.

— Quoi ?

— Dites au tribunal pourquoi nous vivons dans un monde en trois dimensions.

— Je n'ai jamais réfléchi à la question.

— Moi, à la place du Grand Constructeur, j'en aurais mis quatre, de dimensions. Plus il y en a, mieux ça vaut, non ?

— Si vous le dites.

— Alors pourquoi trois au lieu de quatre ?

— Diable, je n'en sais rien.

— Les physiciens ont découvert que les particules fondamentales de la matière, les quarks, sont des nœuds dans l'espace-temps. Vous ne pouvez pas faire un nœud en deux dimensions parce qu'il n'y a ni « dessus » ni « dessous », et on ne peut pas non plus en faire un en quatre, il ne tiendrait pas. Il s'avère donc qu'un cosmos en quatre dimensions serait une catastrophe. Vous voyez, Dieu savait ce qu'Il faisait.

— Je n'ai jamais mis en cause Sa science des mathématiques ou de la physique. C'est Sa morale que je réprouve.

— Savez-vous ce qui se passerait si la force nucléaire – je parle de l'interaction qui lie les atomes entre eux – était plus intense ?

— Non, je n'en sais rien.

— Dieu le savait, Lui. S'Il avait augmenté cette force de 2 % seulement, les protons seraient devenus des diprotons, et il en aurait résulté une variété d'hydrogène tellement instable que notre univers aurait été entièrement fait d'hélium. S'Il avait abaissé la force nucléaire de 5 %, le deuton n'aurait pas pu se former, et il n'y aurait pas eu de deutérium[1], une situation qui…

— Je préférerais discuter du Deutéronome ou parler du Dieu qui pousse les Hébreux à massacrer les Hittites, les Amorrhéens et les Cananéens.

— … une situation qui interdirait la réaction nucléaire utilisée par le Soleil, privant ainsi la Terre de toute possibilité de vie. Or, il y a bel et bien de la vie sur notre

1 Isotope stable de l'hydrogène, appelé aussi hydrogène lourd, et dont le noyau (deuton) contient un proton et un neutron. *(N.d.T.)*

planète, non ? Dites-moi : si je vous remettais une jarre contenant des cellules procaryotes, qui sont dépourvues de noyaux figurés, telles qu'on en relève dans l'algue bleu-vert précambrienne, pourriez-vous les changer en cellules eucaryotes qui, elles, possèdent un noyau figuré, et constituent le tissu animal complet avec chromosomes et nucléoles ?

— Bien sûr que non.

— Bien sûr que non, et le plus brillant des biologistes de l'université d'Amsterdam ne le pourrait pas non plus. Dieu en a été capable, et c'est ainsi que notre algue précambrienne partage la planète avec les arthropodes, les brachiopodes, les éponges, les vers, les poissons, les reptiles, les chats, les chiens et les girafes. Connaissez-vous les girafes, monsieur Candle ?

— Je n'en ai pas fréquenté beaucoup.

— Comme vous pouvez l'imaginer, la pression sanguine d'une girafe doit être très forte, sinon le sang ne pourrait jamais arriver jusqu'à cette tête perchée tout en haut d'un long cou. Mais il y a un problème. Quand l'animal se penche en avant pour boire, il risque l'évanouissement en raison de l'afflux du sang dans son cerveau. Comment y remédier ?

— Ce n'est pas à moi qu'il faut poser la question.

— Dieu y a répondu. Via ce qu'on a appelé l'évolution, mais qui n'est qu'une suite d'interventions divines, Il a équipé le système circulatoire de la girafe d'un mécanisme réduisant la pression, le *rete mirabile.*

Plongeant la main dans la poche de sa veste, il en sortit un gros tube en carton fermé d'un couvercle de plastique rose.

— Savez-vous ce que c'est ? demanda-t-il à Martin en posant l'objet sur le bord du box.

Martin savait ce que contenait le tube : de la pâte à modeler. Brandon Appleyard aimait jouer avec, et Patricia et lui en avaient modelé pendant toute une nuit.

— De la pâte à modeler, répondit-il.

— Exactement. À présent, j'aimerais que vous façonniez avec une créature quelconque. Rien de très compliqué. Même pas une grenouille ou un serpent ou tout autre vertébré. Non, une limace, par exemple. Serait-ce trop vous demander ? Pourriez-vous créer une vulgaire limace, à condition, bien sûr, qu'elle vive, rampe et bave comme une vraie ?

— Pour l'amour du ciel !

— Vous voyez où je veux en venir, n'est-ce pas ? Si l'Accusé a su combien de dimensions devait contenir l'Univers, s'il a pu mesurer la force exacte à donner aux atomes et s'Il a conçu la manière de transformer des cellules procaryotes en cellules eucaryotes, alors nous pouvons supposer que son savoir s'étendait à bien d'autres domaines encore, n'est-ce pas ?

— Je ne remets pas en question Son pouvoir, docteur Lovett. Je suis même effrayé par l'étendue de Sa science.

— Mais répondez à la question.

— Oui, Il avait certainement plus d'un tour dans Son sac.

— Il devait peut-être même savoir qu'Il n'y était pour rien, si la bonté et la méchanceté étaient séparées ici-bas par le fil d'une lame de guillotine. Exact ?

— Objection ! cria Randall.

— Rejetée.

Martin prit une profonde inspiration.

— Je veux bien Le présumer innocent jusqu'à ce que Sa culpabilité soit établie.

— Vous vous souvenez de ce qu'a dit frère Sebastian à

propos des bactéries ? Il a dit qu'elles sont « fondamentalement bénignes ».

— Oui, je m'en souviens.

— Partagez-vous son avis ?

— Oui, bien sûr.

— Dans *L'Énigme de la souffrance*, je suggère que nous sommes pour le divin ce que les bactéries sont pour nous. Nous comptons en tant qu'individus, mais nous ne sommes rien à côté de Dieu. Dites-moi, est-ce que par hasard les lactobacilles acidophiles dans vos intestins vous ont jamais reproché de mal gouverner leur univers ?

— Pas à ma connaissance.

— Que penseriez-vous d'un procès qui vous serait intenté par une bactérie intestinale ? Vous ne jugeriez pas cela déplacé ?

— Si je savais mes microbes menacés, j'interviendrais certainement, à la condition, bien sûr, que je puisse les aider.

— C'est admirable. Iriez-vous jusqu'à vous transformer en l'un de ces germes, en supposant que vous en soyez capable, pour mieux comprendre le danger qui les guette ?

— En supposant que j'en sois capable…

— Parfait.

Lovett tendit la main, paume ouverte, comme un garçon d'étage attendant un pourboire.

— Donnez-moi la main, dit-il.

— Quoi ?

— Votre main. S'il vous plaît.

Martin tendit sa main avec réticence et serra celle de Lovett comme son père le lui avait appris en prenant les empreintes des épitaphes : avec fermeté et douceur à la fois.

— Vous souffrez, dit Lovett.

— Oui.

— Cancer métastatique de la prostate, l'une des pires catastrophes imaginables.

Martin opina du chef.

— Oui, c'est moche.

— Sentez-vous quelque chose, à part vos douleurs ?

— Je sens votre main.

— Écoutez, monsieur Candle. Oubliez cet objet confondant amarré dans le port de Scheveningen et concentrez-vous plutôt sur l'Entité éternelle qui gouverne l'Univers au moment même où je vous parle. Pouvez-vous percevoir la grâce de Dieu jaillissant du cœur de la Création, passant par mes doigts usés et se déversant dans votre chair affligée ?

— Non.

Martin devait bien admettre qu'une sensation de frémissement gagnait sa main, comme s'il tenait une ponceuse électrique.

— Pas vraiment.

Tout de même, il lui semblait que les élancements dans ses hanches avaient un peu diminué et que sa fièvre était tombée de quelques degrés.

— J'aimerais bien sentir quelque chose, dit-il encore, mais je n'y arrive pas.

— Vous ne ressentez donc rien ?

— Rien.

Ce devait être une insidieuse variété d'hypnose, se dit-il, se rappelant ce qu'il avait éprouvé treize mois plus tôt sur le toit de la chambre froide, à la Cité céleste.

— Laissez-moi, je vous prie.

— Dieu vous aime, Martin Candle, et je vous aime aussi.

Lovett retira sa main et s'écarta du box.

— Ce sera tout. Je vous remercie de votre témoignage.

Saisissant sa canne, Martin se leva. La salle entière tournoyait, tel le manège des Quatre Cavaliers de l'Apocalypse. Il était vaguement conscient d'entendre Torvald demander à Lovett d'appeler son témoin suivant, et Lovett répondre qu'il n'en avait pas d'autre.

Martin fit un pas en avant, un deuxième, un troisième. Il avait l'impression de traverser un sentier filant tout droit à travers les marais d'Abaddon, un sentier au sol si mou que s'il avançait encore, il s'enfoncerait dans le limon vaseux jusqu'au fond de l'enfer.

Un long cri douloureux s'échappa soudain de la gorge de Martin. Il lâcha sa canne et porta les mains à son ventre. Ses jambes fléchirent, sa vision s'obscurcit, et comme il tombait sur le parquet du prétoire, une voix résonna en lui, une voix dont les vibrations de basse emplissaient le cœur même de son âme, tandis que Dieu en personne lui disait très distinctement : « Que l'obscurité soit ! »

14

Au risque de ternir ma réputation, j'avoue avoir éprouvé de la peine pour Martin Candle, tandis que ses gardes du corps le transportaient en quatrième vitesse à l'hôpital Saint-James. Songez à la tristesse de notre héros. Lovett venait de le traiter avec une condescendance impériale devant le monde entier, lui dérobant l'occasion unique d'étrangler Béhémoth avec les tripes du Léviathan, et ce juste au moment où le cancer rongeant Candle lançait son offensive du Têt.

J'ai en vérité versé une larme, ce qui ne m'était pas arrivé depuis 1965, quand le pape Paul VI décréta que même le crime de déicide devrait jouir d'une prescription et qu'en conséquence les juifs ne devraient plus se voir accusés d'avoir – selon l'Église catholique – assassiné Jésus-Christ il y a deux mille ans.

Que la robuste sécurité sociale hollandaise en soit remerciée, notre héros fut admis à Saint-James avec un minimum de tracas administratifs. Comme Funkeldune aime à le dire : « Il est plus facile d'entrer dans un hôpital hollandais que dans les toilettes d'une station-service aux États-Unis. »

Un cancérologue du nom de Van der Meulen ordonna à Gunnar et à Olaf de transporter Martin à la chambre 1190, où des infirmières lui firent une injection de morphine, frictionnèrent son corps à l'alcool et lui posèrent une perfusion de sérum physiologique et d'antibiotiques à large spectre.

Moins d'une heure plus tard, Martin revenait à lui et manifestait assez de présence d'esprit pour mentir effrontément à Van der Meulen : oui, il prenait chaque jour de l'Odradex-11, qu'il s'injectait lui-même via son cathéter.

Le soir même, il avait la permission de recevoir de la visite. Il passa sa première soirée à dicter son réquisitoire à Selkirk, qui consigna chaque mot dans le portable de Martin et en tira plusieurs exemplaires sur l'imprimante laser de l'hôpital.

— Alors, tu vas prendre ton médicament, maintenant ? demanda Patricia Zabor, tirant une seringue et une fiole d'Odradex de son sac.

— Pourquoi pas, puisque tout est fini, dit Martin, résigné.

Zabor remplit la seringue, se pencha au-dessus du lit et, écartant les pans de la chemise de Candle, introduisit l'aiguille dans la valve.

— Je suis très en colère contre toi, dit Patricia en pressant le piston. Nous aurions dû commencer le traitement voici des semaines.

Avant que la drogue fasse son effet, embrumant son esprit et entravant sa diction, Candle parvint à relire quatre fois son discours. Le ton lui plaisait.

— Le dernier *J'accuse* d'un Job mourant, dit-il à Zabor.

Il était hors de question que Candle prononce lui-même le dernier réquisitoire, aussi la tâche en revint-elle à Selkirk. À 10 h 15, le lendemain matin, cet homme en colère se leva face à la cour et lut la déclaration de Candle avec un aplomb prévisible : n'était-il pas celui qui, à l'âge de dix-sept ans, avait convaincu la Cour suprême d'abolir la prière à l'école ? Les arguments de Candle étaient simples : la responsabilité de l'Accusé demeurait écrasante, en dépit de tous les alibis qu'avaient tenté de fournir Lovett et les témoins de la défense.

— Notre position est simple : nul n'est au-dessus des lois, lut Selkirk. En reconnaissant l'Accusé coupable, vous apaiserez les souffrances de millions de cœurs blessés à travers le monde entier. En déconnectant le Lockheed 7000, vous affirmerez la permanence de la justice temporelle, de la dignité humaine et de tous les autres nobles idéaux que défend cette Cour.

— Bon Dieu, il l'a demandé ! m'écriai-je. Il a demandé qu'on Le débranche.

Funkeldune dévora une portion de pizza aux poivrons et demanda :

— Où sont les rondelles d'oignon ?

— Tu les as mangées, dit Schonspigel.

— Merci, messieurs les juges, conclut Selkirk. Le monde attend votre décision.

La plaidoirie de Lovett ne contenait rien que je n'eusse déjà entendu, soit pendant le procès soit durant le cours tumultueux de ma carrière. Il commença par les arguments disciplinaire et eschatologique, puis poursuivit avec la défense de l'harmonie cachée, n'accordant pas plus de dix minutes à chacun. Ce fut sur le libre arbitre et l'ontologie qu'il s'attarda avec passion, passant le reste de l'après-midi à récapituler ces « vénérables et invulnérables théodicées ».

— On n'a plus de petits pâtés non plus ? demanda Funkeldune.

— Non, et depuis plus d'une semaine, grogna Belphégor.

— C'est vraiment très simple, dit Lovett. L'homme paie sa liberté du mal moral et du mal existentiel, et il paie du mal naturel le monde matériel dans lequel exercer cette liberté.

— Je sais qu'il reste des crackers, dit Funkeldune.

— Il n'y en a plus, dit Schonspigel.

— Permettez-moi de conclure en insistant sur le caractère unique des événements que nous venons de vivre ici. Jamais encore dans les annales de l'arrogance, jamais encore dans l'histoire de l'orgueil, on ne vit pareil procès. Bien que tout au long de ces audiences Dieu ait été désigné sous le vocable d'« Accusé », M. Candle a concédé dans le box des témoins que notre Créateur est différent de toutes les entités jamais appelées à comparaître devant un tribunal. « Quel est celui-là qui obscurcit mes plans par des propos dénués de sens ? » demanda la voix de Yahvé du sein de la tempête, dans Job, 33, 2. Soyez prudents, messieurs les juges. Hâtez-vous lentement. Chaque étoile du firmament vous observe. Oseriez-vous vous hausser au-dessus de Celui qui vous a créés ? Prétendriez-vous détenir un savoir auquel jamais mortel n'aura accès en prononçant un verdict de culpabilité ? N'obscurcissez pas les plans du Très-Haut par des propos dénués de sens !

— Des nonnettes ? On n'a plus de nonnettes ?

— Terminées, elles aussi, dit Belphégor.

— Voici venu le temps de nous séparer. Dans deux jours, je m'envolerai pour Cambridge, Massachusetts, où je dois donner un cours de littérature médiévale et tenir un séminaire sur la poésie épique. Quelques jours plus tard, un étudiant arrivera en courant pour m'annoncer votre décision. J'écouterai, le cœur battant, cette jeune personne. Quelle que soit la nouvelle – coupable ou non coupable, débranchement ou *statu quo* –, deux faits irréfutables me soutiendront : j'ai parlé loyalement à La Haye, et l'amour de Dieu régnera toujours sur cette terre, amen.

— Me dites pas qu'il n'y a plus de pop-corn, dit Funkeldune.

— Il n'y a plus de pop-corn, répondis-je.

Et je fis disparaître d'une pression sur ma télécommande le dernier gros plan du visage de Gregory Francis Lovett, qui ne reparaîtrait jamais plus sur un écran de télévision.

Bien que Martin n'eût jamais été père, il attendait la décision du tribunal comme on attend la naissance d'un enfant. Quand le bébé arriverait-il au monde ? Serait-il sain ou malade, calme ou pleureur ? Il avait connu des moments semblables quand, assis en compagnie de Vaughn Poffley devant la télé, il avait guetté en buvant de la bière et grignotant nerveusement des cacahuètes la parution des résultats des élections au poste de juge de paix de la circonscription d'Abaddon.

Trois heures avant le départ de son avion pour les États-Unis, Lovett vint frapper à la chambre 1190 de l'hôpital Saint-James. Celui qui s'était fait l'avocat de Dieu sentait bon l'after-shave et tenait dans ses bras une corbeille de fruits encore plus belle que celle qui avait attendu Martin à son arrivée à l'hôtel Bellevue, deux mois plus tôt. Martin, dont les sens étaient sous l'empire de l'Odradex, trouva les fruits aussi surréalistes qu'érotiques, tel un panier de pique-nique que Jérôme Bosch aurait offert au Petit Chaperon rouge pour son premier déjeuner sur l'herbe.

Patricia cueillit une pomme digne du jardin d'Éden avant le coma et, Ève moderne, croqua à belles dents dans la chair craquante et juteuse. Martin choisit une poire verte comme un sein de jeune fille.

— Mangez selon votre libre arbitre, dit Lovett avec un doux sourire.

— Oui, mon libre arbitre, dit Martin en s'efforçant de secouer sa stupeur médicamenteuse.

Lovett s'approcha de Martin et lui prit la main. Il n'y avait point de vibration électrique, aujourd'hui, pas de transmission psychique.

— Comment vous sentez-vous ?

— Je vous recommande vivement le cancer. Ça vaut le coup, rien que pour les drogues.

— Vous souffrez ?

— Oui.

— Je prierai pour vous.

— Cela me ferait plaisir. (Ce n'était pas entièrement faux.) Prenez une banane. Deux, même. Darcy et vous, vous aurez faim dans le train pour Amsterdam.

— Je suis désolé de vous avoir traité aussi durement pendant votre témoignage.

— C'est normal dans un débat sur l'amour et la théodicée.

Lovett prit deux bananes qu'il glissa dans sa poche et se dirigea vers la porte. Avant de sortir, il se retourna et regarda Martin avec un sourire de guingois.

— Ils commencent à prendre des paris.

— Des paris ?

— À Londres, les bookmakers donnent dix contre un une condamnation à l'unanimité.

— Dix contre un ? dit Martin. Alors, vous avez toutes les chances de l'emporter.

— Vous savez ce que vous devriez faire, professeur ? intervint Patricia.

— Oui, quoi ?

— Vous barrer, avant que je vous balance cette pomme à la gueule.

Lovett se barra.

Les délibérations des juges ranimèrent de manière dramatique l'intérêt du public pour le procès du millenium. On ne parlait de rien d'autre dans le monde occidental.

La première semaine, après que les juges se furent retirés pour délibérer, la machine médiatique occidentale accomplit la formidable tâche d'assouvir l'appétit de son public pour le match théologique qui venait de se dérouler, et le travail des journalistes fut d'autant plus méritoire que les deux principaux protagonistes refusaient toute interview. Martin était alité, l'esprit ligoté par l'Odradex. Quant à Lovett, il avait confié la garde de son intimité à la police du campus de Harvard et retrouvé avec un plaisir serein sa poésie médiévale le jour, et ses grands vins le soir, chez lui, dans Mount Auburn Street.

Randall et Esther, en revanche, mettaient un zèle jobien à répondre à quiconque braquait une caméra sur eux ou leur tendait un micro. Martin ne pouvait allumer la télé sans voir apparaître les têtes de ses collaborateurs. Leur présence médiatique finit par l'agacer. Ne mesuraient-ils pas la portée cosmique de la guerre qu'ils venaient de mener ? Leur croisade n'était-elle pas sacrée ?

— Peu importe que nous perdions ou l'emportions, nous aurons fait notre devoir, déclara Randall à Court TV.

— Qu'il n'y ait qu'un seul juge pour nous approuver, et nous aurons le sentiment d'avoir gagné, confia Esther à CNN.

Ceux du Glaive de Jéhovah se montraient également impatients de causer dans le micro. Exploitant l'éternelle fascination de l'espèce humaine pour le fanatisme, les reporters de télévision projetaient une lumière sinistre sur les membres de l'organisation, dont ils faisaient des zélotes prêts à déclencher à tout moment une guérilla urbaine. Et plus Martin les voyait apparaître sur le petit écran, plus il était persuadé que tout cela finirait dans un bain de sang, surtout après l'interview par CNN d'un Virginien manipulateur de serpents du nom de Jasper Hooke.

— Si les juges disent qu'Il est coupable et essaient de Le débrancher, alors j'crois bien qu'on passera à l'action, dit Hooke au journaliste.

— C'est-à-dire avoir recours à la violence ?

— Disons que si mes compagnons avaient été là le vendredi saint il y a deux mille ans, dit-il en tapotant son fusil de chasse à douze coups, les Romains s'en seraient pas tirés comme ça.

Le capitaine Hans de Groot de la police de La Haye et le général Jacques Mazauric des soldats onusiens déclarèrent que l'ordre prévaudrait, quelle que soit la décision du tribunal. Les médias n'en restèrent pas moins sceptiques, car si le port de Scheveningen échappait aux désordres, il se pouvait que des troubles éclatent un peu partout dans le monde.

— Bon Dieu, quand est-ce qu'ils vont la prendre, leur décision ? gémit Martin en éteignant le poste.

— Du calme, dit Patricia. Donne-leur du temps. Ils n'avaient jamais entendu parler d'ontologie jusqu'à ce que tu débarques dans leur vie.

Bien que personne en dehors de Torvald et de ses huit collègues, ainsi que l'huissier, n'eût le droit de pénétrer dans la chambre des délibérations, le prétoire restait ouvert à la presse. Les deux douzaines de journalistes qui squattaient la salle finirent par être récompensés de leur ténacité. Deux fois par jour, l'huissier montait des entrailles du palais pour venir chercher l'une des pièces à conviction et l'apporter aux juges.

— Ils examinent le mal existentiel, annonçait un reporter de CNN, après la demande des neuf sages d'examiner un bout de toile en partie calciné provenant de l'incendie du Grand Cirque nord-américain en 1961.

— Ils débattent de l'harmonie cachée, concluait l'homme de NBC News, sitôt que l'huissier s'en était reparti avec la hache de Noé.

— C'est maintenant sur l'argument disciplinaire que se penchent les juges, faisait observer le commentateur de Court TV, tandis que l'oreille de Mme Lot était sollicitée.

Et quand il n'y avait rien à voir du côté du tribunal, les nouvelles portaient sur les diverses loteries qui se multipliaient plus vite que les fameux pains du miracle christique. Le plus gros jeu venait de Londres : la Chasse au trésor du millenium, qui atteignit rapidement un montant de seize millions de livres qui seraient partagées entre les gagnants ayant trouvé la bonne réponse : acquittement à l'unanimité, acquittement à la majorité, condamnation à la majorité, condamnation à l'unanimité avec débranchement, condamnation à l'unanimité sans débranchement. De son côté, le prix de Paris, doté de cent millions de francs, fonctionnait selon le principe de la loterie. Les gagnants seraient tirés au sort parmi ceux qui auraient deviné ce qu'avait voté chacun des juges.

Alors que le tribunal entrait dans sa troisième semaine de délibérations, le Dr Van der Meulen annonça à Martin une nouvelle pour le moins surprenante. À en juger par les résultats des dernières analyses, le cancer de Martin était entré en état de « quasi-rémission ».

— Quasi-rémission ? C'est quoi, ça ?

— C'est comme une rémission, dit Van der Meulen, mais on ne l'appelle pas comme ça, parce que ce n'en est pas une. C'est une quasi-rémission. Avec un peu de chance, vous connaîtrez une véritable rémission, quand ils annonceront le verdict.

Le lendemain, Martin quitta l'hôpital Saint-James et regagna le Bellevue, où on lui donna une petite suite, une simple chambre en vérité, car Lovett n'était plus là pour régler les factures de l'accusation. Martin prit congé d'Olaf et de Gunnar, qu'il remercia de leurs services professionnels et des critiques intempestives mais utiles qu'ils lui avaient adressées tout au long du procès.

— Il faut que je vous dise que j'ai joué à la Chasse au trésor du millenium, dit Olaf. J'ai mis deux cents florins sur un acquittement à la majorité.

— Et moi, trois cents sur un acquittement à l'unanimité, dit Gunnar. Si vous aviez fait un meilleur score contre frère Sebastian, on aurait peut-être risqué la condamnation.

Les effets secondaires de l'Odradex étaient si forts que Martin dut cesser d'écrire des cartes postales, de lire le journal, de tenir la moindre conversation. Il restait au lit toute la journée, à regarder la télé en buvant du café.

Le procès était moins populaire en ce début de quatrième semaine. CNN avait d'autres chats à fouetter : une guerre tribale dans le Transvaal mobilisait ses équipes, tandis que Court TV avait choisi de couvrir le procès d'une jeune mère accusée d'avoir préparé la tête de sa fillette à la vinaigrette et de l'avoir servie à son ex-mari.

— Mal moral, dit Martin.

— Oublie le mal moral, dit Patricia.

Et puis, le 17 septembre 2000, à dix heures du matin, Pierre Ferrand donna une brève conférence de presse sur les marches du palais de la paix. Il annonça aux reporters ce qu'ils désiraient entendre depuis si longtemps : dans vingt-quatre heures, la Cour internationale de justice entendrait le verdict des juges.

— Tu te sens d'attaque pour aller jusque là-bas ? demanda Patricia.

— Je suis prêt à Le poursuivre de nouveau en justice, répondit Martin, bien que son crabe fût revenu, dévorant ce qui lui restait de bassin.

Quand il entra pour la dernière fois dans le palais de la paix, Martin réalisa combien le noble édifice allait lui manquer. C'était dans cette enceinte lambrissée, sous les portraits vitrifiés des grands hommes, qu'il avait passé les heures les plus intenses de sa vie. Hormis l'absence manifeste des frères Lovett, le lieu était tel qu'il l'avait quitté. La longue table le long du mur était toujours encombrée des articles en provenance du musée Kroft et des reliques rapportées du crâne divin. Le regard de Martin s'attarda sur le moule du jeune natif de Pompéi pris dans la lave du Vésuve ; le jeune Romain et le fils de Patricia, pensa-t-il, étaient morts à peu près au même âge. Il revit la porte de l'avion dans lequel tous ces enfants vietnamiens avaient trouvé la mort, alors qu'ils venaient d'échapper au plus grand déluge de bombes de toute l'histoire du XXe siècle : quatre fois le tonnage lâché pendant la Seconde Guerre mondiale.

Enfin ses yeux s'arrêtèrent sur la hache de Noé, dont le tranchant luisait tel l'acier de la guillotine, dont Tonia Braverman avait décrit l'efficacité dans son *Éternel Carnage*.

— Levez-vous, mesdames et messieurs, ordonna l'huissier avec une telle solennité qu'on aurait cru entendre l'archange du jugement dernier appelant les admis au paradis.

Tout le monde se leva.

Un par un, les juges entrèrent, perruques blanches et robes rouges, l'air raide et compassé, le visage aussi expressif que les statues de l'île de Pâques.

Torvald tenait sous son bras une brassée de feuilles imprimées.

— Reprenez vos places, ordonna l'huissier.

Tout le monde s'assit.

Torvald chaussa ses lunettes à monture d'écaille, posa ses papiers devant lui et s'éclaircit la gorge.

— Je dois d'abord annoncer que vous n'entendrez pas d'opinion minoritaire, ce matin, dit-il en regardant vers la caméra de Court TV. C'est d'une seule voix que nous, juges de ce tribunal, nous prononcerons la culpabilité ou l'absence de culpabilité de l'Accusé.

— Il n'a pas dit « innocence », mais « absence de culpabilité », chuchota Randall. C'est bon signe.

— Peut-être, dit Martin en croquant un Roxanol.

— Le tribunal aura entendu cet été les points de vue opposés concernant cinq théories du mal, lut Torvald.

En dépit des témoignages très inspirés du rabbin Bernard Kaplan et de Mme Eleanor Swann, nous avons d'un commun accord rejeté la défense qui a été faite des arguments dits disciplinaire et eschatologique, ainsi que celui de l'harmonie cachée.

— C'est bon, ça, murmura Randall.

— En revanche, ce qui a été dit en faveur de l'argument du libre arbitre comme de l'ontologique a retenu notre attention pendant six journées entières...

— Oh oh, dit Esther.

— Merde, ajouta Randall.

— Mais réflexion faite, il nous a semblé qu'ils ne résolvaient pas le problème de la souffrance. Tous ceux qui voudraient savoir comment nous sommes parvenus à cette conclusion pourront consulter la transcription de nos délibérations, à paraître très prochainement en anglais sous format de poche chez Bantam Books et en français aux éditions J'ai lu.

— Vous avez entendu ça ? dit Randall, stupéfait.

— Ils les ont foutus à la poubelle ! s'écria Esther. L'ontologique compris !

La joie redonnait de la moelle aux os torturés de Martin, qui se disait que jusqu'ici Dieu et Lovett étaient mal barrés, et que si la tendance se confirmait, il emmènerait dîner Patricia dans le meilleur restaurant d'Amsterdam ce soir même.

— Après de nombreuses heures d'âpres discussions et de débats intenses, nous avons conclu que la procédure 227 pouvait se résumer à une seule question : une fois la mise en route de Son univers, l'Accusé aurait-il dû exercer une espèce de service après-vente et tâcher de réduire autant que faire se pouvait les misères de Ses créatures ?

— C'est simpliste, mais bien résumé, dit Martin.

— Les gars, je sens qu'on est assis sur une mine d'or, dit Esther.

— La réponse, toutefois, n'était pas évidente, poursuivit Torvald. Plus nous réfléchissions à l'intervention divine, plus nous en mesurions la complexité. Un Dieu omnipotent avait, selon nous, trois options. La première : intervenir en permanence pour éliminer le malheur. La deuxième : intervenir de manière secrète et sélective pour prévenir les maux les plus graves. La troisième : s'abstenir de toute ingérence, même dans les pires massacres.

« Nous ne nous sommes guère attardés sur la première solution. Imaginez un univers où, grâce à une providence vigile jour et nuit, il ne se passerait jamais rien de désagréable. Sous un tel climat, un voleur pourrait braquer une banque et rafler un million de florins, mais celui-ci serait immédiatement remplacé. Un tueur fou tirerait sur la foule à la mitraillette, mais les balles s'évanouiraient dans l'air sans toucher quiconque. Le feu raserait un orphelinat, mais une nouvelle bâtisse surgirait du sol et tous les enfants seraient miraculeusement indemnes. Même un idiot pourrait comprendre la stérilité d'un tel monde. Même un écolier en verrait l'absurdité. Bref, le Dieu qui écarte la première option n'est pas un Dieu que nous pouvons légitimement condamner.

— Je me demande bien pourquoi, grogna Randall.

— Du calme, dit Martin.

— Ce qui nous amène à la deuxième possibilité : une intervention discrète et préventive des plus grands maux. Au début, cela nous a paru assez séduisant. Si nous avions été Dieu, du moins Celui d'avant le coma, c'est ainsi que nous aurions agi, nous sommes-nous dit. Mais nous n'avons pas tardé à repérer l'erreur : l'option deux risque de provoquer une réaction en chaîne aux résultats imprévisibles.

— Voyons un peu ce que ces neuf cerveaux nous ont pondu, dit Esther.

— Les grands malheurs ne sont jamais aussi grands qu'en relation avec d'autres malheurs. Si l'Accusé avait fait périr à la naissance Hitler et Staline, cela n'aurait pas éliminé Goering ou Franco. Et s'il avait éliminé ces derniers, seraient encore restés Pol Pot, Idi Amin Dada, Slobodan Milosevic, pour ne citer qu'eux. Le même piège guette ceux qui auraient aimé que Dieu intervienne pour sauver Hiroshima de la bombe atomique. Si tel avait été le cas, nous pleurerions aujourd'hui sur le bombardement de Dresde, sans parler de la marche de la mort, à Bataan, du massacre de My Lai, au Vietnam, du tremblement de terre de Lisbonne, de l'éruption du Vésuve… jusqu'à ce qu'on finisse par lui reprocher de ne pas empêcher les guerres tribales, de ne pas chasser les politiciens corrompus, de ne pas faire renvoyer des écoles les grands idiots qui embêtent les petits intelligents, de ne pas supprimer le dard des abeilles et des guêpes. L'intervention divine, a conclu le tribunal, est la plus glissante des pentes savonneuses.

— Je n'en crois pas mes oreilles, gémit Esther.

— Ce putain de procès est truqué! grommela Randall.

— Alors, nous voici arrivés à la troisième option : aucune intervention, même face aux plus grandes douleurs de cette terre. Le tribunal pouvait-il s'accommoder d'un tel régime ?

Ici, Torvald s'interrompit pour boire une gorgée d'eau.

— En un mot, oui, reprit-il.

Un prétoire, avait toujours pensé Martin, devait être un temple de la raison et de la bienséance. Et ce fut cette conviction, et elle seule, qui l'empêcha de frapper du poing sur la table et de balayer d'un furieux revers de main vengeur sa propre carafe d'eau.

— Que l'on considère cette alternative : un univers dépourvu d'un seul désastre gratuit. Dans un tel monde, les victimes d'une catastrophe aérienne ne peuvent nous émouvoir, car nous savons qu'elles méritaient une aussi funeste destinée. Les famines n'engendrent pas non plus d'efforts herculéens pour soulager ceux qui en pâtissent, car nous n'ignorons pas qu'elles sont un mal nécessaire, en ce sens qu'elles corrigent la surpopulation. Le cancer, le syndrome de Down ne nous inspirent pas davantage le désir de pénétrer les secrets de la nature, car nous comprenons que la pathologie fait partie du plan divin. En vérité, ce n'est qu'en créant un univers où le malheur peut s'abattre à tout moment sans crier gare et de la manière la plus hasardeuse qui soit que Dieu a pu aussi inclure dans ce monde chaotique la charité, la compassion, le courage, la patience, le sacrifice et l'innocence.

— Sans parler du Téléthon, grogna Esther.

— De la S.A, ajouta Randall.

— L'Arc.

— Act-up.

— L'UNICEF.

— ATD-Quart-Monde.

Muet de rage, Martin ne dit rien.

— Ainsi s'achève la procédure 227, dit Torvald. L'Accusé n'est pas coupable. Justice a été rendue.

— La justice a été baisée ! cria Randall.

Une rumeur déferla soudain telle une vague sur la salle, le bruit retomba puis revint avec une force renouvelée. Une rumeur de joie, réalisa Martin : les acclamations de la foule massée sur la place de la Paix.

— Cet après-midi, le tribunal remettra formellement le Corpus Dei à ses précédents propriétaires, Éternité & Co, dit Torvald. Et nous formulons le vœu que l'enveloppe matérielle de Dieu retrouve sa place à la Cité céleste USA et redonne l'espoir aux millions de pèlerins et d'affligés qui Lui rendront visite.

Martin avait l'impression que quelqu'un lui avait enfoncé une aiguille dans le cathéter et avait injecté de la strychnine dans son âme même.

Torvald frappa de son marteau avec un enthousiasme inattendu chez cet homme amidonné.

— La Cour est ajournée jusqu'au 13 novembre, date à laquelle s'ouvrira la procédure 228 : Le royaume du Liberia contre la marine marchande des États-Unis d'Amérique.

— Qu'est-ce qu'il en pense, à ton avis ? me demanda Belphégor, en tendant un doigt écaillé vers l'écran où venait d'apparaître en gros plan le visage pâle et défait de Candle.

— Il ne s'attendait pas à ce que ça finisse comme ça, répondis-je. Après son explication avec Dieu, Job a été joliment récompensé : nouvelle baraque, nouveaux troupeaux, nouveaux enfants, titres en Bourse. Et Candle, qu'est-ce qu'il a ? Un sandwich à la merde arrosé de pisse.

La caméra fit un léger zoom arrière. Appuyé sur sa canne à tête de crocodile, notre héros se leva de sa chaise et gagna en claudiquant la table aux pièces à conviction, pour caresser la hache de Noé. Un instant, j'ai pensé qu'il avait l'intention de se fendre le crâne et puis j'ai deviné qu'il avait un projet plus ambitieux en tête.

— J'en ai marre de voir ce nul, dit Schonspigel, tandis que Candle, appuyant sa canne contre la table, s'emparait de la hache. J'aimerais bien qu'ils nous repassent le manipulateur de serpents.

Zoom avant de la caméra. Candle regarda l'objectif et adressa au monde occidental un sourire énigmatique.

— Je me suis toujours demandé si ces types tripotaient des serpents pour l'extase religieuse ou si c'était une masturbation symbolique, demanda Funkeldune.

— C'est pour le pied, le pied nietzschéen, parce que ce ne sont pas des couleuvres qu'ils manient, ces enragés, mais des crotales et des mocassins, répondis-je en pressant ma paume contre l'écran de télé.

L'image de Candle s'estompa pour être remplacée en fondu enchaîné par une vue de l'extérieur du palais. Juché en haut des marches, un reporter de CNN interrogeait une jeune beauté américaine. Que pensait-elle du verdict ?

— Giga, dit-elle.

— Et chaque fois que le crotale te mord et ne te tue pas, Funkeldune, ai-je ajouté, tu deviens un peu plus fort.

La hache à la main, Martin émergea du palais de la paix dans la lumière voilée du matin. En quelques secondes il fut entouré par les affligés : deux douzaines de jobiens officiels renforcés de quatre cents victimes d'égale infortune.

Comme à chaque fois, il fut frappé par la riche diversité des damnés, vaillante vieille garde en béquilles et fauteuils roulants, dialyses et masques à oxygène. Cependant il se dégageait d'eux une formidable impatience. Une sombre et menaçante attente était dans l'air, comme si une tempête était près de s'abattre ou que la mer du Nord allât rompre une digue.

Élancement après élancement, spasme après spasme, il commença de descendre les marches, et la foule s'écartait de lui telle une forte houle devant la proue du *Carpco New Orleans.* Même les journalistes reculaient. De temps à autre, une victime tendait la main pour lui toucher la manche, comme si quelque secret pouvoir de guérison imprégnait les effets du dissident le plus célèbre du monde.

Il s'arrêta à mi-descente pour observer le spectacle à travers un brouillard d'Odradex et de Roxanol. Derrière sa troupe de jobiens s'était formée une autre foule, hystériquement heureuse, qui appartenait au Glaive de Jéhovah. Ils riaient et chantaient et tapaient dans leurs mains, ondulant des bras comme les serpents qu'ils aimaient tant toucher. « Hosanna ! » criaient-ils. Et de souffler dans des répliques en plastique des trompes de Josué qui abattirent les remparts de Jéricho. « Hosanna ! Hosanna ! »

— Vous avez fait de votre mieux ! cria Stanley Palomar par-dessus le vacarme.

— Vous vous êtes bien battu ! hurla Julia Shroeder.

En tenue de combat et gilet pare-balles, des soldats de la paix et des officiers de police sous les ordres de Hans de Groot séparèrent les jéhoviens des jobiens, telle la Waupelani sinuant à travers la vallée d'Abaddon. La présence des équipes de télévision donnait à la scène une atmosphère d'artifice : un passant ignorant de l'événement aurait pensé qu'un film à grand spectacle se tournait là, et Martin s'attendait presque à entendre Cecil B. De Mille crier : « Action ! »

— Tout est ma faute ! répondit-il à ses jobiens en se remettant en marche. Je suis le seul coupable !

La presse refrénait son envie de se jeter sur lui pour l'assaillir de questions. La hache de Noé les contenait. Il émanait de la lame un spectre iridescent qui décrivait un arc au-dessus de la place, tel l'arc-en-ciel avec lequel Yahvé avait célébré la création de Son premier *Homo sapiens.* Que cette lumière fût issue de la lame elle-même ou de l'âme enfiévrée de l'homme qui la portait, Martin n'aurait pu le dire. Il savait seulement que cet antique outil allait accomplir sa tâche la plus capitale.

— Vous exigez trop de vous-même ! lui cria Harry Elder.

— Job aurait été fier de vous ! déclara Rosalind Kreuger.

Enfin Martin atteignit la place. Défiant son mal, figeant l'immonde crabe, il leva la hache au-dessus de lui.

— Justice a-t-elle été rendue, aujourd'hui ? beugla-t-il.

— Non ! répondirent à l'unisson quatre cents voix.

— Mais cette journée est-elle terminée ?

— Non !

— Justice sera-t-elle rendue ce jour ?

— Oui !

— Peuple souffrant, forme les rangs !

Avec un ensemble frisant le surnaturel et une efficacité tenant du miracle, la foule se mit en mouvement. Rapidement, sûrement, les jobiens devinrent ce qu'ils avaient toujours été : une armée. Et, tandis que la divine hache continuait de briller d'une lumière irréelle, Martin prit le commandement d'une force qu'Alexandre le Grand aurait été honoré de conduire. À la place des chariots de combat, Martin avait cent cinquante paralytiques en chaises roulantes. À la place d'une infanterie, il avait deux cent vingt invalides armés de béquilles et de déambulateurs.

— En avant… marche !

Il épaula sa hache. Une cadence s'éleva, spontanée, irrésistible. *Ratata-ta-ta, ratata-ta-ta,* tapaient les victimes d'emphysème sur leurs bouteilles d'oxygène. Son armée roulait et boitait et titubait, descendant Patijinlaan, prenant vers Raamweg, fendant l'heure de pointe et ses embarras de voitures, vélos, scooters, taxis et tramways. Quant aux jéhoviens, ils suivaient telle une meute de loups derrière un troupeau de rennes.

Les soldats de la paix se joignirent à contrecœur au défilé. Ils étaient pris dans un piège. S'ils attaquaient maintenant, les caméras de télévision auraient tôt fait de les comparer aux royalistes de Charles IX perpétrant le massacre de la Saint-Barthélemy. S'ils attendaient trop longtemps, ils rateraient leur chance de désarmorcer la bombe qui menaçait d'exploser.

— J'ai raison, mais Dieu me condamne ! chantaient les jobiens en descendant Raamweg. Je suis irréprochable, mais Il me condamne !

Un rayon violet jaillit soudain de la hache de Noé et se désintégra dans une pluie d'étincelles.

— La terre est abandonnée aux corrompus, criaient les fantassins de Martin, et les juges ont les yeux bandés !

À une heure de l'après-midi, leur destination était en vue : Strandweg et le port un peu plus loin. Un bataillon de soldats onusiens gardait l'entrée des quais, protégeant la chambre froide et le cœur-poumon artificiel. Des mouettes criaillaient dans l'air iodé, tandis que la marée montait dans un chuintement lointain, comme quelque secret obscène tombant des lèvres de Jonathan Sarkos.

Martin fit glisser sa hache de son épaule et, l'empoignant à deux mains, en pointa la lame vers le barrage des soldats.

— Charge !

Et c'est ainsi que cela commença : les Nations unies contre les victimes de Dieu, une mêlée capable de satisfaire le plus sadique des abonnés à CNN. Baïonnettes contre béquilles. Boucliers de Kevlar contre déambulateurs. Matraques contre masques à oxygène. Les grenades lacrymogènes répandirent leur pestilence suffocante à travers les quais. Les cris de rage alternaient avec les gémissements de douleur et le bruit sourd des matraques s'abattant sur des crânes ontologiquement vulnérables.

Les Nations unies avaient la loi de leur côté, mais les jobiens avaient leur amertume. Tels les Spartiates qui avaient filé la pâtée aux Perses, à la bataille des Thermopyles, ces estropiés en rangs serrés s'enfoncèrent comme un coin dans les forces onusiennes, qu'elles finirent par acculer contre le parapet de bois longeant la jetée n° 18, le long de laquelle était amarré le Lockheed 7000.

Affaiblies par des décades d'embruns et le passage de plusieurs générations de termites, les poutres de chêne cédèrent, entraînant les soldats de la paix dans les eaux glacées du port. En quelques minutes le havre de Scheveningen mérita d'entrer dans le panthéon des catastrophes maritimes, rappelant à Martin les gravures qui ont immortalisé les grands naufrages, comme celui du *Sisters* ou du *Larchmont*.

Des éclats de lumière vengeresse fusant toujours de la lame qui était à l'origine du monde (sans elle, pas d'arbres abattus, pas d'arche de Noé, et pas un seul rescapé du déluge promis et tenu), Martin s'écarta de son armée et, malgré la douleur qui lui broyait les os, gagna en boitant comme le bossu de Notre-Dame le bout de la jetée, d'où il sauta sur la gigantesque barge portant le Lockheed 7000.

Pendant une longue minute, il se tint haletant dans l'ombre de la machine. L'énorme pompe pompait à fond, mille pistons d'acier trempé siphonnant dans un grondement le sang des donneurs dans les quatre dômes d'oxygénation pour les injecter à travers le corps de Dieu. Crachant de la vapeur, les soufflets se contractaient et se dilataient telles de vastes panses primales. Des mouettes, perchées sur le labyrinthe de tuyaux transparents, regardaient couler sous leurs pattes le fluide nutritif.

La dernière fois que Martin avait approché d'aussi près le Lockheed 7000, c'était à la Cité céleste, mais à présent la machine était mise à nu, ainsi que les organes d'une grande baleine affalée en travers du pont du *Pequod*. Oui, si nue, pensa Martin. Si vulnérable.

Retenez ce que je vous dis, Martin Candle. Avant que la mort vous emporte, vous aurez une seconde chance…

Essoufflé comme un insuffisant respiratoire, un reporter de CNN apparut : un homme au poitrail carré serré dans une chemise blanche de matador, le chef coiffé d'un béret noir. Sa caméra sur l'épaule, il s'immobilisa pour braquer l'objectif sur l'homme-qui-voudrait-tuer Dieu.

Poussant un cri de guerre aigu, Martin courut au tuyau le plus proche, qui se raccordait à la cuve d'oxygénation numéro un. Un flot écarlate coulait derrière la paroi translucide du viaduc. Oui, c'était là l'endroit où frapper, se dit-il. Il leva son arme au-dessus de lui.

— « Ô Terre, ne recouvre pas mon sang ! »

Il abattit la hache. La lame rebondit sur le Plexiglas dans une gerbe d'étincelles dorées. Il frappa de nouveau, plus passionnément encore. Le matériau tint bon.

— Essayez encore ! lui cria le reporter, la caméra braquée sur la mère de tous les crimes.

Une fois de plus Martin leva haut la hache de Noé.

— « Que ma soif de justice n'ait jamais de fin ! »

Mobilisant tout ce qu'il lui restait d'énergie, il cogna.

La veine se fendit. Un geyser de sang O positif fusa dans le ciel hollandais qui de bleu vira au rouge.

Martin continua de frapper. La tâche était plus facile, maintenant. Tchok, tchok, tchok, tchok, et cent éclats de polymère furent emportés par le flot, tandis que l'essence divine s'engouffrait dans la brèche. Une vapeur rose à l'arôme de sucre brûlé se libéra du plasma, qui frappa Martin avec la force d'un tsunami. Trempé de la tête aux pieds, il tomba à la renverse, se releva. Le fluide jaillissait maintenant avec une abondance diluvienne, pour retomber en une cascade écarlate sur les soldats de l'ONU qui avaient pu remonter sur le quai.

Et Martin continuait de frapper. Un coup pour Corinne, un pour Brandon, pour Norma Bedloe, Billy Jenkins, Duncan Elder, Louis Brady, Mona Drake, et le garçon de plâtre de Pompéi, tchok, tchok, tchok, créant un déluge avec cette même hache qui avait permis à Noé d'échapper au déluge. Les eaux du port de Scheveningen étaient rouges.

— C'est l'image du siècle des images ! s'écria le reporter, pataugeant dans le sang.

Alors que l'hémorragie se propageait autour de Martin, montant le long de ses jambes, réchauffant son ventre et ses reins, il fit une étrange observation. Le sang était vivant… conscient, sensitif, une créature en soi, comme un monstre amibien dans un film de science-fiction des années cinquante. Se séparant des eaux salines, il se mua en une vague aussi haute que celle qui avait ravagé la côte nord-est du Japon en 1896, pièce à conviction B-72. Le reporter pivota pour prendre la vague. L'œil collé au viseur, il souriait aux anges. Il frissonnait de plaisir. La vague déferla sur les digues, gronda jusque dans Strandweg et les rues alentour, balayant les cyclistes, les scooteristes et les piétons dans une scène qui rappelait l'attaque des rebelles sur le fleuve Yang-Tseu-Kiang en 1642, épisode numéro quatre de *L'Éternel Carnage*, un acte terroriste qui avait valu à K'ai Feng d'être inondée

— Spectaculaire ! hurla le reporter, surfant sur la vague avec sa caméra.

Plus Martin contemplait le plasma, plus l'explication lui devenait évidente. Pendant plus de trois ans, ce sang avait été habité de neurones divins. Pendant plus de mille jours il avait irrigué le siège central d'une Providence en grand déclin. Alors, quoi de plus naturel qu'il eût acquis une certaine indépendance ?

En quelques minutes, toute la ville de Scheveningen fut peinte en rouge, arbres, pavés, façades et toits compris.

Et Martin soudain trembla. Le sang voulait sa peau. Et sa volonté ne connaîtrait pas d'obstacle. Déjà un tentacule venait de jaillir de la brèche pour lui ceindre la taille. Un éclat de rire maniaque lui échappa et il passa sa langue sur ses lèvres collantes.

— Non ! cria-t-il, alors que le plasma le soulevait du sol et que la hache lui glissait des mains.

— Bon Dieu de bon Dieu, qu'est-ce que c'est beau !

s'exclama le reporter, braquant sa Camcorder sur ce nouveau spectacle : l'enlèvement de Martin Candle !

Car il s'agissait bien d'un rapt. Le sang entraîna Martin dans la canalisation. Le bruit de la pompe était assourdissant et l'odeur de sucre brûlé lui piquait les narines. Tandis que le flot l'aspirait dans la cuve d'aération numéro un, Martin s'appuya des mains aux parois visqueuses d'un sang qui commençait à coaguler. Il tenta de maudire Dieu mais les mots restèrent coincés dans sa gorge.

Puis il fut irrésistiblement entraîné, et son libre arbitre puis sa conscience se perdirent dans l'onde serpentine et sanguine qui l'emportait jusqu'au tréfonds du cœur en panne du Créateur.

15

À peine Candle était-il sorti du tribunal que Schonspigel soulevait ma machine à coudre et exprimait son opinion quant au verdict suprêmement imbécile de Torvald en balançant mon cher outil de travail sur mon téléviseur. L'écran implosa dans une gerbe de verre opaque.

Je dois dire que le geste de Schonspigel m'emplit de satisfaction en dépit du fait que ce poste éventré faisait un peu désordre dans mon échoppe et que nous étions désormais coupés du monde extérieur. Une journée entière passa avant que le bruit parvienne jusqu'à moi : le corps divin perdait irrémédiablement son sang.

Nous en subîmes d'abord les symptômes sans en connaître la cause. Cela se fit avec subtilité, au début. Je venais d'entreprendre la confection d'un nouveau chapiteau de nylon pour l'Idée du Grand Cirque américain (le précédent avait brûlé dans l'après-midi du 17 décembre 1961, entraînant la mort de trois cents petits Brésiliens, pièce à conviction D-20), quand mes doigts se mirent à tellement trembler que je ne pouvais plus manier mon aiguille.

Plus tard, alors que l'heure du déjeuner approchait et que Funkeldune mettait à rôtir le très jéhovien chasseur de sorcières Heinrich Kramer – j'ai toujours été d'avis que la punition devait s'accorder au crime –, le four refusa de rester allumé.

Finalement nous comprîmes qu'un nouveau désastre était arrivé, et qu'il risquait d'être pire encore que Sa chute dans le coma. Le dimanche matin, Belphégor, parti pêcher sur les bords de la Hiddekel, s'en revint en toute hâte pour nous informer que la rivière était à sec.

Quelques heures plus tard, Schonspigel se prépara pour aller à Jérusalem, où il comptait passer la journée à regarder les crucifixions en se goinfrant de gaufres, mais à peine était-il arrivé en vue du Golgotha que la montagne de crânes tombait en poussière sous ses yeux. Et puis, vers le soir, mes voisins dinosaures furent retrouvés morts dans leur jardin.

Ce fut Augustin qui nous raconta ce qui s'était passé.

— Vous connaissez la nouvelle ? hurla-t-il en surgissant dans mon atelier comme un homme fuyant le blizzard. Il L'a débranché !

Et l'évêque de nous raconter que Candle, enragé par le verdict, avait perdu la tête et, armé de la hache de Noé, avait fendu l'une des artères du Lockheed 7000. Le plasma libéré avait inondé la ville, qu'il avait teinte d'une horrible couleur marron. Les dégâts s'élevaient à soixante-cinq millions de florins.

— Un ochéan de shang ! chuinta Augustin, qui perdait ses dents en parlant. Au début, en regardant ma télévichion, je me chuis dit que même John le divin n'avait pas provoqué pareille apocalypche !

Lentement, progressivement, la lumière se glissa dans l'esprit de Martin. Il rouvrit les yeux. Il était allongé sur le dos et son premier sentiment fut la peur.

Le crabe était bien vivant, lui, taillant sa route de mort et plus que jamais illustrant sa réputation de pince-sans-rire. Toute sa conscience lui revenant, Martin se rappela : son rapt par le sang et le flot qui l'entraînait maintenant dans le grondement des systoles et des diastoles tel un vulgaire rondin emporté par le flot tumultueux d'un torrent. Il plongea une main tremblante dans la poche de son pantalon et fut soulagé de sentir sous ses doigts le familier flacon de plastique.

Tournant la tête de chaque côté, il étudia la vaste voûte crânienne de l'Accusé, dont les neurones clignotaient faiblement dans un ciel de cendres. L'archétype solaire avait perdu de sa magnificence et ressemblait plus à l'enseigne rouge d'un bordel qu'à un soleil. À sa droite, l'arche de Noé n'était plus qu'un tas de planches brisées gisant dans la boue, à côté de la dépouille de son pilote, ou plutôt les restes de l'Idée de Noé. Martin essaya de se redresser. La douleur explosa dans ses épaules et son sacrum. Sortant le flacon de Roxanol de sa poche, il avala cinq comprimés.

La boue était douce et fraîche. Il n'aurait pu dire depuis combien de temps la rivière avait disparu ; il savait seulement qu'elle s'en était allée avec le reste de l'hémorragie. Rassemblant ses forces, il parvint à se relever au prix d'un douloureux effort. Il toussa. Hans De Groot devait être à sa recherche. Il lui semblait entendre le tintement des clés accrochées à la ceinture du capitaine de la police. Le second séjour de Martin à La Haye ne ressemblerait pas au précédent : cette fois, ce serait lui, le prévenu, qui comparaîtrait devant le tribunal pour répondre du crime du millenium.

Une escadrille de vautours passa dans le ciel divin, obscurcissant un instant le paysage désolé. Martin se mit en marche en direction de l'est. Plus il avançait le long de la rivière, plus celle-ci s'asséchait, jusqu'à devenir bientôt aussi désolée et aride qu'un arroyo ou une crevasse lunaire. Des bruits de pas imaginaires accompagnaient la progression de Martin. De fantomatiques voix assaillaient son esprit.

Martin Candle, après délibération, le tribunal vous déclare coupable du crime de...

Au détour d'un méandre de la Hiddekel, il tomba sur une scène aussi inattendue qu'extravagante, même selon les critères de cette nouvelle randonnée fantastique à l'intérieur du Corpus Dei.

Saint Augustin, nu comme Adam, était juché sur le cadavre de Béhémoth, gisant lui-même sur la carcasse du Léviathan. La mort avait rapidement transformé les deux monstres en zeppelin de putréfaction. Augustin n'avait plus d'yeux. Sa pipe de bruyère pendait à sa bouche édentée.

— « Qui a ouvert les battants de sa gueule ? murmura Martin. De sa gueule jaillissent des torches, il s'en échappe des étincelles de feu. »

Les paroles mêmes de Yahvé convenaient bien à l'éloge funèbre du Léviathan, songea Martin.

— Chandle ? demanda l'évêque, son articulation entravée par son absence d'incisives. Martin Chandle ?

— Bonjour, Votre Grâce.

Martin jeta un coup d'œil à l'entrecuisse nu d'Augustin. L'organe qui avait inspiré les méditations du saint sur la concupiscence était le plus long et le plus épais dont homme pût jamais espérer être doté.

— Je craignais de ne plus jamais vous revoir, ajouta-t-il.

— Moi, je ne risque plus de vous voir, répliqua Augustin avec un geste de la main vers ses orbites évidées. Vous et votre hache infernale.

— On ne peut jamais prédire ce qu'un homme fera de son libre arbitre, répondit sèchement Martin.

Il porta son regard vers les deux bêtes. Léviathan avait la gorge tranchée. Béhémoth était éventré, et ses entrailles sorties ressemblaient à un gigantesque entrelacs de grands anacondas.

— Je suis désolé que vous soyez aveugle, ajouta Martin.

Augustin sortit ses lunettes à monture d'acier de derrière l'une des oreilles de Béhémoth, les brisa en deux avec colère et les jeta au loin.

— Ce que vous avez fait vous vaudra la chaise électrique, dit-il en arquant le sourcil droit. À propos, j'ai un message pour vous… un message de l'au-delà. Vous vous souvenez sans doute de ces hominiens… Adrian et Évangeline. Avant de mourir…

— Desséchés… primates arides.

— Ils m'ont dit, je les cite : « Nous pensions vraiment avoir trouvé l'argument capable de renverser la défense ontologique, et nous nous excusons auprès de M. Candle de le lui avoir communiqué sous une forme codée. Nous sommes encore plus navrés que cela ait échoué. Vous êtes un homme honnête, Martin Candle. » Fin de citation.

Tirant le foulard de Patricia de sa poche, Martin l'interposa entre son nez et la puanteur dégagée par les deux monstres.

— Qu'est-il arrivé à vos bestiaux ?

— Ils se sont querellés au sujet de la nature psychique de Dieu. Béhémoth prétendait que notre Créateur devait être bipolaire, sinon Il n'aurait jamais eu l'envie de créer l'Univers. Léviathan soutenait que l'Être suprême était métaphysiquement instable et, qu'en conséquence, il ne pouvait être « suprême ». Ils en sont venus aux mains.

Augustin tapota le cuir de Béhémoth du fourneau de sa pipe.

— Avez-vous jamais été tenté de sucer les oreilles d'un énorme hippopotame ?

— Pas vraiment, non.

— Moi, si. Avez-vous jamais eu envie d'écraser une écaille de dragon avec un pilon pour la fumer dans votre pipe ?

— Vous devriez consulter un psychanalyste.

— J'ai déjà essayé.

— Et alors ?

— Ça n'a rien donné.

Martin porta son regard vers l'amont et un horizon qui, entre autres vertus, devait avoir l'avantage de ne pas puer la charogne.

— Vous m'excuserez si je ne reste pas, dit-il en se tournant vers l'ouest limpide. Mais vos animaux empestent l'atmosphère.

— Adieu, Martin Candle. Je dois vous faire un aveu : je ne vous ai jamais aimé.

Au crépuscule, le paysage se fit familier. Martin venait d'entrer dans le pays d'Uz, surnommé par Augustin la « décharge biblique ». Boîtes de conserve vides, bouteilles brisées, vieux pneus jonchaient le lit à sec de la rivière. Haletant comme un insuffisant respiratoire, Martin poursuivit son chemin. Dans le ciel, un vautour solitaire battait désespérément des ailes qui laissaient derrière elles un sillage de plumes noires.

Martin poursuivit vers le nord et, en moins d'une heure, atteignit le lieu où il avait rencontré quatre mois plus tôt son *alter ego*. Au pied du tas d'ordures, coincée entre un téléviseur Magnavox et un vieux séchoir à linge Whirlpool, se dressait une pietà d'une pathétique étrangeté. Vêtue d'une robe de mariée ornée de dentelle blanche, l'Idée de Corinne gisait en travers des genoux de Job, la tête renversée en arrière. Trois mouches bleues bourdonnaient autour de son visage. Un sourire figé étirait ses lèvres pâles. Elle était aussi inerte que Béhémoth.

— Bonjour, dit Martin en jetant un coup d'œil à l'humble demeure de Job.

Le tas d'immondices avait lui aussi dégénéré. La rouille avait réduit en croûtes friables les plus petits appareils, tels que les toasters, les mixers, les machines à café. La pile de couches-culottes n'était plus qu'une masse informe de bourre et de plastique.

— Nous n'avons rien raté du spectacle, dit Job avec un signe de tête en direction du poste de télé. Le procès, le verdict, l'hémorragie, tout.

Il portait toujours la même tenue : T-shirt en lambeaux et bermuda rouge effrangé. Ses lésions sur la poitrine avaient séché, non parce qu'elles avaient guéri mais parce que le cerveau divin lui-même se déshydratait.

— Vous avez été un grand accusateur, Martin Candle. Je n'aurais pu faire mieux. Mais vous avez l'air bien mal en point.

— Je sais.

— Dites-moi ce que vous avez éprouvé quand vous avez sectionné cette canalisation ? Un sentiment de justice, peut-être ?

— Pas vraiment, non.

— Alors, quoi ?

— Plutôt de vengeance ou de revanche.

— J'espérais que ce serait de la justice.

— Désolé, c'était de la vengeance, de la pure vengeance.

L'odorat de Martin fut soudain assailli d'un remugle de fèces, qui était comme l'envers obscène des parfums humés dans les jardins fleuris de la Hollande. S'accroupissant à côté de Job, il chassa de la main les mouches posées sur le front de sa femme.

— Est-ce qu'elle est… ?

— Oui. Mais n'en ayez pas de chagrin. Elle n'était qu'une idée.

— Je sais, dit Martin, les yeux gonflés de larmes. Mais une idée tellement réaliste.

Job opina du chef.

— Dieu a toujours veillé au moindre détail, dit-il. Votre femme a laissé un message pour vous. Une requête, en vérité.

— Laissez-moi deviner. Elle voulait être rassurée sur le destin du Chenil de la Joie ?

— Bingo.

— Dieu seul sait ce que je ferai si les dons cessent d'arriver. Je suis au chômage et Lovett ne finance plus mes projets.

— Oh, vous trouverez bien un moyen.

Une douce brise agita la longue chevelure auburn de Corinne.

— Savez-vous quels ont été ses derniers mots ? reprit Job. Dites à Martin que je suis fière de lui.

— J'espère que vous ne me dites pas ça pour me consoler.

— Je n'ai jamais menti de ma vie. Attendez, sauf une fois, quand j'ai répondu à Dieu : « Je ne Te connaissais que par ouï-dire, mais maintenant mes yeux T'ont vu.

Aussi je me rétracte et m'afflige sur la poussière et sur la cendre. » Eh bien, voyez-vous, je ne me suis jamais rétracté ni affligé, que ce soit sur la cendre, la bouse de vache, le crottin de cheval ou la merde de chien.

— Corinne a vraiment dit qu'elle était fière de moi ?

— Ses dernières paroles. Et savez-vous quelles seront les miennes ?

— Quoi ?

— Il ne faudrait pas moins de cent millions de lois pour combler le fossé entre la jurisprudence et la justice, dit Job.

— Oui, cent millions, comme une carte si précise qu'elle serait grande comme le territoire qui…

Martin ne termina jamais sa phrase. Job venait de mourir sous ses yeux, le buste incliné en travers du cadavre de Corinne.

— Job ? Job !

Silence.

Alors que Martin se relevait, une irréversible entropie s'empara du paysage. Déchet par déchet, ordure après ordure et ver après ver, le grand tas d'immondices se résorba jusqu'à devenir une modeste pile de noyaux de pêches, de pelures d'oranges, de coquilles d'œufs et de marc de café. Privés de tout statut ontologique, les corps de Job et de Corinne se volatilisèrent, ne laissant que leurs oripeaux comme les chrysalides de la mouche de mai.

Le soleil aussi mourut. Et le vent. Le mal du pays serrait maintenant le cœur de Martin. Il avait envie d'être de retour à Abaddon, de reprendre avec Vaughn leurs promenades du lundi soir, de se disputer avec sa sœur à propos de la peine de mort ou simplement de s'asseoir sous un saule au bord de la Waupelani et de contempler les bancs de carpes dorées passer paresseusement dans l'eau, leurs écailles scintillant comme les doublons en or de quelque trésor de pirates.

Il croqua un Roxanol, se coucha sur la robe de mariée de sa femme et s'endormit en dépit de ses douleurs osseuses et de la puanteur qui persistait, telle la mémoire des cadavres et des immondices disparus.

Le lendemain matin, Martin venait de se réveiller quand un bélier solitaire s'en vint renifler ce qui restait du plus célèbre tas d'ordures de l'histoire. Les naseaux humides, la tête noire et les cornes spiralant avec extravagance, l'animal était aussi grand qu'un poney. Tombant sur les noyaux de pêches, il en fit sa pitance.

— Gordon ?

— Bonjour, monsieur Candle, répondit le bélier d'une voix maussade, sans même lever les yeux de son petit déjeuner. Ces noyaux sont vraiment dégueulasses.

— Je pensais que vous étiez…

— Mort ? Chaque jour, à trois heures de l'après-midi, je retourne au mont Moriyya pour m'y faire trancher la gorge par Abraham. Qu'il pleuve ou qu'il vente, trois cent soixante-cinq jours par an. Ce n'est pas une vie, vous auriez dû intervenir depuis longtemps, dit-il en fixant Martin de ses yeux chassieux. Mais vous êtes attendu, ami. Montez sur mon dos.

— Attendu ? Par qui ? Où ça ?

— Grimpez. Vous n'avez probablement jamais encore chevauché de bélier. Le pire ce sont les puces, paraît-il. Elles ne sont que des Idées mais elles ont de la suite… dans les idées.

Finalement, monter Gordon se révéla beaucoup moins éprouvant que la cavalcade sur la rosse de Jonathan Sarkos, depuis le marais d'Abaddon jusqu'à la glande pinéale. L'allure de Gordon était rapide mais soutenue, et l'épaisse toison de laine faisait une confortable selle. Quant aux puces annoncées, elles ne furent pas au rendez-vous, pour cause de décès sans doute. Exterminées par l'hémorragie.

Il ne leur fallut pas plus de deux heures pour arriver en vue de Jérusalem, dont les tourelles et les remparts étincelants se dressaient au loin avec l'arrogance vulgaire de quelque Disneyland byzantin. Le bélier prit le trot.

Devant eux s'étendait une succession de collines pierreuses qu'une équipe de sculpteurs talentueux et infatigables avait converties en une vaste nécropole.

Martin mit pied à terre et s'approcha de la tombe la plus proche, un édifice aux airs de cottage, aux murs de marbre blanc et aux fenêtres opaques encadrées de bas-reliefs. Il se dégageait de la construction un charme macabre ; on aurait dit un jardin d'enfants décédés. Ce tombeau, que Martin découvrait pour la première fois, lui était cependant familier ; il avait dû le voir dans l'un de ces nombreux péplums qui composaient la vidéothèque de son père. La porte, un disque de granit à claire-voie, devait être aussi lourde qu'une meule de moulin. Mais, comme toute chose dans l'ère posthémorragie, le granit ne pesait pas plus que de l'argile, et il suffit au bélier Gordon d'une poussée de sa belle tête noire pour faire rouler la pierre.

— Cette crypte est celle de Jésus l'Araméen, dit Martin, à qui la mémoire revenait.

— Exact.

— Est-ce que Jésus est là ?

Gordon secoua ses cornes.

— Il n'y a personne.

— Personne ? Vous voulez dire qu'il a déjà ressuscité ?

— Chut ! Il ne faut pas que la nouvelle se propage. Il ne pourrait rien arriver de pire qu'une nouvelle religion. C'est déjà assez difficile comme ça de se plier aux règles du judaïsme. Non, pour le moment, Jésus est quelque part dans les collines près de Béthanie ; il tente de monter au ciel. Mais il sera de retour vers minuit. En attendant, faites comme chez vous. Il y a un lit, une commode, un garde-manger bien pourvu, bref tout le confort souhaitable. Je vous tiendrais volontiers compagnie, mais Abraham et Isaac comptent sur moi, et je dois être à Moriyya dans une heure au plus tard. Au revoir.

Martin découvrit que l'intérieur de la crypte de l'Araméen devait moins au Nouveau Testament qu'à la culture sybaritique des camping-cars. Un canapé de velours rouge occupait la paroi du fond, à côté d'un lit à baldaquin drapé d'une soie dorée. Dans le coin, près de l'entrée, bourdonnait doucement un réfrigérateur. Martin jeta un coup d'œil à l'intérieur : un poulet froid, un énorme gâteau au chocolat, un pichet de thé glacé et assez de bouteilles de Guinness et de Corona pour s'hydrater dans le désert. Quant à la commode, elle était aussi luxueuse qu'un trône.

Il venait de se servir un verre de thé glacé quand un homme corpulent et chauve entra. Vêtu d'un confortable costume de tweed et s'appuyant sur une canne en rotin, le visiteur ressemblait à s'y méprendre à G. F. Lovett, bien que son teint fût plus pâle et son ventre moins proéminent.

— Professeur Lovett ?

— Vous plaisantez. Que G. F. Lovett traverse Harvard Square chaque matin à dix heures pour lire à ses étudiants *Le Roman de la rose* est déjà en soi un exploit. Aussi, ne vous attendez pas à le voir ici.

— L'Idée du professeur Lovett ?

— Ahhh…

Ouvrant le réfrigérateur, l'homme prit une Guinness et une aile de poulet.

— D'ordinaire, à cette heure, je suis chez moi, dans l'Idée de Mount Auburn Street, occupé, si je puis dire, à faire une sieste.

— Qu'est-ce qui vous amène ici ?

— Une invitation, répondit l'Idée de Lovett, en sortant de sa poche un parchemin gravé de lettres noires.

Et tels deux anciens combattants refaisant la bataille de Gettysburg, les invités de Jésus entreprirent de revivre le procès qui les avait opposés. Ils y passèrent l'après-midi et une bonne partie de la soirée. Martin félicita le professeur de sa victoire, et le professeur complimenta Martin de sa ténacité, tout en lui reprochant gentiment ses « plaisanteries faciles aux dépens de cette chère Eleanor Swann ».

Puis, comme les ex-adversaires faisaient de concert un sort au poulet, ils convinrent que le discours de clôture de Torvald ne risquait pas d'être confondu avec celui qu'avait prononcé Abraham Lincoln après que les canons se furent tus à Gettysburg. Torvald n'avait fait qu'ânonner un résumé de l'argument de l'harmonie cachée en l'assaisonnant d'un peu d'ontologie, mais d'une façon tellement superficielle qu'il y avait tout lieu de croire que le premier magistrat de La Haye s'était endormi les yeux ouverts après le témoignage de Bernard Kaplan.

À minuit, le crissement de la roue de granit annonça l'arrivée de leur hôte. Un suaire d'un blanc lumineux drapait sa silhouette ascétique. Il avait toujours ce beau visage encadré de longues boucles brunes, mais l'hémorragie lui donnait un air las et anémique.

Lovett, intimidé, desserra sa cravate et s'empressa de dissimuler sa bière sous la table basse, tandis que Martin allait en boitant au-devant de Jésus et lui serrait vigoureusement la main. Le trou dans la paume droite du Christ était grand et tout autour la chair était éclatée, comme sous l'effet d'une balle dum-dum.

Tous trois prirent place sur le canapé.

— Le destin fait de moi le porteur de mauvaises nouvelles, dit Jésus en tirant d'un air absent sur une boucle de cheveux.

— Ma maladie ? demanda Martin.

Jésus acquiesça.

— Elle est sans espoir. Feminone, Odradex, radiations, prostatectomie, intervention divine, rien n'y fera.

— Sans espoir, murmura Martin.

Ce rappel brutal à l'incurabilité de son mal réveillait en lui cette sensation désormais familière de s'enfoncer dans la boue des marais d'Abaddon. Il n'avait jamais douté que son cancer eût signé son arrêt de mort, mais il n'en était pas moins choqué par le verdict de Jésus.

— J'espérais que vous m'aviez convoqué pour… pour, enfin vous savez…

— Pour que j'accomplisse un miracle ? Désolé, mais ce n'est pas de mon ressort, répondit Jésus en fermant ses yeux bleu-vert à la Jeffrey Hunter. Si je vous ai fait venir ici, monsieur Candle, c'est pour vous donner la solution. Vous méritez de la connaître.

Il rouvrit les yeux et se tourna vers Lovett.

— Vous aussi, vous méritez de la connaître, bien que le mot « mériter » ait un tout autre sens dans votre cas.

— La solution ontologique, n'est-ce pas ? dit Lovett,

en reprenant sa bière. Torvald n'y a peut-être rien compris, mais il va de soi que vous saurez convaincre notre ami Martin Candle.

— La solution ontologique, hein ? s'écria Jésus, incrédule. Pensez-vous réellement que votre *alter ego* terrestre vive dans le meilleur des mondes possibles ? D'où je viens, un élève de terminale prendrait pour une insulte le fait d'être invité sur terre à assister à une fête de fin d'année dans un lycée réputé.

— L'Univers doit être régi par des lois, si l'on veut en appréhender la complexité et, par là, comprendre et prévoir son fonctionnement, répliqua Lovett.

— D'accord, dit Jésus, alors expliquez-moi pourquoi notre Créateur a pris soin de nous dissimuler ces lois ? Pourquoi n'a-t-Il pas averti l'humanité que les rats apportaient la peste, les moustiques la malaria, et que les obstétriciens devaient se laver les mains avant d'accoucher une parturiente ? L'argument ontologique ne tient pas une seconde dans l'arène de la vie.

— Non, vous vous trompez. Les imperfections sont inhérentes à la Création. Dieu n'avait pas d'autre choix que de…

— Fermez-la, Lovett. Vous me faites mal au cul.

— Faites-vous allusion par là à l'argument du libre arbitre ? demanda Martin.

Jésus ricana.

— Si le libre arbitre était une aussi bonne chose, si c'est lui qui doit nous faire avaler sans nous étouffer Hiroshima et Auschwitz, je me demande pourquoi il nous est donné avec tant de parcimonie.

— Vous n'avez jamais remarqué qu'à chaque fois qu'un débatteur ne sait plus quoi dire, il sort Hiroshima et Auschwitz ? grommela Lovett.

— Hiroshima et Auschwitz, répéta Jésus en tirant la langue au professeur. Avec un grand H et un grand A… HA, HA, HA !

— Que voulez-vous dire par « tant de parcimonie » ? demanda Martin.

— La plupart des animaux n'ont pas de libre arbitre, répondit Jésus. Sans parler des drogués, des séniles, des idiots et des psychotiques. Si j'étais Dieu – ce que je suis, d'ailleurs, comme l'a fait remarquer à l'audience frère Sebastian –, je ne vanterais pas trop les mérites de la liberté avant de l'avoir dispensée à tous.

Il se leva pour aller prendre dans le réfrigérateur une bouteille de Corona dont le verre d'ambre clair était perlé de condensation.

— Mais hormis le fait qu'il soit tout de même largement réparti, reprit-il, l'argument du libre arbitre présente un défaut majeur, une erreur quasi mathématique. Pouvons-nous honnêtement prétendre que la liberté individuelle mène à une communauté croissante d'êtres autonomes ? Quand Pol Pot a exercé son libre arbitre en emprisonnant et massacrant la moitié de sa nation, la quantité d'hommes libres à travers le monde a indiscutablement décru.

— Vous n'allez pas nous ressortir les arguments de l'harmonie cachée et de la discipline ou encore le…

— Non, ne vous inquiétez pas.

— Alors, quelle est la solution ?

Jésus éternua.

— Dieu vous bénisse, dit Martin.

— C'est le moins qu'Il puisse faire.

Il ouvrit sa bière, suça une gorgée au goulot et tourna le feu de son regard vers Lovett.

— Vous, professeur, vous connaissez la solution.

— Je n'en ai pas la moindre…
— Oh que si !
— Non.
— Si.
Lovett tremblait, maintenant. Son visage avait pris une couleur de fromage suisse. Il posa sa Guinness par terre.
— Les pères de l'Église connaissaient sur le bout des doigts toutes les théodicées, dit Jésus. Saint Ignace a approché la vérité, ainsi que saint Polycarpe, évêque de Smyrne, Philon le Juif, saint Justin et saint Anselme, bien qu'aucun d'eux n'ait eu le courage d'aller jusqu'au bout. Moi non plus, en vérité.
— La dernière fois que nous nous sommes rencontrés, vous m'avez dit que vous n'étiez pas un théologien, dit Martin.
— La procédure 227 m'a rendu curieux d'en savoir plus.
D'une pichenette, Jésus projeta en l'air la capsule de bière, la cueillit au vol et sirota sa Corona.
— Vous ne pensez tout de même pas que… commença Lovett, sans pouvoir achever.
— Mais oui, mais oui.
— Le dualisme ?
— Le dualisme, professeur, confirma Jésus en souriant d'une oreille à l'autre. L'hérésie manichéenne, la dichotomie gnostique, le blasphème albigeois, l'hypothèse de Méphistophélès… appelez-le comme il vous plaira.
Le visage pâle de Lovett prit une teinte écarlate qui lui colora même le crâne.
— Je ne saurais accepter un Dieu dualiste.
— Ah oui ? Nous vous acceptons bien, gros ventru… HA, HA, HA !
À peine cet éclat de rire avait-il jailli de la gorge de leur hôte qu'il se passa un phénomène encore plus inattendu

et plus effrayant que la grande marée rouge qui avait submergé le port de Scheveningen et les rues de La Haye. Une métamorphose lycanthropique s'empara de Jésus.

Mèche par mèche, sa longue chevelure bouclée tomba, laissant son crâne aussi nu que celui de Lovett. Son cou s'épaissit, se muscla, ses lèvres fines se firent charnues, ses sourcils broussaillèrent, son front bomba, ses yeux prirent la couleur pourpre du feu.

Et surtout il grandit plus vite que l'érection d'un étalon sevré. En quelques secondes, sa tête toucha presque le plafond de la crypte.

Martin et Lovett lâchèrent de concert un hoquet de stupeur.

— Non ! gémit le premier.

— Jésus-Marie ! dit le second.

— Eh oui ! s'exclama Jonathan Sarkos, dont les épaules poilues et le puissant poitrail avaient fait craquer les coutures du suaire. Je suis ce que je suis. Je suis le Christ et l'Antéchrist, Dieu et Satan, le paradis et Hiroshima, l'Arcadie et Auschwitz.

Souriant comme le diable qu'il était, Sarkos s'approcha de Lovett.

— Compris, gros tas ? Dieu est une dualité. Dr Jéhovah et Mister Hyde.

Il porta la capsule de la bouteille à sa bouche et la broya entre ses dents.

— Permettez-moi de vous conter une histoire pour endormir les enfants sages. Elle s'intitule : « Le jour où les chambres à gaz tombèrent en panne à Auschwitz ». Le titre est parlant, et vous devinez la suite. Je m'étonne que Braverman et Kelvin n'en aient pas fait état dans leur panorama des frasques de notre bonne planète Terre. Mais imaginez quand même la terreur d'une fillette juive de sept ans, attendant en ligne d'être jetée vivante dans la gueule rougeoyante du four !

Avalant la capsule, Sarkos la fit passer d'une gorgée de bière et se tourna vers Martin.

— Vous voyez bien, maintenant, que c'est la seule solution possible. Il n'y a pas d'autre théorie capable de surpasser l'évidence : Dieu est comme toute chose, Il a son revers, et celui-ci est sombre, diabolique, radicalement pervers.

— Pourquoi ne m'en avoir rien dit la dernière fois que je vous ai vu ? demanda Martin. Si j'avais eu en main une déclaration signée par vous et faisant état d'une dualité...

— Une déclaration signée par moi ? Par Satan ? Torvald l'aurait déchirée sur-le-champ.

— Vous savez que, pour venir ici, j'ai dû annuler la réunion de mon club Beer & Beowulf, dit Lovett d'un ton grinçant. Et je vous avouerai que je m'attendais à une révélation plus percutante.

— Jouez pas les durs, Lovett, dit Sarkos, railleur. Vous avez voulu vous faire l'avocat de Dieu et vous vous êtes révélé excellent débatteur. Mais le défenseur de Dieu est nécessairement le mien. La théodicée est un jeu à la con, professeur. Quand Yahvé était opérationnel, le devoir de l'humanité n'était pas de L'adorer, bon Dieu ! Non, il fallait au contraire honorer Sa créativité et se dresser à jamais contre Sa malignité. Et tous ceux qui, comme vous, ont cherché à faire coexister un Dieu bienveillant avec Auschwitz ou Hiroshima ou toute autre horreur, ceux-là, professeur Gregory Francis Lovett, n'ont jamais fait que travailler pour le diable.

— C'est le vrai Lovett qui devrait entendre ça, et non pas l'Idée de Lovett, gémit Martin. Ce n'est pas juste.

— En effet, ce n'est pas juste, approuva Sarkos, redevenant Jésus aussi rapidement qu'il s'était métamorphosé en Satan. Pas juste du tout.

— Peut-être le Tout-Puissant a-t-Il Ses faiblesses, mais Il n'en demeure pas moins notre ultime espoir, dit Lovett. Sans notre Père qui est aux Cieux, nous ne connaîtrions pas l'amour.

— Pas juste, répétait Martin. Pas juste, pas juste…

— Et que faites-vous de tous ces témoins que j'ai appelés à la barre ? protesta Lovett. Mes victimes de cancer, ma courageuse Mona Drake, qui dessine avec ses dents ? Ils ne pensent pas, eux, que Dieu a un revers sombre comme l'enfer.

— Fascinant, dit Jésus. Un psychologue étiquetterait ça : « Identification avec l'agresseur ». Les enfants battus le font communément. Les femmes battues, aussi. Dans les camps de concentration, certains prisonniers devenaient aussi brutaux que leurs gardiens. Ils saluaient comme des nazis, martelaient la boue au pas de l'oie, se confectionnaient des uniformes copiés sur ceux de leurs bourreaux. La victime d'un tortionnaire a parfois tendance à répondre perversement par une certaine fascination envers son persécuteur. Ainsi peut-elle maintenir une forme de contrôle sur la situation.

— Alors, j'ai eu raison de faire ce que j'ai fait ? demanda Martin.

— « Retenez bien ce que je vais vous dire », monsieur Candle, répondit Jésus, se citant lui-même. « Avant la fin de votre vie, vous aurez une seconde chance. » Ce qui ne signifie pas que je vais vous décrocher de l'hameçon. À votre façon, vous êtes aussi déplorable que Lovett. L'amertume n'est pas une philosophie, mon ami. La révolte n'est pas une éthique. Arrêtez de compter les cadavres et faites une trêve avec l'Univers ou bien vous resterez le cul dans les immondices pour le restant de vos jours.

— Mais l'Univers ne grouille-t-il pas d'inutiles souffrances ?

— Qu'importe.

— La Cour a déjà tranché en ma faveur, dit Lovett.

Il alla vers Jésus et posa ses mains sur les épaules du Sauveur.

— Je me fiche pas mal de ce que vous ou le diable pouvez penser.

— Ôtez vos pattes, grogna Jésus.

Le professeur recula.

— Nous pourrions peut-être rouvrir le procès, suggéra Martin.

— Non, la partie est terminée… à jamais, répondit Jésus.

— Non, nous pourrions adresser une pétition à Ferrand.

— C'est fini, monsieur Candle. Les jeux sont faits. Le rideau est tombé.

— Qu'en savez-vous ?

Pour toute réponse, Jésus vida sa bouteille de Corona, se mua en Sarkos, puis de nouveau en Jésus.

— Vous ne pourriez pas arrêter vos mutations ? demanda Lovett. Ça me donne le tournis.

— Croyez-vous que cela m'amuse ?

— Quoi, n'êtes-vous donc pas l'architecte du libre arbitre ?

— Non, professeur, je suis l'architecte de l'Univers. Allons, haut les cœurs. Nous sommes tous les quatre condamnés, mais la vie continue. L'éternelle camarde est sur nos pas, soufflant son haleine fétide sur nos nuques, mais des bébés ne cessent de venir au monde, là-bas, dehors. Ici, dans Son crâne, le ciel est en train de nous tomber sur la tête, mais il y a encore de la bière fraîche dans le frigo, et un gros gâteau au chocolat qui a un goût divin, car c'est moi-même qui l'ai confectionné.

Cette nuit-là, Martin dormit dans le lit, Lovett sur le canapé, et leur hôte par terre. À l'approche de l'aube, Martin fit un rêve, qui le ramena dans son petit tribunal d'instance. Le Dr Blumenberg comparaissait devant lui pour excès de vitesse sur la route de Welsh. Le bon docteur reconnaissait l'infraction mais estimait qu'il ne devait pas payer l'amende prévue par la loi en raison des bons soins qu'il avait toujours prodigués au juge. Martin refusa de lever la sanction mais consentit à baisser ladite amende de cent à soixante-quinze dollars.

Tandis que le soleil pénétrait par l'imposte de la porte, projetant sur le tapis des points lumineux évoquant le Grand Chien, la constellation préférée de Corinne, Martin se réveilla. Il se leva avec difficulté, tituba jusqu'au réfrigérateur et se servit un grand verre de thé glacé. Il tremblait de fièvre et son crabe aux mille pinces festoyait de toutes parts avec ardeur.

Enfournant six Roxanol, il les broya et les avala avec son thé. Il était seul dans la crypte. Ses compagnons avaient disparu. L'hémorragie avait détruit l'Idée de Lovett, dont le costume de tweed gisait en tas sur le canapé. Martin chercha en vain le suaire du Christ et il supposa que Jésus *alias* Sarkos devait être encore en vie, une pensée rassurante et inquiétante à la fois.

— Le dualisme, marmonna-t-il. Bien sûr, j'aurais dû y penser.

Alors qu'il faisait rouler la pierre, il eut l'intuition que quelqu'un l'attendait dehors. Peut-être Gordon ou Lot ou encore l'un des dinosaures amateurs de Scrabble.

Il n'était pas préparé à se retrouver face à lui-même.

Mais il n'y avait aucun doute : l'Idée de Martin Candle, vêtue d'un complet de lin blanc maculé de sang séché, s'appuyait à la portière de sa Dodge Aries.

— Martin ? dit Martin, en faisant un pas sous la pâle lumière matutinale.

Il leva la main gauche, pour vérifier qu'il n'était pas face à un miroir.

Les mains de son Idée ne bougèrent pas.

— Salut, vieux frère.

— Mais qu'est-ce que tu fais là ?

— J'ai été choisi pour te raccompagner chez toi. Tu vas la revoir, finalement, ta vieille caserne de pompiers.

— On avait raison depuis le début, hein ? dit-il, avant de grimacer de douleur sous un pincement de crabe et un bond de fièvre. Dieu était coupable. La preuve était à chercher dans l'hérésie, qui n'est pas du tout un argument mais une…

— Laisse tomber tout ça, maintenant.

— Une charge accablante.

— On ferait mieux de prendre la route. De Groot est déjà aux portes de Jérusalem.

L'Idée ouvrit la portière arrière et d'un index tremblant fit signe à Martin de monter.

— J'aimerais bien t'aider, mais si nous nous touchons, je me désintégrerai.

— Je sais, j'ai déjà été témoin de la chose. Cela n'arrive qu'aux individus qui s'aiment.

— En effet.

— Tu veux dire que…

— Oui, que je t'aime, Martin. Et il n'y en a pas beaucoup qui pourraient se l'avouer.

Lentement, laborieusement, il se glissa à l'intérieur de la voiture en serrant les dents, jusqu'à ce qu'il sente sous ses fesses le moelleux capitonnage de velours.

Et comme son Idée s'installait derrière le volant, Martin découvrit un deuxième personnage assis à côté de lui, un frêle septuagénaire vêtu d'un survêtement noir et coiffé d'un chapeau de paille.

— Papa ?

Le vieil homme ne dit rien.

— Papa ?

L'Idée de Walter Candle se tourna vers son fils avec la raideur d'une antique girouette grippée par la rouille. Martin tressaillit. Depuis leur dernière rencontre, le visage de son père s'était tellement détérioré qu'il se confondait avec son crâne.

— J'ai suivi tes exploits au Tribunal international, dit Walter.

— Qu'en penses-tu ?

— Tu as très bien fait de choisir un costume blanc. Dommage qu'il soit taché de sang.

— Non, je parlais de mes arguments.

— Intelligents. Pas aussi percutants que ceux de M. Lovett, mais tu t'es pas trop mal défendu.

— Et… et tu as approuvé le verdict ?

— Ma foi, oui.

— Dieu a son revers, papa. Comme toute chose. Je peux dire aujourd'hui avec certitude qu'Il était en partie coupable.

— Te rappelles-tu ma leçon de catéchisme sur Jonas et la baleine ?

— Jonas ? Oui, bien sûr.

Martin revit soudain la scène : ses camarades et lui étaient serrés les uns contre les autres à l'intérieur d'une petite tente de camping, pendant que son père imitait le bruit des vagues et agitait trois harengs pourris par la petite lucarne de toile pour l'odeur marine.

— Tu avais emprunté une tente de l'armée au père de Billy Tuckerman.

— Mais te souviens-tu de la leçon de Jonas ?

— Je ne sais plus très bien.

— J'espérais que tu en avais gardé le souvenir.

— Attends, laisse-moi réfléchir.

— « Une baleine peut avaler un homme, mais seul Dieu peut avaler une baleine. » Tu as essayé d'avaler Moby Dick, mon fils. Et elle t'est restée coincée en travers de la gorge.

— Coincée en travers de la gorge, répéta Martin. Mais, vois-tu, si j'avais à le refaire, je le referais.

— Je suis peiné de l'entendre.

— Désolé.

— Tu n'aurais pas dû Le tuer.

— Je comprends ce que tu ressens.

— C'est très embarrassant.

— Il le voulait, papa. Dieu le voulait ainsi.

Inexorable, la fièvre s'emparait de lui. Son cœur battait à se rompre dans sa cage thoracique.

— Toutes ces tornades, et aucun moyen de s'en défendre… En tout cas, Il l'aura bien cherché.

L'obscurité envahit le cerveau de Martin comme s'il venait de plonger dans le nuage d'encre projeté par le premier calmar jamais créé.

Quand enfin il reprit connaissance, il se retrouva assis sur un tas d'herbe fraîchement coupée, chaque brindille humide de rosée cérébro-spinale. Il cligna des paupières deux ou trois fois et huma la vive senteur chlorophyllienne.

Il reconnut les lieux : la pelouse de la maison de ses parents, l'ancienne caserne de pompiers telle qu'elle se dressait avant sa destruction par les bulldozers, avec sa façade de brique rouge, son toit de bardeaux, sa sirène cassée, le garage qui abritait dans le temps les deux voitures à pompe. Quatre grands érables ombrageaient l'un des côtés de la bâtisse. La Dodge était arrêtée dans l'allée, les quatre portières ouvertes. La tenue de Walter Candle gisait en un tas chiffonné sur la banquette avant, tandis que le costume de lin blanc était accroché au volant.

— Martin ! Martin Candle !

Il se tourna sur le côté, ce qui lui valut des représailles crucifiantes dans les épaules, et vit Patricia accourir vers lui. Il se rappela la première fois qu'il l'avait rencontrée : une mince et séduisante femme en tailleur de deuil, qui traversait en toute hâte le cimetière de Hillcrest car on mettait ce jour-là son petit garçon en terre.

Aujourd'hui, elle portait un ensemble plus ordinaire : pull jaune, blue-jean et tennis. Randall était à quelques mètres derrière elle, les mains dans les poches, l'air étonné par l'extrême banalité de l'Idée de Fox Run.

— Patricia, c'est toi ? demanda Martin.

— Un peu que c'est moi.

— Je voulais dire, ce n'est pas ton Idée ? Ta sœur jumelle ?

— Non, chéri, c'est ta Patricia à toi. On a eu un mal de chien à arriver jusqu'ici. Un jour, je te raconterai toute l'histoire.

— Son cerveau est décidément la chose la plus incroyable que j'aie jamais vue, dit Randall, s'approchant. Je viens de revoir notre ancienne école et, tu ne le croiras jamais, mais tout le monde récitait la prière du Seigneur. C'est comme s'il n'y avait jamais eu l'affaire École d'Abaddon contre Selkirk.

— Je suis incapable de me relever, dit Martin.

Ses amis se penchèrent au-dessus de lui et, le prenant fermement sous les épaules et les cuisses, l'emmenèrent jusque dans le jardin situé derrière la maison, qui embaumait les roses cultivées par sa mère.

Ce vaste espace de verdure luxuriante avait été pour Martin, quand il était enfant, un labyrinthe de buissons et de sentiers, le lieu le plus palpable de la terre, où les pétales, les épines, les scarabées dorés apprenaient aux mains enfantines le doux et le plaisir, le piquant et la douleur, le vivant et la beauté. Il aurait aimé arpenter ces sentes imprécises entre les massifs et toucher toute chose. Il ne le pouvait plus ; le crabe le possédait entièrement, peau, chair, sang et os.

Ils le posèrent au bord de la Waupelani sous les pleurs d'un saule. La rivière était à sec ; là aussi, l'hémorragie…

Soudain, il eut dix ans. Il marchait dans l'eau, retournant les pierres et contemplant, une fois que le nuage de vase s'était dissipé, les écrevisses éberluées qui se demandaient quelle espèce de Dieu imbécile les avait privées de leur toit.

— C'est bon d'être de retour, dit Martin, redevenu quinquagénaire.

— J'aime beaucoup Abaddon, dit Randall. Mes copains de classe ont essayé de me tuer mais il me serait arrivé la même chose si j'avais habité à Cheltenham, à Lower Merion ou à Philadelphie.

— À Philadelphie, ils auraient peut-être réussi leur coup, fit remarquer Martin.

— Ta chambre est prête, dit Patricia. Des draps frais, de bons oreillers, une perfusion de morphine. C'est quand tu veux.

Les feuilles du saule tombaient *hira hira* dans le ciel d'août.

— Je L'ai débranché, dit Martin. Je L'ai fait saigner à travers toute la Hollande.

— Oui, Martin, et les sondages t'accordent une majorité d'opinions défavorables, dit Patricia.

— Écoutez, les amis, j'avais raison dès le début. Jésus m'a donné la réponse que je cherchais. La seule solution éprouvée, c'est l'hérésie manichéenne.

Le crabe repartait à l'assaut du sacrum.

— Dieu n'était pas entièrement mauvais, bien sûr. Voyez les roses de ma mère, et les océans et les étoiles… aucun d'entre nous n'aurait pu créer cela. Il n'empêche, l'adoration dont Il a toujours fait l'objet pose le problème de la… Aaïeee!

Le spasme cessa aussi vite qu'il avait surgi. Martin ferma les yeux, respira, et dit à ses amis ce qu'ils s'attendaient à entendre.

— Je suis prêt pour la perfusion.

La chambre était un véritable entrepôt de souvenirs et il s'y pressait la population la plus dense qu'il eût jamais vue depuis qu'il avait célébré l'union de deux malades du sida, Trevor Hood et Richard Erwin, à l'hôpital de Chesnut Grove.

Près de la table de nuit, Siobhan Candle arrangeait un bouquet de roses dans un vase en cristal. L'Idée de Jenny Candle se penchait au-dessus du lit pour offrir à Martin une tasse fumante de Lipton. Il secoua gentiment la tête; l'homme qui avait gobé Dieu ne pouvait plus rien avaler, ne fût-ce qu'une gorgée de thé. L'Idée de Vaughn Poffley, à califourchon sur un cheval à bascule, écrivait soigneusement sur une pancarte à l'aide d'un feutre vert : « Votez Martin Candle ».

— Il était temps que tu regagnes tes pénates, dit-il à Martin.

Martin continua de promener son regard dans la pièce. Ses ex-fiancées examinaient avec tendresse les affaires de Martin : ses pyjamas Superman, ses T-shirts aux effigies de Bugs Bunny et Donald Duck, ses casquettes aux couleurs des Phillies, ses bermudas à fleurs.

— Tous les soirs, nous nous réunissons ici et nous nous repassons le procès, dit l'Idée de Robin McLaughlin. Tu as été sensas.

— Oui, formidable, surenchérit l'Idée de Brittany Rabson.

Levant la tête, il découvrit qu'il ne risquait pas de se déshydrater : trois poches à perfusion y veillaient. Il avait l'impression d'être le captif d'extraterrestres qui, après l'avoir disséqué vivant, avaient suspendu ses organes à des perches métalliques.

Lentement mais sûrement, la bonne et douce sister Morphine accomplissait son miracle, coulant dans ses veines comme du beurre chaud, transformant ses os cloués de douleur en un archipel enchanté. Il tourna la tête de l'autre côté et vit les précieux jouets de son enfance : son gros ours en peluche prénommé Warren, ses modèles réduits – un Messerschmitt, le *HMS Bounty*, le porte-avions *Forrestal*. Il découvrit aussi ses premières lectures rangées avec soin sur une étagère : *Bilbo le Hobbit, Les Aventures de Tom Sawyer, À travers le miroir*, et une douzaine de numéros des *Hardy Boys*. Les Hardy Boys… sa passion pour la justice et la loi avait précocement éclos, se dit-il. Le sol était jonché d'échiquiers, de jeux de dames, d'un Monopoly et d'un Trivial Pursuit.

Hans De Groot venait certainement d'arriver, car un cliquetis de clés emplit la chambre. L'instant d'après, Martin perçut la voix rocailleuse du capitaine de police.

— Martin Candle, je vous arrête !

Et ce fut avec une joie sauvage que De Groot spécifia les charges.

Évidemment, la moitié de la population de Scheveningen poursuivait Martin pour le préjudice subi par la ville, mais cela était peu de chose comparé au principal chef d'accusation : faisant preuve d'un exceptionnel esprit de collaboration, catholiques et calvinistes, le Vatican et le royaume des Pays-Bas requéraient auprès du Tribunal international contre l'ex-juge du tribunal d'instance d'Abaddon, USA, qu'ils accusaient de déicide. L'audience préliminaire commencerait deux jours plus tard.

Martin tourna la tête vers l'épaisse silhouette de De Groot. Le capitaine de la police de La Haye portait le même costume à rayures qu'au jour de leur rencontre.

— Êtes-vous réellement De Groot ou bien… ?

— Ne vous tracassez pas à ce sujet, Candle, je suis aussi réel qu'une verrue plantaire, répliqua le capitaine dans un tintement de clés. Si cela ne tenait qu'à moi, je vous extraderais sur-le-champ, mais des personnes influentes, dont le Pr Lovett, ont envoyé des télégrammes demandant que l'on vous accorde un répit. Pour le moment, donc, nous vous laissons à l'affection des vôtres, Candle. Profitez bien de votre lit douillet, parce que le prochain arrêt sera la potence, et j'espère bien qu'ils me laisseront vous passer la corde au cou.

— Vous n'avez pas le droit de parler à mon fils de cette façon, s'indigna Siobhan Candle, qui dépoussiérait le pont du *Forrestal* avec un plumeau.

— Je ne suis pas… coupable, cria Martin.

Il suait de la tête aux pieds et avait l'impression d'être un nageur marathonien au corps enduit de graisse de phoque, prêt à tenter la traversée de la Manche.

— Demandez à Jésus. Dieu est une… dualité.

— Vous entendez ça, capitaine? dit Siobhan. Une dualité, voilà.

Une vérité vicieuse et vorace chemina, telle la larve du lucane, dans l'esprit de Martin. Sa maladie avait brisé ses liens morphiniens pour se hisser toujours plus haut dans l'injustice qui était faite à son corps.

— L'argument ontologique… ne tient pas… la route, parvint-il à articuler.

— Tu as bien raison, approuva sa sœur.

— C'est de la merde, la défense ontologique, renchérit Randall.

— Une belle merde, ajouta Vaughn.

— Et le… libre… arbitre… pareil, dit Martin.

— L'arbitraire, ouais, dit Robin.

— À bas l'arbitre! s'écria Brittany.

— Arrêtez! cria Martin.

Le crabe avait dû faire des petits car, aux confins comme au cœur de son corps, la douleur faisait rage.

— Arrêtez! Arrêtez! Arrêtez!

Randall ouvrit la bouche. Ses lèvres bougèrent mais ses paroles furent couvertes par un bruit inattendu : un grondement de sabots ébranlant l'ancienne caserne de pompiers.

— Les chevaux, gémit Martin.

Patricia se pencha vers lui.

— Des chevaux ?

— Des chevaux venant de…

D'où pouvaient-ils venir ? Du manège des Quatre Cavaliers de l'Apocalypse ? Non.

— … venant des écuries.

— Des écuries ?

— Des écuries des bourreaux. Je suis… un régicide, Patricia. J'ai tué… le roi… ça… ne… marche plus.

— Qu'est-ce qui ne marche pas ? L'argument du libre arbitre ?

— Non, la morphine.

Le matelas disparut, et la chambre avec ; la caserne suivit.

On était le 2 mars 1757 en place de Grève, à Paris. Il gisait le visage vers le ciel sur une plate-forme, une pièce de toile nouée autour des reins pour tout vêtement. Chacun de ses membres était attaché par une solide corde à un cheval. De Groot se tenait près de lui, serrant dans sa main le manche d'un couteau à dents de scie.

Le capitaine sourit à Martin en glissant sur sa tête une cagoule noire.

— C'est le diable qui me l'a confectionnée, dit-il.

Un deuxième bourreau se pencha au-dessus de Martin. Ses yeux injectés de sang brillaient derrière les fentes de son masque.

— Un bon jour pour faire amende honorable, monsieur Damiens ! dit la voix de Sarkos *alias* Jésus. Les rossignols chantent dans les beffrois de Notre-Dame !

Le tortionnaire dualiste leva son couteau, dont la lame scintilla au soleil.

— Pas un nuage dans le ciel, monsieur Damiens !

— Je ne suis pas Damiens, gémit Martin.

— Hue ! ordonna De Groot. Hue !

Les quatre chevaux s'ébranlèrent, tendant les cordes. Le cancer lâchait ses chiens ; la curée avait sonné.

— Allez, hue ! Hue !

— Vous vous trompez ! Je ne suis pas Damiens !

— Ô mon Dieu, mon Dieu, il est solide, le coquin, et point facile à démembrer, observa Sarkos-Jésus d'une voix moqueuse.

Agissant de concert, les bourreaux jouèrent de leurs couteaux. Et d'inciser de-ci, de-là, méthodiques et précis, taillant dans le cancer de Martin, emportant de belles parts de muscles, de tendons et d'os. La douleur bégayait l'indicible et Martin hurlait si fort qu'il s'attendait à ce que sa gorge éclate.

— Dualisme ! beugla-t-il quand sa jambe droite disparut. Il est coupable ! ajouta-t-il alors que la gauche le désertait. Dualisme !

— Vous le direz aux juges, rétorqua De Groot en sabrant de sa lame l'épaule droite de Martin.

Martin allait répondre à cela quand un gros morceau de poulet à moitié digéré remonta des profondeurs de son estomac. Le libre arbitre, pensa-t-il, et de verrouiller ses mâchoires. Bloquée par son *liberum arbitrium*, la marée montante du vomi se logea dans son gosier. Il se redressa, les poumons aspirant l'air salvateur, les dents scellées en une suicidaire méfiance.

Et, tandis que son bras gauche s'envolait, il retomba sur le matelas, tout comme Duncan Elder, se rappela-t-il, le pauvre petit Duncan, assassiné par la mucoviscidose. Puis, dans un formidable rot toutes choses jaillirent de lui : son dîner, sa bile, son sang irréprochable. Le vomi puait autant que le tas d'ordures jobien. La bile bouillonnait comme les eaux du Léviathan. De la vapeur s'échappait de son sang.

Et ce fut ainsi que le 28 août de l'an 2000 Martin Candle, de la communauté d'Abaddon, Pennsylvanie, cul-de-jatte et manchot, nu et sur le dos, leva sa main en direction du ciel, écarta ses doigts et rendit respectueusement son billet à Dieu le Père.

À la différence de votre serviteur, Martin Candle ne comparut jamais pour ses crimes. Après avoir quitté le Paris du XVIIIe siècle, il disparut à jamais dans le néant. Ce fut l'Idée de Robin McLaughlin qui s'en aperçut la première.

Elle annonça à toutes celles et à tous ceux qui étaient venus assister Martin dans ses derniers moments :

— Ça y est, il est parti. Je le sais. Notre cher et doux Martin s'en est allé.

Le certificat de décès du coroner de La Haye établit que Martin Candle avait succombé à un « cancer métastatique de la prostate », mais en réalité il était mort d'un cas aigu de cause perdue.

Quant à l'avenir qui nous attend, moi, Jésus, Lot, Isaac et quelques autres, je dois avouer qu'il est bien sombre. Entre le coma et l'hémorragie, nous n'en avons plus que pour une semaine à tout casser. Ça me déplaît de le dire, mais l'humanité se débrouillera très bien sans moi. Une espèce qui a su créer de toutes pièces un siècle aussi sanglant que le vingtième du nom n'a nul besoin des services du prince des ténèbres.

En ce moment même nous donnons une fête, la mère de toutes les fêtes, un mélange de mardi gras, de nouvel an et d'orgie romaine. Manger, boire et baiser Marie, car demain nous mourrons. Le groupe heavy metal de Schonspigel, les Horreurs bulgares, assure la musique. Dommage que vous ne puissiez voir saint Augustin danser le break. Aveuglant. Le bruit est infernal. Je ne m'entends même pas penser. Écrire ces quelques lignes pompe le peu d'énergie qui me reste. Je vais tout de même vous dire comment l'histoire se termine.

Patricia Zabor fait incinérer le corps de notre héros à La Haye. Les cendres lui sont remises dans une urne de porcelaine blanche guère plus grande que le vase de cristal dans lequel Siobhan arrangeait ses roses. Zabor fait tout le voyage en avion – Amsterdam, Londres, Philadelphie – avec les restes de son amant sur ses genoux.

De retour à la communauté d'Abaddon, elle fait enterrer les cendres de Candle au cimetière de Hillcrest, juste à côté de la tombe de Corinne Rosewood. Il y a autant de monde aux obsèques qu'il y en a eu autour de son lit de mort, ici même, sous le ciel divin. Seule Brittany Rabson, alitée par une grippe, ne peut venir. Il pleut pendant toute la cérémonie. Coucher l'homme qu'elle aimait à côté de la femme qu'il aimait est une épreuve pour Patricia Zabor. HOMME DROIT ET IRRÉPROCHABLE, peut-on lire sur la pierre. Je crois qu'il aurait préféré qu'on grave : UN ÉTUDIANT PASSIONNÉ DES MYSTÈRES LES PLUS PROFONDS DE LA VIE.

Avant de quitter le cimetière, Patricia fait un détour par la tombe de son fils. Pendant une heure, elle reste agenouillée dans la terre, à pleurer sous la pluie. L'épitaphe n'a pas changé : TU ME MANQUES TANT... AVEC TOUT MON AMOUR, MAMAN.

Plus tard, dans la journée, elle se rend à la poste pour expédier à sa maison d'édition ses derniers dessins de *L'Insurrection des insectes.* Son éditeur est tellement content du travail de Zabor qu'il lui offre mille dollars supplémentaires.

Le lundi suivant, Zabor et Randall Selkirk vont voir

une pièce de théâtre à Broadway – une reprise de J. B. d'Archibald MacLeish. Ils se revoient peu de temps après. Vers la fin de l'année, ils se marient ; une cérémonie toute simple célébrée par Barbara Meredith, juge de paix d'Abaddon. Si Candle avait mieux connu cette femme, pense Patricia, il ne l'aurait pas beaucoup aimée. Pour elle, rendre la justice est un travail comme un autre.

Dans quelques minutes, ma chère moitié – mon doux Jésus – prendra le relais pour accomplir un petit miracle. D'un geste fluide de la main, mon enchristé fera disparaître cinq cent mille dollars du compte en banque de Lovett, pour les transférer sur le compte du Chenil de la Joie.

Quelque part, une chienne heureuse aboie. Vous l'entendez ? C'est une chienne colley, née et élevée dans le béton de Pittsburgh. Elle s'appelle Trompette, et elle meurt d'un cancer aux ovaires. Pour la première fois de sa vie, elle a l'occasion de faire parler ses gènes. Les oreilles dressées, les yeux en alerte, elle guide deux douzaines de moutons à travers les terres des Hosteler, fermiers de Pennsylvanie. Attention, ce ne sont pas de vulgaires moutons, non, ce sont des têtes brunes, des bêtes aussi puissantes que Gordon le bélier. Et elle remarque, tandis qu'elle court de-ci, de-là pour maintenir le troupeau groupé, que les moutons lui obéissent et font exactement ce qu'elle veut.

Table

Impression réalisée sur CAMERON par

BRODARD & TAUPIN

GROUPE CPI

La Flèche
en octobre 2000

Imprimé en France
N° d'impression : 4526
Dépôt légal : octobre 2000